詩門血脈論

外篇

季惟齋 著

華東師範大學出版社

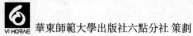 華東師範大學出版社六點分社 策劃

目　　錄

自序/1

卷甲　唐宋兼宗之衍派/1

陸放翁承往啓來/1　　近人評放翁詩/3　　范石湖/4　　石湖好用絮沾泥/5　　朱晦翁/7　　姜白石/10　　劉後村/12　　周德卿/15　　趙閑閑/18　　元遺山金源最嫩極旺/20　　遺山適怨清和導源於義山/21　　虞道園寫天機於貴氣/23　　高青丘以全體為尊/24　　季迪六朝綺雅/25　　楊孟載與季迪齊驅/26　　楊孟載詩評/29　　李西涯/30　　懷麓堂集佳篇/32　　錢牧齋/34　　陳獨漉嚴暇法勝/36　　獨漉堂集摘詩/38　　李杲堂以氣節為詩/41　　杲堂古詩評/43　　杲堂近體評/45　　朱竹垞唐音宋格/46　　袁子才出格之機/48　　隨園詩/50　　趙甌北神智湛然/53　　蔣心餘/55　　心餘兼師唐宋/58　　姚惜抱/60　　黃仲則善悟/62　　洪稚存/64　　宋芷灣飛行絕跡/64　　芷灣佳篇/66　　挈經室詩/68　　龔定

庵/69　　定庵天民詩/71　　馬鱲叟/73

卷乙　盛唐中正脈之支裔/77

辛敬之/78　　李長源/80　　楊仲弘/81　　揭曼碩/82 張仲舉合南學於北氣/86　　吳正傳/88　　劉誠意帶燥方潤/90　　袁海叟/93　　李獻吉輕靈鬆逸/95　　何大復/99　　李滄溟/101　　王弇州圓方互見/104　　謝茂秦一悟得純/106　　陳臥子樂府奇音/109　　顧亭林/112　　屈翁山/114　　施愚山本末一貫/115　　王漁洋/118　　沈歸愚/120

卷丙　中唐奇奧脈之支裔/122

永嘉四靈/123　　徐道暉/125　　徐文淵/126　　翁靈舒/127　　趙紫芝/128　　謝皋羽/130　　戴剡源善悟之士/132　　袁清容/135　　楊叔能/137　　王若虛/139　　劉靜修/141　　范德機論詩/144　　薩雁門/145　　吳淵穎/147　　楊鐵崖/149　　鹿皮子附黃溍 柳貫 戴良/151　　宋景濂/154　　吳梅村/156　　吳野人/158　　李懷民高密詩派/160　　王仲瞿/162

卷丁　晚唐清圓脈之支裔/165

仇山村/166　　趙子昂/168　　王次回/171　　海虞二馮/174　　舒鐵雲/175　　孫子瀟/177　　樊樊山清切有味/178　　易哭庵四魂集/180　　寅恪先生詩/182

卷戊　北宋清奇脈之支裔/184

宋詩發源於浙/184　南雷詩曆/186　錢澄之藏山閣詩存/188　查初白/189　厲樊榭清能靈解/191　杭大宗倡學人之詩/194　杭堇浦詩/195　丁龍泓/197　金冬心/198　近人評冬心詩/199　翁覃谿為詩厄/200　張廣雅不以同光為然/202

卷己　江西奧衍脈之支裔/205

趙昌父/206　韓澗泉/208　劉無黨/211　李屏山/213　雷希顏/216　方回論詩/218　錢籜石/221　黎二樵/222　曾湘鄉喜樂之光/224　鄭子尹/227　莫邵亭/229　何子貞/232　袁爽秋/233　沈寐叟/235　寐叟欲通三關/237　范肯堂/240　陳散原類韓昌黎/242　散原奇格出莊生/244　鄭海藏/245　陳弢庵詩/247　滄趣樓詩摘句/249　陳弢菴感春詩/251　陳石遺/252　石遺晚年談藝/254　黃晦聞頗似韓偓/257

卷庚　道釋心性脈之支裔/260

梧桐月向懷中照/261　可學而至不學而能/263　天童正覺/263　無準師範/266　南宋禪詩擷英/269　白玉蟾/271　中峯明本/273　張三丰雲水集/275　陳白沙/278　王陽明/279　高景逸/280　明僧詩偈/282　一休宗純/283　紫柏尊者/285　蓮池大師/287　憨山老人/287　蒼雪讀徹/290　詩禪中道杲堂知/292　破山海明/294　清初浙僧詩偈/296　徹悟大師/298

曲肱齋短笛集/300

卷辛　漢魏六朝脈之支裔/303
　　　楊升庵/304　　王湘綺自嘆修道無成/306　　湘綺樓集摘詩/309　　鄧彌之/312　　白香亭詩集評/314　　高陶堂/315

卷壬　不問源流之詩派/318
　　　徐青藤/319　　三袁脫胎於心性脈/322　　評竟陵/323　　譚友夏論孤清永/324　　公安竟陵之學禪/325　　黃公度/326　　公度身後滄海橫流/328　　詩界革命體/329

卷末　總論/332
　　　方略先成於心/332　　先詩而後史/334　　史玄二諦/334　　遺山學詩自警箋/336

跋一（魏賓峰）/342
跋二（符雲龍）/345

自　　序

　　夫儒經予尤喜小戴禮，而禮記之言尤拳拳服膺者，莫若極高明而道中庸，尊德性而道問學二語也。四十歲後，彌覺斯言為可味。詩道玄奧，亦寓於其間乎。性情感應之道，極高明是也。魏晉盛唐諸公是極，元和郊、島、韓、柳、元、白及長吉體，一往雋氣，亦是極也。遺山謂東坡一出，情性之外，不知有文字。自陸、元競逐南北，趙、李爭派金源，代有異人，性靈自曜，窮極其性，而為詩人。公安竟陵，或功或罪，明清鼎革，尤崛羣雄。天機元氣，鼓之盪之，洩之軋之，其機為莫測，自不可以常情禮義相議焉。情性之極，常在鬼神之間。故中唐諸家之體，於後世陶鑄尤深。葉星期嘗謂此中唐之中，乃百代之中，古今詩運關鍵。此實亦中唐人善用情性之極使然。夫文質彬彬然，道中庸是也。文質彬彬，然後可以歸諸日用倫常。詩者，持也。適也。自適而適人，自養而養人。孰人不得彭澤之適，誰氏不受少陵之養。陶杜二公之妙，道中庸有在焉。樂由天作，禮以地制。極高明者天之事，道中庸者地之宜。夫詩可泣可歌，可哀可怨，可莊可諧，然不可不有中正之氣以馭之，尊德性是也。德者，得也。無德，則所得亦虛餒。詩之體以中和正大為貴，詩之象則以變化靡測為神。而情性之外，實有學問，以積其氣體，煉其識度,既得根源,盡除踳駁,道問學是也。讀書天地間,啟其神智,袪其滯礙,心源中得,歌詠之音,若趵突虎跑,汨汨然不擇地而流,遂令詩極高明處,可振動幽明,而道中庸處,如飢輒食,如寒輒衣,平澹而已。夫不可測之神機,以可踐可履之道而應之,神機遂昌。弗然,神氣易亡。今世詩道將熄之驗,人皆見而痛之久矣。數年前內篇甫付剞劂,外篇即已腹構。非我性喜勤苦,乃胷中物事勃勃焉不得不然耳。年來常伏案於凝冰溽暑之際,甚思亭林、青主之孤懷。斯編綱目也恢恢,逸筆也草草,脫漏乖謬不少,俟以歲時,再為訂正補罅之事。昔著徵聖錄,於近世詩已論及焉,今亦羅列本編。惟多斧削,非復舊觀耳。丁酉立秋季昧庵識。

卷甲　唐宋兼宗之衍派

　　太極生兩儀，唐宋猶詩之兩儀也。兩儀又自可分出四象八卦。混合兩儀，則太極自見。故鎔液唐宋之派，自放翁、遺山五丁開山，最爲淵長。兼取勝於獨學，人情皆知之，然用之不善，則又多能不如獨詣。神而明之，存乎其人。韓子蒼爲呂居仁強之入江西派，殊不樂。其有云"唐末人詩雖格致卑淺，然謂其非詩則不可。今人作詩雖句語軒昂，但可遠聽，其理略不可究"。故善之者，鎔液唐人之真意、宋人之軒昂，出以己意，如放翁、遺山。不善之者，則詩味猶不及晚唐，句法亦難盡展其軒昂，蓋以過求軒昂而敗詩味之純粹，以過求詩味而損句法之軒昂，是爲兩難。可遠聽，不可近觀，可娛心，不可養神。所謂乾隆三大家者，即有失乎此者。詩之難也如此。

陸放翁承往啓來

　　夫放翁之於詩學，猶宗杲之於禅，黃大癡之於畫，皆爲古今之變樞機所在。宗杲之前，五家七派，各具宗旨，公案、頌古之學彌盛，宗杲之後，看話禅也。大癡之前，唐五代兩宋之畫各派兼重，大癡之後,董巨水墨山水之風獨尊,以迄於今。放翁之前,十二脈變化已盡,放翁本不失為江西派之廣陵散,與上饒二泉同,放翁之後,則兼師唐宋之風氣獨大,而放翁自亦為後世百代之師。其乃一善悟之士,鎔鑄萬千,自出精純,能濃能淡,能膏能枯,無所不致其極。宗杲破立兼行,恣肆自喜,大癡學古而化,變態無窮,自與放翁同一樞機。其皆為氣運所鍾,有不得不然者。故宗杲毀其師所撰碧巖錄板,痛詆默照禪為邪道,平情觀之,皆非中行。大癡為趙松雪入室弟子,而只發揚水墨雲山,弗能傳其師諸藝之全。而放翁之詩病,亦往往為後人指摘。此皆氣運所繫焉,不能全善如古賢,亦不必同之也。蓋皆闢拓疆域於千載之內,為後世奉為巨匠。三人所同者,善悟敢為是也。放翁枕上偶成云"放臣不復望脩門,身寄江頭黃葉村。酒渴喜聞疏雨滴,夢回愁對一燈昏。河潼形勝寧終棄,周漢規模要細論。自恨不如雲際雁,南來猶得過中原"。初看是盛唐氣調,細辨則多宋人筆法,以文入詩,故特為暢達疏朗,混唐宋之英華,成其自家面目。宋季劉後村其先專學唐律,所作終愈近乎放翁,天趣彌張,蓋能知悟其秘鑰所在者。放翁臨安春雨初霽云"世味年來薄似紗,誰令騎馬客京華。小樓一夜聽春雨,深巷明朝賣杏花。矮紙斜行閒作草,晴窗細乳戲分茶。素衣莫起風塵嘆,猶及清明可到家"。此兼唐宋之法而自成一味者,似薄輕而實厚雋,猶存唐人蘊藉,而脫落乎歐、蘇、江西之外,別具清音。宗杲倡看話頭,亦存古尊宿之精蘊,而自開眼目,另闢簡易透徹之徑,亦本善悟而出,似單薄而實深透者。大癡於畫道亦然。富春山居圖,亦似澹薄而能厚雋深透者。東籬云"東籬深僻嬾衣裳,書卷縱橫雜藥囊。無吏徵租終日睡,得錢沽酒一春狂。新營茅舍軒窗靜,旋煑山蔬匕箸香。戲集句成圖素壁,本來無事却成忙"。放翁尤佳處,在其能直以情味為詩。此亦啟後人神智不淺。(紀昀評此詩"樂天體裁,但修飾光潤耳",豈為解人。情味自與樂天相近,而詩格已別。放翁性靈獨耀,施諸詩章，紀氏弗識其活機之為貴也。此人似通非通，忠恕難以兼全，好刻論，予素不喜之也。）

近人評放翁詩

石遺室詩話卷二七錄羅瘿公掞東評陸放翁詩四十五條，掞東言"放翁詩鮮新俊妙，闊大閒曠，無美不備，而其精深處乃自宛陵得來。世之論放翁者，尠道其學宛陵，甚矣，真能讀放翁者之不易覯也"。亦自具眼力。予謂書法有謂中宮者，放翁詩之中宮，其在宛陵乎。此實多指放翁之五古而論。石遺室詩話所摘掞東評陸放翁詩，多放翁生平合作而名未甚著者。今錄數首，以見放翁所至之境。書懷云"武擔山上望京都，誰記黃公舊酒壚。宿負本宜輸左校，寬恩猶聽補東隅。一官漫浪行將老，萬卷縱橫只自愚。甫里松陵在何許，古人投劾為蓴鱸"。（掞東云"豪宕流逸，集中最勝境也"。）桐廬縣泛舟東歸云"桐江艇子去乘月，笠澤老翁歸放慵。一尺輪囷霜蟹美，十分瀲灩社醅濃。宦遊何啻路九折，歸臥恨無山萬重。醉裏試吹蒼玉笛，為君中夜舞魚龍。"（掞東云"意換句靈，放翁最完滿之作"。石遺云"中四句乃學蘇處"。）幽居書事云"莫歎人間苦不諧，清時有味是歸來。已因積毀成高臥，更借陽狂護散才。正欲清言聞客至，偶思小飲報花開。紛紛爭奪成何事，白骨生苔但可哀"。（掞東云"清雋絕倫"。首句苦不諧三字，民國詩話叢編一石遺室詩話作若不諧。）五律如病中云"風雨暗江天，幽窗起復眠。忍窮安晚境，留病壓災年。客助修琴料，僧分買藥錢。餘生均逆旅，未死且陶然"。（掞東評次聯云"字字千錘百煉，卻極自然"。留病壓災年，真洞達語，妙哉。）七古如同何元立賞荷花追懷鏡湖舊遊，掞東云"清折明麗，以太白之雋，兼飛卿之縟，可謂佳絕"。題梁山軍瑞豐亭，掞東云"通首舒卷自如，神完氣足，大似坡老"。愈見放翁熔液唐宋，無所不師也。

沈其光瓶粟齋詩話初編卷六有云"放翁古詩雖不及蘇黃之開闔動宕,然其律句法纪謹嚴,如千兵萬馬,步伐整肅,兩宋詩人罕有至者。可取其律句,抽去中、腹二聯,或截去首尾兩韻,改為絕句,都成佳調。余嘗以此試之,百不失一。誠齋跋劍南集云,雕得心肝百雜碎,依然塗轍九盤紆。放翁之學問境遇,二語足以賅之"。見民國詩話叢編五。彌見放翁詩功深煉,而情味盤紆,近世陳滄趣作前後落花詩,猶承此塗轍。可知陸詩實為疏鑿手,承往啟後如是。滄趣樓諸詩,亦可謂雕得心肝百雜碎,依然塗轍九盤紆,能哀感頑艷者也。

范石湖

觀畢范石湖集,彌知楊誠齋措辭之精。其序石湖集謂范"至於詩,大篇決流,短章斂芒,縟而不釀,縮而不儉,清新嫵麗,奄有鮑謝,奔逸儁偉,窮追太白,求其隻字之陳陳,一唱之嗚嗚,而不可得也"。以予血脉論觀之,石湖誠兼師唐、北宋者。大篇決流,七古如太白、東坡,氣理緜密,如韓無咎檢詳出示所賦陳季陵户部巫山圖詩即是。五古亦緜密清麗,一任性情,無斷裂處。石湖尤可觀者,在七律及七絕。出語清健明栗,師法歐梅,興象則頗深於中晚唐,能於義山下功夫,縟麗清真,細而能渾。此七律也。不釀,謂其不雜也。七絕為石湖最擅之物。斂芒、不儉云云,固難盡其幽微。石湖喜作禪語,今以三祖信心銘以喻其詩,即一種平懷是也。石湖七絕從容蘊藉,如鑑纳萬象,而平懷不動,寫物細密,而能溫厚有餘味,所以为難。七律如次韻正夫游王園會者六人曰"丘園窈窕復崎嶇,草木生香景倍殊。花下百杯齊物我,雲邊一眼盡江湖。不知朱户趑趄者,能勝青山放浪無。六逸蕭然真可畫,为君題作竹溪圖"。此宋詩筆調清健者。次韻韓無咎右司上巳泛湖曰"休沐辰良不待晴,徑稱閑客此閑行。春衫欺雨任教冷,病眼得山元自明。

抹黛濃嵐圍坐晚,揉藍新淥没篙清。棲鴉未到催歸去,想被東風笑薄情"。可見石湖性情之淑且美,詩功之清而深。大凡石湖出手,即有一種雍和之氣,非同放翁七律力擬老杜,窮狀蒼古忠愛,或學大蘇,特寫曠達自陶之美。石湖不刻意爲高調,偶亦有之,便不及放翁稱手,詩格更近蘇子美,不似放翁取法乎上。然當石湖一種平懷,不作高腔之時,則放翁便略見不足,蓋范清切如磬音,亦能溫厚蘊藉,且復深諳禪味,陸天真過之,而略少其沈著。夜歸曰"竹輿伊軋走長街,掠面風清醉夢迴。曲巷無聲門户閉,一燈猶照酒爐開"。清寂多可回味。高景菴泉亭曰"峯頭揮手笑紅塵,天入雙眸洗臀昏。萬里西風熟秔稻,白雲堆裏著黄雲"。沈著中自是悠然。田園雜興最末一首曰"村巷冬年見俗情,鄰翁講禮拜柴荆。長衫布縷如霜雪,云是家機自織成"。此中真有古味,非凡俗所可想見。惟家機織成,愈見古禮之意真,不然,恐假道學亦成矣。(觀田園雜興春夏秋冬四時語,時令人遥想豐子愷之筆畫。"老翁欹枕聽鶯囀,童子開門放燕飛","蜻蜓倒挂蜂兒窘,催唤山童爲解圍",子愷作畫亦自石湖詩中悟入耶。)大抵石湖詩有一種貴氣,不同于放翁、誠齋。氣遒而媚,筆細而深,不刻意立高,而清真自遠。世間喜放翁詩之豪健工妙,猶南宋人之特喜米海嶽字。若石湖詩,則另具一格,曉貴氣者,易知其佳趣,性偏激者,往往難喜之。天下不可少放翁,自亦不可無石湖。此詩之陰陽二格,可分亦自不離者也。

石湖好用絮沾泥

僧參寥贈妓詩云"多謝尊前窈窕娘,好將幽夢惱襄王。禪心已作沾泥絮,不逐東風上下狂"。此北宋禪詩之妙者。范石湖詩好用此語。錄之以見南宋士夫資取禪學之風氣。次韻時敘有云"閒心如絮久沾泥,但愛日長添午睡"。三月四日驟煖有云"如何柳絮沾泥處,煖似槐陰轉午天"。子文見和云亦有小鬟能度曲復用韻戲贈有云"花酒俱來事更奇,不妨禪心絮沾泥"。皆可見石湖禪心。若謂放翁詩以動勝,動中有靜,則石湖詩以靜超,靜中生動。以動勝者,元氣馭之,精魄盪之,以靜超者,則如鑑納物,纖細畢現,而見造化機神之妙。萬物並作,吾以觀其復。夫物芸芸,各復歸其根。石湖能靜,蓋天性而外,又在其能深諳禪味也。翻稼菴夜坐聞雨有云"人生寧有病連歲,身世略如僧在家"。此亦心出家僧也。自嘲二絶有云"終日嘵嘵漫説空,觸来依舊與爭鋒。登時覺悟忙收拾,已是闍黎飯後鍾"。"惡聲惡色橫相干,靦面須臾箭萬攢。有客癡聾都不動,方知我被見聞漫"。此見石湖參禪,深知習氣難銷。蠻觸有云"萬仞我山高不極,一團心火蔓難圖",亦自省尚欠懲忿工夫也。再題白傅詩有云"若將外物關舒慘,直恐中塗混主賓"。主賓謂臨濟宗四賓主也。主賓既混,則不免賓看賓。義玄大師云"或有學人披枷帶鎖,出善知識前,善知識更與安一重枷鎖,學人歡喜,彼此不辨,喚作賓看賓"。自箴有云"白傅病猶牽愛,晁公老未斷嗔。莫問是情是性,但參無我無人"。莫問二句,真可深思。理學家往往纏繞於性情二字,各執一詞,如朱陸之辨無極太極,不如直搗黃龍,直參無我無人,爲大受用。淨慈顯老爲衆行化且示近所寫真有云"推倒禪牀並拄杖,飢來喫飯看西湖"。予寓西湖十餘年,亦每每飢來喫飯時看,此非遊人可知者。七律偶至東堂中二聯云"歸來栗里多情話,病後香山少醉吟。久坐蒲團蕉葉放,閒拖藜杖蘚花深",亦見其本懷真趣如是。病中三偈之一爲律詩,其云"擾擾隨流無定期,波停浪息始應知。一塵不偶同歸處,四海無親獨步時。苦相打通俱入妙,病緣纔入更何疑。霜清木落千山露,笑殺東風葉滿枝"。近世馬湛翁七律多禪機理窟,所作大抵類乎石湖居士此偈也。霜清、笑殺二語,亦見石湖確有造道之得,非僅文字超放而已。頷頸二聯甚幽微,俱非實證莫能道者。屬對精切，則其餘事耳。士夫學禪者，兩宋極多。范石湖此等詩，雖不足以爲心性脈，亦自可味。石湖兼宗唐宋，此種自是宋調，石湖詩人而參禪，亦與江西詩社中人同其樞機，惟不以江西自限而已。

朱晦翁

夫真儒真詩，自以朱晦翁爲冠冕，而近世馬湛翁爲殿。朱子性靈獨運，予不甚喜其學説，而甚愛其詩。其學多矯激而爲之者，如欲撥蘇學橫瀾天下之勢而力主攻乎異端，欲自樹漢幟而視象山、龍川、永嘉爲敵壘，抵隙攻瑕，不遺餘力。金華經史義理之學，呂伯恭歿後，彼亦攻之不休。觀其學術多不平之鳴，非造乎中和簡易者也。（拙著宋儒忘筌編於呂、朱之間辨別甚多。）劉劭人物志言"凡人之質量，中和最貴矣。中和之質，必平淡無味，故能調成五材，變化應節。是以觀人察質，必先察其平淡，而後求其聰明"。晦翁之質量，非中和平淡者，然其一代大儒，求聖人之志，卓然有深致，其質非中和而其心欲造乎平淡也。晦翁之學弗能平淡，以此而論，實不如呂東萊、陸象山，而晦翁之詩能平淡中和，又非呂、陸所能及。（二公非無意於詩，然亦未著力於此。）先察其平淡，而後求其聰明，此政評賞朱子詩之法訣所在。故知朱子之詩，乃其心意之所注，朱子之學，難脱氣質之局隅。從心所欲不逾矩，孔子之性地也，而晦翁恐耳順之地，亦未能達焉。故其心之所欲，僅達乎其詩章，而未至於學術。耳食之徒，焉得識此乎。學術非圓融，而無礙其爲真儒。其兼能真詩，尤不可及也。晦翁五古深造魏晉、選體之奥，爲宋人第一流。題謝少卿藥園二首其一云"謝公種藥地，窈窕青山阿。青山固不群，花藥亦婆娑。一掇召冲氣，三掇散沉痾。先生澹無事，端居味天和。老木百年姿，對立方嵯峨。持此日夕供，不樂復如何"。可與韋蘇州一流把臂。觀其五古遍摹左思以來魏晉南朝諸家,以性之近,尤以師法大謝為最多,學陶令亦不少,故尤與唐賢韋、柳相類。安溪書事云"清溪流不極,夕霧起嵐陰。虛邑帶寒水,悲風號遠林。涵山日欲晦,窺閣景方沈。極目無遺眺,空令愁寸心"。雕琢而無損其灝完,得大謝之真法,每與中唐相親。(後村詩話後集卷二有云"陶、韋異世而同一機鍵。韋集有一篇云,霜露悴百草,時菊獨妍華。物理有如此,寒暑其奈何。掇英泛濁醪,日入會田家。盡醉茅簷下,一生豈在多。題曰,仿陶彭澤。此真陶語,何必效也。若近時趙蹈中雖極力模擬,艱苦甚矣"。晦翁詩無此極力模擬艱苦之象,謝陶兼之,而近乎韋體,不易也。)晦翁五古入古而外,尤精七絕。寄籍溪胡丈及劉恭父二首云"先生去上芸香閣,閣老新峩豸角冠。留取幽人臥空谷,一川風月要人看"。"甕牖前頭翠作屏,晚來相對靜儀刑。浮雲一任閑舒卷,萬古青山只麼青"。神閒氣定,而寓豪邁之格,此所以為貴者。偶題三首有云"門外青山翠紫堆,幅巾終日面崔嵬。只看雲斷成飛雨,不道雲從底處來"。"步隨流水覓溪源,行到源頭卻惘然。始悟真源行不到,倚笻隨處弄潺湲"。筆法健朗清新,深入理窟,蓋亦自高僧禪偈悟入者。雲來何處,真源難行,此自是宋詩風味。晦翁於學雖排佛老,實得之彼者殊深,此皆傚宗門呵佛罵祖之故事。禪人罵其祖,而晦翁亦罵禪。後人不悟其由,而盡以晦翁真動意氣,落在意識六根之內,豈非過泥乎。朱子理趣詩,今尤膾炙人口者,如"萬紫千紅總是春","為有源頭活水來",此皆自禪偈一流變化而出者,偶有出藍之能。馬上贈林擇之云"與君歸思渺悠哉,馬上看山首共回。認取山中奇絕處,他年無事要重來"。情懷尤可玩味。雅健清新,素為晦翁七絕七律之格度所在,如此詩者,則愈可驗夫劉劭先察乎平淡、後求其聰明一語之為味也。七律如伏讀秀野劉丈閑居十五詠謹次高韻第一首云"為憐蘅芷滿芳洲,特地臨江賦遠遊。十畝何妨自春色,萬緣從此付東流。靜看朝市真兒戲,須信田園是老謀。出處知公有餘裕,未應辛苦謝靈丘"。猶存中晚唐之正格裕氣,而加之以宋人之疏宕。次秀野躬耕桑陌舊園之韻其二云"丈人高致邈難干,雲夢何如胸次寬。老去未妨詩律在,人來只怕酒盃乾。故開麥隴供家釀,更有蘭章付客看。下走才慳暫囑和,願公物色稍留殘"。亦自閒雅。涉理趣者,如日用自警示平父云"圓融無際大無餘,即此身心是太虛。不向用時勤猛省,卻於何處味真腴。尋常應對尤須謹,造次施為更莫疏。一日洞然無別體,方知不枉費工夫"。此是繼邵堯夫、程明道之體者,頷聯尤警拔,流水對也。究其理則,以藏學擬之,蓋與宗喀巴相近,而非寧瑪、噶舉也。(次韻四十叔父白鹿之作云"誅茅結屋想前賢,千載遺蹤尚宛然。故作軒窗把蒼翠,要將弦誦答潺湲。諸郎有志須精學,老子無能但欲眠。多少個中名教樂,莫談空諦莫求仙"。其人為詩意態自若,觀此最可想見。)五律之佳篇,如次韻宿密菴云"忽作經宵別,胸奇莫與陳。暮歸誇得句,寒苦頓生春。道義知無斁,文章自有真。它年應共說,此日自由身"。矯健不羈,亦有江西派遺意。清江道中見梅云"今日清江路,寒梅第一枝。不愁風嫋嫋,正奈雪垂垂。煖熱惟須酒,平章卻要詩。他年千里夢,誰與寄相思"。兼晚唐、江西之句而煉之,造乎孤潔澹泊之致。垂垂一聯,可念晚唐僧貫休之得得也。晦翁之詩,真氣無以過陸放翁,然其雅健篤深、文辭清蒼之美,足以並駕石湖,剛柔相濟,亦弗讓澗泉、章泉,而為南宋鉅手。錢氏默存談藝錄二三有云"朱子在理學家中,自為能詩,然其才華遠在其父韋齋之下,較之同輩,亦尚遜陳止齋之蒼健,葉水心之遒雅。晚作尤粗率,早作雖修潔,而模擬之迹太著"。默存之論略傷嚴刻,未道及晦翁詩章古腴練達之美,終非知音。胡元瑞詩藪外編卷五有云,南宋古體推朱元晦。豈妄論哉。錢氏不喜理學家,恐亦不免其所謂愛及烏屋,而惡及儲胥者。後世道學,淵流弗絕,而宗朱子者,多不參悟其詩法,故甚難了其心之幽微。陸子一派有白沙、陽明為詩人,朱子之後學,尤佳者即施愚山,然非講學家。近世錢賓四作朱子新學案鉅編,然賓四亦弗善歌詩、書翰,其論學雖綿密弘達,終欠一種神韻氣息在。馬湛翁融鑄儒佛玄三教,兼朱陸之長,立論有異于朱子,而博通諸藝,氣象渾成,則真朱子法脈所在。錢、馬各有優劣,以氣象神韻論,賓四之長,似不在此。蓋朱子乃具魏晉之氣者也。(賓四先生能賞詩,而弗能作。然較之世間賞亦不達者,已不可以道里計。馬先生渾成通達,為古人真傳。然愚意其亦不免好詩之嗜過深,理趣之作,承江西用典實之習氣者亦過重,多見其用力處、斧鑿痕。所作高古雄深之篇甚夥,而宜為汰刪者亦不少。故知中道之為難也。先生嘗自謂生平之學,其詩為第一。此亦老輩風流所在乎。)

姜白石

姜白石於詩可謂知行合一。錢默存諷人境廬詩草有新事物而無新理致。老辣之至。但凡大家,皆有新理致。具新理致者,未必為大家。白石道人詩雖不足與放翁、遺山並驅,乃具此新理致者。白石道人詩集自敍有云"作者求與古人合,不若求與古人異。求與古人異,不若不求與古人合而不能不合,不求與古人異而不能不異"。此其知見甚高卓處。白石詩以晚唐之圓響,濟江西末派之枯槎,乃萃宋調唐音為一體,此其詩作之堅實處。宋陳郁藏一話腴卷下云"白石姜堯章奇聲逸響,卒多天然自成一家,不隨近體"。項安世平庵悔稿卷七謝姜夔秀才示詩卷云"古體黃陳家格律,短章溫李氏才情"。宋人已知其逸才獨出矣。近人繆鉞氏云"白石之詩氣格清奇,得力江西,意襟雋澹,本於襟抱,韻致深美,發乎才情。受江西詩派影響者,其末流之弊,為苦澀生硬,而白石之詩獨饒風韻"。(見姜白石之文學批評及作品。)要言不繁。凡新理致,必有一番悟境方生。詩集自敍言"近過梁溪,見尤延之先生,問余詩自誰氏。余對以異時泛閱眾作,已而病其駁如也,三熏三沐,師黃太史氏。居數年，一語囁不敢吐。始大悟學即病，顧不若無所學之為得，雖黃詩亦偃然高閣矣"。此即白石所以為白石，而江西所以為江西者。(白石道人詩說言"文以文而工，不以文而妙。然舍文無妙，勝處要自悟"。又言詩有理高妙、意高妙、想高妙、自然高妙四種高妙，俱見其於妙悟之道體認殊深。莫怪乎漁洋山人香祖筆記言"余于宋南渡後詩，自陸放翁之外，最喜姜夔堯章"也。)竊謂黃山谷嘗闇師晚唐李義山，煉入己體，白石學晚唐之體，或亦有自此三熏三沐而悟入者。山谷詩之妙，實在詩之外。若僅據其文字而觀之，則歷代不喜山谷詩者夥矣。使以詩之外而觀之，則黃詩為一種法訣，如臨濟三玄、雲門三句、黃龍三關一類，以啟人神智為貴，故黃亦弗恤露雕琢痕，自貽口實。白石師山谷之悟而自悟之，所以為貴也。白石道人詩說，曩日授諸生詩話、書論時，予嘗以為教材。此亦其為詩學知行合一之驗也。詩說起首即云"大凡詩，自有氣象、體面、血脈、韻度。氣象欲其渾厚，其失也俗。體面欲其宏大，其失也狂。血脈欲其貫穿，其失也露。韻度欲其飄逸，其失也輕"。此頗類禮記言易教絜靜精微，其失也賊諸語。俗、狂、露三病，皆可針砭江西末流之習氣。其失也輕，則為白石道人自警之語。然其詩終也失之輕矣。予嘗引日人能樂家之語，揭皮、肉、骨之義。(見內篇論楚騷一卷。)白石以氣象、體面、血脈、韻度論之，似密而實疏，皮、肉、骨俱是精微，然白石詩以韻度為美，不免真為皮相色相矣。氣象近乎骨，其失不在俗，而在輕。體面近乎皮，其失不在狂，而在粗。血脈近乎肉，其失不在露，而在虛。韻致近皮，亦近骨肉，為合體而莫離者，其失不在輕，而在弗遠。白石論詩，尚有未圓之處。其詩古體、七律尚多江西之筆，而絕句效法晚唐，雖欲融鑄唐宋一爐冶中，弗能渾然混一。此白石不及陸、元諸大家之處。詩說又云"詩之不工，只是不精思耳。不思而作，雖多亦奚為"。此於事亦針砭俗流之語，於理終非圓融。以精思而論，近世之士，莫如錢默存，然其詩則不甚高。故知詩為不工,不精思而外,尚有別物在焉。人境廬詩草雖未足為大家,亦有精思及新理致在,惟未透未純耳。雖然,白石深造乎詩詞樂律,實能識古學之大本。此非宋後之詩人所易到者。詩說云"意出於格,先得格也。格出於意,先得意也。吟詠情性,如印印泥,止乎禮義,貴涵養也"。竊謂堯章之古體、七律多即此先得格者,堯章之絕句短章有近乎詞之篇什,多即此先得意者。其詩吟詠情性,而止乎禮義,亦古之君子也哉。近人黃晦聞寒夜讀白石道人集題後云"布衣同有後山才,只汝高吟未至哀。謝朓詩傳清似水,樊南心與燭成灰。每從閑處深思得,詎向人前強學來。今日江西說宗派,嗟卑愁老恐非材"。最為姜夔之異代知音。每從閑處深思得,適為詩之不工只是不精思之說之正解。詎向人前強學來,即所謂學即病顧不若無所學之為得者也。布衣同有後山才,只汝高吟未至哀,則言其本出江西詩,而求乎和雅之中道,高吟不欲至於哀也。此亦晦聞夫子自道乎。抑其心嚮往焉而未達者乎。

劉後村

劉潛夫克莊,宋季一代文宗,古文、四六、詩、詞俱有高才。近覽劉克莊集箋校,豈非文辭意旨之一大淵藪,大家也。劉詩後世或以江湖派目之,不免輕之太過。四庫提要論後村集語,尤為偏狹。無足道也。葉水心題劉潛夫南岳詩稿言四靈"擺落近世詩律,斂情約性,因狹出奇,合於唐人",潛夫"思益新,句愈工,涉歷老練,佈置闊遠,建大將旗鼓,非子孰當。昔謝顯道謂陶冶塵思,模寫物態,曾不如顏、謝、徐、庾留連光景之詩。此論既行而詩因以廢矣。悲夫。潛夫以謝公所薄者自鑒,而進於古人不已,參雅頌、軼風騷可也。何必四靈哉"。水心神智超然,洞鑒過人。時後村年未不惑,而水心已知其特為卓然之處。"涉歷老練,佈置闊遠",竊謂此即後村詩所以能為宋季一巨擘者也。四靈斂情約性，因狹出奇，後村刻琢精麗，思新句工，而加之以涉歷佈置之闊遠深切，以益四靈所弗濟，故其詩關係乎一代之文脈，天然具詩史之聲價者。（後村跋章仲山詩有云"詩必天地畸人、山林退士，然後有標致。必空乏拂亂，必流離顛沛，然後有感觸。又必與其類鍛煉追璞，然後工"。此最可為涉歷老練四字作注腳者。唯此感觸，方足以言涉之老，唯此標致，始足以言歷之練。必與其類鍛煉追璞，然後工，後村確乎得之也。）水心又贊後村以謝顯道所薄者自鑒，而進乎古人不已，乃謂其脫落道學家言教之牢籠，而能於陶冶模寫之外，達乎古人氣骨之傳。此水心尤有先鑒處。予觀夫後村之詩，兼唐律宋調之勝，其先能承四靈力參中唐之心燈，而佈置闊遠，復以豪氣不羈，立異於當時道學之流，七律自亦漸出宋調，晚年深造陸放翁、江西派之體格句法，自出警奇峭拔之趣，故足以貴重于百代。後村開此一路，自亦得於同時高賢之沾溉也。後村大全集卷九四瓜圃集序云"如永嘉諸人極力馳騁，才望見賈島姚合之藩而已，余詩亦然。十年前始自厭之，欲息唐律，專造古體。趙南塘不謂然。其說曰，意言深淺，存人胸懷，不繫體格。若氣象廣大，雖唐律不害為黃鐘大呂，否則手操雲和，而驚飆駭電，猶隱隱弦撥間也。余感其言而止"。（引自今人王宇氏劉克莊與南宋學術一書第五章。此書考辨詳備，識度弘正，受益甚多。拙著所引後村詩，半數先觀於是書也。）趙南塘即汝談，天資絕人，負一時清望。南塘言作詩以胸懷氣象為本，終不拘於體格師法如何。此乃直搗黃龍之手段。使後村棄唐律而專造古體，恐亦將自減聲價。以一涉歷老練、佈置闊遠之士，使以古體而自隅之，其終也或激之反入於譎異之風矣。入元自袁清容一流學李賀以來，其風益熾，恐亦由乎此。後村七律，尤能見其涉歷佈置之優勝。道中讀方孚若題壁有感用其韻云"淮雪江風裂面寒，往來萬里一征鞍。三千客謾曾彈鋏，十九人誰肯捧盤。自古英才多頓挫，即今世運尚艱難。空餘敗壁龍蛇字，黃鵠高飛不復還"。此甚類放翁,格調不凡。又聞邊報四首之四云"一車兩馬不煩驂,草地蠕行到極南。春燕無棲各依木,佛狸有使輒求柑。按中軍請東陽徙,獲左車誰北面參。憑語吳兒莫游冶,塞鴻回處陣雲酣"。頸聯句法奇而遒,結語流轉尤圓勁。懷曾景建二首云"造物生才自昔難,此君夭矯類龍鸞。聖賢本柄藏椰子,佛祖機鋒寓棘端。疇昔諸人多北面,暮年萬里著南冠。傷心海內交遊盡,篋有遺書不忍看"。聖賢、佛祖一聯,不以理趣深澀為意。此甚類金人李純甫,亦江西遺響。"曾有春陵逐客篇,流傳哀動紫陽仙。安知太白長流處,亦在重華野葬邊。碎板一如坡貶日,蓋棺不見檜薨年。誰云老眼枯無涕,聞說臨川即泫然"。徑用本朝故實,江西詩亦無此硬直。二律甚超凡格。與北山陳龍圖云"小兒膽大說文章,螢火難爭兩曜光。侍講先生今寂寂,龍圖老子尚堂堂。鄰無羊仲並求仲,家有元方與季方。想見瘦梅疏竹下,深衣如雪鬢須蒼"。亦英偉雅正,爽儁兼備。閒居云"納履歸來六載強,身閑冷看世人忙。遠公有酒邀蓮社,錄事無資助草堂。柹被鳥殘分亦好,李為蟲食咽何妨。春山何處無薇蕨,更不須求辟穀方"。學陸而別出幽峭,柹被鳥殘一聯,尤見天趣,令人忘其工巧。後村劉圻父詩序云"余嘗病世之為唐律者,膠攣淺易,窘局才思,千篇一體。而為派家者,則又馳鶩廣遠,蕩棄幅尺,一嗅味盡"。後村之作,蓋欲合兩派之美而自成其深致者。予甚喜其七律,其作庶已達其志焉。後村晚年之作,以宋調運轉之,日臻善妙。清季王禮培小招隱舘談藝錄初編有云"余謂後村晚年沈著簡煉,自盡天機,若鳥啼花發,聲色只在山水溪徑間,空翠濕衣,塵夢不到,其句法學山谷,其字法入長吉,瘦峭幽微,自非陸、范平熟一路所可擬"。(引自今人侯體健氏劉克莊之文學世界第二章。)後村終能守唐律,而兼鎔江西,亦其深明斂情約性之微妙使然。竹溪詩序自言"唐文人皆能詩,柳尤高,韓尚非本色"。以昌黎詩尚非本色,則其立意高潔,非深曉中唐人斂情約性之為貴者弗能道也。韋柳賈姚之奧，俱在性情之內斂中。故後村晚年雖有江西筆調、放翁意氣，終不入於宗派摹擬而已。跋方蒙仲通鑒表微有云"余嘗謂公論根於人心。石勒不識字，聽人讀漢書，評量亦不錯，不必學士大夫然後能持論也"，"蒙仲此編不必就識者而商論，求名人之印可，試示之夷狄、仇怨，告之女子、武人、小夫、賤吏，如其皆有愜志，皆無異論，他日必與三家之書並行"。後村眼光閎深卓犖，跳出朱子綱目之外，亦非文字之學所能籠罩。夷狄、仇怨、女子、武人、賤吏而能肯之愜之，則真契乎天理，弗然，徒識者名人印可焉，習氣知障，恐自欺亦復欺人。其於史學有此等識見，矧詩乎。今世之學，貴通達大道，不貴拘守舊轍，所謂大道者，即此夷狄、仇怨、女子、武人、賤吏俱能默知而歆悅者。夫囿於一地隅、一民族、一國家之言教者，於此之世，人當明辨而後施之，蓋須擇其通達大道者而親之也。有此見地之劉後村，吾儕焉能不以青眼觀之乎。

周德卿

周昂為金詩一大家，真味純粹，少斧鑿痕，情文俱正，惜後人多不知，是可謂滄海遺珠。中州集錄周德卿詩一百首，其數為此集之冠，遠超趙閑閑、李屏山一流，益可見遺山之心。石洲詩話卷五云"由遺山之心推之，則所奉為一代文宗如歐陽六一者，趙閑閑也。所奉為一代詩宗如杜陵野老者，辛敬之也"。而不及周德卿，疏矣。中州集引屏山故人外傳云德卿"學術醇正，文筆高雅，以杜子美、韓退之為法，諸儒皆師尊之"。歸潛志卷二言屏山最愛德卿，嘗曰"若德卿操履端重，學問淳深，真韓、歐輩人也"。滹南詩話謂"史舜元作吾舅詩集序，以為有老杜句法，蓋得之矣"。周昂即王若虛之舅。人品詩品，合一不二，絕為古賢真血脈。（此亦不二法門。)德卿傳若虛文法云"文章以意為主,以字語為役,主強而役弱,則無令不從。今人往往驕其所役,至跋扈難制,甚者反役其主,雖極辭語之工,而豈文之正哉"。若虛貶抑黃山谷詩派,或亦導源乎此。德卿之說甚簡直,似正大無可議者,然文之道,甚為玄奧,豈一語能盡之耶。老聃曰反者道之動,弱者道之用。黃山谷似得反、弱之道而行,自生無限生機。矧山谷亦深知文章以意為主耶。(德卿、從之舅甥譚藝,亦今世所謂保守主義者也。以中唐人擬之,德卿更類柳州、賓客,法度純正,而不似孟韓元白一流。德卿亦云"以巧為巧,其巧不足。巧拙相濟,則使人不厭。唯甚巧者乃能就拙為巧,所謂遊戲者。一文一質,道之中也。雕琢太甚,則傷其全。經營過深,則失其真"。見濘南詩話。山谷就拙為巧,遊戲其中,而經營太過。山谷之過誠有之,貶之者不思江西又有後山、簡齋諸子,能以質性補其過,又不知清季同光體諸子,能以絕學鉅力濟其過乎)時賢謂德卿以杜韓為法,予讀其詩,取法乎上,而實得乎中,無足以繼軌開、寶,而能紹隆元和。一種蒼峭之氣,幽冷若出深谷,甚思郊、島之味,而蒼渾多之。羈旅云"羈旅情方慘,暄寒氣尚膠。古風連遠陣,原樹鬱春梢。要路嗟何及,浮名久已拋。百年麄飯在,直欲事誅茅"。自多生意,迥不猶人。晚步云"鬱鬱孤城隘,飄飄絕塞游。短衣忘遠步,高興會清秋。白水深樵谷,黃雲古戍樓。居人半裘毯,橫管暮生愁"。觀德卿眾詩如雪、夜、獨酌等,頗與永嘉四靈同氣類,而渾古如晚步,則非四靈所能。夜步云"擊柝鄰居靜,開門宿鳥驚。西風秋半急,北斗夜深明。獨立乾坤大,徐行杖屨輕。遙憐漢宮闕,重露濕金莖"。此是真詩,令人忘孰唐孰宋,孰中孰晚。摘句如"中天看獨立,永夜興誰俱","外物誰能必,人生會有勞","五字含風雅,千篇費琢磨","苦吟人不解,多恨爾如知","欹帽中霄落,孤舟幾處行","客衣臨水靜,鳥影過船深","音書雲去北,烽燧客愁西","細燈寒出戶,欹樹老當軒","文字工留滯,塵沙管送迎","未擬登樓作,空歌出塞愁","真堪近燈火,不復病衣裳","憩深憐洞室,吟穩憶扁舟","淚破孤城郡,書來萬里村","跡疎雖異域,心密竟中央","筆成今夕把,書似隔年題","細雨侵衣急,長郊入臥平","積雲鴉度久,荒岸鳥歸齋","眼平青草短,情亂碧山多","雨皺開白雪,風響入青霄","再宿殊雞舍,相看獨鵲山"。讀其五律,深知其詩味極純,彌悟遺山緣何選詩多至百篇也。遺山乃真詩人,粹然最識真味,周德卿此中真味尤多,真非趙、李諸賢可及。周氏之純粹無造作,趙、李俱弗如焉。送客云"相見席不暖,送行情更牽。只愁人面隔,不放鳥啼前。塞迥雲垂地,溪平水接天。山川後期闊,把臂兩茫然"。金源一代,遺山而外,真無敵手。德卿自謂巧拙相濟,則使人不厭。其詩法能踐其言,果然文質道中,巧拙相濟。德卿七律亦大手筆,不在遺山下。即事云"遠目傷心千里餘,凜然真覺近狼須。雲邊處處是青塚,馬上人人皆白鬚。正憶荒村臨古道,不堪獨樹點平蕪。誰人與話西園路,梅竹而今似畫圖"。中二聯真神來筆。五律純然宗唐,七律則氣骨堅蒼,宋調略透乎中,又自然與蘇、陸不同。九日云"不堪馬上逢佳節,況是天涯望故鄉。高會未容陪戲馬,舊游空復憶臨香。癡雲黯黯方垂地,小雪霏霏欲度墻。猶賴多情數枝菊,肯留金蘂待重陽"。至此予方悟德卿之律詩,實遺山所私淑者。遺山詩法,必有自周昂詩中悟出者也。佳篇又有登綿山上方云"環合青峰插劍長,山平如掌寄禪房。危欄半出雲霄上,秘景盡收天地藏。野闊群山驚破碎,雲低滄海認微茫。九華籍甚因人顯,迥秀可憐天一方"。境深句警,精而能渾,頸聯尤出奇致。後世高手如陳獨漉,七律亦有類此氣格句法者。德卿七絕亦渾圓蓄內勁。醉經齋為虞鄉麻長官賦云"詩書讀破自融神,不羨雲安麴米春。黃卷至今真味在,莫將糟粕待前人"。末句尤有味。此話可為吾儕之心聲。清放齋云"平生眼白嫌物俗,此生誰要冠帶束。茶甌飯飽一飲足,臥聽松風仰看屋"。仄韻清絕,舉體健勁,亦得蘇詩之心傳,非唐法也。一種磊落之氣,自不可壓。代書寄大元伯云"南園螣蟻記同傾,一舿書來萬里情。日夜愁心隨柳色,東風吹滿大梁城"。闊筆勁毫,一掃粘滯,唐賢之內斂,宋人之磊砢,而兼師焉,乃得斯體。遺山於此心儀手追,默化久矣。正月大風雨云"風如渤澥勢凌虛,寒破貂裘力尚餘。不是化工難倚賴,也知青帝有驅除"。筆法飄動,淋漓恣肆,演理尤有靈悟。化工主好生之德,豈弗能倚賴耶。此大風雨乃青帝驅除癘氣,廓清舊物耳。是此驅除,乃成其化工。德卿古體,亦自不凡。合而觀之,確乎為金源一大家,以予私意,尚在閑閑、屏山一流之上,足與元遺山,前後輝映。遺山雖出閑閑之門,以詩法氣格窺其師承,乃自德卿悟出者也。

趙閑閑

"金波曾醉雁門州,端有人間六月秋。萬古河山雄朔部,四時風月入南樓。漢家戰伐雲千里,唐季英雄土一丘。繫馬曲欄搔首望,曉來閑殺釣魚舟"。此趙閑閑秉文代州詩也。明七子之先聲乎。閑閑老人詩多唐音,又擅宋調,真此唐宋兼宗之派之典刑。遺山作其墓志云"七言長詩,筆勢縱放,不拘一律。律詩壯麗,小詩精絕,多以近體爲之。至五言古詩,則沉鬱頓挫似阮嗣宗,真淳簡淡似陶淵明。以他文較之,或不及也"。遺山最推其五古。石洲詩話以趙閑閑爲蘇子瞻之支流餘裔。的然。閑閑詩書畫三絕俱達妙境,古文出於義理之學,長於辨析,皆師子瞻者。其七古縱放,自是蘇體。然閑閑自有其閑。歸潛志卷八言其"晚年詩多法唐人李杜諸公,然未嘗語於人。已而,麻知幾、李長源、元裕之輩鼎出,故後進作詩者爭以唐人為法也"。故知閑閑為此詩道風氣由宋返唐之肇端。自此宗唐之風,主世幾五百年。或問何以秉文晚歲有此變化。予對曰,或賴李屏山激之耳。趙、李本同代坡、谷,卻終成一時瑜、亮。二人素日相輕之事,見歸潛志卷八。劉祁謂"趙於詩最細,貴含蓄功夫","教後進為詩文,則曰,文章不可執一體,有時奇古,有時平淡,何拘"。故閑閑之優,在含蓄精細,又善變化,如富家子弟。而屏山則以博通豪古一以貫之,清貴自喜,又深入理窟,遠啟清季袁、沈以佛入詩之先河,如豪門子弟。趙譏李"文字止一體,詩只一句去也",此富家子哂豪門子語。不知一體至極,亦是無窮。矧李屏山詩亦非僅一句耶。李譏趙文"才甚高,氣象甚雄,然不免有失肢墮節處。蓋學東坡而不成者"。此豪門子哂富家子語。閑閑本精細人,而屏山諷其失肢墮節,豈非生平之恥。閑閑必思何以屏山有此評耶。所謂失肢墮節,何以致之耶。晚年當有悟,學蘇固高妙,然大蘇詩文本已有失肢墮節之處,欲進其道,須師李杜諸大家,直以唐賢為法。不欲畔蘇,故未嘗語於人。俟麻、李、元一流鼎出,則任其馳騁矣。此予臆測之辭。趙、李各有長短如是。使時運優之,則可為坡、谷,促之,似不免成瑜、亮。趙之後有元遺山,集此派之大成。李屏山、雷希顏之後則絕響矣。(參見本書李、雷條目。遺山不喜蘇黃及江西派,可參談藝錄四四。其論詩攻之,亦隱然攻李、雷一派也。)以詩而論,功夫趙勝李甚多,獨到則李有先機。閑閑詩各體甚富,前引代州一律,已見其功力精到,神意怡然。明七子辭氣固偉,怡意弗逮,以造作彌多故耳。閑閑寄裕之云"久雨新晴散痺頑,一軒涼思坐中間。樹頭風寫無窮水,天末雲移不定山。宦味漸思生處樂,人生難得老來閑。紫芝眉宇何時見,誰與嵩山共往還"。此學蘇而頗具風骨者。頷聯無窮水、不定山,亦為趙氏天性不拘一體之寫照。而此亦蘇子瞻之最勝處,即所謂水不擇地而流云者也。閑閑參東坡之活計,又見其和淵明擬古、和淵明飲酒共十四首。後題其一云"翩翩萬里鶴,日暮將何之。昏鴉擇所安,笑汝不知時。孔席不暇暖,此理吾不疑。尚愧淵明翁,濁酒時一持"。一則以孔席不暖為不疑,而獨鶴躊躇,一則愧陶翁濁酒,而鴉亦知時。其情致幽微之處,筆下自具靈犀。人謂其貴含蓄功夫。此作是也。閑閑效子瞻和陶,自有真趣,洵非陶、蘇之奴儓。五律陪李舜咨登憫忠寺閣云"日月纏雙栱,風煙納寸眸。雲山浮近甸,宇宙有高樓。鳥外餘殘照,天邊更去舟。登臨有如此,況接李膺遊"。無愧唐人。風煙納寸眸,五字點出心光。雲浮近甸,隱京國之蹲踞,宇宙高樓,則尤露本地之風光。筆調縱逸而步武堅實。鳥外天邊一聯,頓增蕭瑟,咫尺之闊,天涯之遙。甚憶二十年前曾盤桓京師紫竹院報恩樓數月,恍然即此景象。秉文五律,手筆多不俗若是。又擅七絕,唐音為多,多蘊藉溫婉。其宋調者,如華山云"石頭犖确水縱橫,過雨山間草屨輕。未到上方先滿意,倚天青壁看雲生",筆意新燦錘煉,仿佛馬遠一輩圖畫。和韋蘇州二十首諸體俱有之,其人懷抱,蕭然有與韋氏同。諸作摹擬兼形神,亦別出機抒,非同凡手,益見閑閑師心古人,非拘其迹而已。七古如長白山行、從軍行送田琢器之等,自具精能。故論金源趙秉文之詩,不可不先推服其兼能諸體,為老杜、東坡之風範。金之閑閑,明之季迪、牧齋、梅村,清之竹垞、初白,皆承此兼能諸體之正宗者。閑閑答李天英書自云"梁肅、裴休、晁迥、張無盡,名理之文也,吾師之。太白、杜陵、東坡,詞人之文,吾師其辭,不師其意。淵明、樂天,高士之詩也,吾師其意,不師其辭",尤能見其靈心獨運樞機所在。此書雖不足以媲韓答李翊書、柳答韋中立論師道書,亦足豪矣。(使屏山在,則當笑此答李天英書,氣象甚雄,較之韓柳,不免有失肢墮節處。此豈易哉。此豈易哉。)

元遺山金源最嫩極旺

昔觀中州集,乃歎金元之有元遺山,基於此一團渾厚之氣也。夫氣之道,殊為精微,氣之聚,尤待三才之運設。堪輿家喜言龍脈結穴,窩鉗乳突,講最嫩極旺處,如清人章仲山之心眼指要。遺山即金源中州文脈中之最嫩極旺結穴所在也。惟於趙閑閑而言,遺山為晚生,亦合嫩之意,非僅言其詩之清新遒發如三月枝而已。今歲次丙申,予龍井覩三月枝歸,乃欲作遺山詩論,孫過庭書譜論書五合有所謂偶然欲書者,此即是也。甌北詩話卷八言"元遺山才不甚大,書卷亦不甚多,較之蘇陸,自有大小之別。然正惟才不大、書不多,而專以精思銳筆,清鍊而出,故其廉悍沉摯處,較勝於蘇陸。蓋生長雲朔,其天稟本多豪健英傑之氣,又值金源亡國,以宗社邱墟之感,發為慷慨悲歌,有不求而自工者。此固地為之也,時為之也"。可謂大筆如椽,論之亦精悍矣。然予猶有未盡愜焉。蓋遺山稟乎中州之灝氣和氣,最嫩極旺,甌北尚未道及,而專于精銳廉悍上持論,不知遺山之大成,乃本乎一種天真平和之氣也。予觀其詩豪放邁往之處,實天真平和主之,其廉悍沉摯處,亦嫩旺之意旨所在,要觀其生氣機趣,不必只以格調而評之。故知有中州集,方乃有元遺山,有此龍脈,方乃有此最嫩極旺之穴。遺山自具此嫩旺,亦不必與蘇陸較長短。而蘇陸之才大書多,亦其嫩旺之意所在,各具其造化之幽微新警也。夫嫩旺者,必形於窩、鉗、乳、突,則遺山詩窩、鉗、乳、突之狀,即其廉悍沉摯之處。故知其詩為元氣所注,自然成窩、鉗之形,非僅甌北所謂地為之、時為之而已。究其所以成者,實天人相應,地不得不為之,時不得不應之耳。今之論金源者,如宗主趙閑閑,知之者已少,莫論諸帝之興替為何名氏,惟舉遺山,則盡知之矣。故知天留遺山,以為金源一代之頭面,此自又不同于蘇陸之於兩宋也。

遺山適怨清和導源於義山

金史本傳謂遺山詩"奇崛而絕雕刻,巧縟而謝綺麗",此語巧甚,實當以是解之。奇崛而自謝綺麗,巧縟而實絕雕刻也。前人以幽並之氣,高視一世,豪放邁往,廉悍沉摯評遺山詩,固是確說,惟猶有未盡耳。甌北詩話言古體詩"遺山則專以單行,絕無偶句,搆思窅渺,十步九折,愈折而意愈深,味愈雋,雖蘇陸亦不及也"。稍近之矣。近覽元人姚燧牧庵集卷三唐詩鼓吹注序有云"嘗疑遺山論詩,於西崑有無人作鄭箋之恨,漫不知何說,心竊異之。後聞高吏部談遺山誦義山錦瑟中四偶句,以為寓意於適怨清和,始知謂鄭箋者,殆是事也"。予乃頓悟元才子詩血脈有啟自義山者,故適怨清和四字,實亦其古詩之本色。甌北所見已是精銳,尚未盡揭其底蘊。甌北詳於技上說,愚說差盡其意耳。七古如題商孟卿家明皇合曲圖、讀書山雪中、南溪、湘夫人詠、西樓曲等,誠所謂愈折意愈深雋者,然一種清怨和適之意,浹淪乎其間。竊謂浹淪遺山肌髓中者,有一種曰義山。遺山七律步武老杜,實亦本自義山之學杜也。秋懷曰"涼葉蕭蕭散雨聲,虛堂淅淅掩霜清。黃華自與西風約,白髮先從遠客生。吟似候蟲秋更苦,夢和寒鵲夜頻驚。何時石嶺關山路,一望家山眼暫明"予潛氣察之,其氣脈何其與義山安定城樓"永憶江湖歸白髮"、九日"霜天白菊繞階墀"、寫意"三年已制思鄉淚"諸律相似也。遺山野菊座主閑閑公命作中二聯云"共愛鮮明照秋色,爭教狼藉臥疏煙。荒畦斷壟新霜後,瘦蝶寒螿晚景前",非即玉溪本色乎。昆陽二首如"楚澤寒梅又過花"一律,亦義山之風,清怨疏朗者。至此頓悟金史本傳言其巧縟而謝綺麗,實乃因脫胎義山而方能也。奇崛而絕雕刻,前人已解之。惟所以為奇崛者,非僅幽並之氣一類而已。遺山之奇崛,實亦有導源於義山之幽思者,而常人不察。論元詩不意忽掘此秘,又出甌北意料之外。使趙氏有知,不知肯否。昔覺遺山七律學杜,氣貌極肖矣,然終有異趣。至此方知,乃遺山肌髓有一物事曰義山之故耳。(詩而外,又有一事可驗此,即遺山之詞也。如摸魚兒之賦雙雁,恨人間,情為何物,直教生死相許，又賦民家小兒女絢情，問蓮根，有絲多少，蓮心知為誰苦。二詞皆與玉溪情性類合。且後者詞序引韓偓香奩集中語"咀五色之靈芝，香生九竅。咽三清之瑞露，春動七情"，足見遺山性情，有與李、韓相近而惺惺焉。其情種如此，故絕句如"紅粉哭隨回鶻馬，為誰一步一回頭"，蒼涼中亦寓哀感頑豔，又自與放翁"家祭無忘告乃翁"氣調不同。劉融齋藝概言遺山詞"疏快之中，自饒深婉，亦可謂集兩宋之大成者矣"，所言弗謬。疏快、深婉，實皆遺山本色所在。疏快，適也，深婉，怨也。惟深婉二字，措辭典正，須增哀感二字以盡之。寓哀感於疏快，寄春心於夏雷，庶乎評其人其作矣。其滿江紅"一枕餘醒"有曰"入夢終疑神女賦，寫情除有文星筆"。遺山深曉寫情之道，感通幽微，幾動神明，此豈非玉溪生之傳衣乎。情為何物，斯人非繼杜陵，實嗣義山也。)

虞道園寫天機於貴氣

王子充練伯上詩序云"大江之西，近時言詩者三家，曰文白范公德機、文靖虞公伯生、文安揭公曼碩。范公之詩，圓粹而高妙，虞公之詩，嚴峻而雅贍，揭公之詩，典雅而敦實，皆卓然名家者也"。(王忠文公集卷五。)道園之七古七律，尤見其嚴峻雅贍之勝。此四字固不足以盡其美。趙元禮藏齋詩話卷下云"瞿宗吉先生謂，元朝諸人詩，雖以范楊虞揭並稱，然光芒變化，諸體咸備，當推道園，如宋之有坡公也。潘彥復先生則謂，道園詩乍觀無可喜，細讀之，氣蒼格迥，其妙總由一質字生出。質字之妙，胚胎於漢人，涵泳於老杜。其長篇鋪敘處，雖時仿東坡，而無其疏快無餘之弊。吾以為瞿評道園光芒變化似不甚切，不如潘評之為氣蒼格迥也"。(見民國詩話叢編二。潘德輿字彥輔。所論見養一齋詩話。)予謂潘評拈出一質字，尤具眼目，蓋虞詩予乍觀確無甚可喜者也。虞自具貴氣，有質實，而天機貫之，劉邵所謂先觀其平淡，再察其聰明者，即道園一流。故潘彥輔之說殊可喜也。(雖然，元四家各具其優長。在予則尤喜揭氏。)七古兼唐宋之勝,氣韻在唐,清切在宋,內氣養于唐,外體顯諸宋。蓋心摩唐賢,韻調遒上,露筆則不免近于宋詩,清切森冷略過。觀道園七古,如覽宋人行書長卷,如黃山谷、米海嶽等,骨相峭張,偃蹇不羈,而細辨其詩法,又乃學盛唐李頎一流者。道園尤擅詠劍歌,如江樓看劍歌、古銅帶鉤劍珥歌,瀏灑揮灑,持氣清勁。其尤多者為題畫詩,不免為元畫盛況之陪襯矣。在唐,畫多為詩之輔,至元反之,詩幾為畫之助。虞詩題畫七古固佳,然氣格已輸當時畫格一頭,不復如唐詩王者相。吾固為元畫喜,而為元詩悲。道園七律亦宗盛唐,典則清腴,有翰苑之風。功力深厚,內蓄高情,仿佛羽客遺世。後世如文衡山七律,乃繼其踵者。道園少年書邵康節詩於壁,自號邵庵,實道其天機所鍾。道園寫此天機于七律之富貴氣中,細味之,亦是一種新聲也。懷麓堂詩話五七言"虞伯生畫竹曰,古來籀篆法已絕,祇有木葉雕蠹蟲。畫馬曰,貌得當時第一匹,昭陵風雨夜聞嘶。成都曰,賴得郫筒酒易醉,夜歸衝雨漢州城。真得少陵家法。世人學杜,未得其雄健,已失之粗率,未得其深厚,已失之壅腫。如此者未易多見也"。李西涯所舉三聯,皆予所謂寫其天機於貴氣者。具天機,能疏朗,則自無壅腫之患。有貴氣,內珠玉,則自少粗率之弊。人或貴氣而患天機不足,或天機而憾貴氣為少,而道園全焉,且兼互而善用之。元人全貴氣天機者,又有松雪道人趙子昂,惟其精魄神明,專在書畫之藝為多,妙運通神,詩文略遜之也。

高青丘以全體為尊

　　近世蔣揚欽哲旺波大師效善財五十三參,覓師求法,達一百三十人,而未聞其自立宗派也。高青丘於詩擬漢魏似漢魏,擬六朝似六朝,擬唐似唐,擬宋似宋,凡古人之所長,無不兼之,而亦未聞其自立宗派也。其優長之理甚似，不必以自成一宗派而繩之。實則旺波大師所開者，無門戶見之利美運動也，而高青丘所開者，明詩之摩擬運動也。仲尼自謂述而不作。修道之家，或述或作，各得其善。詩家亦然。如高青丘者，善述者也。人多樂稱作者之恣肆自喜，而不知述者之閎博精深。青丘天才高逸，實踞明詩之冠，而為一述者，故唐宋以降詩壇之尊善摩擬之風，自高季迪始。雖然，季迪豈僅一甘事摩擬者而已。其獨庵集序有曰"淵明之善曠，而不可以頌朝廷之光，長吉之工奇，而不足以詠丘園之致，皆未得為全也，故必兼師衆長，隨事摹擬，待其時至心融，渾然自成，始可以名大方而免夫偏執之弊矣"。元明人經兩宋詩猛厲之震盪，不欲蹈其偏激之習，而欲歸於古人之全體，故摩擬者，其表也，歸全者，其裏也。後人不識摩擬之裏，縱弗敢訛青丘，而專訛前後七子，亦不免橫矣。元人書畫之學，趙松雪得其全，元季明初，高青丘於詩則得其全，俱足不朽。松雪之全，滋養大癡、叔明等，亦成大家。青丘弗逮松雪者即在此。幸有前七子繼其法轍，亦可謂後世之子孫。惟懸隔已久，小子狂斐，七子不免粗豪耳。蓋師資已久逝，未能親授之故也。

季迪六朝綺雅

偶覽楊升庵詞品，言歐陽公詞"草薰風暖搖征轡"，乃用江淹別賦"閨中風暖，陌上草薰"之語。忽思六朝綺澤之雅不盡，青丘詩味，多此綺雅之遺意。其學唐宋之什，雖用其法，而其意卻猶存六朝之雅，此所以為難也。楊升庵亦然，博綜諸學，而其神則綺潤腴澤，餘六朝意。其學其行俱有刻意，其心則能會南朝之春華。此又明人異于宋人者。宋人承唐五季之隆盛，以變化新異為務，末思求古人之全。元明人則非是，乃欲徑求古人之味，而神契六朝，自然以模古為尊。故綺雅二字,究其始末,乃真貫通有明之詩者,至陳子龍、錢牧齋猶然。今人或喜以浮華恣欲譏晚明之士類,固弗謬然,不知其稟有古風,亦不可盡以此論誅之。夫明人之神味,今世猶可施諸六根者,詩文書畫而外,又有園林、昆曲。使論者只以浮華二字壓之,焉能見其內奧。園林之神,追乎蘭亭之雅,昆曲之髓,亦即升庵詞品所援梁武、徐勉、隋煬諸作所形狀者。論者以平常心觀之,始可謂得乎中庸。吾鄉王禕子充練伯上詩序言元季以來詩有云"然至於今未久也,而氣運乖裂,士習遽卑,爭務粉繪鏤刻以相高,效齊梁而不能及"。(王忠文公集卷五。)此固有為而發。然不知齊梁之雅,終明之世,弗有絕焉,實不必以氣運乖裂、士習遽卑而絕之也。

楊孟載與季迪齊驅

楊基眉庵集,今人鮮有道及者。明初高啟、楊基、徐賁、張羽并稱吳中四傑,季迪之外,三人之名不甚彰。予昔亦未有推崇,今深閱眉庵集,則彌嘆古人之不可及。高楊齊軌連轡,今予血脈論為楊孟載略作鼓吹,以發其幽光潛德之一二。贈毛生云"丈夫遇知己,勝如得美官。栖栖無聊中,握手意便歡。古來豪傑人,所就非一端。狂言與危行,初若不可干。從容兩陣間,一語九廟安。狐貉不外飾,而足禦大寒。嗟嗟隴西李,願議荊州韓"。予謂眉庵詩分吳調、蜀氣兩種,此豪健為蜀氣者。其先為蜀人。此詩卓犖簡勁,盛唐遺風。白門答高二聘君末云"我昔患難中,精爽無不之。而子獨夢我,與子若有期。方子夢我初,正我念子時。春風鳥嚶嚶,花發滿故枝。為買一斗酒,痛飲春江湄。生死固常理,勿為達士嗤"。楊基高啟之夢遇,可繼美唐賢精爽相應之事。送匡東宗處士云"驊騮駕玉輅,志不忘春草。譬如藜藿人,但識麻衣好。十年邁憂患,退縮苦不早。回念春江魚,洋洋在芹藻。聰明身之累,擁腫身所保。歸去匡山中,雲松可娛老"。清蒼老成。此其五古予尤喜者。雪中再登黃鶴樓起曰"平生不願萬戶侯,亦不願識韓荊州。但願武昌連日雪,日日醉登黃鶴樓",末曰"江頭兒女走欲顛,謂我自是騎鶴仙。白雲飛盡黃鶴去,此景不見三千年。我拍闌干為招手,世上神仙果何有。桃李無非頃刻花,江湖亦是逡巡酒。他日重來五百春,樓前花草一翻新。相逢不識純陽子,何用重尋回道人"。眉庵蜀調中又翻出仙格,奇宕圓轉。皂角灘末云"輕舠短楫辭零陵,似與亂石爭功能。牛刀慣熟中肯綮,郢斧神捷回鋒棱。男兒性命固可惜,底事矜夸向群石。鷗邊短草一枝笛,牛背斜陽數聲笛"。清絕有棱。眉庵七古有涉入宋調者,蓋其甚慕東坡也。如金陵對雪用蘇長公聚星堂禁體韻、舟入蔡河懷徐幼文、憶昔行贈楊仲亨即是。眉庵乃可謂兼師唐宋之士,與季迪同。白雲書舍末云"君家茅屋鑒湖西,屋上春雲作隊飛。爽氣每沾毛義檄,晴光長映老萊衣。祗今薇垣番夜直,咫尺蓬萊雲五色。卻向昇州望越州,吳山萬點吳雲白"。筆意超絕。過劍江聞岸上雞聲云"劍江光似劍,霜月寒灩灩。輕舟載月江上歸,半夜雞聲起茅店。寒鴉自啼人自寢,雞聲不到黃公枕"。遒拔清逸。此眉庵七古也。梅花清夢為沈敬賦云"霜月路西東,梨雲影淡濃。孤燈數聲角,急雪五更鐘。詩向愁邊得,春於醉里逢。不須尋舊跡,湖上兩三峰"。此孟載吳調中清遠之作。懷句客縣中諸友之巫山隱云"巫山青十二,一一楚江濱。自入山中隱,都忘夢裏身。王冠蒼水珮,鶴氅紫荷巾。愧我方為客,秋風滿面塵"。韻格尤高。沙河至采石其三云"病後難為客,天涯獨此身。幾朝纔聽鵲,千里未逢人。夢好徒增喜,詩工不療貧。悔將孤釣艇,拋棄五湖濱"。詩骨清健。岳陽樓尤為名篇。"春色醉巴陵,闌干落洞庭。水吞三楚白,山接九疑青。空闊魚龍舞,聘婷帝子靈。何人夜吹笛,風急雨冥冥"。此眉庵五律。

懷高著作季迪云"坐看清江飲白虹,不知樓閣又秋風。瀰漫禾黍蒼煙外,零落芙蓉暮雨中。富貴逼人驚變豹,文章鳴世豈雕蟲。清時欲草征西檄,只有陳留阮瑀工"。問梅次趙元鼎韻云"驚散溪頭一樹雲,故人相別又相親。兩三枝上幾分月,四五點中多少春。不入楚騷緣底事,番成羌笛是何因。芳心欲露還羞澀,踏雪歸來香滿身"。蒼古清絕。狂歌云"東風十日不成雨,北郭兩山吹作塵。縱橫可比二千石,貧賤何須七尺身。醉後狂歌皆慟哭,老來春色最傷神。即將建業城邊柳,持贈山陽笛裏人"。自是本色語。中秋約登茅峰不果寄羽士蔣玉壺云"仙人待月大茅峰,樓閣高寒近可通。表裏山河俱皓白,古今蟾兔自西東。一塵不住空明外,萬象都懸倒影中。我欲吹笙跨黃鶴,人間或有雨兼風"。空明不二,古今中秋詩之佳者。末句尤有意味。此孟載所長之仙格詩也。呂仙祠頸聯云"日月自隨天地老,江山不為古今忙",亦自崔顥一流悟出。夢覺頷聯云"歲月無情人老大,風塵如此路三千",對巧而意渾。晚發瓜洲亦弗愧古人。此眉庵集七律也。五絕倪雲林畫竹云"寫竹是傳神,何曾要逼真。惟君知此意,與可定前身"。直指玄奧。刺客四詠之匕首云"秋啼聶政魂,寒漬荊軻血。報仇兼報恩,刺人還自殺"。凜然千古。對江望山"朝看江上山,暮看江上山。山色信不改,江流幾時還"。唐人意也。紅梅云"一般香影月朦朧,只有仙肌迥不同。天不念貧空付色,僅教清瘦卻教紅"。奇警而哀。藍采和像云"石崇步障四十里,猗頓珊瑚八百株。寧可黃金堆下死,街頭不散一青蚨"。劍鋒一掃,疾俗快意。江邊見紅葉云"一瓣霜紅一瓣秋,上陽宮裏御街頭。而今飄泊寒江上,相趁蘆花細細流"。此入中唐之奧。客中懷弟妹云"弟妹當年五六人,銀鞍羅綺照青春。而今死別兼生別,風雨瀟瀟一病身"。明太祖殘虐之政,竟使詩人得諸多傑作,愛耶恨耶。江西送陳文獻薛存道二生還山西其一云"江上憐君踏雨來,推蓬一笑兩眉開。莫教章句孤年少,自古山西出將才"。高格不凡。夏口云"川江東接漢江流,萬里相逢鸚鵡洲。更約瀟湘與沅澧,大家淘盡古今愁"。為大手筆,而觀者不免惘然有傷。此其絕句之佳者。

楊孟載詩評

明人徐泰詩談謂"楊基天機雲錦,自然美麗,獨時出纖巧,不及高之沖雅"。此近乎誣。全弗顧眉庵另有蜀調仙豪之格,得唐人古意,疏朗蒼簡者,豈雲錦纖巧云者所能盡哉。夫纖巧之於雲錦,猶波鱗之於海,雲錦其技精湛,惟纖巧處尤能見之。徐氏既贊其天機雲錦,又貶其纖巧,其理為不通。蓋先已有輕視孟載之意,故有是譬耳。矧孟載詩沖雅之什亦夥乎。顧起綸國雅品言楊"才長逸蕩,興多雋永,且格高韻勝,渾然無跡",如掛劍臺、江村等,"全篇幽暢,方之錢劉或未迨,元白斯有餘"。此評甚能見眉庵之長。都穆南濠詩話言孟載詩律尤精,并引諸聯贊其閑曠、含蓄,情致之綺麗,氣象之突兀,"優柔痛快,而無牽合排比,其亦詩人之豪者哉"。都穆所評,亦能知眉庵者。優柔痛快四字尤佳。許學夷詩源辨體後集纂要卷二言"國朝詩人,敦古昉於季迪,匠心始於孟載",此亦過偏之說。孟載氣體渾成處,不在季迪下,其得唐人心法之作,即都氏所謂無牽合排比者,豈匠心之說所能達乎。許氏又言"國朝古律之詩為艷語者,自孟載始,然情勝而格卑,遠出溫李之下"。亦非平正之說。孟載固有匠心雕琢之句,然謂其格卑,予不以為然。朱竹垞明詩綜卷十引江東之云"眉庵詩穠麗纖蔚,大有唐人風味"。纖穠而能得唐風,豈格卑之謂。大抵楊基成名甚早,先蒙楊鐵崖之熏染提攜,故竹垞靜志居詩話言"孟載猶未洗元人之習,故鐵崖亟稱之"。竹垞論詩先已於元詩無平常心,至此便言楊未洗元人之習,故其論楊詩發端已不正,先已有輕視之意。竹垞摘句,云"試填入浣溪紗,皆絕妙好辭"。孟載氣渾高韻之什,便不為人知矣。惟竹垞亦言"其五言古詩足與季迪方駕"。所言極是。明詩綜卷十錄陳子龍謂"孟載如吳中少年,輕俊可愛,所乏莊雅"。此論亦近乎佻,非莊雅之評。子龍負氣極高,以莊雅自命,便生出此種偏頗之見來。子龍之作,自是莊雅正音,為明大家,惟未能如孟載優柔痛快耳。故知後世論詩者,或專摘眉庵纖細而譏其匠巧,或以莊雅自居而哂其輕俊,而眉庵詩之佳處幾隱沒矣。幸顧起綸、都穆之說,渾然無跡、優柔痛快云云,為眼目中正者,差可為眉庵之知音。夫論詩之難也如此哉。愚意評眉庵集,須兼其吳、蜀二調。吳如雲錦,自出纖巧,纖巧洵非雲錦之病,然非天機,詎足以運雲錦之幽暢雅麗乎。蜀則古勁,仙豪陵霄,至性過人,精爽為應,優柔而痛快,逸蕩而渾然,尤可見學唐兼宋而得其骨髓,自寫懷抱之深美。故其位置,與高季迪相當。高楊之并轡齊驅,亦猶古之李杜、孟韓、元白之儔,離之有損其厚,合之方為大美。前人多重高啟而輕楊基,非篤說也。

李西涯

牧齋列朝詩集小傳論李東陽賓之云"西涯之詩,原本少陵、隨州、香山,以迄宋之眉山、元之道園,兼綜而互出之。其詩有少陵,有隨州、香山,有眉山、道園,而其為西涯者自在。試取空同之詩,汰去其吞剝搛搶吽牙齟齒者,求其所以為空同者,而無有也"。(吽音歐)此政見賓之兼唐宋之脈詩。牧齋抑空同而揚西涯,謂空同無自家本色,已是過激。不思儒門自古有托古改制之習,李夢陽、何景明亦稟此種遺風,欲一改時流詩文之體,以盡施其氣機也。李、何自具一代之氣機,豈異代之牧齋所能同受。牧齋自謂非欲與世之君子,爭壇墠而絜短長,此與俗諺此地無銀亦何異哉。西涯有懷麓堂稿、續稿,續稿乃其致仕後四年内所著,最為爐火純青之時。(今人錢振民氏輯校李東陽續集,為西涯之功臣也。)清明日西莊作云"謝病尋山第一回,絕無風雨少塵埃。花間倚杖亭亭立,水面流觴曲曲來。杜甫草堂居始定,邵平瓜地手須栽。溪行野宿真隨意,林外催歸莫浪催"。繪畫四首之岳陽樓云"層樓百尺楚江邊,望盡名山復大川。已覺身從天上坐,不須重泛水中船"。郊行二首柬張遂逸親家其一云"樓頭鐘鼓報新晴,又是城南一度行。剛得閒時身已老,未曾經處路猶生。平沙遠水如江色,落葉疏林似雨聲。欲問郊園幽寂地,野橋山寺不知名"。次韻寄答泉山林先生其二云"雲霄器業我全非,回顧山林願久違。五色有心空補袞,十年無日不思歸。空中駿馬誰爭步,林外流螢只自輝。三楚八閩千萬里,江湖何地不漁磯"。偶拈續稿中作,彌覺牧齋評西涯語為有味。其於空同一派不免爭勝,於西涯則真為解人。牧齋兼師唐宋與之同,自能洞其玄奧。西涯晚年詩清蒼雅健,尤造乎中和平淡之境,竊謂以其氣體而論,亦非牧齋所可及。以西涯滋味彌永,而牧齋無其平淡故。人物志言"凡人之質量,中和最貴矣。中和之質,必平淡無味,故能調成五材,變化應節。是以觀人察質,必先察其平淡,而後求其聰明"。予於西涯作如是觀。觀寫真戲作二首,其一云"昔年曾寫廟堂身,今日看成隴畝人。須信能榮亦能謝,兩般顏色一般春"。此香山豁達,辭句渾成,自中唐而來。末兩句天然契道,又仿佛出禪老之手。漫興三十首有云"縱酒從來不愛身,吟詩對局總傷神。若教此事渾拋卻,枉作山林解綬人",亦真可解頤。此皆玉丸轉盤之筆。又云"調水城南自寫符,煎菜竹里旋生爐。只將清事娛佳客,客去還應一事無"。禪家有言,好事不如無。此詩亦契道於無形,不費心力。牆面軒為寧庵云"獨坐幽篁裏,牆高欲過肩。應思二南學,不似九年禪。虛景還生白,潛心且向玄。周官有遺訓,未語意先傳"。此可謂西涯儒門禪。次曹盧二侍御奕棋賦詩韻云"欹枕多塵夢,開軒兩故人。詩從狂後得,棋逐變時新。世外逢王質,湖邊老季真。此情渾厭卻,吾且脫吾巾"。愈知西涯致仕後神氣彌健,以此逐變而時新。此自盛唐出,所謂其為西涯者自在焉。七古如奉寄鶴溪先生詩、追和東坡贈鄧聖求韻、赤壁圖等,皆參唐宋法,兼取眉山之勝。故西涯為有明一大家,可繼國初高、劉、袁,而為一巨擘。以詩格老成平淡、不露斧跡而論,實可獨步有明。老成,見其堅蒼密栗,平淡,見其率真中和,師唐宋而渾成自出。既閱其續稿,以予私好,其味尤勝於高楊一流。近世賓虹叟之繪事書法,愈老愈妙。今觀李賓之詩,亦然也。西涯四歲舉神童,六歲、八歲兩度蒙景皇帝召見,十八歲進士,選庶吉士,後宦途隆極,六十五歲致仕,七十歲終,晚境所造如是,首尾圓通,亦古來所希。人謂其詩長短豐約,高下疾徐,無不如意,此非釋教所言福慧雙修之士,何能至此境地哉。茶陵詩派,亦足豪稱於百代。懷麓堂稿渾雄清遠,屈奇遒勁,予更愛續稿之老成平淡。亦惟兼造唐宋,混合白蘇,方有此種境界。後世詩才高過西涯者亦有之,或少其慧性,或薄其福澤,若論雷風雨雪噴薄凜冽之勢,或能勝之,而春和秋潔之氣象,則甚難追之矣。先察其平淡,而後求其聰明,忽悟後世能遙承西涯詩體蒼遒清遠之衣缽者,即粵人陳獨漉也。

懷麓堂集佳篇

懷麓堂集,為西涯致仕前所作之彙編。楊一清作懷麓堂稿序,言西涯"高才絕識,獨步一時也,而充之以學問,故其詩文深厚渾雄,不少屈奇可駭之辭,而法度森嚴,思味雋永,盡脫凡近而古意獨存。每吮豪伸紙,天趣溢發,操縱開闔,隨意所如而不逾典則"。允論也。隨意所如而不逾典則一句尤確。懷麓堂詩話有云"長篇中須有節奏,有操有縱,有正有變,若平鋪穩布,雖多無益。唐詩類有委曲可喜之處,惟杜子美頓挫起伏,變化不測,可駭可愕,蓋其音調與格律正相稱,回視諸作,皆在下風。然學者不先得唐調,未可遽學杜也"。懷麓堂稿七古佳篇,如題沈啟南所藏郭忠恕雪霽江行圖真跡、夜過仲家淺閘,皆能有操有縱,有正有變,庶乎變化不測。音調與格律正相稱,則難矣。七律佳篇最多,聊摭摘數首。九日渡江云"秋風江口聽鳴榔,遠客歸心正渺茫。萬里乾坤此江水,百年風日幾重陽。煙中樹色浮瓜步,城上山形繞建康。直過真州更東下,夜深燈影宿維揚"。遊嶽麓寺云"危峰高瞰楚江干,路在羊腸第幾盤。萬樹松杉雙徑合,四山風雨一僧寒。平沙淺草連天遠,落日孤城隔水看。薊北湘南俱入眼,鷓鴣聲裏獨憑欄"。寄彭民望云"斫地哀歌興未闌,歸來長鋏尚須彈。秋風布褐衣猶短,夜雨江湖夢亦寒。木葉下時驚歲晚,人情閱盡見交難。長安旅食淹留地,慚愧先生苜蓿盤"。京都十景有云"薊門城外訪遺蹤,樹色煙光遠更重。飛雨過時青未了,落花殘處綠還濃。路迷南郭將三里,望斷西林有數峰。坐久不知遲日霽,隔溪僧寺午時鐘"。西山十首有云"長為尋幽愛遠行,更於幽處覺心清。祇園樹老知僧臘,石壁詩存見客名。望入樓臺皆罨畫,夢驚風雨是秋聲。人間亦有無生樂,化外虛傳舍衛城"。登清涼寺後臺云"虎踞關高鷲嶺尊,四山環繞萬家村。城中一覽無餘地,象外空傳不二門。人世百年同俯仰,江流中古此乾坤。南都勝概今如許,歸與長安父老論"。江中怪石云"突兀山城抱此州,江間怪石擁戈矛。隨波草樹愁生蟎,駭浪蛟龍卻避流。豈有喜曉能砥柱,只多衝折向行舟。憑誰一試君山手,月落江平萬里秋"。俱氣裕格蒼,清奇雅正。西涯古樂府,亦特具神采,而為王世貞晚年所歎。懷麓堂詩話有云"詩必有具眼,亦必有具耳。眼主格,耳主聲。聞琴斷知為第幾弦,此具耳也。月下隔窗辨五色線,此具眼也"。西涯之神解也如是哉。先察其平淡,而後求其聰明,觀懷麓堂集、續稿,無論何種風貌,皆有一種平淡在，愈老愈和。求諸後世，陳元孝、施愚山之詩，尤多此平淡之意。元孝句法又較愚山為遒，故愈近乎西涯也。

錢牧齋

偶覽方以智東西均顛倒末云"慨世人執定字面，末師屈縛科條，故為一吐氣。學者若是死心一番，自能吐氣，不為一切所縛。設非利根，大悟大徹，則一往任之，病更不小，故聖人只以好學為言"，不覺莞爾，此非即錢牧齋其人之謂乎。執定字面，屈縛科條，即前後七子摹擬之派，牧齋鞭撻之，是為一吐氣。其列朝詩集小傳袁宏道一條言公安派"獨抒性靈，不拘格套"，"雲霧一掃，天下之文人才士始知疏瀹心靈，搜剔慧性，以蕩滌摹擬塗澤之病"。牧齋雖亦斥責公安、竟陵，而實深受其風氣之啓激，於詩文籠罩萬有，十字打開，以慧性疏瀹故，此即藥地大師所謂"學者若是死心一番，自能吐氣，不為一切所縛"也。此語統攝公安派及明季諸大儒之學，自亦及於牧齋。黃、顧、王、孫、李諸儒之學，死心一番，而後吐氣。藥地亦然也。奚啻夫子自道。虞山生公安、竟陵之後，死心一番，重振風雅之道，明亡變節，復悔其行，而行抗清之舉，出投筆集，此又其死心一番者也。觀其有學集、投筆集，知其於歌詩已不為一切所縛，六百年內一大家也。蒙元以降，若謂何人可媲蘇、黃、陸、元，則虞山當在首選之列。然東西均之妙，尚在其後。"設非利根，大悟大徹，則一往任之，病更不小，故聖人只以好學為言"。極有深意。蓋利根開悟之人，其自能悟後起修，臻圓滿地，不及者則往往未證曰證，因幻悟而入狂途，一往任之，病更不小，即楞嚴所謂五陰魔相者。牧齋早已參禪，自視極高，以靈根、傳燈自恃，晚撰楞嚴蒙鈔，亦釋教一佳著，虛雲禪師亦嘗讚之焉。然觀牧齋操行，即類此所謂一往任之者。娶柳如是，不恤俗議，一往任之。今日視之，尚不失爲佳話。在彼之時世，非牧齋有靈悟在前，不能如此放達。弘光之朝事，及變節之行，亦牧齋一往任之也。予揣當其抉擇之際，其必以己行無礙於道術靈心，先已自爲懸解矣。旋悔其行，與復明之義舉，又其一往任之，遂令後世弘曆勃然而焚其板，此在牧齋爲反覆，弘曆疾之，自有由哉。故知牧齊之靈悟，并非利根之悟徹。在昔明太祖迫楊鐵崖出仕，鐵崖往而不留，言豈有老婦將就木而理嫁者耶。此不失爲操行之中理者。在明祖亦無可奈何之。以此行止出處而衡之，則牧齋弗逮遠矣。弘曆乃疾其既已再嫁，又欲謀弑新夫耶。今日論牧齋詩文者，猶不免躊躇兩難焉。使非近世陳寅恪氏洞燭其幽，發揚其志，成別傳之名著，流傳天下，則虞山錢氏之學，真不知何日方能重揚其雄光也。故曰"一往任之，病更不小"。抑錢氏自亦識之乎。故以初學、有學名其集。藥地言"故聖人只以好學爲言"，忠恕之中道，有在於是，修證之中道，亦有在於是。好學而無學，無學而好學，斯中道哉。以詩而論，牧齋學盛唐、學韓、學義山，徧及中晚唐諸家，又宗子瞻、放翁、遺山，誠兼師唐宋第一人。前人謂其"昌大宏肆，奇怪險絕，變幻不可測"，"渾融流麗，別具爐錘"，非溢語也。其文亦閎偉具深鑑，多深邃之氣。其詩爲清詩第一，本無可疑，非朱竹垞、查初白、袁子才、鄭子尹、陳散原等所能及。虞山之天資，近世范肯堂可軒輊焉，而無其博學資養，錘鍛精密，范氏門徑狹矣。虞山詩文，具博大氣象，可追擬蘇黃一流。明清士人文集中求此博大氣象者，明初宋景濂、明季黃石齋皆有之，而景濂、石齋詩非所長。顧亭林、方以智庶乎有之，而詩爲其餘事。黃、王詩亦無以匹其文。清有姚惜抱、曾湘鄉，詩文亦具此博大氣象，而略遜其厚。如此則謂牧齋詩文博大氣象，合綜而觀之，爲明清第一人，當可行矣。顧、朱、姚、曾在其次者。錢詩之佳處，近世自錢萼孫氏以來，發明揄揚之者已衆，不必俟予搖筆費舌。元積昔贊老杜五古、排律之作"鋪陳始終，排比聲韻，大或千言，次猶數百,詞氣豪邁,而風調情深,屬對律切,而脫棄凡近",明清可當此語者,恐牧齋一人而已。牧齋好禪,禪未必了,於詩可謂善悟。此又類於蘇子瞻。悟禪之人,如雞孵子,凝神聚氣,或拈一話頭,不破不休,或豪焰揚天,擋我者死。牧齋於詩文之道,最能見此心要,觀其陸敕先詩稿序、題燕市酒人篇、題杜蒼略自評詩文諸文可知之也。"方其標舉興會,經營將近,故吾新吾,剝換於行間,心識神識,湧現於句裏,如蛻斯易,如蛾斯術,心了矣,而口或茫然,手了矣,而心猶介爾,於此時而欲鏤塵畫影,尋行而數墨,非愚則誣也"。(題杜蒼略自評詩文)此最可見其文心之幽微精明。蓋非此亦不足窺其詩學之奧窔。若以宗門喻之,牧齋堪比詩門之大慧宗杲也。

陳獨漉嚴眼法勝

劉繼莊與陳元孝同時而稍後,晚其十七歲,博通萬類,乃萬斯同最心折之人。鼎革之際,造化弄人也生人,瑰奇之士層出弗窮。繼莊廣陽雜記予殊好之,卷三有云"苟非迥出人情之外,必不能成大計。若夫王道本人情之言,為天下人言之也"。詩道豈外乎是耶。使詩無奇絕出人情之外者,必不能自成一家,蓋平常蹊徑,古賢已道盡其妙。然使詩人僅以奇絕自喜,而弗能歸本於人情,為天下人所知,則其詩道亦非王道,霸術耳。盛唐李杜諸公,王道也,天下人知之,韓柳之詩,則不免時露霸氣。明季大家雲蒸林立,粵東屈大均翁山、陳恭尹元孝崛起於江湖間。吾意獨漉先生之詩,頗契于繼莊之言。其奇音雪懷,足以拔塵,而仁人孤心,又本人情,亦奇亦正,而終在文從字順中,見其本色,此所以為難。晚年作次韻答徐紫凝一律云"白首甘為隴畝民,生來摧折不曾春。易逢湘竹千年淚,難得桐江百尺綸。道在沈冥寧作我,書傳中論又何人。清詩未厭千回讀,更遣兒曹寫綠筠"。其節可凜霜雪,其哀可搖肺腑,而音響清切,如灕江畔之勁竹森森,類夫畸人獨往者。王漁洋謂"元孝尤清迥絕俗",是也。(見帶經堂詩話。此竹予遊桂林時所親見。)彭士望序獨漉堂詩先標寬暇之理,云"嚴則有暇,暇則不窮,其法勝也"。即黃山谷所言整暇之義所在。(黃山谷閬州整暇堂記闡整、暇之理甚精微。其云"無事而使物,物得其所,可以折千里之衝,之謂整。有事而以逸待勞,以實擊虛,彼不足而我有餘,之謂暇","夫惟整故能暇,上天之道也"。呂東萊與學者及諸弟云"古人每言整暇二字。蓋整則暇矣。微言淵奧,世故峥嶸,愈覺功夫無盡"。)此已為論元孝詩設一懸解。"諸體兼擅,手觸肩倚,莫不中音,意格渾成,發人神悟"。發人神悟一語尤妙。好詩固可振蕩人之魂魄,然又能令觀者神悟之作,鮮矣。唐賢能之,至宋漸寡,以其意盡故。(手觸云云,皆本養生主庖丁解牛。忽思明清之際詩解一體盛行,其所謂解者,亦本乎莊子也。)彭躬庵又云"今人詩,吾甚閔吳梅村,梅村撫今傷昔,俯仰流連,其憂慚悼悔之意,時時逗露,欲覽者知其由來,而華美太盡,終不及杜。元孝有大氣鼓橐其中,鬱不得逞,遠覽放遊,束縛歸里,非其所好,磨礱圭角,低頭就之,隨物肖形,以其類應,渾渾莫窺其際。間有刑天舞戚、銜木填海之思,躍冶迸出,隨即遮掃,滅去爪跡。始以我法用古人,久之並不見法,惟有其真意盤旋楮上。予故謂元孝,今之杜甫也"。此最見躬庵解牛功夫。下語精切。雖未點明,自與其先所言嚴而有暇者相呼應。暇則不窮,其法大勝,獨漉之詩,其嚴可及也,其暇不可及也。莫怪乎洪北江歎曰"尚得昔賢雄直氣,嶺南猶似勝江南"。言嶺南三大家雄直氣,勝於江左三大家。此以氣體論。實則以寬暇自得而論,陳獨漉亦勝吳梅村、龔孝升。錢牧齋亦欲為杜甫,博大渾重之氣,無人能敵,而清剛疏宕之致,亦略遜于陳氏。蓋牧齋晚歲尚自言學蘇、陸、元,獨漉早已"只寫性情流紙上,莫將唐宋滯胸中"。此即躬庵所謂其法勝也。(此大抵指七律而言。牧齋諸體俱高,排律亦擅長,海涵萬千,他人自難奪其幟。元孝亦擅諸體,俱骨格清奇,排律則非元孝所優。牧齋勍敵,先是陳子龍,後來者,即陳元孝也。子龍尚可禦而稍勝之,元孝則無可備。蓋獨漉從大寂寞中殺出,純粹無滓,非蒙翁所能逆料也。)廣陽雜記中言成事者迥出人情之外,王道本人情而言,實亦暗契此寬暇之理焉。非能深造乎暇,恐多不能返諸人情,而專致力乎嚴陣之詩壘而已。易堂九子,昔即殊愛彭躬庵,今觀其序元孝集,彌覺其人之靈而明。東萊先生所謂世故崢嶸,愈覺功夫無盡,吾儕可從獨漉詩、躬庵文而彌知之矣。

獨漉堂集摘詩

錢蒙叟有學集陸敕先詩稿序有云"古之君子篤於詩教者,其深情感蕩比著見於君臣朋友之間,少陵之結夢于夜郎也,元、白之計程于梁州也,由今思之,能使人色飛骨冷,當饗而歎,聞歌而泣,皆情之為也"。書瞿有仲詩卷後有云"凡天地之間恢詭譎怪,身世之交互緯繻,千容萬狀,皆用以資為詩"。奚啻皆為陳元孝發耶。蒙叟篤於詩教,而大節有虧,投筆集極見渾浩,顧遺民多有疑之耳。然元孝則無虧人,能使人色飛骨冷者,元孝之篤於詩教,有以致之。牧齋次韻茂之戊子秋重晤有感之作云"殘生猶在訝經過,執手只應喚奈何。近日埋頭梳齒少,頻年洗面淚痕多。神爭六博其如我,天醉投壺且任他。歎息題詩垂白後,重將老眼向關河"。語極蒼涼,文字之極詣矣,然不免有頹氣。元孝"黍苗無際雁高飛,對酒心知此日稀。珠海寺邊遊子合,玉門關外故人歸。半生歲月看流水,百戰山河見落暉。欲灑新亭數行淚,南朝風景已全非",若不經意中得之,雅健清新。一蒼矯而老,一渾成而新,亦各取所好耳。(神爭六博其如我,天醉投壺且任他。窺牧齋心中,視一切皆乃六博、投壺,則其個人之進退,本不由己,亦不必盡負其責乎。)獨漉名篇如崖門謁三忠祠、九日登鎮海樓、虎丘題壁、發舟寄湛用喈等，前賢論及多矣。九日登鎮海樓"清尊須醉曲欄前，飛閣臨秋一浩然。五嶺北來峰在地，九州南盡水浮天。將開菊蕊黃如酒，欲到松風響似泉。白首重陽唯有笑，未堪懷古問山川"。崖門謁三忠祠"山木蕭蕭風更吹，兩崖波浪至今悲。一聲望帝啼荒殿，十載愁人來古祠。海水有門分上下，江山無地限華夷。停舟我亦艱難日，畏向蒼苔讀舊碑"。二首最為合作。（李東陽厓山大忠祠"國亡不廢君臣義，莫道祥興是靖康。奔走恥隨燕道路，死生惟著宋冠裳。天南星斗空淪落，水底魚龍欲奮揚。此恨到今猶不極，厓山東下海茫茫"。"宋家行在日南遷，虜騎長驅百萬鞭。潮海有靈翻佑賤，江流非塹枉稱天。廟堂遺恨和戎策，宗社深恩養士年。千古中華須雪恥，我皇親為掃腥膻"。元孝此作，氣格當有資取乎是，出語更妙矣。）適值陳恭尹詩箋校剞劂梓行，陳荊鴻氏箋釋，補訂者即今吟壇山斗陳沚齋先生也。（校者為李永新氏。）沚齋老人嘗序拙著內篇，辱承獎掖，今以粵人而補訂陳恭尹詩，亦真有血脈相貫通者。茲捧此鉅冊而覽焉，汲獨漉之心髓，以流入吾書之血脈中也。龔鼎孳嘗謂梅村七古如李頎。竊謂梅村多長慶體，真如李頎者，元孝之七古也。讀獨漉詩，頗覺與吾浙李杲堂氣類相近。杲堂樂府四、五言勝於元孝，七古、七律則非其敵手。二賢同時，遺民懷抱亦同，惜未得把臂入林。惟七古體長，弗便摘詩，今獨取其近體。易宣人過訪云"衰草閒園鳥不飛，海樓高坐每斜暉。是誰肯問幽樓地，有客身披隱士衣。獨往肝腸憐汝小，後來風雅見人希。深談三日還三夜，未放江門一棹歸"。一種清新，注此蒼涼，自是元孝絕學。若取李頎之氣脈，轉而為律詩者，又煉之以宋詩之句法，彌見意蘊深切，頸聯尤可見之。太息云"高臺為陸沼為塵，一半揚州是海濱。白鳥自飛煙水上，青山不似亂離春。松楸永隔興哀地，陌路多逢太息人。共道君恩憐物命，不教魚鱉近居民"。不必深典，在文從字順中，寓無窮意味。頷聯尤為神筆，前人似少注目。梅宛陵謂"凡為詩,必能狀難寫之景,如在目前,含不盡之意,見於言外,乃能為至"。元孝此作達之矣。結語尤蘊藉。寄懷梁無悶云"別來彌日把詩篇,壯氣高文兩浩然。舊劍棄為龍入水,新方期得鶴登天。窮通一夢身何預,性命兼言道始全。竹几蒲團閒永夜,三年不上臥牀眠"。此涉理趣者,絕不似後世袁爽秋、沈乙庵、馬蠋戲一派時入深僻玄幽之路。舊劍一語尤豪。以性命兼言對窮通一夢,亦非趙甌北、蔣心餘所能及。寄青原藥地禪師云"駱駝峰外寶鐘撞,十八灘聲湧法幢。曠代才名流下界,半天人臥在高窗。新疎瀑水虹千尺,迥立寒階鶴一雙。猶有為霖舊時望,雨花空自滿西江"。起句即發力,為元孝少有,以藥地大師方密之故耳。藥地邃通天人,妙合莊禪,教證並行,獨步天下,與顧、黃、王、孫異趣,而才學極博,又精繪事,竊議其境界實證之超曠透徹,尚有在諸儒之上者。元孝頷聯揄揚之,真足以狀其人之格韻。收甚穩健,藥地有炮莊及冬灰錄傳世,誠然雨花空自滿西江也。藥地編撰青原山誌,尤奇偉。鼎革之際,古刹山誌多此奇氣。近覽釋成鷲鼎湖山誌亦然。元孝此作,合此奇偉之氣。送曾周士還寧都兼柬翠微諸兄"一回相見一情深,語默周旋並是真。早得於師承學正,似難為弟較兄貧。還從合浦探珠滿,別指梅關落木新。不遠翠微山下路,年年空送往來人"。一到此文從字順處,元孝之聖於詩、篤於教者,即自然呈露,逞才者難得此平常心故。似平淡,實深遠,二聯尤佳,句法尤奇。首尾俱多情韻,整首渾化,真可"只寫性情流紙上,莫將唐宋滯胸中"矣。送魏和公歸寧都亦極佳。集中神來之筆甚夥,看之似唐又似宋,似杜牧之,又似陸放翁,又俱不是,絕不雜入七子之習氣、艱澀之典實,從容淡定,若野鶴姿,獨漉詩自家面目出矣。明人豪奢習氣,幾社諸子、江左三大家尚承其餘緒,粵東文興,乃以清新雄直,一洗塵埃,何其快哉。獨漉五律亦絕有高致。臥病云"海門送人地,人去見波濤。東路離居久,西風病骨高。背牆施枕簞,當暑著綈袍。頗悟無生理，蟬聲在遠皋"。風骨清高，意態自若，弗遜中唐人。賈島見之，當放青眼。起二句已神巧，結語尤深長。中二聯律對出人意表，雖奇而無雕琢痕，若不經意間成之者。此最難。元孝五律差為其七律所掩，亦多神品。<u>江上</u>云"青山此川上，終古見如新。可歎浮生者，蹉跎即老人。暮雲高不動，白鳥立無鄰。獨往秋光裏，雙橈與病身"。一派獨立精神，辭氣古健，真唐人血嗣，淡泊中寓高古，乃從老杜化出而參以中唐者。<u>題丹霞雪幹圖為澹歸大師壽</u>云"絕巘全高寄，孤根壓眾芳。已成空谷玉，如帶被垣霜。世想和羹實，天留暮歲香。南枝長不老，微笑傍空王"。澹歸即金堡也。此詩全以清氣貫之，賈姚之真髓在焉。頷聯以被垣言其身世，頸聯尤有餘味，和羹暮歲，晚境之虛渾，乃真入道人。收亦儁妙，似聞鄭思肖之孤芳，而無其悲酸。遺民逃禪，多是真修實證，非遯世全身而已。藥地於此又勝於澹歸之上。澹歸自亦不失為本色人。清古如元孝，乃有此篇壽之如是。儻非其人，元孝何得讚歎至此。當時遺民善以五律鳴者，又有吳野人嘉紀。人謂展此老詩卷，如入冰雪窖中，使人冷畏。<u>觀獨漉集</u>，則如入幽谷雪懷中，令人愛畏兼抱也。

李杲堂以氣節為詩

鄞人李鄴嗣，別號杲堂，明遺民也。昔讀<u>黃南雷文集</u>，初知其人風骨高騫，品格絕俗，殊慕之，惜未得其集而觀其風瀾。近獲其集，乃歎明清之際之詩文，不可不推重此人，當與亭林、南雷諸先生等價。文弗逮二大儒充厚，詩才實高過二人。其詩詣絕有高華，兼綜諸體，其所以異乎同時之高人者，一言以蔽之，即以氣節為詩也。牧齋類高季迪，以全體為尊，梅村以情慨萬端為詩，亭林以典重蒼涼為詩，漁洋以神韻駘蕩為詩，皆非一，而杲堂則直以氣節為詩，直氣純陽為尚,所以卓犖莫測。全謝山續甬上耆舊詩傳言杲堂先生"一身流離國難,則宋之謝翱、鄭思肖。委蛇家禍,則晉之王裒、唐之甄逢。周旋忠義之間,則漢之云敞、闔子直"。明季林時對杲堂詩鈔序謂其"至迺品詣踔越,獨行踽踽,土木其形,龍鳳其德,大約在菊山遺老、雷山先生、雲窩處士之間"。近世張壽鏞序杲堂詩鈔論之云"今讀其文,殆循唐宋,晉躋兩漢之域,負橐貞剛,厚氣盤鬱,其廉悍乃近介甫。夫黎洲學出蕺山,杲堂雖未籍黃門,氣習固近焉。文章之重氣節,叔世蓋罕見也","所為詩,亦雅正不即卑靡"。殊可見其人也。或疑以氣節論詩者,似非詩學本色。如以格調音響一類譚藝,方為正軌。吾初亦不欲以人品論詩。然既覽杲堂詩,乃忽悟以氣節為詩,即是杲堂之金針訣竅所在。蓋始終以一氣運之,綿綿化機,則詩章自臻妙境。凡人之患,在不能以一真氣內運,故必求之格調音響、句法佈局一類,以後天氣,引先天氣,子母相會,乃適雅麗之境。而杲堂以此一團先天之清氣,摹古則似,自寄深懷,詩章自出嶺壑洞天,不見經心鏤雕、刻意勉強之意,故非時流所及也。時人高斗樞杲堂詩內鈔序言其"積深逼抑,通於天籟,作者亦安知其至是乎"。所言極是。以氣節為詩,境界自闢而無工,此即通於天籟之謂。高氏之言天籟,庶乎即予所謂之先天氣也。林時對亦謂其詩"殆富才而斂於法,邃學而陶以情,澣滌妍華,自然簡老,直寫心胸,獨持風格,登峯造極,衆美畢臻"。真非溢辭也。以予觀之,其以一氣節運之,自然法斂而情陶,簡老而獨格,氣節之妙,乃其詩法之心髓所在。禪門常言修行之法,唯至誠而已。杲堂詩似之。凡先天氣勝者,尤能感人。如曹子建先、後天氣渾合無間,遒雅清貴,而乃翁先天氣獨勝,觀滄海之作,何人能攀。吾於杲堂,亦作如是觀。牧齋詩工極深,遒雅類子建,誠為一代風雅宗主。然今讀杲堂詩,不覺爽然若失,知牧齋先天氣,又要讓杲堂一頭地。牧齋以後天渾合先天,自然神妙。昔日以彼似踏盡天下人。今觀鄭嗣、恭尹諸先生之集，乃知非是。予以此乃自明己所喜者，猶在杲堂一路，勝於昔日所拜服之牧齋、亭林諸家。拙作無懷氏詩集，庸庸無所可稱道，然集中五律，則多與杲堂先生同一鼻孔出氣。此所以觀杲堂詩愈令我神旺者也。

杲堂古詩評

　　杲堂得漢魏之真髓，可追高季迪，而蒼厚過之。其詩之絕高者，首在古樂府、五古二體。此種乃杲堂睥睨群流之處。其古樂府四言詩，骨力剛健，措辭古雅，簡老直抒，陳意高遠。觀其簡遠大度之處，有黃鵠千里之境，忽思黃太冲之言殊有神味。其杲堂先生墓誌銘言杲堂"以廟堂金石散為竹枝禪頌之音，豈不可惜"。觀其四言，予尤能感斯言之深切著明也。杲堂樂府詩，乃解散廟堂之洪鐘大呂，而為村謳野謠之悠遠者也。其古樂府四言又有激烈悲憤之慟語，亦絕有漢鐃歌之血脈。內鈔卷一如善哉行、後善哉行，真乃絕唱。楚騷之幽憤，鐃歌之崛兀，鑄為一爐，出以融液之潔淨，化剛為柔。皇明鼓吹鐃歌十八曲，亦其力作，實不愧唐之柳州。中多擬尚書典謨語，尤見渾古。北風行為公狄先生作，則蓄蒼涼於疏闊中，感人至深，仿佛漢人手筆。北風行詩曰"晨瞻客道，千里常行。卮酒歷歷，脫若平生。一解。北風有音，盡投傾耳。今此躊躇，將行將止。二解。晨益一餐，為我故人。暮減一餐，為我故人。三解。昔日惠我，手遺一牘。短不越咫，長不逾尺。四解。雞鳴滿塗，公今安在。縷裂承霜，索絢續帶。五解。玉繩兩星，竝焰無傷。各保黃髮，萬歲相望。六解"。四言非樂府者，亦簡古高致，極可喜。如題節婦遺像、山居同王無界作。杲堂古樂府五言者，亦極有神采，以寒泉血淚寫成，遒古精猛。建安風骨，今杲堂以真氣而不期達其真傳。樂府七言稟氣直厚，節調頓挫。故杲堂古樂府諸體，乃當時第一,讀其作,令人思魏晉,思孟韓,思宛陵,而杲堂亦復自別於諸家。杲堂五古,模古詩十九首,模曹子建、謝康樂、孟東野,皆悚人魂魄。陳廷焯言老杜"陰狠在骨,更不可以常理論",予謂學中唐者多承此風。(參見外篇卷五之小引。)杲堂五古,偶及孟郊而已,雖不學中唐,而一種陰狠在骨,則與東野不異。集中如秋懷同公狄先生作九章,氣骨深厚,情慨搖振肺腑。但凡涉梁公狄之作皆劇心之篇。梁以樟,字公狄,氣節高邁,亦明遺民也。有梁鷦林先生全書,今世惟昂否詩集傳世。乃杲堂最為知己者。杲堂又喜擬陶謝,尤深於康樂,所造真粹,非僅形似而已。齋中讀書次康樂云"酌幽自有源,奚必在林壑。小廬未謝人,情閒生冥莫。坐久無遯音,翼翼聽歸雀。莊讀古人書,筆墨豈罔作。小慧棄其餘,高文不敢謔。以茲對昔賢,苔封畫闌閣。古光矚虛衿,萬念屏哀樂。竹柏佐庭陰,餘生於此托"。尤見其心意幽微。所作大謝體幾無首不佳。營隱一篇,幽憤之蓄,以澹蕩而出之,情味彌厚。康樂山水詩之幽蒼清峭,杲堂亦深造焉。摹擬之精工勿論矣,其出以己意,無一點作怍愧虛袪之色,豈非真詩人哉。送慰公六首方讀孟東野集諸作,自亦水到渠成。蓋東野乃深入康樂之奧窔者,由謝而孟,如瀑而成泄。予內篇道之詳矣。內鈔卷二如感遇九首、再夢公狄先生、八哀詩等,俱是中唐血肉,似聞冰雪聲,若觀月華光,嗟誇不已。杲堂七古,學初唐、盛唐,諸格俱備,其尤妙者乃是李長吉體及氣息類昌黎、宛陵者。時硬語盤空,時冷艷奇謫,觀之真歎中唐孟韓李盧不死。使其不工近體,吾直置之中唐脈之支嗣,為孟東野之血嗣可也。夫真血真髓,勢必傳承萬古,此豈常流蒸沙煮飯者所可想見哉。常流睞目於土飯塵羹之中,以狡點藝事,以虛設為風雅,宜其幻夢陽焰,集多湮滅也。觀杲堂之古體,予乃殊覺情之為大。凡情之大者,在釋教可以誦金光明經流水長者子品、捨身品而知之。在道家,可以讀莊子大宗師子犁等四人語及霖雨十日而知之。而在儒教,則尤可于唐之杜少陵、明之李杲堂詩而知之矣。牧齋亦善用情,惟其情深沉綺雅則過之,非至大至剛者也。情有分殊,而性固莫二。霖雨十日之情予嘗體之矣,世尊悲世之情予亦有之矣,而周孔忠義孝道之情予固難忘也。觀濂溪、康節、明道之文,可以復性,而觀杲堂、太沖、謝山詩文,可以復情也。

杲堂近體評

杲堂近體,雖弗如樂府高卓,亦無愧作手。宗法盛唐之作,類老杜、孟浩然,而尤多中晚唐詩味。如讀寒泉子詩有云"所思邈何在,懷袠喜相親。觸卷真寒瀑,逢詩若故人。草迴深徑客,月上一簾身。為爾歡然坐,微吟遇菊春"。如張藉、賈島。杲堂五律清峭幽芳之作,亦仿佛後世陳散原之風。如"夜領諸岩氣,秋飄一葉天","夜通大壑氣,秋匝衆山音","月瀲一池影,風歸萬樹濤","不知月影到,猶作雪光看","對浦乘舟力,看雲試杖才","識得貧居味,方知前輩賢",皆森峭有情韻。"齊梁靡曲盡,漢魏古風遺",正是夫子自道。"君方華一代,吾更起千年","只許形骸老,難教意氣疎",則乃杲堂作陳元龍語。是非狂言,吾即杲堂三百六十年後之桓譚,吾信乎六百年後,杲堂猶多景隨者也。內鈔卷四追擬老杜之篇什尤富,浩然之氣為多,陳語剛正,詩詣未必高過同時人如錢澄之等,究其佳者,乃多中晚唐之風。贈掖青四首有云"處士茅堂接,同吟天壤間。山春留竹實,漢鳥下松關。客候鋤瓜到,人逢上塚還。抗言晨夕在,猶得慰秋顏"。"遠非宗歷下,近不襲寒河。卓犖傳新句,蒼涼聽古歌。立驚山起壁,老看海迴波。詩派中華在,應歸吾黨多"。前者深慨,以澹遠出之,後者奇崛,若聞雷音。詩派吾黨一聯,正可狀鄞、姚浙東士人孜孜矻矻,以學術詩文保存天地元氣之大觀,蓋類於元遺山之於中州集。杲堂編甬上耆舊詩,步其踵者。雜哭十三首,古硬處已混宋聲,亦可以詩史目之。秋夜書懷詩三十首,皆此類。其詩法度宗唐,聲氣不免入宋,故知宋詩之替興於明亡,有不得不然者。蓋非宋調,不足以盡遺民之情也。杲堂七律,本胎息浣花翁,然究其神趣,則以劉文房為師,又不免近于蘇陸者。東齋散懷詩序自言"意謂詩貴能秀,當以劉文房為宗"。內鈔詩多悲慨,而詩鈔多古秀。七律悲慨之作,杲堂不如牧齋、亭林,古秀疏朗之篇,乃其本色。張壽鏞言杲堂文負稟貞剛,廉悍乃近介甫。予言杲堂七律深穩古秀,亦近乎介甫也。介甫七律實得力于中晚唐,杲堂宗師于劉隨州,亦自然爾。故知廉悍者往往深秀,非徒荊公、杲堂、散原、海藏而已。杲堂七律擅寫家國,氣調又有近于蘇子瞻、陸放翁者。其七言絕句,宋調尤顯。予謂杲堂詩兼古詩唐宋諸脈,即以此故。放翁亦長忠愛氣節之詩,喜學岑參之唐法,而自出其格調。杲堂類之。南望曰"白冠南望夕陽開,淚斷人間舊劍臺。可得重攜磨鏡具,山川萬里哭君來"。丹陽書壁詩有曰"疲驢踏雨杏泥開,客舍重傾濁酒櫑。共問征衣何處看,野人纔向孝陵來"。奚啻老陸復生。七言近體,杲堂融鑄唐宋,奇趣自出。茲以其詩終此文。將發山陰留別鶺林先生二首云"歎別誰圖故國身,囊詩先下越江津。吟殘瘠影唯留我,別後奇文難告人。鐵杖數年輕萬里,瓦盆幾夜足千春。悄然賴有山陰約,行篋還同焚火新"。"閉門相對野蕁羹,百忍堂前葉葉聲。天意可知留不死,古心自策報先生。豈堪舊帕秋深別,各聽荒雞夜半鳴。尚有湖南數君子,賀祠踏盡古苔平"。牧齋無其苦節砥礪,誠摯入骨。亭林無其情觸細微,幽緒隱約。足可俯瞰時流,允為一代之光矣。

朱竹垞唐音宋格

朱彝尊詩,能結唐宋分馳之軌。其節不能始終,其詩則因仕而自新,似退實進,運雅馴之辭,合唐宋為一氣。志節有污,而文辭愈健,在古人亦夥矣。清季楊鍾羲雪橋詩話餘集卷三有云"浙詩,國初衍雲間派,尚傍王、李門户。竹垞出,乃根柢考據,擅詞藻而騁轡銜,士夫咸宗之,俭腹咨嗟之吟擯棄不取,風雲月露之句薄而不為,浙詩為之大變,其繼別不僅梅里一隅也"。明清之際,風氣大轉,學人日趨厚實,黃、顧、王、方等即其人也,牧齋、竹垞詩人而兼學人,俱有輪囷磅礴氣象。然此非謂詩人能學術耳。古之詩人,博通萬類,神智莫測,而物感靈通,如巫史之萃學,又如楚辭之多識,故詩人本多厚實,羅網百端,非僅緣情綺靡、嗟嘆歌詠而已。錢、朱二家既出,此古義乃甦矣。蓋古之詩人,天然即是學人也。二人俱治明詩,朱之靜志居詩話即勝過錢之列朝詩集小傳。竹垞其人,不似牧齋意氣凌人,故詩學愈能深平。其詩才略遜牧齋,而獨有別格,王漁洋作竹垞集序謂其"詩則捨筏登岸,務尋古人不傳之意於文句之外,今之作者,未能或之先也"。所謂古人不傳之意,亦非他人所能道,而竹垞慧根靈明,於詩獨有專情之處,不必以本宗唐、晚學宋而譏其未自成一家也。漁洋本有眼力人,此序非虛譽。惟竹垞是兩截人,五十一歲應博學鴻儒科仕清,其品操不及顧、傅一流遠矣,人皆知之。以詩而觀之,此兩截人適使朱氏為詩自生波瀾焉。其尚為遺民時,詩友如顧、傅、杜及粵之屈、陳,諸人皆英光四溢,炎武、獨漉、翁山、茶村之七律五律,竹垞皆不能及。仕清後作騰笑集,則別開異途,即清史列傳文苑傳謂其"中年以後,學問愈博,風骨愈壯,長篇險韻,出奇無窮"者也。故知其與諸遺民同氣時,其風骨弗逮諸公甚多,雖多情懷深摯之作,不能過陳獨漉一流。而竹垞之風骨,須待五十後方壯。此風骨非關品操,乃言詩筆之風骨,如書畫之所謂骨法用筆即是。然此等博奧峻發之作,又使其詩情韻流於淺易,後人多有疵議者。予讀騰笑集,竹垞既以滑稽者不畏人笑,且甚欲之而自嘲,則又何恤後人以散漫平易相諷耶。竹垞晚宗北宋,由杜韓而師蘇黃,政以中年風骨愈壯為築基者。使無此博奧逴險之深煉,風骨難老,則晚宗北宋,亦弗能至。夢苕庵詩話嘗引沈寐叟語云"竹垞詩能結唐宋分馳之軌",此最能見朱詩之功於風雅者。(見第一百又三條。乃寐叟門人王瑗仲為萼孫言者。)詩話又云"竹垞學術淹博,并時無匹,發而為詩,響切光堅,華實并茂。七律雄厚處,上掩明七子。晚年忽師山谷,悉力以趨枯寂。自趙秋谷談龍錄論詩,頗議竹垞貪多,耳食者乃從而吠聲。近人姚大榮始駁之"云云。又舉陳石遺題竹垞圖五言五十八韻,云彼"亦尊竹垞為一代詩人之冠"。又不免過尊矣。惟響切光堅,華實并茂二語不可易也。予謂竹垞學過其才,好用僻典,情韻不足諸病,政為後起之查初白、浙派諸子乃至江西派留一頭地耳。四庫提要石川詩鈔一條云方觀學題朱彝尊手書詩冊云"曝書亭下自鈔詩,想見蒼茫獨立時。不是到門親受業,唐音宋格有誰知"。唐音宋格四字,即竹垞之真評也。

袁子才出格之機

大凡造化才皆如禪,不可擬議,無可安排故。詩騷以降勿論,唐賢歌詩、書畫、樂舞諸藝皆造化才也。至宋雖大衰,蘇黃猶溯本還源,轉從禪家取絕技,悟自性,演諸詩文書畫,又開無窮法門。然蘇黃弗及唐賢者,在其已生安排矣。明有吾鄉宋景濂通達三教,粲然精微,而無礙其為古文正宗。究其天機所在,亦庶乎如禪者,不拘故常。後有王陽明出,觀其證悟、講學、詩文、書法,亦庶乎具此造化才,其後衍為浙中、江右、泰州諸派,亦多合此不待安排者,其人物崢嶸,絕少雷同,亦類造化工。降至明清之際,人才極盛,猶存此種氣象。奈何康熙中葉之後,頓然極衰,求如不可擬議之英物,如章實齋而外,甚難一見。漢學大家,非予所肯,必求一人,則曰戴東原。文人雖盛,尚遠遜明季,必求一人,唯袁子才耳。然戴之學,予不甚喜,袁之人,予亦非同調,比諸明賢兼備德文,又隔一塵矣。袁簡齋其人其學,即所謂不可擬議者,或頌之,或誣之,皆只窺一斑。其說未必如唐宋人多從躬行中證出,然特具活機,禪門謂之出格。如小倉山房詩文集卷十八答惠定宇二書諷漢學"如尋鬼神搏虛而已",又云"一人之心,即衆人之心也,一人之心所能得,即衆人之心所能得,不足以為異也。文章家所以少沿襲者,各序其事,各值其景,如煙雲草木,隨化工為運轉,故日出而不窮。若執一經而說之,如射舊鵠,雖后羿操弓,必中故所受穿之處,如走狹徑,雖趺趺小步,必履人之舊跡也",絕有高致,真可謂出格之機,同時人所難想見。一人之心,即衆人之心,可破時人考據為學刻意求異之弊。天下大文章大學問,只是一心。論文章家語,最能壓倒經生之論。日出而不窮,亦可見袁氏之志。二書筆調廉悍,銳而有致,莊諧間之,觀之亦足軒渠。平情而論,其說不失中正之度,言之成理,非徇時流者可比。故予戲謂其才大智周類奸雄也。(戴東原之出格,古學考據精密逾前代外,又能作孟子字義疏證一類,轉為漢學中人所不解。漢末人立奸雄之目,予意此即孫子兵法所謂詭道者,并非即今人所謂道德判斷也。)子才非漢學,亦非理學,其讀胡忠簡公傳笑朱子譏胡公在廣州戀黎倩,言辭鏗鏘,亦人皆知之者。漢學有子才非之,不礙其澎湃如之江潮,朱學有子才非之,亦無損其性理之立道統。使漢學、朱學之士深思袁氏之言,必矯其末流之偏頗,而願歸於中道大本。清季漢宋之合流,蓋其驗乎。出格之人,影響必生乎隔代。袁枚之主性靈,竟為近人效泰西新學之人所用,而流于浮薄,使人不知袁子才乃一學識幽深、洞悉古義之士也。此子才之悲也。故曰子才類乎古之士無可擬議,是其出格之機也。然其終不是古之人,一念在佛魔之間,子才己亦不知其終入何處。(此又類乎今之所謂虛無主義者。)答彭尺木進士書言"佛者九流之一家耳",觀其駁論之辭,知其雖智周,卻無出世智,雖多妙解,終屬小慧。可謂辜負尺木仁者之心矣。(尤見子才之淪為虛無者,卷二十五齒痛悶坐戲作長歌即是。"徒然皆受倉頡累,四千年中文字來煎熬。就使學業追孔孟,勳業同夔皋,猶恐一朝乾坤毀,也如雲氣隨風飄"。此焉能知孔孟夔皋者。"再欲將身送還天與地,又被殘形恒幹相拘膠"。此焉能知莊生者。"但願生生世世莫作有情物,一任劫灰蕩滌吹我作泰山之頑石,大海之波濤"。此焉能知釋教輪回者。此作空有呵天之貌,辭氣似達,實無參證。具慧根、尚独行、慕性情之中道如袁子才者,終未窺入大道之源。吾儕傷而憫焉可也,不必效實齋之痛絕之也。)子才以好味好色自許,以人欲當處,即是天理。此等關頭,皆一念之間,凡聖立隔。其言說弗謬大道,要在善用之則極難。以子才無出世智,故可知其甚難善用之,不免以欲為道。何也。蓋予以藏密金剛乘業印瑜伽雙運道而知此理也。使悟道者斷除貪念而妙用貪道,則轉煩惱而成菩提。使愚夫愚婦自然任運無甚分別意識,亦合天地之大機,故曰愚夫愚婦之知,及其至也,雖聖人亦弗知。袁子非悟道者,亦非愚夫愚婦,故吾知其非能善用之者必矣。

隨園詩

古人以詩自雄者素不乏人,然求如隨園之自是者亦罕覯也。隨園詩話補遺卷二有云"詩家百體,嚴滄浪詩話,臚列最詳,謂東坡、山谷詩,如子路見夫子,終有行行之氣。此語解頤。即我規蔣心餘能剛而不能柔之說也。然李杜韓蘇四大家,惟李杜剛柔參半,韓蘇純剛,白香山則純乎柔矣"。蓋諷蔣能剛不能柔,以譽己之剛柔并濟。然吾觀蔣、趙之能剛,終有英氣勃然,袁詩雖兼剛柔,欲以澹宕風調超出,然終少佳篇,亦多畫虎而反類犬者,尚不如能剛者詩味或非純古,轉以氣體動人。袁氏本欲以詩味匹敵古人,不知己力亦不過中駟,志大而才疏者乎。小倉山房文集卷三十一換骨巖有云"吟詩骨與神仙骨,一樣天生換總難",其以天生吟詩骨自詡,不知其骨亦非脫凡。使韓、蘇純剛,香山純柔,亦能炳耀千古。詩人不必皆如李杜剛柔參半也。(所引嚴羽之語,亦非出於詩話,乃其答吳景仙書。)隨園詩話卷一四趙雲松條言"雲松才氣,橫絕一代,獨王夢樓不以為然。嘗謂余云,佛家重正法眼藏,不重神通。心餘、雲松詩,專顯神通,非正法眼藏。惟隨園能兼二義,故我獨頭低。而彼二公亦心折也"。錄此耳邊諛語以自耀,予未知其可也。王夢樓之譬,似是而非。重正法眼藏,不重神通云云,固是。然觀高僧傳,神通者自然精誠所至,非可刻意求之,得正法眼藏,具緣者神通自至,不具緣者神通亦不必有之。蓋神通亦幻化,無自性。高僧顯神通者,皆為度化眾生故,非炫視聽以自貴。夢樓以正法、神通為相對,已不達佛理。使其言為然,則蔣、趙二人為專求神通之外道、野狐禪矣,豈公論哉。此專詆袁枚之辭,而子才竟而自炫之,此真留口實於後人。此亦子才不通佛學之過也。(以聖賢之學衡之,子才近乎外道。說詩不免露此習氣。後檢錢氏談藝錄第六十則,見默存亦有論神通者,參引瑜伽師地論、龐居士偈,言神通皆隨定力,悟心得道乃具焉,"若純取事相變幻,認為神通,有違真趣,能障般若",子才以"天花天魔"取詩,識趣實為短陋云云。此又不啻為王夢樓而發。子才識趣相類,宜其自寶斯言。此默存與愚不謀而合者。)袁氏於詩,識高於才,欲追古賢深入正法眼藏,奈何天資限之。其識力殊有出塵之處,奈何意太矜驕,不免英雄欺人。故予謂子才類孟德而為奸雄。此皆其求之過急者。平情而論,隨園詩能知情韻之為貴,其尚知唐賢之古氣。早年樂府詩能師法漢魏、少陵、香山,氣稟剛直。山水詩步武昌黎、玉川子,逞才刻露類中唐。綺情艷詩,又乃其心儀晚唐韓偓一流之處。盛、中、晚三唐盡師法之,疏放處又自宋人本色。子才杭人,又好議論,天然有一種宋調在其詩中。子才雖尚情,然細而體之,其情多矯飾,亦非純也。卷三十七示兒其一云"可曉兒翁用意深,不教應試只教吟。九州人盡知羅隱,不在科名記上尋"。不知"吟詩骨與神仙骨,一樣天生換總難",隨園示兒吟詩,然羅隱之吟詩骨可求而致之乎。以一無吟詩骨之人,何如教其應試乎。觀此愈知韓退之訓兒以富貴乃非矯飾人。其二以葛洪、陶侃事示兒不能以博局虛擲時日,云"一個神仙一豪傑,肯教白日付悠悠",亦不免托大。求神仙骨,又難於求吟詩骨,以此誡子,矯而弗切,不如昌黎多矣。故子才識力固佳,奈何身有俗骨,故其詩所造,不能高過趙、蔣。觀其集貌似大家樣,細辨之則弗是,以古今衡之,亦一名家耳。近人陳仁先嘗云"春風舉國裁宮錦,半作障泥半作帆,何等恢麗。首句以不戒嚴三字起之,嚴重之至,又承以誰省諫書函五字,樸質之至。古人之詩如是,否則可入小倉詩話矣"。(見石遺室詩話卷十。此一語亦可為隨園詩話之定評,即殊少古人樸質之至者。)其人即少此一種樸質之氣。予喜甌北之神旺氣雄,隨園矯情失真,袁識力高,趙神氣旺,袁有志求古人情韻,趙專性寫一代天真,懷抱有所不一,而所造亦生異趣。趙心氣能平和,故而詩能養人。袁矜才甚過,自視太高,用諸古文駢體,可盡其才識,堂廡深廣,而多羣怨之意,施諸歌詩,則膽大心粗,已露馬腳。蓋身具俗骨,不能入道,不免自諱其卑陋,專事誇飾。雖性情自恣,非同常人,心有出格之機,非時人所能籠絡,終亦在塵網中,五十步笑百步耳。子才生於杭城艮山門內大樹巷中,予居艮山門外,相距僅數弓之地。有清城東文運甚興,藍田叔、厲樊榭、龔定庵皆寓焉。子才文章神明所在,萬古不可廢,詩具俗骨,只因認情識為性靈。一念之隔,凡聖已殊。子才之才甚大,然求諸前代,如錢牧齋一流皆能深參禪門,稽索佛典,而子才蔑焉,此非子才之勇,實乃清世氣運隳敗之徵爾。文士之心,使無道釋孔顏啟之導之,必有淪於虛妄之虞。故劉氏作文心雕龍,必以徵聖為源。子才欲自闢一路,不據諸聖之學,難矣。(據今人鄭幸袁枚年譜新編,子才七十九歲時抵常州,與甌北往來。甌北戲作控詞謔子才"借風雅以售其貪婪,假觸詠以恣其饕餮","人盡稱奇,到處總逢迎恐後,賊無空過,山門必滿載而歸","雖曰風流班首,實乃名教罪人","照妖鏡定無逃影,斬邪劍切勿留情。重則付之輪回,化蜂蝶似償夙孽。輕則遞回巢穴,逐獼猴仍復原身",真可入木三分。亦可見二老德性問學之異。談藝錄四十考袁蔣趙三家交誼。甌北稱心餘"名高久壓野狐禪",題隨園詩"惹銷魂亦野狐精",雖謔而實刺。民國詩話叢編五然脂餘韻有云"冷香閣詩草,建業張澹如女史著。女史詩學獨宗唐宋六家,清人集中酷嗜吳梅村、蔣苕生,於袁簡齋則服其才而卑其品"。服其才而卑其品一語,正可見袁簡齋其人之複雜。予以平常心觀之,其人精神有脫落常格、不可擬議之處,尚是古人之精魂,是可佩也,然恐亦流入魔徑,以縱慾為天真,認情識為性靈。張澹如或未足以知袁枚,然服其才而卑其品,亦有擇取焉。近人錢振鍠謫星說詩三九有云"袁子才誠是才人,能道人意中欲說之話,又能道人口中難說之話,詩中無一啞字、湊韻,實出我朝諸詩人之上。世人多訊其淫哇淺俗,然其才實不可沒。其論詩搆語不能脫淨一膚字,是皆急於應酬之病。所撰詩話,固是千古通論,然習俗可厭,見詩句出於高位,必十倍贊揚。統觀其文字言語,固是一爛漫適俗之人,而非清高拔俗之人也"。大體平恕之論。爛漫適俗,不能脫淨一膚字,即予所謂身具俗骨者。心氣高,自多精爽,奈何俗骨累之,即此隨園老人之寫照乎。)

趙甌北神智湛然

近嘗浪跡粵西,逐霞客之遺蹤,吊柳州之劍銛。過邕偶聞馬山墟場壯歌,潸然淚下,蓋彼純是元音,精氣內充,性情流溢,愛語自出天籟,而殊傷今世寓都會者,精元多散,不識此天趣久矣。覽甌北集,乃知趙雲松知我者也。其宦跡歷西南邊陲之地,天如成就詩人。土歌述苗、彝墟場對歌之景,末有云"世間真有無礙禪,似入華胥夢飄緲。始知禮法本後起,懷葛之民固未曉。君不見雙雙粉蝶作對飛,也無媒妁訂蘿蔦"。真乃達識。精元內充而未耗散,方能愛語情歡,發之天籟,化人殊深,而自契禮義之道,是即無礙禪,婆子不需燒庵。予號無懷氏,固懷葛之民也歟。甌北瓣香放翁,尚鎔三家詩話謂其"極險之境地,極怪之人物,皆收入詩料,遂覺少陵放翁之入蜀,昌黎東坡之浮海,猶遜其所得所發之奇,可謂極詩中之偉觀"。以予視之,非僅偉觀而已。其懷抱之超然,識趣之通達,行止之峻潔,乃予所服膺者。又非惟史學精博、詩章粲然耳。甌北思睿智明,其集卷首古詩二十首已彰然可知。其四論仙道言"何以五代末,但聞呂洞賓","多活數百年,終歸墮劫塵",其六言"聖言性相近,其說渾渾爾。孟氏救世深,特標性善旨",其八諷郭巨、伯道矯激,予心皆有戚戚然。此即甌北詩之獨到處,即神智湛然,才學乃以高識運之,自異于袁、蔣諸家。卷三十八近日刻詩集者又十數家翻閱之餘戲題一律云"只為名心鈌肺肝,紛紛梨棗競雕刊。豈知同在恒沙數,誰獨能回大海瀾。後代時逾前代久,今人傳比古人難。如何三寸雞毛筆,便作擎天柱地看"。以識運之,巨刃摩天,真仿佛元遺山之再世,而刻露過之。後代時逾前代久一聯,尤多理趣。吾人當胸次曠達,開後代之無盡,使斤斤於前代之矩度,往往不自知入其封圍矣。(蓮花生大士曾開示云,過去之念斷除,向未來之念開放,安住於當下。向後代開放,此真詩家之密意。今人傳比古人難,則安住於當下,不必躓等而多生妄念也。)甌北筆力廉悍,素多雄健之作,林昌彝諷其"全無含蓄但矜張,不按宮商枉上場",朱庭珍詆其"詼諧戲謔,俚俗鄙惡,尤無所不至。街談巷議,土音方言,以及稗官小說,傳奇演劇,童謠俗諺,秧歌苗曲之類,無不入詩,公然作典故成句用,此亦詩中蟊賊,無醜不備"。此固激而為之,何足與辯。晚晴簃詩匯卷九十詩話云"雲松詩最繁富,才雄學博,不屑寄人籬下,而莊諧雜進,馳騁不羈,滋人口實。然其經意之作,大抵洞達真切,蔚然深厚。"所論最為知言。所以能洞達真切者,即其神智湛然,善以識力運之故。卷三十八七十自述七律三十首,追憶甘酸榮辱,出筆即是,不可遏禦,豪健為多,非同古法,徐味之,所謂蔚然深厚者自呈於前。其有云"里居何物可消閒,依舊書生靜掩關。尚有眼光牛背上,不消髀肉馬蹄間。半簾殘火聽譙鼓,一縷名香裊博山。訂罷史編翻自笑,干卿甚事苦增刪"。真有神閒氣定之象。故甌北詩似躁急而實深秀,意氣自高,固非尋常泥古者所能賞心者。末云"若果輪回有來世,誓從髫齔便勤修",彌見其可愛處。卷十八古州諸葛營有云"英雄作事以氣勝,力所未至光已射"。此蓋雲松夫子自道也。心餘有才俊氣,雲松有英雄氣,子才則有奸雄氣。趙作甌北詩話,專籠絡古人,為己張本,故是英雄。袁作隨園詩話,多籠絡今人,為己同調而自炫焉,其才大,又足以周旋之,髣髴近人所言之厚黑學,故予戲之曰奸雄也。曹孟德昔聞人評其為奸雄,乃自樂之。予意子才將亦然哉。雲松意氣高邁,亦能知足安止,所謂有福何須做貴人,能行能藏,此真為袁、蔣所難到處。"瓦盆小酌茅簷曝,領略羲皇一片淳"。甌北自有真樂,本懷以平澹為貴,非如子才之縱欲,心餘之侘傺也。

蔣心餘

袁子才以性靈倡詩,人或以名教罪人目之,朱庭珍至謂其以淫女狡童之性靈為宗,而究夫子才之睿思深心,乃欲為世間求一性情之中道者。惟一念之間,差之毫釐,便弗能造其地耳。蔣心餘以忠雅堂名其集,行操亦峻潔剛正,然細觀其詩章,乃真多奇譎偏頗之處,忠未能中,雅亦不契。今人邵、李二氏校箋忠雅堂集,固蔣之功臣。吾頗怪其從心餘手稿本謄摘心餘棄詩,編入正集各卷中,使吾儕觀蔣詩易生此脆薄奇譎之感。噫,詩人之自刪詩,固有由矣。此豈心餘之本意乎。卷一述懷三首,刊本只錄二、三而棄其一。其一曰"八磚清夢繞巔涯,自笑前身是睡蛇。變速敢同遷地橘,開遲竟作殿春花。癡頑器鈍仙難證,接引燈明佛枉誇。恐與玉卮無當等,一官隨分繫匏瓜"。已涉衰音，尤呈怪異，氣機不佳，頸聯亦贅，刪之宜矣。其二中二聯云"到眼春雲何處止，閉門秋氣有時生。才多畢竟歸才盡，宦薄終難望宦成"，雖有衰颯，猶稱雅意。結云"飽食晏眠成坐廢，幾人身後得高名"，亦蘊藉。然今讀其集，先見其一，心厭之，已覺不韻。此固為蔣苕生歎也。才多畢竟歸才盡，又不免為蔣氏之讖語。三大家袁枚專志娛樂，不恤俗議，其資己者也厚，養生者也多，其人詩文自有精爽在焉，非可以常情測之。章實齋絕之太過，非也。趙翼壹情學術，涵養深厚，兼學人而擅詩，氣度弘雅，洞鑑別出，其得意處豈他氏所能窺見。惟蔣氏一生以才為詩，其資己者又薄，篤志者又非學術，故不免才多畢竟歸才盡矣。袁、趙壽及耄耋，蔣僅中壽。雖然，以才而論，忠雅堂固多於袁、趙二家。"幾人身後得高名"，忠雅堂亦得之矣，何有憾哉。蔣詩多奇趣，尤見其性靈之奧。似欲出塵而未得意，故工於詩，然又譎奇溢於詩外。當其弗溢於外時，彌歎其詩之靈妙，當其溢矣，則又嗟其才多於德，未得兼厚，亦猶佛家所謂福德資糧未具足者。是以心餘詩涉佛處多不佳。人日夢中題畫云"屋後蒼苔如潑乳，夕陽紅到青楓樹。龕僧定力齋鴿知，峽客離思夜猿生。幽禽無語泉溜迴，緣溪草閣一半開。山桃門外落成雪，藤杖伴吾歸去來"。此未溢乎外者，尤有餘韻。丁亥童二樹畫梅詩亦極佳，中云"花開古雪未消時，香入空山不知處"，亦神韻之筆。同時病中生日感作云"肌肉全銷山露骨，因緣已澈佛同龕"，"艱難久絕資身計，惻隱空存未死心"，此則不免溢乎其外，其不知澈佛因緣與此嗟窮嘆卑之自相悖乎。此文人之綺語耳。心餘心氣太高，每覺己之窮困，實則何代無寒士，彼猶羨心餘嘗得志，負清名，心餘可謂未知足。四十三歲即出斯語，衰氣生矣，晚境焉能大善乎。卷七題張吟鄉夢遊竹葉庵記亦刊本無，其一中二聯云"奇光透穴通欹枕，小輦招人入古槐。二客何來相導引，一情垂死暫安排"，彷彿見湯臨川四夢之情種，然不免幽惨,不祥語也。贈相士李生亦刊本無,其五云"忠孝情懷義烈心,他年浩氣恐消沉。大名身後勞君卜,不問蘇秦陸賈金"。則知蔣氏於忠雅堂之忠,亦非恒志,蓋料其浩氣將消沉也。至於身後大名,豈當賴相士李生一流卜之而後自信耶。可知心餘之不甚自信,古来贈相士之作,鮮有如心餘感激至此者。於此即可窥心餘之心,猶未通達天命,非孟子所謂養吾浩然之氣者。此等詩焉能不删耶。心餘删之,乃具自知之明。而今人補之,適令人愈輕心餘矣。近得宋儒魏了翁渠陽集,卷一有詩云"古人灑掃先庭户,豈問他人莫余顧。只憂原頭欠渟滀,才見天根便呈露",此若為心餘發者。又云"世無我知將自知,不待雷風問諸史。投沙屈賈占所歸,九州博大歸何之。雖云忠憤語傷激,律以洙泗猶津迷"。此又仿佛對蔣氏贈相士感激語而針砭之者。心餘以洙泗律之,則未至其道,以仙佛律之,亦無所達。卷九無題三首,刊本只收前二,"如何解作漫天絮,不點王孫八寶鞍",心中清奇難污。"不信桃花人影亂,翻令仙犬吠劉郎",以仙分自貴,庸詎疑之乎。其三則云"三生石上五更風,隱約仙源有路通。索把金鈴閒咒取,再尋鸚鵡罵雕籠"。既自信仙分,何須再罵,其為憤氣,何如隱没。若罵則須效禰衡,又不必以仙詞自遯。芝之方見前二首之妙。此一罵字有小家氣。卷十再飲碧玉山房即事,刊本無,有句云"枯木身留僧入定,金鈴心死鳥嗔籠",又可為罵雕籠之注脚,意更哀憤衰颯。卷十送友人回里絕句六句,多怨悱之意,亦棄詩之列。末云"世緣未了仙緣欠,誰放麻衣歸去来",奚啻為心餘自心之寫照。世緣未了,故曰忠雅,仙緣既欠,乃號心餘。猶有餘憾,終始一生。故知心餘删詩,戲作應酬類雞肋者、句意未渾成者、語幽惨不祥者,在棄之列,組詩則芟其贅,凡涉仙異譎奇、幽艷陰結之作亦多施斧斤,弗然亦不足以忠雅名之。忠者,中正清明之意。雅者,雅潔和泰之屬。心餘之言忠雅,乃論詩斟酌後語,非道學氣也。其自知當以忠雅二字,調濟其氣質之偏,而使文字多磊落氣象。故敢于刪詩。雖然,在後人觀之,何若弗刪為得真耶。使予為心餘,必亦自刪之。予得為今人,則又喜其未刪也。然要非邵、李二氏錄入其棄詩,吾又何能作得此文。心餘既刪之,又存之,心猶躊躇焉未決,弗然則焚其手稿即無今日事。在此一節,亦為心餘惜,亦為心餘喜,在予亦猶未決也。世事何必盡決之乎。

心餘兼師唐宋

　　蔣心餘論詩有達識。忠雅堂集校箋卷一三辯詩有云"唐宋皆偉人,各成一代詩。變出不得已,運會实迫之。格調苟沿襲,焉用雷同調。宋人生唐後,開闢真難為。一代只數人,餘子故多疵。敦厚旨則同,忠孝無改移。元明不能變,非僅氣力衰。能事有止境,極詣難角奇。奈何愚賤子,唐宋分藩籬。哆口崇唐音,羊質冒虎皮",末云"李杜若生晚,亦自易矩規。寄言善學者,唐宋皆吾師"。門人法忍嘗問予血脈論何以分內外。今可對曰,即此"元明不能變,非僅氣力衰。能事有止境,極詣難角奇"也。內篇十二脈乃極詣,具平等性,故難角奇,內篇是能事,已為止境,外篇則於極詣外見派衍生息,亦有佳子孫,能纘續先業,神明自得,餘者多謹慎,分家裂產,門戶嚴設,故心餘斥之。此與王陽明稽山會語以子孫分屋喻三教異同甚似。心餘深於唐之近體、樂府,又學宋詩,才力恣肆,自出風標。其京師樂府詞十六首,尚鎔三家詩話謂其"兼元、白、張、王、鐵崖、西崖之勝",洵非虛辭。尤擅五古、七古,見其騰踔多筋骨。七律才度矯健,予所喜者,如皖口謁余忠宣公祠二首,觀之頗憶予吊顧亭林詩,予詩學盛唐,亦甚慕顧先生詩,僅得其皮,觀蔣詩卓篇自生青眼。"食祿敢存能死念,臨危纔見讀書身",平恕沉摯,真能動人。此正忠雅二字之意旨也。學宋者如卷一七續演雅戲效山谷用筠軒韻,自亦深入江西之趣,惟過澀耳。雖戲作,却刊之,未忍刪也。卷一一消寒雜詠和王庶邨太守作十八首七律,類晚唐韓偓一流,又類江西,幽森處又類李昌谷,炫才處又如蘇長公,誠兼師善為熔液。雖然,一種衰颯之氣,浮於筆端,詞彩警動,而真氣亦耗矣。同卷有詩言"東坡老筆無衰氣,宋玉微詞亦壯心",心餘不免壯筆有衰氣,微詞時涉虛誕,予甚惜之耳。魏了翁詩曰:血氣雖衰義逾集。古賢多如是,在心餘則弗能。心餘五十一歲扶櫬返鄉,後葺藏園,擬度餘生。不意感念皇恩,三年後復入京師,充國史館纂修官。後患風痺之疾,終返藏園。予觀其回京後詩,固典正渾灝,具廟堂氣,似堪入正集者,然予却甚憶其中年所刪詩。炫博逞技,文人之豪,惟無味耳。何必與翁覃溪輩競才學乎。心餘回京途中讀莊子詩末云"一種文章成創格,合教仙佛作兒孫"。心餘四十歲前尚見此欲創一格之意,後未如意。三家之中,袁氏創格最勝,趙氏次之,後世皆有私淑其人者,宜其聲響高過心餘。(清代莊學甚盛,以仙佛詮莊者亦多有之。)雖然,忠雅堂集誠弗媿一時大家之譽。袁枚序其集言自古清才多,奇才少。蔣君心餘,奇才也。又言其作詩"搖筆措意,橫出銳入,凡境為之一空。如神師怒蹲,百獸懾伏。如長劍倚天,星辰亂飛,鐵厚一寸,射而洞之,華嶽萬仞,驅而行之,目巧之室,自為奧阼,袒而搏戰,前徒倒戈。人且羨、且妒、且駭、且卻走、且訾謷,無不有也"。可謂善狀其藝。要非真詩人,莫能形寫如此真切。廖炳奎跋忠雅堂集有云"世推先生之詩,言情而出以蘊藉,用事而妙於剪裁。金銀銅鐵,鎔為一爐,而不覺其雜,酸鹹辛甘,調於一鼎,而愈覺其和。無他,有我以主之,有氣以運之故也"。亦是的評。(此跋又論清之古文云"文氣之奇,莫如魏叔子。文氣之正,莫如方靈皋。參奇正之間,莫如惲子居"。甚可觀。)金德瑛序言心餘"所言皆發諸性分,而用古人法律,不務勦襲,絕雷同,錚然別開生面"。亦字字落於實處,非深知其人,焉能道此。草此文時,在長沙旅舍中,湘江夕照,岳麓凝然,山川奇麗,鬱勃靈秀,皆在眼底。深讀此集,亦嗟亦傷,且羨且惜,坐斜陽中,此意深婉,亦髣髴忠雅堂中詩境也。

姚惜抱

姚惜抱與戴東原、袁子才一流同時,而迥不猶人。予嘗謂戴、袁差有出格之機,惜抱為文雅潔,似非出格,然觀其歌詩、書法絕有古風,乃悟彼非求出格而意自出塵。其格甚為高遠,又自與戴、袁一意創闢為不同。姚之書法,為包慎伯所推尊,的有筆法。乾嘉間學者如林,求其字如姚之中鋒者,罕有其儔。姚之詩,姚永樸惜抱軒詩集訓纂自序云"昔先生在時,袁簡齋稱其七古雄奇,王禹卿又謂五古韻味尤勝。近時武昌張廉卿,則以先生七律與施愚山五古、鄭子尹七古並推為一代之冠。然上元梅伯言許先生詩云,以山谷之高奇,兼唐賢之蘊藉。先生自謂可附虞伯生,豈伯生所可及哉。湘鄉曾文正公嘗言,惜翁能以古文之法,通之於詩,故勁氣盤折。斯蓋綜其全言之也"。今觀其集而核其言,知皆篤說非虛譽,惟廉卿以其七律為一代之冠為過耳。清初之牧齋、亭林、獨漉,清季之海藏,七律俱高絕,牧齋弘大雄深,海藏遒健清哀,惜抱弗如也。雖然,兼山谷唐賢高奇蘊藉,則決然無疑,要亦有清第一流人物,非古文執牛耳而已。宋之大家,詩文書法俱妙者,廬陵、荊公、東坡、山谷、朱子,姚氏真乃學宋之大家者。此為惜抱先生不可及處,後惟曾湘鄉可承其衣鉢。姚倡黃涪翁詩,亦為曾所傳,後遂開同光一派。故清季宋體詩,自又與桐城有淵流焉,其末有范伯子合二派而為一,亦有由也。袁、趙、蔣猛利而得之,而姚以平常心而造焉,詩名雖不比三大家,其自有獨到之境。予觀惜抱七古類李頎,如贈郭昆甫助教,頗具盛唐人節拍張弛。題畫詩則往往如山谷,如為王琴德題泖湖漁舍圖即是。奉答朱竹君用前韻見贈,則學老杜一流,音調鏗鏘,筆意清雄,惟稍薄耳。一再次韻,則又蘇黃以來習氣。臨清雨夜云"昔掛輕帆濟江澤,載酒同舟盡佳客。兩岸秋聲楓樹青,半夜月明江水白。飄零朋舊感平生,搖落關河復今夕。漳水東流汶水清,寒雨孤篷百憂積"。此真得唐人之風者。觀姚鼐詩,乃可悟其古文何以文氣從容如是。蓋其古文精詣有得力於詩學也。倘不讀其詩篇,弗能悟此中玄微。登泰山記之紓閑有理致,即此臨清雨夜之節拍也。湘鄉言其以古文之法,通之於詩。予言則反之也。酬胡君、望廬山在李白、李頎之間,有句云"舟行望遠勢還出,矯如踏雲浮動之蒼霓。山搖海蕩不知處,想見枕石醉臥人如泥",神味出格,天然為貴,字句清爽,大為不易。黃仲則詩之尤勝處,即在字句之清明也。惜抱五古,亦絕有高華,融樂府、大謝、唐人為一爐,取法純正。遇劉樸夫、送演綸歸里、贈侍潞川、雨行白沙嶺至昆沖遂宿,皆深造天寶、大歷之奧,贈侍潞川豪健處又類高達夫。惜抱以雄朗疏宕見長,又能幽微清峻之詞,細觀其五古七古,便知前所引譽美之詞,并非後世桐城法孫偏尊之辭,予且嫌其所評猶未盡發其妙耳。今可評定云,姚五古七古得高適、李頎之手段,取法乎上,疏宕幽微,真氣遒上,乃學古而入堂奧者。雖不足以啟新如袁枚、黃景仁,亦足以繼古如袁凱、王士禎。妙哉斯人。其兼師山谷,乃以山谷愈窺盛唐之域,而不染山谷之習氣,此尤難得。登天平山觀白雲泉取法大謝,又類柳柳州。集中七古獨多,亦真豪放士。其古文斂以雅潔,而獨放乎七古之中。故知欲識姚惜抱者,須以文詩互印,乃知其微。惜抱近體自亦出塵。效西崑體四首一寫即出盛唐人氣派,決非西崑所可限。亦知姚之才雄,終不似西崑,亦無能似之。五律往往類王維,清淺時則流為劉長卿。七律有自山谷悟入者,學唐賢而專得疏宕闊遠之趣。郡樓寓目云"檻前洲渚後山坳,劇郡樓臺草樹交。白霧乍開人入市,丹林猶綴鶴歸巢。授衣霜露齊民節,倚劍江天大國郊。竟作陳登床下客,長鑱思訪地肥磽"。的具古韻,類韓駒、徐俯。登永濟寺閣寺是中山王舊園云"中山王亦起臨濠,萬馬中原返節旄。坊第大功酬上將,江天小閣坐人豪。綺羅昔有巖花見,鐘磬今流石殿高。憑欄碧雲飛鳥外,夕陽天壓廣陵潮"。赫然從老杜曲江詩化出也。姚七律其情高曠,其辭明爽,洵為人豪,惟幽深奇崛不足。以詩脈而論,乃正宗之流,往往心尚清遠孤造之能。有唐中葉柳州學大謝最為純正,所造深切,而新意略少,孟東野亦師大謝,而獨造為多。孟、柳詩功不相下,而孟終勝於柳,以獨創故耳。姚詩最為正宗,而無七子之派竊攘之習,天然豪古,尤不可及,然創闢為少,不似袁、黃諸人新境頻出,不可測度。姚如柳州、賓客,而彼則若孟、韓、島、賀也。愚意其古體終勝近體,以古體幽微之味勝之故。姚詩幾為古文所掩。當袁、趙一流競雄鬥異之時,有人類柳、劉,雄才出乎天然,真乃彼輩之勍敵,此後人不可不曉者也。

黃仲則善悟

予常語人曰,修證之人當如化學家,時時將異物混融調配,乃有新生,修法各異,而以本心主宰而混融之,乃忽生偉力焉。惟道行淺薄,略有修證之覺受耳。雖然,亦悟得斯理,弗敢自秘焉。古之善為詩,亦若此也。唐人效法魏晉,所可取者尚非眾,宋人效三唐,所取已富,而終也成其宋。元明清人所資者愈眾,而無足以成其自家面目,不得不屈尊於唐宋各脈之下。雖然,其尤能偉造之士亦若化學家,融鑄歷代而別開生面焉。黃仲則即其人也。(若以學術化學家而論,則莫若黃宗羲、王夫之、方以智三大家。)以一最促齡最窮困之黃仲則,其詩乃逾邁三大家,後人尊之為乾隆六十年之首,不亦奇哉。其所以卓詣如此,竊謂亦仲則化學家之資質,高過三大家致之,非僅窮陠潦倒逼其詩魂入妙而已。因何而窺此耶。以其詩評,豁然乃明。兩當軒集卷二十詩評七則有云"愚見欲以岑嘉州與李昌谷、溫飛卿三家彙刻,似近無理,然能讀之爛熟,試令出筆,定有絕妙過人處,亦惟解人能知之也"。觀之有拍案之快。此即仲則之心法所在。嘉州,盛唐也,昌谷,中唐也,飛卿,晚唐也,仲則融萃三體為一爐,宜其雄健、奇譎、哀情兼備焉,而獨成一味。(詩評又有云"阮亭云,歐陽文忠公七言長句,高處直追昌黎,自王介甫輩皆所不及也。愚謂歐、王異派,各有佳處,不能較優劣也"。亦獨具雙眼,可與予內篇相印證者。)此詩評極有妙理,夫欲於隨園詩話求若此寶者,鮮能得之。深造嘉州,使黃景仁寒畯中亦得盛清之氣運。心儀昌谷,使其能運魂魄幽微而為詩章。情契飛卿,則使其工於蘊藉哀感。岑主氣,李主精,溫主神,兼互三家而悟出,則使景仁精氣神三寶俱旺,是所以成其大者。張宗祥清代文學概論言袁、蔣、趙"三家之詩,究其實亦皆盤旋於宋詩之中,能略宗唐人者,獨黃仲則一人耳"。未必盡允,亦有識力。黃之異於三家,觀其心慕岑、李、溫,亦可知矣。昌谷善運精魄,仲則乃悟用精之道,倘用之過度而無善自養護之法,則不免損壽。學昌谷之善使精魂而復能善自頤養者,楊鐵崖也。嘉州氣體瀏亮,仲則乃悟用氣之道,然觀其心慕太白似太過,一念之間,已種遽歸之因。此俱無可奈何之事。然世人貪戀陽壽者,豈知此輩神志之所在耶。其專以純粹為歸,抑屈原、曹植之傳哉。飛卿哀韻獨秀,亦成小詞之開闢手,仲則悟用神之道,雖其神不足擬於盛唐,一旦妙悟於哀感,神韻自逸。"悄立市橋人不識,一星如月看多時","似此星辰非昨夜,為誰風露立中宵",此仲則所以能感人至深,而隨園三人所未有者。故曰仲則善悟此三寶,以簡能而勝之。甌北心餘喜炫才學巧能,用剛不用柔,已為子才所哂,而子才自詡善用性情,較之仲則,又少其純粹。仲則善悟,出之天然簡快,而子才往往矯情為多,以蔽其欲,故不能天然。聖人之書,或以少為貴,豈詩人亦然乎。仲則純粹,以其福少,子才駁雜,以其欲多。古人云,多能何如獨詣。多不如少,自古如是乎。

洪稚存

前人嘗謂李營丘畫無筆不曲,蓋言其師法造化,用筆入于玄微也。詩道亦然,妙在幽深曲折,筆斷意連,詩騷如此,少陵義山亦如此也。洪稚存亮吉作北江詩話,自評其詩云"如激湍峻嶺,殊少迴旋"。後人愛洪氏者,皆以為謙詞,至謂"先生詩惟妙於迴旋,乃益見激峻之不可及也"。(為張祥河語。)實則其甚具自知之明,非盡為謙語。稚存詩之妙,的在激湍峻嶺。此四字乃水經注中物事,北江治經史輿地之學,性好山水,天都、華嶽,皆登其巔,縋幽歷險,遣戍伊犁,又遭奇境,其詩遂喜學大謝、少陵、青蓮,皆好遊士也。予性與洪氏相類,藉今世之捷徑,予壯遊遠域之閎博,自已遠超稚存,惟詩興彌減。所以然者,性愈懶,其一也,亦愈知遠遊之妙實在不立文字處,不必盡發諸外,其二也。故覽洪氏詩,頗覺其殊少迴旋,較諸古賢,其味略寡。以畫論之,其詩更近青綠山水,南宋院體一類,妙在蒼翠清健,潤澤怡顏,造境綿眇,刻畫甚精細,惟患薄耳。稚存亡友黃仲則為一代巨擘,天力為主,稚存,人力也。非稚存無天力,其天力多歸其駢文、辭章耳。而此又非仲則之能事。洪多能,黃獨詣,人皆辨其優勝矣。

宋芷灣飛行絕跡

元好問新軒樂府引嘗言"自東坡一出,情性之外,不知有文字"。予於宋芷灣,亦有是感焉。芷灣前承屈翁山,後啟黃公度,與黎二樵並時驂靳,俱為清中葉粵詩之雄。唐宋詩豪堂正之旗,莫若李、杜、大蘇,後人學詩,多避太白、子瞻,蓋自知舉鼎絕臏之憂也。如王漁洋,則老杜亦避之。宋芷灣非是,直以三家為師法,不恤人議。黃仲則亦學太白,而又參以岑嘉州、李昌谷、溫飛卿等,亦可謂剛柔並濟。而芷灣亦非是,純以三家為法,一種雄直粗豪之氣,振動乾坤。時人劉彬華玉壺山房詩話言宋湘"襟抱豪邁,故揮毫灑翰皆具倜儻櫆奇之概。詩沉鬱頓挫,直逼少陵,豐湖以後諸篇,又有大峨遺韻。要其磊磊落落,實從真性情坌湧而出,而自成芷灣之詩,未嘗規規於前賢格調也"。真確評也。又言紅杏山房近詩二卷,"才力益健,不名一格。大抵沉健得之杜,豪快得之蘇,而忽如騰天,忽如入淵,忽而清清泠泠,忽而熊熊煥煥,則出於性靈而自成面目者也"。(見紅杏山房集附錄今人黃國聲輯錄之評論選輯。下同。)彬華可謂芷灣之知音。張維屏藝談錄卷下言芷灣豪邁,時露真氣,"明年重晤於漢陽舟次,謂余曰,足下十一卷詩俱讀過。一唱三歎,入人心脾,我不如子。哀樂無端,飛行絕跡,子不如我"。尤為傳神之語。所謂忽如騰天,忽如入淵,忽而清清泠泠,忽而熊熊煥煥,即芷灣所自言之哀樂無端,飛行絕跡也。飛行自何而來。非太白之傳而誰耶。何曰愈退庵詩話卷三言芷灣詩"讀之浩浩落落,不主故常,真司空表聖所謂行神如空,行氣如虹者"。所論亦同。黃香鐵詩紉卷六言"芷灣七律兼太白、東坡、牧之、遺山之勝,精氣團結,一滾而出。朱弦三歎,饒有餘音,更非諸家所能"。精氣團結,一滾而出,下語尤為精到。飛行絕跡是逸,一滾而出乃遒,合之則自遒逸。邱煒菱五百石洞天揮麈卷一言"宋先生紅杏山房詩鈔,人驟讀之,多不知其妙,或漫以粗豪目之者,是真皮相失之。余讀其七言律詩,音節清琅,愈唱愈高,如奏雲和瑟於九天之上,非復凡間箏琶俗韻矣"。最得實情。何藻翔嶺南詩存言"芷灣七古痛快淋漓,不衫不履,時近於老筆頹唐,要其落想超,出筆老,運典切,造語豪,故能獨往獨來,目空一切"。是也。惟劉彬華、張維屏、何曰愈、黃香鐵、邱煒菱、何藻翔諸人，皆为粵人。予憾芷灣之名獨盛於嶺南而已。紅杏山房當與兩當軒並轡齊驅。粵詩之真氣，正可濟天下之繁弦虛聲乎。予讀畢小倉山房、甌北、忠雅堂號三大家者，開卷芷灣詩，即覺飛動清新。三大家才學非不深也，典實非不密也，性情非不美也，而終略覺滯重，似肩負泰嵩而奔跑之，謂天下之事歌詩之道非我不足以載之也。而芷灣詩一言以蔽之，輕盈也，無邪也。即翁蘇齋哂之"汝詩是三杯酒後隨筆一揮者"也。(見外篇北宋清奇脈翁方綱條。)芷灣能無邪，能輕盈，哀樂無端，飛行絕跡，似粗豪而實天真，天真最貴，實不必以才學典實一類以議之。蓋後世之詩所最難者，即天真也。黃仲則名高於三大家，亦以其能天真故。惟天真故能真簡易。仲則、芷灣詩，以簡易勝也。頃講學福州，觀伊墨卿秉綬書法展，墨卿書熔淬廟堂、山林、書卷氣為一體，渾穆清逸，出人意表，其隸體、行書於清代最為新創，連觀三日，嗟歎久之。嘉慶六年，芷灣應墨卿之邀，為惠州豐湖書院山長。墨卿時任惠州知府也。嘉慶八年，芷灣乃轉廣州。夫天地元氣之所寄者，在嘉慶之初，於書莫若伊汀州，歌詩莫若宋芷灣，而二人竟為友侶如此。易曰物以類聚，非然耶，非然耶。

芷灣佳篇

七絕如說詩八首有云"三百詩人豈有師，都成絕唱沁心脾。今人不問源頭水，只問支流派是誰"。此即宋儒所謂堯舜所讀何書之意。又云"讀書萬卷真須破，念佛千聲好是空。多少英雄齊下淚，一生纏死筆頭中"。國朝雅正集卷四十九符葆森寄心盦詩話謂此詩"可為千古儒生同聲一哭"。(見紅杏山房集附錄今人黃國聲輯錄之評論選輯。)此即芷灣于文人文字習氣釜底抽薪之手段。又云"心源探到古人初，徵實翻空總自如。好把臭皮囊洗淨，神仙樓閣在高虛"。古人初即思無邪也，天真也，既得此天真，則變化無盡，無所著故也。微妙自在清虛高靈之處。芷灣縱酒多仙氣，其詩其人一也。（能徵實者，不能翻空，謂乾嘉樸學一流。）而又性情忠厚，無愧於家國政事。仲則無此福德。故仲則較芷灣為純，芷灣較仲則為健。海鹽吳思亭寄示謫仙樓詩屬題三首有云"牛渚題詩又幾春，青天夜夜月如銀。平生不到江樓坐，江上青山已付人"。亦飛仙之致，他人難能模擬者。漢書摘詠、後漢書摘詠，皆七絕，初看甚似隨手一揮，非同史論，細味之多有餘韻，亦見其識度本自不俗，而常人往往以平淡目之耳。韓信二首有云"長樂鐘聲不可聞，萬家營塚未歸魂。可憐並力收齊趙，只了平生一飯恩"。尤有長味。自題有云"旁人觀鬥眼光清，點鬼閒情選佛情。地下相逢應一笑，古人難做是知名"。似戲謔語，而寓深沉之意。點鬼閒情，實選佛塲也。七律如黃鶴樓題壁云"笛聲吹裂大江流，天上星辰歷歷秋。黃鶴白雲今夜別，美人香草古來愁。我行何止半天下，此去休論八督州。多少煙雲都過眼，酒杯多置五湖頭"。此作可次崔顥而後為絕響。頸聯尤宕逸不羈。蓋萃煉太白、大蘇之精華為成。入洞庭云"客自長江入洞庭，長江回首已冥冥。湖中之水大何許，湖上君山終古青。深夜有神觴正則，孤舟無酒酹湘靈。燈前欲讀悲秋賦，又怕魚龍跋浪聽"。此二題古人萬首差已道盡，而芷灣翻出新瀾，轉超之而上。是尤難能者。以單行之氣入於駢偶，正謂此也。予殊喜其舟中讀范文正公岳陽樓記云"連朝風浪阻征期，三尺蓬窗一酒卮。遣悶無如開卷好，對公真悔讀書遲。先憂後樂何人語，去國懷鄉此日知。饘粥文章天下任，教人長憶秀才時"。末聯狀范公尤鮮活，出人意料。此作渾成，似不經意，對公真悔讀書遲，見心肺語。舟夜云"騎馬乘船接不停，今宵詩思滿煙汀。心無一事江天大，路漸中原耳目醒。霜落沙光浮遠白，月明山影倒深青。丁寧煮酒澆舟子，多唱漁歌我臥聽"。亦仿佛蘇陸重生，而清新瀏利,具自家面目也。古風之作,自是芷灣所精擅者,七古尤絕。如弔東坡一類,自千古可傳。七古大抵痛快淋漓,不衫不履,時近於老筆頹唐,而落想超拔,造語豪快,前人多已論之矣。芷灣之詩,最合天性豪邁之人讀之,若夫性情嚴謹細密及好沉吟錘煉之輩對之,或有不懌。此亦人之恒情,無足怪也。曾湘鄉嘗言陽剛之美,雄、直、怪、麗,陰柔之美,茹、遠、潔、適。芷灣詩,誠然雄、直、怪、麗者也。而仲則剛柔兼互,雄怪直麗而茹潔適遠,其品亦愈稀矣。

揅經室詩

同光詩讀久非宜。偶覽揅經室詩集,如秋水清澄,百蕪盡滌,頓覺承平氣象,非季世所能追擬。阮芸臺漢學魁傑,山斗完人,詩風亦醇厚清潤,如太華之露,篤健有神,又若昆山之玉,坦夷自適,德言藹然,古人風範,形神庶幾俱在。芸臺主持風會數十年,督學浙江兩廣,足迹遍天下。集中紀游之作尤多,風標遒上,典則安雅,氣度寬雍在洪北江孫淵如之上。惟氣少奇鬱,非時流所尚,詩名不彰。五律師法摩詰少陵,擅李唐正格,境大意警,文從字順,爲愚所最喜。其間新意語亦有類晚唐溫李者,清泠有致。七律稍平,氣脉通暢,格調清真,造境細密亦其佳處。五古坦夷,有晉唐之風,無兩宋之習。七古登臨之作,每豪邁參太白東川,而不作韓孟瘦峭語。其他亦偶用宋法。絕句淨爽婉麗,如蓬山之客,閑逸可人。芸臺學養博廣,腹笥萬卷,作詩則平夷明潔,僻典奧辭,絕無踪迹,此又非沈子培所能。晚年所作愈工,氣力愈健。揅經室續集法度老煉,奇意漸出,首首清新,如飲玉液。嘗有詩曰,要知疎野高閒趣,纔是清華貴重人。晚境之高情曠懷,實夫子自道。壯年詩猶憾平直,至此則甚少矣。七律亦老成澹定,多有理趣,轉參蘇黃。嘗有詩曰,三徑有苔皆步鶴,一年無日不看花。曠夷之度,類乎康節。少陵曰老去漸於詩律細,真可信也。洪稚存北江詩話卷一言阮侍郎元詩,如金莖殘露,色晃朝陽。取譬甚稱,惟所論為壯年時詩,不能喻其晚境之妙。稚存卒於嘉慶十四年,芸臺卒于道光二十九年,晚其四十年,其晚年所造,自無以窺之。清方南堂輟鍛錄有云"有詩人之詩,有學人之詩,有才人之詩。才人之詩,富贍標鮮,角勝當場,終屬小乘。學人之詩,功力雖深,天分有限,鈍根長老,安能一性圓明。詩人之詩,心地空明,意度高遠,詩書名物,別有領會,山川花鳥,開我性情,信手拈來,言近旨遠,為禪宗之心印,風雅之正傳"。揅經室詩近乎詩人之詩,而非學人之詩也。龔定庵阮尚書年譜第一序言古之不朽有三,而公實兼之。芸臺詩名,實為三不朽所掩。常人多譏漢學家老學究,其實有清具大才者多此輩人。汪容甫、孔顨軒、淩次仲、洪北江、張皋文等,皆經史專精而善文辭。今觀揅經室詩,知其亦此輩人物。愚觀前人論及者甚鮮。趙元禮藏齋詩話卷上有云"經生家詩多苦澀,惟阮芸台先生為詩空靈秀倩,無格格不吐之談","先生研精覃思,可謂夢見孔、郭、賈、許,而又不失顏、謝山水懷抱也"。皆非溢辭也。

龔定庵

前人有謂龔集為清第一者,少年時為其鴻名所振,且時又好公羊學,故甚以定庵為秭式。二十年後取而觀之,則公羊學弗足為,早已洞然,龔文之議論涉公羊者,亦不足尊,誠如錢賓四所言"由其先之非有深心巨眼、宏旨大端以導夫先路,而特任其自為波激風靡以極乎其所自至故也"。(見中國近三百年學術史評莊存與。)龔子之文,即此波激風靡極乎其所自至之格。(左宗棠答陶少雲嘗云"道光朝講經世之學者,推默深與定庵,實則龔博而不精,不若魏之切實有條理。近料理新疆諸務,益見魏子所見之偉為不可及"。正可為此之註腳。定庵議論、經世之文,波激極至,自見其博,而終少篤實之氣。此即近世浙人不如湘人之處。)定庵專崇天台宗而不知禪,好斥宗門之非,此亦秋水浸灌,不知大海。知其并未發明性地本來,只見其解悟,未見證地。(己亥雜詩有云"狂禪鬪盡禮天台,掉臂琉璃屏上回。不是瓶笙花影夕,鳩摩枉譯此經來"。自注云"丁酉九月二十三夜,不寐,聞茶沸聲,披衣起,菊影在扉,急證法華三昧"。此非即狂禪乎。鬪盡云者,真為文人之戲論。)知歸子讚,行文亦偏而譎。識某大令集尾諷惲敬,用意以深密自喜,似探入惲氏之肺腑矣,然此何嘗又非定庵之心魔。予觀惲氏光孝寺碑,即知非定庵所能作,更非桐城派所能為,卓然有識,豈如龔文所言之七重心類投機者哉。此其好爭勝而入偏譎之格也。(趙元禮藏齋詩話卷下有云"章太炎先生論文取汪中、姚姬传、張惠言三人,又謂,惲敬太恣,龔自珍太儇"。以予所好,恣猶勝於儇也。)己亥六月重過揚州記言"抑予賦側艷則老矣",言老則譏,"自信不遽死"則遽死,實可悟側艷二字真為其人詩文之寫照。龔文奇肆廉悍之中,實蘊側艷之格,久觀之則不喜,初遇之則如逢初秋,蕭疏澹蕩,泠然瑟然。故覺其文傷在奇而譎,側鋒為多,學莊子而未得其正,莫怪乎其不知禪而詆之也。常用心深刻若讞獄,陰氣重矣。近嘗遠遊北海,攜其集,途中閑覽,殊歎其偏側之習深焉,而常人弗悟。要非定庵為段玉裁之外孫而實識小學之精義入神,為經史經濟之學而深懷社稷之憂,其結習必弗能深藏而易為人所察也。奈何清世氣運既衰,人喜其波激輕靡、奇譎側艷,且貌若弘正莊大者,遂令定庵風靡之極,實開後世破碎之局。"落紅不是無情物,化作春泥更護花",素為人艷稱,實則落紅如此,不如無情,化作春泥,亦可謂陰魂不散。予觀時至今日,其猶未散也。

聊作小偈以嘆之云,落紅既落本為空,又入輪回春泥中。忽思法眼牡丹偈,惜未發明覺此公。昔法眼禪師牡丹頌有云"何須待零落,然後始知空"。定庵則反之,一旦零落又化泥,輪回不盡。

予故有斯語。

定庵天民詩

　　詩文之道有不同。夫奇譎側艷之物事，用諸古文則生蕭疏澹蕩之致，蓋以正辭主之、間之，正奇兼互使然。而識者知其已入偏側，辭之正無能盡掩其跡也。定庵用此奇側蕭澹之能於歌詩之中，則頓顯天然之氣。蓋歌詩非是古文，須以經術大音主導之，詩尚性情使然。自古深於文而心氣有偏者，往往多機心，巧均衡，善矯飾，高者不留軌迹，常人難察焉。而深於詩者，唯少機心方能達焉，性情真率深沉，自能感人。定庵為奇士，為畸人，即深於文，又深於詩，是以非一語所能定論。毋寧曰，定庵以詩詞之質直深婉，蕭灑澹宕，救其文心之過於密栗陰鬱者。定庵之以詩自療，觀其卷首能令公少年行即可知。其序云"龔子自禱祈之所言也，雖弗能遂，酒酣歌之，可以怡魂而澤顏焉"。此歌行體所述皆其夢想之物事，即今人所謂之幻想耳。求其古文，無有此明朗天真者。其末云"蓮邦縱使緣未通，他生且生兜率宮"，其幻想亦兼及出世矣，非惟欲全世間清福而已。夜讀番禺集書其尾其二云"奇士不可殺，殺之為天神。奇文不可讀，讀之傷天民"。奇士不可殺，即高道張三丰所謂忠臣正士臨難時真氣通神，而得成就者。奇文不可讀，正見龔子以天民自居。觀其詩見其天民之心，觀其文則凡心已露。"避席畏聞文字獄，著書都為稻梁謀"，亦世運逼之乎。"因緣指點當如是，救得人間薄命花"，天民一朝動情而戀此世間乎。"萬人叢中一握手，使我衣袖三年香"，此天民獨擅情語，是謫仙人乎。"起看歷歷樓臺外，窈窕秋星或是君"，此天民猶未忘其本源乎。秋心如海復如潮，凡情雖動，蒼涼已極，方憶本是秋星為天民乎。夢中作云"夕陽忽下中原去，笑詠風花殿六朝"，亦何衰颯入骨，而有鬼氣耶。午夢初覺悵然詩成云"不似懷人不似禪,夢回清淚一潸然。瓶花帖妥爐香定,覓我童心廿六年"。定庵詩之妙處,即因往往有此恍惚在。黃仲則欲合岑參、李賀、溫庭筠為一,定庵亦為同調無疑。(己亥雜詩有云"少年哀樂過於人,歌泣無端字字真。既壯周旋雜癡黠,童心來復夢中身"。此即予血脈淪內篇楚騷幽玄脈所援世阿彌云"少年時代所具之幽玄風姿,此後難以為繼"者。龔詩之獨具幽玄氣,自有導源於屈子者。)夫深於夢觀者,知白晝亦是夢境。予觀定庵詩,覺其一生在夢境中。"萬一禪關砉然破,美人如玉劍如虹",此非即白日作夢乎。"從此請歌行路易,萬緣簡盡罷心兵"。予忽悟近讀其文集而不喜者,即以其文中多心兵也。此定庵詩自曝心相如是。(高啟青丘子歌有云"斵元氣,搜元精,造化萬物難隱情。冥茫八極游心兵,坐令無象作有聲"。黃仲則、龔定庵亦可謂高青丘之轉世。)"白雲出處從無例,獨往人間竟獨還",類游仙語,而實蒼涼,一生如在白雲中,夢中獨往又獨還。"金門縹緲廿年身,悔向雲中露一鱗。終古漢家狂執戟,誰疑臣朔是星辰"。此天民之歎。謫世間而未遇,豈天意所在。凡謫仙皆欲其障消而返諸天,而定庵尚悔雲中露一鱗,知其謫世尚非僅一世而已。予謂定庵為文多側鋒。為詩則能從中鋒悟入,即己亥雜詩三百十五首是也。"一事平生無齮齕,但開風氣不為師","我勸天公重抖擻,不拘一格降人材","莫信詩人竟平淡,二分梁甫一分騷","踏遍中華窺兩戒,無雙畢竟是家山",如此皆中鋒用筆也。至此方足以盡窺定庵詩之堂廡。中鋒其神健,幽玄其氣虛,狂禪未闢盡,多戀少年身,歌哭不必諱,還是愛狂名,萬類入詩,無所不能,即其大概。己亥雜詩,乃開詩史新風氣,前賢絕無此三百餘首之組詩也。多浩氣沖天之壯語,亦集哀感頑艷之清芬,可謂萃南北之情態,莫怪乎其喜瘞鶴銘為南書之冠也。雖然,一種清寥冷落,瀰漫乎文字中,此寰區非天民所宜,不如歸去矣。

馬蠲叟

近世詩壇沈寐叟華嶽別出，旁衍百脈，又如金人飛空，啟肇性理，以慧力故，自非龍蛇起陸、追逐時尚一流所能知也。究其金針，莫若法通三關，復以佛學入詩也。馬湛翁少即蒙寐叟之沾溉，若有私淑意。故作詩書法皆曾學之。蠲叟一代碩儒，兼綜道家禪宗，精於佛學，故援佛入詩，自與寐叟心髓相通。蠲戲齋詩前集卷首蘭亭即云，遠符柱下言，密接西來因，視之夫子自道可也。然寐叟多用三藏洞笈僻典，張爾田言其譎往詭今，蹠瘁攈窳，上薄霄霓，下游無垠，捽拔劗露，聳踔欹立。故寐叟五古多以險鋒卓力勝，是所謂同光魁傑者也。而蠲叟詩則不刻意於同光派，而深造乎魏晉唐宋名賢，本來棲身巢由，理趣高遠，以圓善之教，得精妙之應，故其措辭古奧和雅，體格渾涵正大，異乎寐叟之癖於逞奇弄險。其五古最能見此。陳聲聰兼于閣詩話稱馬浮胎息甚古，直造陶謝之境。所言極確。道學家而能詩，以朱晦翁為鉅子。石遺室詩話續編亦云道學先生，惟朱子詩最工。蠲叟末代崛起，文理斐然，踵步前賢，天資超邁。蠲戲齋詩前集多師法選體，與王湘綺輩亦同趣也。朱子亦特擅五古，幽深得古味。謝無量序蠲叟避寇集，頗以正道標舉詩義，其有云"蓋無高世之度則襟懷不曠，無夐出之智則理緻不瑩，無專精之才則詞氣不純"。馬先生之度、智、才皆完備，其詩故能成大氣象。其體格之中正，辭氣之潔雅，非時流所得窺焉。惟其詩名既為學問道術所掩，其志趣又迥異於彼時之風尚，曲高和寡，知者遂鮮。疇昔散原以博大真人弔沈寐叟，此四字移以狀蠲叟亦極符契焉。（寐叟廷衡重吏，學問更近漢學，旁涉百流。蠲叟岩壑之士，專宗性理。寐叟以遺民而為真人，蠲叟以講學而化世，此心瑩然，則無以異也。）所著蠲戲齋前集、避寇集、蠲戲齋詩編年集等錄詩極夥，沈浸英鬱，博大精深。前集五古胎息魏晉,真氣玄暢,五律入老杜堂廡,文質兼備,七律從容,有王荊公之風,多標理趣,以詩證道,氣象超逸,誠高士之懷抱也。惟所作少,氣未厚。後值倭夷侵掠,移居西南,時承天地之泰否剝復,感思交集,一如小雅、離騷之怨誹嗟嘆,又得巴蜀江山英偉之助,遂有避寇集,氣體充積,已逮深厚之境。而其體也愈精嚴,山林之風稍斂,廟堂之正色遂出矣。其學術亦主儒教,統攝玄佛,創復性書院,道統血脈,千古不泯。避寇集中五古如將避兵桐廬留別杭州諸友等,悲慨老壯,氣雄調響,真工部之再生。觀避寇集,近世詩家曾習老杜者,皆未若蠲叟之能入神。散原偏於奧衍駭突,寐叟落於艱澀深卓,未若蠲叟之渾整中正也。惟散原寐叟等本亦異趣,無意步武工部辭氣耳。編年集始自辛巳,迄於丁未鶴化,詩最豐厚。其格調之典雅,神理之瑩澈,才氣之恣肆,而皆能導以封洫而不濫,兼有古尊宿手段,破相顯性,為文字禪,時仿佛天童正覺禪師集中之作。集中各體咸備,沛然莫禦。其詩功詩學之勤之精,非時輩所能夢見。蠲叟自謂生平以詩為第一,亦是古氣。先生論詩云"第一要胸襟大,第二要魄力厚,第三要格律細,第四要神韻高,四者備,乃是名詩"。觀先生詩,感其大體兼備焉。孰人與蠲戲詩旦暮遇之耶。先生語錄類編詩學篇有云"作得五言長篇一首。前寄子愷是變風,此卻是變雅,可當詩史,不為苟作。不惜歌者苦,但傷知音稀。格局謹嚴,辭旨溫厚,雖不能感時人,後世必有興起者。賢輩勉之"。先生之自信也如是。蠲叟答楊樵谷云"旅泊同三界,棲遲尚化城。身閑能避俗,交澹欲忘情。道以無心用,詩由取境生。喜君觀自在,水石有餘清"。先生之自在也如是。蠲戲齋詩編年集予讀既久,所憾者惟深入理窟之作似太繁多,典實亦太密,說理雖妙,讀多亦自寡味。且所說之理,未必能突出古德之範圍也。故予最喜避寇集文質彬彬然,兼宗唐宋,編年集七律理窟之作,承袁爽秋、沈寐叟之習,變本而加厲焉,嗜之過深,未為美也。其禁詩一律亦自嘲云"揚眉瞬目若為傳,堯似蓬心舜似膻。詩瘦自嫌蔬筍氣,言多人謂野狐禪。衰周擾擾空三百,關尹區區出五千。萬事不如無事好,淨名一榻但高眠"。自註云"淵明止酒,其飲如故。今日禁詩,亦猶此志,不必遂廢嘯歌,以此自嘲而已"。典密理奧,蔬筍氣生矣,作繁嗜深,多言數窮矣。欲禁而難禁,此其生平嘿緊之處。躅叟詩,鄙意以五古為最高。詩長不錄。今摘其近體之佳篇十餘首,大抵清新雅健而不涉澀典者,自此文從字順中,見大儒歌詩之根柢深厚如是也。九日登爾雅台云"井鬼分星地,龍蛇入夢年。風雲飛鳥外,寂寞眾人前。太古江流水,齊州日暮煙。花華開已遍,白髮臥秋天"。悵望云"白首復春前,羈棲似舊年。雪侵松骨瘦,風帶犬戎膻。高鳥連雲棧,輕鷗下水船。懷歸兼念亂,悵望綠楊邊"。自贈云"沉水無留影,飛鴻有斷音。仰依千聖力,流出大悲心。與汝江亭見,從吾百草尋。他方如可接,攀下覓枯琴"。擬告別諸親友云"乘化吾安適,虛空任所之。形神隨聚散,視聽總希夷。漚滅全歸海,花開正滿枝。臨崖揮手罷,落日下崦嵫"。述詩云"與人畸後與天侔,詩境從心得自由。偶遇山川成獨往,晚知憂樂是同流。百年易盡從崖去,千聖相逢到頂休。已墮形骸無旦暮,浮雲逝水任悠悠"。題洪巢林遺詩云"每聽言愁始欲愁,不將後樂抵先憂。有心爭似無心好,魔語還兼佛語收。大士悲深成悵惘,詩人愚重見溫柔。一期藥病思量誤,衲被蒙頭萬事休"。客去云"辯如摩詰不須酬,經到曹溪一句休。無法與人焉可說,將心安汝更何求。僧來野寺鐘聲暝,鳥散空階樹影留。已放閑雲歸海岳,依然寒日下林丘"。亂後經秋雪庵看蘆花云"迷空結色兩無端,帶壑襟丘得暫看。豈為魚龍留沼澤,並收天地入荒寒。雲連昏旦知風怒,鳥近榆枌避弋難。樓外百城煙水闊,何人一葉老漁竿"。寒夜云"一塵不障六窗虛,幻眼能消萬法如。日月久遺幽谷照,神明獨與古人居。撥殘爐火寒方盡,開到梅花歲已除。

敗屋空山風雪夜,閉門重讀未刪書"。秋感云"老至難求藥餌親,不辭麋鹿與同群。眼中萬象如新月,雲外千山是故人。霜露彌天仍帝力,江湖滿地又風輪。世間憂樂猶占夢,儻許弦歌莫問津"。其澹定老成處,類李東陽致仕後語,而義蘊高曠,何減於禪林古尊宿哉。

卷乙　盛唐中正脈之支裔

盛唐正音,最爲正宗,人皆仰之。氣骨不到,止堪嗟嘆之,舞蹈之,而弗能學之。舉鼎絕臏,畫虎類犬,人亦皆知之者。所謂骨裏無仙,傳法無益。雖然,歷代欲追盛唐諸公軌則之人,亦衆矣。或天資高明,或胸懷浩大,或性情豁朗,不自知即以盛唐爲步武。金元明初,多有其人。明前後七子模擬盛唐,最爲後世所詬病。予頗病後世人之偏狹也。李、何、李、王、謝之詩,予以爲自有真氣在。真可病者,學七子之時流後學耳。予學詩初法同光體,後亦嘗學盛唐詩,頗喜顧亭林、翁屈山。此派詩,殊爲不易。自王漁洋死,後繼者寡。沈歸愚一流,似天資、胸懷、性情皆不足以當之也。一夜感得佳夢,附於袁凱之篇末,是爲撰外篇夢瑜伽之始。既得此夢,龍腰虎背,便覺英姿勃發。盛唐中正脈之支裔,豈等閒人哉。讀其書,爲其神魂精爽所震盪激越亦宜矣。惟拙著盛唐脈之終於沈德潛,北宋脈之幾斷於翁方綱,中唐脈之絕於王仲瞿,實有微辭焉。詩之興,在一念。詩之滅,也在一念也。凡殿一脈之末者,本當如辛毗毅然仗黃鉞,當軍門立,阻司馬懿與武侯戰也。以不戰最得其機故。而沈、翁、王一流,皆喜趨附帝王權門,戰心方熾。一戰則失機,而爲後人所哂。唐宋兼宗脈之有蠋叟,庶可當此辛佐治之黃鉞矣。

辛敬之

辛敬之愿,唐音尤醇,中州集中二十首詩,皆為近體,律對精切,乃遺山畏友也。遺山楊叔能小亨集引言"貞祐南渡後,詩學大行,初亦未知適從。溪南辛敬之、淄川楊叔能以唐人為指歸"。敬之詩乃唐賢血脈,與遺山兼宗唐宋,微有異也。敬之詩律深嚴,而有自得之趣,此亦裕之語。世間論詩精嚴,所作亦高邁者,大抵自坡、谷、後山一輩始,金源則有辛敬之、元遺山。中州集言金朝南渡詩界亂象,"敬之業專而心通,敢以是非白黑自任,每讀劉、趙、雷、李、張、杜、王、麻諸人之詩,必為之探源委,發凡例,解絡脈,審音節,辨清濁,權輕重,片善不掩,微纇必指,如老吏斷獄,文峻綱密,絲毫不相貸,如衲僧得正法眼,徵詰開示,幾於截斷衆流,人有難之者,則曰我雖不解書,曉書莫如我。故始則人怒之罵之,中而疑之,已而信服之。至論朋輩中有公鑒而無姑息者,必以敬之為稱首"。故知如遺山學詩自警之作,必與敬之輩切磋而成者。敬之之詩,應能副其所論。(可參本書卷末遺山學詩自警箋。)亂後云"兵去人歸日,花開雪霽天。川原荒宿草,墟落動新煙。困鼠鳴虛壁,飢烏啄廢田。似聞人語亂,縣吏已催錢"。此真老杜句法,而遣辭自新,不似前後七子一流多雷同也。贈劉庵主云"虱薄軒裳貴,高尋綺皓蹤。一囊閭里藥,六尺水雲笻。午枕眠芳景,晴簷望遠峯。柴門常不掩,應得野夫從"。此亦學唐而不蹈襲其跡者,骨氣清雅。送裕之往許州酒間有請予歌渭城煙雨者因及之云"白酒留分袂,青燈約對床。言詩真漫許,知己重難忘。爽氣虛韓岳,文星照許昌。休歌渭城柳,衰老易悲傷"。此贈遺山詩,益見本色如是。贈趙宜之二首有聯云"青雲無轍跡,白髮有柴荊","光陰連病枕,天地一愚軒",造語皆不猶人。敬之七律尤有神。函關云"雙峯高聳大河旁,自古函關一戰場。紫氣久無傳道叟,黃塵那有棄繻郎。煙迷短草秋還綠,露浥寒花晚更香。共說河山雄百二,不堪屈指筭興亡"。棄繻郎用漢終軍典。此作頷聯尤超出凡格,益見敬之靈心獨運。寄裕之云"青雲一別阮家郎,甚欲題詩遠寄將。好句眼前常蹉過,佳人心上不曾忘。誰家秋月茅亭底,何處春風錦瑟旁。昌谷煙霞久寂寞,歡遊還肯到三鄉"。三四輕靈之至,而無損大雅。五六亦典麗清芳。七律搏氣致柔至此,非敬之功力精深而何哉。詩貴生新,而非尖新。辛詩有得於是。亂後還三首亦得老杜真髓,而別有自家氣息。有聯云"鸒銜晚色啼深樹,燕掠春陰入短牆","棠梨妥雪霑新雨,楊柳颺綿颺晚風",俱見清新之思。近世陳弢庵詠落花詩,略有其遺意在。七絕如山園云"歲暮山園懶再行,蘭衰菊悴頗關情。青青多少無名草,爭向殘陽暖處生"。亦前賢所未道。其情也幽微,其境也蒼茫,其辭也老健。遺山集中欲覓此等詩,亦甚難。他如過崧山"催老年光袞袞來,好懷知欲向誰開。箕山潁水春風裏,呼起巢由共一杯"。起勢從容沈著,意態蒼渾,三四豪語如神助,豈可多得耶。石洲詩話卷五言由遺山之心推之,所奉為一代詩宗如杜陵野老者,辛敬之也。弗繆。辛詩誠有麟鳳姿,具大家氣。惜傳世篇章無多。使文獻具足,豈減元裕之。中州集裕之歎其人"不本於教育,不階於講習,不出於父兄,而卓然成就如此,然則若吾敬之者,真特立之士哉"。(遺山之學,則本於教育,階於講習,出於父兄者也。)其性野逸,雅負高氣,不能從俗俯仰,迫以饑凍,又不得不與世接。此皆裕之昔日所見,而生惻然者。敬之亦陳後山同類乎。

是夜夢登金陵一古刹高閣,仿佛鸛雀臺者,見其基座若頹垣然。主持僧尸位素餐,無心辦道,掌書庫者坐擁萬卷,卻茫然不知從何入手,反請正於予,蘄得一書,以入其門徑。醒來忽悟,此非即辛詩"紫氣久無傳道叟,黃塵那有棄繻郎"乎。非世無老聃,只緣特無關尹。棄繻之終軍,今無其人,亦衰俗風氣所致焉。益知敬之詩之感人神魂,復彌為今漢地之釋教憂。予次辛氏詩韻繫以一詩曰,金陵虎踞大江旁,海內從未歌舞場。又歷春深臨鸛雀,且傷道喪逾王郎。竽笙瞽叟唯知雅,梅菊癡人尚識香。紫氣黃塵莫太息,天機待汝得興亡。

李長源

元季唐音正聲,辛愿而外,即為李汾。其詩律不及辛氏精細,而曠豪過之,猶後世屈翁山之於陳獨漉也。沉鬱頓挫,寄託遙深,自為其詩之長。避亂西山作云"三月都門晝不開,兵塵一夕捲風回。也知周室三川在,誰復秦庭七日哀。鴉啄腥風下陽翟,草銜冤血上琴臺。夷門一把平安火,定逐恒山候騎來"。殊有真氣。再過長安云"細柳斜連長樂坡,故宮今日重經過。一時人物存公論,萬里雲山入浩歌。白髮歸來幾人在,青門依舊少年多。自憐季子貂裘敝,辛苦燈前讀揣摩"。法度粹然。中州集言其"孝友廉介,過人者甚多,寧寒餓而死,終不作寒乞聲向人,人亦以此愛之。平生以詩為專門之學,其所得為尤多。如洛陽才子懷三策,長樂鐘聲又一年。清鏡功名兩行淚,浮雲親舊一囊錢。煙波蒼蒼孟津深,旌旗歷歷河陽城。長河不洗中原恨,趙括元非上將才。三輔樓台失歸燕,上林花木怨啼鵑。空餘一掬傷時淚,暗墮昭陵石馬前。同輩作七言詩者,皆不及也"。觀其詩,彌知欲師盛唐之軌轍者,要非胸多浩氣,內充外溢,下筆矯健,如何可成語耶。七絕亦高。清明云"鳴珂振轂滿重城,春日綿綿老燕鸎。人在碧雞坊外住,澹隨流水過清明"。沈著悠然,文字深厚。磻溪云"封侯輪與曲如鉤,冷坐磻溪到白頭。老婦廚中莫彈鋏,白魚留待躍王舟"。語勢駿而意哀婉,覽之想長源後竟為人所害,不勝悲欣交集。遺山言其"雖辭皆危苦,而耿耿自信者,故在鬱鬱不平者不能撝清壯磊落,有幽并豪俠歌謠慷慨之氣"。知音之言也。歸潛志卷二言其"工於詩,專學唐人,其妙處不減太白、崔顥","樂府歌行,尤雄峭可喜"。金史本傳謂其"工詩,雄健有法"。王漁洋帶經堂詩話卷一云"中州集中,如劉迎無黨之歌行,李汾長源之七律,皆不減唐人及北宋大家,南宋自陸務觀外,無其匹敵。爾時中原人才,可謂極盛,非江南所及"。南宋詩格日隘,而金詩氣象日擴,固亦王氣北升南衰之驗乎。金而至於元,詩文為一體。以詩而驗乎當日北朝之氣,其虛盈弱實可知矣。詩本關乎社稷如是。金詩紀事增訂引詩藪雜編卷六云"李汾長源在諸人中,稍有氣格。如紫禁衣冠朝玉馬,青樓阡陌瞰銅駝。汴水波光搖落日,太行山色照中原。日晚豺狼橫路出,天寒雕鶚傍人飛。昆侖劫火驚人代,瀛海風濤撼客楂。皆頗矯矯。年未四十而卒,不爾,當出元裕之上"。所言亦近之。裕之集金源文獻之大成,詩學亦鎔鑄金源詩家而自出新意。夫才、學、識三德,屬内所當具足者,福、壽、鉅公提攜,屬外所應具足者,而裕之全兼于一身,此固非辛敬之、李長源、雷希顏輩所可企及。因緣具足,是有遺山。天將降大任於斯人,晚而有辱,亦自然爾。

楊仲弘

虞、楊、范、揭號稱元四家,連鑣俱進,黃、王、吳、倪亦號元四家,風流映世,而俱以松雪道人為先導,為師輩,此益見趙子昂之不凡也。楊載傳詩未多,舊題為其所撰之詩法家數實摭取唐宋人書雜纂而成,故今世此書已不甚彰。寄劉師魯云"想君遊宦處,正值洞庭湖。落日波濤壯,晴天島嶼孤。舟航通漢沔,風物覽衡巫。天下文章弊,非君孰起予"。送林季羽入京宿衛其二云"終軍方近幸,賈誼最能文。獨用奇才進,應將美譽聞。金鞍光照地,寶劍氣凌雲。來往燕臺下,同遊必羨君"。其氣調張昂可知。學盛唐特有光焰,格猶未密耳。酬吾子行云"耿耿思朋舊,悠悠涉歲華。既依秦大姓,方問魯東家。雅道將誰與,新詩敢自誇。祇今能會合,不憚路途賒"。風骨彌健,非大手筆,不易為也。仲弘為時人推重如是,豈虛聲乎。七律宗陽宮望月云"老君臺上涼如水,坐看冰輪轉二更。大地山河微有影,九天風露寂無聲。蛟龍并起承金榜,鸞鳳雙飛載玉笙。不信弱流三萬里,此身今夕到蓬瀛"。此作清圓弘亮,然終非盛唐之格,實在中晚之間。頷聯為逸筆,殊見胸襟之高。宋長白柳亭詩話元句亦嘗多引元代七言警句,而言"律以唐音,自是中晚境界"。此律亦無以外之。寄吏部張尚書云"復喜清朝用大賢,玉音俄對廣庭宣。姚崇已託君臣契,李沁終操將相權。此日經綸須展布,他時簡冊要流傳。淵明有待公田米,可念江湖久棄捐"。氣格甚蒼,大力遒張,惟好用人名入詩,多用之則若演劇然,明七子之習氣,先已造端乎元人。送范德機云"往歲從君直禁林,相與道義最情深。有愁併許詩頻和,已醉寧辭酒屢斟。漏下秋宵何杳杳,窗開晴晝自陰陰。當時話別雖匆遽,祇使離憂擾客心"。詩味彌深,情篤意切,中二聯尤造細微。胡元瑞詩藪嘗謂元詩中佳章上接大曆、元和,下開正德、嘉靖。愚意仲弘諸律即是。詩藪又謂"楊仲弘視虞骨力伉健有加,才具閎通不及"。骨力自是楊載冠於四家之處。(故予列仲弘為盛唐脈,與揭同,虞集為唐宋兼師,范為中唐。)仲弘五古、七絕自多佳作,當浩興遄飛,自彷彿盛唐之氣調。惟未能深厚堅實耳。

揭曼碩

歐陽玄謂揭傒斯"文章在諸賢中正大簡潔,體制嚴整。作詩長於古樂府、選體、律詩、長句偉然有盛唐風"。(見揭公墓誌銘,見今人編揭僕斯全集。下同。)未必至開、寶,偉然在中晚境界則有之。亦可以袁清容題揭曼碩詩卷一律頷聯云"直以紫芝招綺夏,擬將白羽定曹劉"為證,前句可狀其選體入古,後句可美其長句偉然是也。吾鄉黃溍作揭公神道碑,亦言其詩"長於古樂府、選體,清婉麗密而不失乎情性之正,律詩偉然有盛唐風"。予觀揭詩,清婉麗密不失其正一評是矣,然尚未能盡其底蘊。四庫提要謂曼碩"獨於詩則清麗婉轉,別饒風韻,與其文如出二手,然神骨秀削,寄託自深,要非嫣紅妊紫徒矜姿媚者所可比也"。此評略能深入。神骨、寄託二語,殊合其意趣,非妄論也。近世胡思敬作揭集豫章叢書本跋云"揭文安在元與虞道園齊名,詩格更在道園之上,歷朝操選政者,早有定評"。此又不免鄉曲之私。元四家虞終是首領,曼碩詩格有獨造,然未必高過虞氏。以骨力而論,謂楊仲弘詩格高過道園,則差可。(且歷代選詩評詩,亦未見何人徑謂揭格在虞上。必以論之,則謂揭曼碩古體五言之詩格,為虞所弗逮,當非謬也。)故論藝之難如是。揭詩有三日新婦之公案,予今姑以己意而斷焉。虞集嘗目揭詩如三日新婦,而自目所作如漢庭老吏。僕斯不悅,嘗中夜過虞,問及茲事,一言不合,揮袂遽去。(可參王世禎池北偶談卷十六。)詩藪謂"伯生典而實,仲弘整而健,德機刻而峭,曼碩麗而新"。漢庭老吏、三日新婦之譬似即此之謂耳。今以平常心觀之,虞集以三日新婦喻揭詩,並言外間已有此論,並非有意輕曼碩,究其微妙,乃謂揭如新婦,既麗而新,復莊而矜,蓋新婦猶多莊正之氣,非可親褻。此亦與曼碩為人簡重,為文正大簡潔,持論一主於理相隱合也。故兼此二義,而造此奇譬。虞集蜀人之雄,圖快其口,大蘇雅謔之風猶在。矧尚有奎章政事之往事在,虞或亦謔意以報之。(此事參陶宗儀輟耕錄卷七。張雨詩云"侍書愛題博士畫,日日退朝書滿床。奎章閣中觀政要,無人知是授經郎"。侍書即虞,授經郎即揭。)曼碩以虞以女子喻己詩,而自比漢庭老吏,亦覺虞有意謔之,故甚不悅。然漢庭老吏有何可韻,深刻整嚴固有之,予謂虞詩亦難當大家。虞以老吏自譬,亦未必真為自高之語。亦具自知之明耶。惜當時無解人,為二家調停之,遂成一文人相輕之新故實,王漁洋所謂"文士護前,盧後王前,千古一轍,可笑也"即是。虞氏有送程以文兼柬揭曼碩二首,欲自解此結,"莫怪討論成諍論,御床夜索草篇看"。以此則當時真已成諍論矣。以予觀之,漢庭老吏未足為盡美,而三日新婦自具其神韻在,在虞道園差為自知之明,而微存謔傲,在曼碩則不免為意氣所搖,亦天性莊重使然,人之恒情也。昔程伊川已憤乎蘇長公之謔語,致洛、蜀兩黨為敵焉。故曰此亦恒情,無足怪也。漁洋譏之,不知己亦已纏入詩壇之新諍論乎。(如趙秋谷談龍錄。)揭詩之佳,首在樂府、選體。佳篇甚夥。湖南憲使盧學士移病歸潁舟次武昌三首,即選體之佳,近世王湘綺、鄧彌之專嗜此體,對之自當失色。蓋其渾簡古穆,不易及也。若此者,不勝枚舉。以選體論,其頗類大謝,亦雕飾,亦古渾,清麗峻削,而骨氣自健。如宿華蓋山贈趙尊師即是此種。起云"野性慕遊矚,高秋入崔嵬。敢辭筋力微,庶遂平生懷",真造晉宋人之室。後段稍弱。范德機木天禁語嘗引楊仲弘語,言"五言短古,眾賢皆不知來處。乃只是選詩結尾四句,所以含蓄無限,意自然悠長。此論惟趙松雪翁承旨深得之,次則豫章三日新婦曉得。清江知之,卻不多用"。則曼碩五言四句之古絕,為時賢所重如是。題石頭和尚草菴圖云"青天不可量,好風亦無價。試覓菴中人,蕭然古松下"。具唐賢之味。題柯博士為方叔高畫墨竹云"蒼蒼四君子,意氣侵雲端。六月不敢近,蕭蕭風露寒"。柯即九思。近至姑蘇得觀柯敬仲墨竹真跡數幅,即所謂六君子圖卷是也。彌知揭詩之妙,對此圖肅然欲拜倒,不敢近三字切矣。題李陵送蘇武圖其二曰"今朝送漢節,迢遞入秦關。惟有沙場夢,相隨匹馬還"。含蘊無盡,悲慨自遠。佳作尚多。曼碩七律功底亦深厚。詩藪言"七言律虞伯生為冠,揭曼碩、陳剛中次之"，亦僅在虞之下。走筆贈眉山鄭縣尉之官縉雲云"峨眉相望六千里，一住姑蘇二十年。微祿幸堪供菽水，高才悔不老林泉。春深劍外悲馴鹿，日落江南哭杜鵑。邂逅之官縉雲去，重逢應是五雲邊"。深穩清蒼，格調絕俗，不求藻麗，自入高遠之境。奉和王大學士康樂堂夜坐見示云"帝青天肅氣行金，康樂詩成思不任。秋去情懷多感物，夜涼庭院獨觀心。道難人借南車指，酒熟天垂北斗斟。五十餘年公袞地，蕭蕭心跡自知音"。老成之格，已無須辨其為唐為宋，蓋其意已渾成如是。頷聯似流易而實簡古，頸聯亦偉然。送茂公云"承恩初出白雲間，天上龍髯不可攀。短袖空藏寫經手，朔風先入望鄉顏。孤舟落日仍憂盜，千里黃塵不見山。歲暮歸來問松竹，清江依舊繞禪關"。此作絕不在虞之下，真可與古賢把臂入林。起結俱遒逸悠長，二聯皆深切蒼涼。尤朔風、千里二句，感人至深，不覺慘淡。此作猶存金人之健氣。曼碩五律，高處亦多。歸舟最有名，即所謂"大舸中流下，青山兩巖移。鴉啼木郎廟，人祭水神祠"者。此固清新，予意並非其最卓然者。大駕既還獨候驛傳未得和陳真人見示云"供奉關山遠，淹留日月長。鄉書迷楚越，鄰笛亂伊涼。秋水流成字，晴雲去作行。存心縣帳殿，應似雁隨陽"，無愧大曆諸公。結句尤具古意，深婉感人。奎章文臣中曼碩最為元主所器重，曾呼其字以示臺臣，深嘉其忠懇。史謂其際遇累朝，皆非疏遠儒臣所敢望者。觀此詩結語，尤可想見曼碩其人，乃於朝廷具真性至情者，儒教受之至深也。而其終也，歿於史局。可敬如此。（"四年，遼史成，以進，有旨獎諭，仍俾早成金、宋二史。公感激知遇，惟恐無以稱塞。辰入酉出，憊不敢休。會盛夏雨潦，襆被宿館中，得寒疾。返寓舍甫七日而遽不起。公卿大夫士聞者無不馳哭之盡哀"。見神道碑。）五律佳篇不少，七絕亦然。今綜觀曼碩古、律、絕諸體，知其境界高深，不在虞集之次。虞以三日新婦評之，曼碩自難稱意焉。愚以雅麗清新、莊矜合度兼美之義，解三日新婦，似亦未盡揭詩之底蘊也。此固由道園多事致之。昔聞元四家虞楊范揭之名，甚輕之，亦習氣所在，與眾人同。後讀虞氏道園諸集，知其詩文具大家氣，乃敬之，然尚以三家為浮淺。今作血脈論，細觀三人文字，肅然豁悟，三人當時得名如是，真非虛傳。今人或謂當以薩雁門、張仲舉、楊鐵崖替之而成元之大家，實非達論。蓋虞楊范揭，詩道正宗，氣象遒正，性情忠厚，薩、楊一輩才固高絕，不免流於詭奇側艷為多，終非血脈之正宗。惟四人位次，如初唐四傑故事，愚意當易之为虞揭楊范也。虞最博通閎達，才學兼足，詩文並茂，揭亦詩文兼達，詩尤兼擅古近，格古淵永，較之楊之特以骨力勝，范之專擅歌行，過之矣。若純以詩功及天資而論，弗論其學其文，當曰揭虞楊范，曼碩又微勝伯生。昔日輕視之失，今日可懺之矣。亦勸世人莫輕元詩。胡元瑞動輒言元詩之失，過於臨模，失之太淺，又言歌行佳篇"格調音響，人人如一"，"多模往局，少創新規"，七律佳什"皆全篇整麗，首尾勻和，第深造難言，大觀未極"，元詩四家"至大家逸格，浩蕩沈深之軌，概乎未聞"。竊意諸說或元瑞求之過高所致焉，非平常心也，恐其亦讀書未細，先已有意輕之故。其說貶抑元詩亦過矣。惟元瑞固論元詩之功臣。予近讀金元詩，乃知昔日井底蛙耳。夫金元詩直承唐宋之脈，兼得北南交養之運會，焉能反弱於明清者乎。作此外篇，頗破我知障如是。著書豈非修行之道哉。

張仲舉合南學於北氣

張翥蛻庵集亦有元名集。仲舉詩詞俱高，晉寧襄陵人，即今臨汾，乃北人而富南學者。早歲從李存學道學，從仇遠習詩法，故能鎔液南北，而成其仲舉所以為仲舉者。午溪集原序自云"余蚤歲學詩，悉取古今人觀之，若有脫然於中者，由是知性情之天，聲音之天,發乎文字,間有不容率易模寫,然亦師承作者以博乎見聞,游歷四方以熟乎世故,必使事物情景溶液混圓,乃為窺詩家室堂。蓋有變若極而無窮,神若離而相貫,意到語盡而有遺音,則夫抑揚起伏,緩急濃淡,力於刻畫點綴,而一種風度自然,雖使古人復生,亦止乎是而已"。非過來人何能道此。觀其詩,确然具此融液混圓之體者。登金山吞海亭了公請賦云"危亭突兀戴鰲頭,俯視滄溟一勺浮。龍伯衣冠藏下府,梵王臺殿起中流。扶桑夜色三山日,灩澦江聲萬里秋。老我惜無吞海句,但磨崖石記曾游"。海縱未吞,舟則吞矣。秦淮晚眺云"赤闌桥下暮潮空,遠火疏春暗藹中。新月半天分落照,斷雲千里来附風。嚴城鼓角秋聲早,故國山川王氣終。莫訝時來一長望,越吟荊賦思無窮"。頷聯尤奇,而八句渾圓,收亦蒼遠,遣字清新。其七律佳篇甚富,今人金元詩選中所錄如郡城晚望覽臨武臺故基、寄浙省參政周玉坡、憶維揚、登六和塔,皆元詩學盛唐能得聲氣格調者,且又非蹈陳襲故,各有新意。登六和塔云"江上浮圖快一登,望中煙岸是西興。日生滄海橫流外,人立青冥最上層。潮落遠沙群下雁,樹欹高壁獨巢鷹。百年等是豪華盡,怕听興亡懶問僧"。予屢登兹塔而無詩,甚愧張仲舉也。仲舉五律亦佳。蛻庵歲晏遣懷云"小小新齊閣,温温舊氍毹。精神全藉酒,脇力半支藤。蟄豸深坯戶,冥鴻巧避矰。蒙頭衲被底,何異在家僧"。迥不猶人,而孤硬之氣略多,弗若其七律渾圓。若是者亦不少。史傳謂"翥少時,負其才雋,豪放不羈,好蹴鞠,喜音樂,不以家業屑其意,其父以為憂"。蹴鞠音樂,亦予素好,吾母以為憂也。其師李存安仁,傳陸象山學。學詩仇山村,盡其音律之奥。吾固賞其合南學於北氣,一如隋唐之書學也。窺夫有元詩章之精華,莫若斯語為得的。故張仲舉,亦元詩之特出者。隋唐書學混融南北,自成大道,而造端乎北齊之摩崖碑刻、南朝之瘞鶴銘。元代之詩亦兼南北之學,而造端乎中州之金代諸儒、南宋之劉後村。此正所謂變若極而無窮,神若離而相貫者也。

吳正傳

　　吾婺吳正傳師道詩爲其學問、古文所掩,歷代鮮有論其詩者。浙江文叢新輯吳師道集,後人題跋有昌彼得影印明抄本敘錄有云"其爲詩歌,清麗俊逸,風骨遒勁,意境亦深。其爲文,則多闡明義理,排斥佛老,能篤守師傳。因其自幼刻意詞章,故所作,實遠勝於講學家之餘力爲之者也"。清抄本吳禮部文集丁丙題跋一則云其"工詞章,才思湧溢,發爲詩歌,清麗俊逸"。所評固弗謬,失之簡略耳。其五古氣調幽古,神清氣潔,樂府、選體兼美,辭采明麗,情文俱備。夢先大父有感尤可見其風。(憶昔亦嘗夢先大父來,姿采偉然,絕非暮年氣貌,予跪抱其膝慟哭流涕,先大父莞爾相對。此夢此生莫忘,惜未作詩如正傳先生者。)和張同父感興五首其五云"嚴霜知蒼松,盤根識利器。駑蹇混驊騮,同驅不同至。頹波漫滔天,投足幾無地。棲棲抱孱質,岌岌抗獨志。萬鍾與千金,何與平生事"。高爽剛潔,甚可想見其人神貌。望九華山摹大謝之風,清逸可誦。末云"詭哉末世士,強以名號託。丹崖不受滓,青峰鎮如昨。千載知屬誰,含情寄冥漠"。非高手弗能。觀其五古,造於謝康樂之室甚深,雕刻物象亦甚精奇,而無損其氣道。清明山房詩亦有道氣,殆非塵網中人語。七古十臺懷古詩,才情橫逸,晚唐溫飛卿一路。亦有雄健之作。寄黃晉卿,爲其卓然者。有句云"一時暫作失意士,千載同是非常人"。偉哉斯言。長篇如池陽紀事,亦見其詩史手段。正傳棘心民瘼,承古樂府、老杜之遺風者也。五律亦多中晚唐之風,時出奇筆奇句。和友人云"吳越俄蕭索,何鄉可定居。乾坤有凶歲,州里負寬書。赤子魂如寄,將軍腹未虛。有才時不展,感慨欲何如"。乃自中唐奇奧之格參出者。五律蕭散之致爲多,類唐方幹一流。送周剛中之太平縣幕云"黃山當縣庭，三十六峰青。公事隨時了，吟聲許更聽。府曹懷舊雨，部使仰華星。亦有經行夢，追飛過敬亭"。閑逸而多筋骨，筆法不凡如是。集中五言排律亦多，才氣富健。七律又爲師道所長。八陣圖云"慘淡風雲舊指麾，濤聲洶湧尚含悲。握奇智在人誰識，長嘯神遊石不移。天下奇才司馬歎，江流遺恨杜陵詩。當時萬事皆天意，三醇英雄誦出師"。弗愧少陵一派。送林初心云"溪上開樽洗客塵，千篇高詠句清新。春風冠蓋英雄夢，夜雨江湖老大身。萬里燕山馳壯氣，十年吳國起聞人。時來須得文章力，去看薇花紫禁春"。盛唐遺響，筆力果敢，粗豪中自具細微。送李僉憲行部之越頸聯云"馬踏秋原風獵獵，雕盤霜浦日冥冥"，自是開、寶之骨。贈王生頷聯云"歸帆千里歲年晚，破屋一氈風雪深"，此學杜而善自悟者，清氣爲多。豪邁中多清氣，此師道七律之長，亦善師盛唐之氣調音響，而自出清格者。柬王仁寬三四云"杏花深巷春風夢，茅屋荒田夜雨詩"，格力似畧卑，而滋味彌濃，不似俗流學盛唐只事囂鳴而已。草此篇正在陋室夜雨時，情味自深。其七律無首不深穩，功力可知。京城寒食有句云"蠟燭青煙出天上，杏花疎雨似江雨"，亦爲奇對，雋致甚高。五絕七絕亦不俗。趙子固畫梅云"千樹西湖浸碧漪，醉拈玉笛遶花吹。袛今無限淒涼意，留得春風雪一枝"。此特喜趙孟堅畫之人不可不知者。故綜吳氏古近諸體觀之，彼實元季一大作手。功力深湛，辭氣雅健，七律從盛唐悟入，取法乎上，五古幽深，得大謝之傳授。合其卓篇觀之，弗遜楊仲弘、范德機，而詩章素爲其道學、古文辭所揜耳。今特爲表章之，使論元詩者鑒取焉。師道又有吳禮部詩話傳世，尤可見其思致之深密。吳氏兼學人才人之長，純任雅音，無學究氣，此已非吳淵穎所及，更非有清所謂學人之詩者所可想見。厲鶚跋吳禮部詩話言胡元瑞謂"余於禮部，異世子雲也，因筆於簡末，以俟異世之爲余子雲者驗之"。斯人者誰。

非予而何。吳、胡皆予鄉賢，元瑞作詩藪，予作血脈論，非其子雲而何哉。矧元瑞淹博之學，予皆有同好乎。書此一粲。予何能與胡先生相擬也。禮部集原名蘭陰山房類稿，蘭谿人也，元瑞亦蘭谿產，予家距其境亦僅十餘里耳。前歲嘗拜謁金仁山故地於其境，興嘆咨嗟，此亦予血脈中事也。

劉誠意帶燥方潤

夫劉伯溫、王陽明二文成公，立德、立功、立言俱兼之，吾浙之產，莫奇於斯。伯溫未能創學派如陽明，奇異則勝之。其詩文為有明之大家，亦非陽明可追。陽明之勝處，亦伯溫所不及。黃伯生誠意伯劉公行狀云"公生平剛毅，慷慨有大節。每論天下安危，則義形于色。然與人交游，開心見誠，坦然無間阻。至于義所不直，無少假借，雖親之者以此，而忌之者亦以此。惟上察其至誠，任以心膂，公亦以為不世之遇，知無不言"。又云"每天象有大變，則累日不樂。凡公以天下蒼生休戚為憂喜者，即此可知矣。上天威嚴重，惟公抗言直議，不以利害忄其中，上亦甚禮公"。觀此則可悟牧齋之論伯溫之詩者。列朝詩集小傳以其為甲集之冠，云"公負命世之才，丁有元之季，沈淪下僚，籌策齟齬，哀時憤世，幾欲草野自屏。然其在幕府，與石抹艱危共事，遇知己，效馳驅，作為歌詩，魁壘頓挫，使讀者償張興起，如欲奮臂出其間者。遭逢聖祖，佐命帷幄，列爵五等，蔚為宗臣，斯可謂得志大行矣。乃其為詩，悲窮歎老，咨嗟幽憂，昔年飛揚硠矶之氣，漸然無有存者，豈古之大人志士義心苦調，有非旂常竹帛可以測量其淺深者乎"。(旂常，周禮春官云，日月為常，交龍為旂。王建大常，諸侯建旂。乃王侯之幟。蓋借指王侯也。)昔作魁壘飛揚，天性使然，佐明之後，詩多幽憂，以天下蒼生休戚為憂喜也。不在其位，不謀其政。昔不在其位，故自馳騁隨性之所之，今辅其政在帝之左右,不可不夕惕若厲,其詩自多咨嗟幽憂。矧李善長、胡惟庸一流欲害之而後快乎。行狀亦云"乃相惟庸,公乃大戚。嘗謂人曰,使吾言不驗,蒼生之福也,言而驗者,其如蒼生何。遂憂憤而舊疾愈增"。甚可見伯温大人氣象,自非斦常竹帛可以測量其淺深者。古人曰,正言若反。其辭之悲窮歎老,咨嗟幽憂,愈可驗其心之中正敦厚,廣博易良也。義心苦調,牧齋豈不會其所以然哉。(隆慶六載何鏜重刻誠意伯劉公文集,其序言此集有六善焉。其有曰遵養以俟時,憂世以舒抱。俟時即飛揚硨砆之時,舒抱即咨嗟幽憂之際。而終也為犂眉集,乃知命而樂全也。見浙江文叢本劉伯温集附錄六。)伯温之德,尤在其甚具自知之明。太祖早欲以相位相託,使伯温不自量以易柱須得大木之理,焉得拒之。牧齋對之,恐悚然汗下。(牧齋蓋反其道而行之者。)沈歸愚明詩別裁集曰"元季詩都尚辭華,文成獨標高格,時欲追逐杜韓,故超然獨勝,允為一代之冠"。又曰"樂府高於古詩,古詩高於近體,五言近體又高於七言"。弗謬也。病婦行"夫妻結髮期百年,何言中路相棄捐。小兒未識死別苦,啞啞向人猶索乳。箱中探出黄金珥,付與孤兒買飾餌。不辭瞑目歸黄泥,泉下常聞兒夜啼。低聲語郎情不了,願郎早娶憐兒小"。此種不忍句摘。又有孤兒行,亦極凄惻。惟誠意伯之古樂府,具大觀洪響者多矣,自以開國氣象而視之焉,此又李獻吉、何大復、李于鱗、王弇州力摹樂府而弗能營造者。真氣使然。諸子非無真氣,不如其厚其旺耳。巫山高云"君不見商王夢中得良弼,傅巖之美今安匹",即其心旨。短歌行"列星滿天河漢橫,繁思攢心劇五兵。天高何由達其情,歸来託夢通精誠"。亦誠意伯神魂所繫處。王子喬云"后稷功業委如山,猶有九鼎知神姦。王城日夕生茆營,爾獨胡為白雲間"。此古烈士之心也。走馬引云"精誠感天天心哀,太一乃遣天馬從天来,揮霍雷電揚風埃"。梁甫吟"岐山竹實日稀少,鳳凰憔悴將安棲",此盛唐元音,何等痛快淋漓哉。陽春歌"人間但見陽春好,未識春陽有枯槁",梅花落"世間有榮即有悴,君不見海中碧樹终無花",亦何等哀感頑豔乎。(誠如繁欽與魏文帝箋所云淒入肝脾,哀感頑豔。頑者豔者,俱為其哀所感也。)鈞天樂、上雲樂為鴻篇,後者尤奇崛,兼李白、李賀之風,猶存元季鐵雅派之氣息者。猛虎行结云"世上茫茫化虎人,祇應化心不化身",新警悚動。故觀伯溫古樂府,漢唐氣象,庶乎達焉,元氣振蕩,悲欣交集,霹靂飛電,愛畏兼抱,是所以特豪於元明二代者。誠意五古,盡多雄調元音,亦略有險澀冷韻之作,為學昌黎、玉川子一路,盛唐、中唐兼之,終以開、寶、大曆為樞。然雄聲壯調,覽多亦倦,予乃知劉誠意之五古,凡幽便佳。蓋一旦脱落豪氣,便見高淡简古之音。南陵崔氏思梅詩云"昔来梅花下,彩服輝清尊。今来不見人,淚滴梅樹根。梅落風不回,淚落化為石。冥冥入幽泉,一夜千萬尺"。題朱孟章虞學士送別圖後云"秋郊一杯酒,握手念將離。落日照野水,凉風生樹枝。今朝重相憶,青山如舊時。鬢毛非松柏,爭得不成絲"。又如鄭同夫餞別圖詩云"江上潮始白,林端霞半紫。微風颭歸帆,紅葉映行子。芳醪耻金樽,清歌猶在耳。馬鳴不見人,愁来若流水"。真入盛唐之域。知雄不如守雌也如是。黃慎之自閩見訪夜坐對酌悵然有感其四云"故人髮猶黑,故人心尚赤。人生一世間,幾見駒過隙。南山有喬松,翠鵲鬥顏色。殷俇不收錄,野火恣焚炙。枝枯幹亦折,雪霰交灑淅。中心有流液,入地化為石。遺之五百年,猶堪補青天"。蒼古之筆,忽结以奇绝。頓覺書道有帶燥方潤,將濃遂枯之訣,即伯溫五古凡幽格便佳之所由也。伯溫攜豪雄之燥,化為简古之潤,以俊邁之濃,練成淡枯之腴。詩、書之秘,豈有異哉。伯溫七古亦入太白、昌黎之壺奧。贈道士蔣玉壺長歌亦李賀怪麗之風,極逞才思。惟此類多觀之,亦少味耳。五律七律,炳炳烺烺,属對工切,氣調亦張,然欲覓一極超格高絶者,實不可得,可謂為李獻吉、李滄溟一輩留一頭地。感興七首之二云"清時不樂道干戈,鼯鼠其如虎豹何。淮海風雲連鼓角,湖山花木怨笙歌。紫微畫省青煙入,细柳空營白骨多。惆悵無人奏丹扆,側身長望涕滂沱"。此首轉入幽深,意味殊長,方為古人之體。觀伯溫七律騁才恣氣,精工於属對,愈看愈覺其本學盛唐,而幾近乎晚唐矣。此真可謂元人結習未盡。以七律而論,伯溫又不如同時之袁海叟所造為精深。七絕題柯敬仲墨竹云"蒼龍倒掛不入地,回首却攀雲上天。夜深雲散明月出,化作脩篁舞翠煙"。意趣清絶。故伯溫但凡脱豪入幽之什必佳,又凡題畫詩必可長味。此彌見元代明初人畫藝之妙,詩人亦蒙其芳潔之啟牖,滌清濯醒。予謂誠意伯七絶勝過七律,蓋意味彌為深長淵永故。題梅花小禽圖云"三鳥翩翩海上來,一雙飛去入瑶臺。可憐鍛弱空山裏,獨立寒枝怨野梅"。奇語清絶。抑別有寄託耶。題美人書紅葉圖云"紅葉隨波豈自由,彩毫空復寫綢缪。無人解識詩中意,天上塵間總是愁"。此得唐人蘊藉之心法者。如此類,集中尚多。沈歸愚評其諸體詩甚妙,今可略易之,謂樂府勝古詩,古詩勝近體,近體中七絶又勝五律,五律又勝七律,庶乎備矣。帶燥方潤,將濃遂枯,劉誠意之至妙,非在此乎。

袁海叟

　　明祖虐殺文士,戕傷天下之元氣,袁凱得幸免焉,吾乃為朱明慶也。明祖所傷文人元氣甚深,後得所報焉,其祚之終,錢、吳諸英,文人之雄,而淪入新朝,為朱明之玷。明初所得之袁景文,則真為一代淑和之氣,較之滿清之得王漁洋,氣象格調過之多矣。王漁洋香祖筆記卷二輕視袁海叟,言何大復、李空同之評語為失偏,至論從來學杜者無如山谷云者以壓之,未免太著意矣。抑漁洋有心與海叟競長短耶。海叟猶有何、李推為國初之冠,漁洋名望雖高,而未聞有一時巨擘推之於後世若何、李者。海叟之氣調雍和,真得盛唐之血髓,漁洋則不免近乎中晚唐風調矣。袁凱之詩,程孟陽謂其"氣骨高妙,天然去雕飾,天容道貌,即之泠然。古意二十首,高古激越,雄視一代。七言古詩,筆力豪宕,鮮不如意。七言律詩,自宋元来學杜,未有如叟之自然者。野逸玄澹,疏蕩傲兀,往往得老杜興會。空同諸公,全不悟此。七言絕句,似乎率易似古樂府,亦是老杜法脈"。見列朝詩集小傳甲集。所評精允。袁凱集諸家序跋清初曹一士書袁凱集後云"叟詩四、五言類陶,七古、律、絕類杜,其高出諸家者尤在性情氣質間,固不專以才力勝。他人矜奇逞妍,不免作意為詩,獨叟朴老真摯,初不屑屑然爭勝,而興會所至,令人想見东海老儒,衣冠揖讓,鬢眉歌哭之狀,如在目前。此一点詩家真種子,淵明、子美心心印合,非嫡骨傳衣,莫之能得也"。所評尤精妙,幾無復加矣。近世傅增湘校明初刊袁海叟集跋論之尤備。明初三鉅子,高季迪、劉誠意、袁海叟是也。各具所長。海叟之長,即氣骨高騫,絕去彫飾,體格莊雅,時見逸興。合諸家之評,可以一語以蔽之如是。謂之詩家真種子,的論無疑。朱竹垞靜志居詩話謂"媯蜼子斥楊鐵崖為文妖,惟詩亦然,雖才情橫逸,而習氣太深。沿其派者,高則溫岐、李賀,下或雜以宋詞元曲,孟載、子高皆所不免。獨海叟純以清空之調行之,洵不易得"。益見袁凱之迥出衆流,纯以清空之調行之,下語尤精當。予讀海叟詩,頗多同感。如月夜聞龍笛,幽谷撥唐琵琶,其詩以清空之氣貫通焉,本色出塵,非文士矯然語。故前人謂其絕去雕飾,確然弗繆。黃昌衢序袁氏在野集言其"情性曠夷,於富贵洎如也。置之陶元亮、张季鷹間,殆其流亚歟"。又云"且集中半屬寄懷林壑之詞,為御史甫數月,輒托疾辭歸田,佯狂自廢,超然遠舉於高、楊、張、徐之上,卒獲牖下令終,斯其明哲保身,不誠有大過人者哉"。非智行精密,不足以明哲保身,非性情灑落,亦不足以匹陶、張之流。觀沈周客座新聞卷十一、戴冠濯纓亭筆記卷六、都穆都公談纂卷上,可知海叟佯狂功夫之密栗,不然,何足以逃明祖之虐手。此海叟佯狂之精密處,即其詩才之精密處也。高啟詩才極高,而智行無此密栗,天不祐之,詩終少一種古來大家面目。置諸蘇、黃、陸、元諸家之前,季迪終覺氣短。海叟詩才超拔,微遜季迪,而曠夷具本色,且以此明哲精密,全其壽稟,成其才調,純以清空之氣行之,則足以軒輊季迪、誠意而不相下矣。孰謂人、詩為二哉。有其人,乃有其詩。有其詩,乃有其人。明詩人有此明哲密行者,猶有人焉。文衡山即是。惟衡山之心,終在書畫之道,觀其藝事之密栗清健,亦得全壽而極達焉,可知吾說之弗繆。今人萬德敬氏,作袁凱集編年校注,真海叟之功臣也。

一夜夢為監試官,得一生有英氣,背極厚實,乃明初人也,雖不知是何名姓,所作七律雄健高亮,真類開、天時聲調,惟末聯弗愜耳。夢中殊嘆明初氣象英偉,開國百年內,有此一種風調。夢中士子非是高、劉、袁,近乎前七子,而七子溯源於學盛唐之袁海叟,故附此夢於海叟之驥尾云耳。

李獻吉輕靈鬆逸

夫聖人有言,極高明而道中庸。高明者,須隨順眾生所蘊之高明而不可遏也。中庸者,執中守己應乎本心之中庸也。故弗賞其高明,則為偏激行,弗守其中庸,即非馬祖所謂平常心者。愚血脈論倡以平等性智譚藝品文,即欲兼此高明中庸之義。蓋論夫明七子者,不可不先樹此漢幟也。李夢陽,明七子之魁傑,開詩宗盛唐風氣之先。詩藪云"李獻吉詩文山斗一代,其手闢秦漢盛唐之派,可謂達摩西來,獨闢禪教。又如曹溪卓錫,萬眾皈依"。予不以為然。自金源南渡以降,趙閑閑、元遺山、辛敬之、楊叔能、李長源一輩唐音彌盛,所作之卓者,間有盛唐之純響,而為七子所不及者。元又有劉靜修,氣骨尤剛健,楊仲弘雄調亦遒亮,至明則有劉伯溫、高季迪、袁海叟,故宗盛唐之因緣,業已深蓄,使無獻吉,亦自有豪傑興焉,胡元瑞以達摩、曹溪譬之,似非宜也。使謂其如臨濟、洞山自開宗派,宗杲、正覺各闢風氣,則差近之矣。此自不能執中守己致之。列朝詩集小傳云"國家當日中月滿,盛極而衰,蠢才笨伯,乘運而起,雄霸詞壇,流傳謬種,二百年來,正始淪亡,榛蕪塞路,先輩讀書種子,從此斷絕,豈細故哉"。此又錢牧齋不隨順其高明之過。平情而論,以牧齋才學識之高明,焉能弗識獻吉詩之高華雄美。特詭激而為之耳。元瑞之說,無忠,牧齋之說,無恕,故知聖門忠恕之道,馬祖平常心即道,豈易至哉。惟忠恕,可平常。惟平常,可忠恕。沈歸愚明詩別裁集差能持平,言"錢受之訛其模擬剽賊,等於嬰兒之學語。至謂讀書種子,從此斷絕,吾不知其為何心也"。然沈氏論李空同之詩,謂其不拘故方,準於杜陵,過於雕琢,未及自然,亦無多新意,又不如陳田明詩紀事謂"空同志壯才雄,目短一世,好搒擊人,而受人搒擊亦甚。然究一時才傑,亦不能出其右"為警策。(諸評李詩語皆引自今人張兵、冉耀斌氏李夢陽詩選前言。洵佳著也,其功固不可沒。)目短一世,即前後七子一派之通病。如李于鱗後來居上,乃大言至謂"微吾竟長夜"矣。盛唐諸公,李、杜、王、高,抱負雄卓,使氣渾張,而俱能虛懷容物,知賞同時諸賢之優長,如老杜集中其所譽之時賢亦盛矣。故盛唐之盛,非詩、書、畫、樂之盛,乃人之盛也。明亡顧亭林傚盛唐之體而能免蹈乎七子之弊者,即以此人之盛故。(可參此書論亭林章。如李獻吉、何大復本應如開元之李、杜,相惜相賞,豈料後竟因論詩之異趨,而相揭其短,竟也絕交。二人筆戰瀾翻,今日觀之自亦不惡,然足以為二人惜。觀此一事,即可知明七子之宗唐,詩格摹之作之,氣象則未造真髓焉,文承其氣,而心乖其道,最為此詩派之病。盛唐人之氣象格調,以雲門三句擬之,即函蓋乾坤、截斷眾流、隨波逐浪也。李、何之間，既難相容而函蓋，詎可相忘而隨波乎。）李獻吉無此眼目胸襟，無以逮夫遺山、青丘之雄深而粹正，非大宗師也。雖然，其才天縱，奚可疑哉。七律尤可驚怖，仿佛集金源以來唐音之大成。獻吉慶陽人，今甘肅之地，氣稟得北氣之鍾粹，燦發於明立國百年之後。牧齋謂國家盛極而衰，而生此輩，真乃謬論。當彼之世，豈是衰時。（如今人謂黃仁宇氏萬曆十五年言其年為明衰亂之始，亦不盡然。）元夕云"千年爛漫鰲山地，少小看燈忽二毛。兵後忍聞新樂曲，月前真愧舊宮袍。南州樓閣煙花起，北極風雲嶂塞高。悵望碧天聊獨立，夜闌車馬尚滔滔"。此深造杜詩之室，蒼渾可喜，然不能高過金源辛敬之也。頷聯特有深味，具唐人之韻，殊難得哉。秋懷八首，真少陵秋興之嫡骨，而清新自出。其一末二聯云"雙洲菡萏秋堪落，亂水兼葭晚更悲。谷口子真今得否，攀雲騎馬任吾之"。逸致自遒遠。唐調之秘訣，有在以鬆為緊，以逸為遒者。空同子此作得之。其三懷明宣宗，末云"辛苦調羹三相國，十年垂拱一愁無"，亦得從容之度。其六尤雄肆類老杜。"大同宣府羽書同，莫道居庸設險功。安得昔時白馬將，橫行早破黑山戎。書生誤國空談裏，祿食驚心旅病中。女直外連憂不細，急將兵馬備遼東"。皆敘時事而為言，筆意騰宕，不甚費力，而神明自灼然為鑒。明祚終亡於女真也。然衡之以開、寶之氣，此作稍薄矣。祿食一聯雖有別撰之新遒，終覺如清初查慎行之清蒼瘦峻，已弗逮臥子、牧齋之豐逸。故空同之高渾，亦略遜於金源諸家。秋懷其七、八亦傑構。究其可喜之處，在能清新也。後來學空同者，多難造其清新，而易達其蒼健。諺言技擊唯快不破。在詩理，則唯新不破也。雪後上方寺集明格而唐樣，惟清新自能喜人。中二聯云"日臨曠地冰先落，雲破中天塔自孤。爛漫此堂人醉散，一雙何處鶴來呼"。第六句不斤斤於屬對，尤有古法，此處政可見獻吉天機所在，他人難模擬。七律摘句又如"等閑細片休輕落，率而春風且怗寒"、"到眼黃蒿元玉砌,傷心錦攬有漁舟","安危異日須公等,文雅於今是我師","臥病一春違報主,啼鶯千里伴還鄉","正月巴山猶碧樹,孤舟峽口已黃鸝","海內君親情并苦,天涯書劍路俱遙"等,俱見其輕靈之勝。故予論獻吉七律,其妙在能輕靈,以鬆為緊,以逸為遒,而摹老杜得其形神之渾整,尚在其次耳。牧齋詩功略高獻吉,七律高渾勁健不在其下,然若以此輕靈而論,恐亦無以超之。牧齋沈著過之,典實古雅,七律輕靈之妙,則難逮空同子。李獻吉諸體俱工,五古七古,學盛唐亦骨氣豐遒,有近於李太白高達夫一流。五律、五七絕,亦據高具勢,有建瓴之度。漁村夕照云"西陽下洞庭,網集清潭上。一丈黃金鱗,可見不可網"。此中襟度,豈常人所能會。忽憶近嘗書一休宗純詩偈古礎,其云"呂公昔日事可休,欲得金鱗在急流。兩笠煙簑吾富貴,一天風月一竿頭"。此固唐人七絕作法,末二句悠然其懷,然何如"一丈黃金鱗,可見不可網"彌有幽致。晚燒吟云"早燒不出門,晚燒行千里。達人貴知時,天道有終始",辭意簡古,而能蕩氣迴腸。送人云"頗訝楓林赤,無風葉自鳴。來人與歸客,同聽不同情"。亦真如目送飛鴻,手揮五弦,情韻自深。平沙落雁即云"西風萬里雁,一葉洞庭秋。群浴金沙軟,瀟湘霜氣流",極可醉人。五絕高妙者衆矣,皆見其虛明自照,不費心力。故予謂獻吉詩之獨勝,在其輕靈鬆逸。予最好空同五絕,因其七律七古金源諸老亦有之,甚而過之,而其五絕,則諸老及元人所無。觀其五絕,尤可悟空同子詩法輕靈之訣。此似為前人所未道盡者。(悟此而觀空同論詩之語,亦可驗矣。其再與何氏書云"古人之作,其法雖多端,大抵前疏者後必密,半闊者半必細,一實者必一虛,疊景者意必二,此予之所謂法圓而方矩者也"。予謂天機輕靈即其法圓,摹擬開、實即其方矩。空同標柔澹、沈著、含蓄、典厚四義,而何大復駁議之。見與李空同論詩書。四義中亦以柔澹為先。觀空同五絕,尤可悟此柔澹而輕靈之天機。柔澹為先,而繼之以沈著,既悟此輕靈之心訣,轉而化入七律近體之作。復繼之以含蓄,以解整飾太過之失,而終也造乎典厚而中和也。此即空同心法所在,大復非其知音哉。)

何大復

何景明年未不惑即歿,蓋亦古來以其遽促而成其修遠者。昔歎陳師道、陳與義俱四十九而終,然後世人仰二陳之不朽盛業,何曾覺其弗逮中壽為遽促也。亦猶吾儕夙聞李何開派,詩文必漢魏盛唐,何曾知何大復年促若此哉。故知其促齡誠可憫,實亦無可傷。矧顏淵、僧肇、王勃一流乎。惟其遽促,則其力之發也愈健碩爛漫,如蜎飛蠢動其如一瞬者,其艷光麗體必多攝人,過於常類。故短之為用,適得長之功,神而明之,存乎其人。以心體照耀後世,長短亦一念之間耳。李空同壽近耳順,自可守古人法度,以柔澹、沈著、含蓄、典厚而自達焉,擬模而自進焉,不必奢言創變。而大復齡促,短空同幾廿載,則造化必使大復摹古而外,力張"推類極變,開其未發,泯其擬議之迹,以成神聖之功"者。(見與李空同論詩書。此書又云"若必例其同曲夫然後取,則既主曹、劉、阮、陸矣,李、杜即不得更登詩壇,何以謂千載獨步也"。)故李、何之交惡,仿佛天意特娛之耳。明史本傳謂景明與夢陽並有國士風,"說者謂景明之才本遜夢陽,而詩秀逸穩稱,視夢陽反為過之"。詩藪云"李以氣骨勝,何以風神勝"。四庫提要云"平心而論,摹擬蹊徑,二人之所短略同。至夢陽雄邁之氣,與景明諧雅之音,亦各有所長,正不妨離之雙美"。似較二說為允稱。樂府、七古,明妃引風神駘蕩,梁甫吟跌宕噴吐,秋江詞以三言、七言相錯,津市打漁歌二句一韻,俱秀逸清新。大梁行中云"合沓輪驕交紫陌,鳴鐘暮入王侯宅。紅妝不讓掌中人,珠履皆為門下客。片言立賜萬黃金,一笑還酬雙白璧。帶甲連營殺氣寒,君王推轂將登壇。彎弧自信成功易,拔劍那知報怨難。已見分符連楚越,更聞飛檄救邯鄲"一段尤令人神馳,信陵朱亥故事,亦已浸注中華血脈之中。(世間事如函夏之戰國,東瀛之戰國,函夏之三國,朝鮮之三國,人皆津津焉樂數其奇情異事。慘烈之殺伐,卻每透天機之爛漫,此亦造物之奇。豈亦抱樸子所謂上士悟道於戰陣乎。泰西則荷馬史詩即已如此矣。)聽琴篇、白雪篇、懷舊吟、昔游篇、五馬行、明月篇、玄明宮行等,俱見大復兼豪邁、諧雅為一,氣息渾浩聯綿,才情之富,焉能不為悚動。後人詆七子者,使其以忠恕之道觀之,詎能不欺李、何為天才乎。遊獵篇諷正德好微服出巡,尤奇肆奔放,而以婉諷收篇。末云"脫淵之魚出山虎,白龍魚服何勞苦。沉江距河勢有然,萬乘反遭匹夫侮。君不見,曹家老爽誠愚蒙,平生不識司馬公。死生禍福在人手,寧能常作富家翁。一門流血豈足惜,坐使神器歸姦雄。昨夜昌平人夢天,龍文赤日繞燕川。城中莫辨真天子,道上傳看七寶鞭。腐儒為郎不扈從,願奏相如諫獵篇"。此新題也,而何仲默運之極灑脫,語意似婉而實直,似隱而實露,剛峻之鋒,真不可遏,類乎其人。此大復創變之志所在,亦可備詩史之資,故此詩為朱明有限之作。大復五律多清響,非一味倣盛唐音貌者。摘句如"水熒光不定,山籟響難平","蒼林橫落日,碧澗下殘虹","清心吾愛爾,長日自悲吟","但堪供俯仰,那復問倉箱","入室喧蟲語,張燈住鳥啼","光生萬里外,影對一樽前","東方元太歲,太白是長庚","近市來沽酒,中流坐放船","遠樹斜銜照,寒山半入雲","夷方仍俎豆,客路半舟船","異域猶戎馬,吾生只薛蘿","上書俱不報,解佩獨先歸","初看萬里至,忽是五年流","水多龍臥處,山有鳳來時","庭無旋馬地,空有聚螢人","客非先有約,花亦太多情",皆可見其盛唐法度,潛氣內轉,詩句清切,又出法度之外,然已露寒瘦不永之氣。七律大復大抵與空同相近,而秀逸允稱多之。以開元為尚,偶露晚唐之筆,亦無損其美。九日不見菊次劉朝信韻云"一秋風物已淒涼,九日無花只斷腸。徒把清尊留客醉,不教繁朵向人黃。鳴弦急管休相聒，舞蝶游蜂莫自狂。獨坐孤城正愁寂，更堪落木下斜陽"。此仿佛見元遺山之清勁矣。此即大復異於空同之處。"不教繁朵向人黃"一句，予尤喜之。"不向天涯傷歲暮，豈緣江北見春遲"，"芝蘭入室香俱化，桃李開門樹總成"，夫獻吉得之在輕靈，輕靈而能運雄闊，而大復之尤妙者，在能情味雋深也。元瑞謂其以風神勝，竊謂即在此處點出，情味雋深，風神自高。（諸詩俱引自今人饒龍隼氏何景明詩選。此書前言甚佳。）有明中葉，關中之儒學嘗重振於丹徒楊一清邃庵先生。明史謂其"博學善權變，尤曉暢邊事，羽書旁午，一夕占十疏，悉中機宜"，"其才一時無兩，或比之姚崇云"。邃庵提督陝西學政，創正學書院。李夢陽、何景明、康海、呂柟、馬理均為其擢拔者。大復督學關中後，尤以古學自礪，以經術世務訓導諸生，自著何子、內篇，發明性理，此實古聖文道合一之緒餘也。以年壽限之，未見其文道之業大成。雖然，其詩亦足以豪視千古。今適觀關學文庫梓行，瀚然巋然，馬理集、呂柟集俱在叢書之列，使楊邃庵、何大復九泉有知，必欣然可慰矣。王陽明初亦好辭章歌詩，與何、李一輩人游，後棄去，為聖人之事。何大復雖無可與陽明比，其氣節志趣實亦非殊途，奚可疑哉。

李滄溟

朱竹垞靜志居詩話卷十三甚貶李于鱗。其言"于鱗樂府，止規字句，而遺其神明。是何異安漢公之金縢、大誥，文中子之續經乎"。五言學步蘇、李、曹、劉，"差具神理，然新警者寡矣"。"七古五律絕句，要非作家。惟七律人所共推，心慕手追者，王維、李頎也。合而觀之，句重字複，氣斷續而神佹離，亦非絕品"。又譏王元美比之峨眉天半雪，譽過其實，而于鱗乃居之不疑，高自位置，"乃敢大言謂，微吾竟長夜。豈非妄人。又自詡與元美狎主齊盟，目四溟以櫜鞬鞭弭左右,四溟豈心服乎"。予當日讀此,眉批其上曰"非痛貶不足以見其詩之絕"。竹垞貶之不遺餘力,彌見李攀龍其人之獨絕處。竹垞至以妄人目之,適以見滄溟狂生本色耳。予固不以滄溟微吾竟長夜為然,然殊喜其狂性,抑予亦一狂生乃具此青眼耶。湛思具此狂氣之士,使置諸國變之時,當不為瓦全,必不傚朱竹垞之貳行。當此之際,毋寧其人為狂生妄人,猶勝於所謂正人君子者。然竹垞所言者,亦頗中滄溟之弊。神明在內,新警透外,李于鱗、王元美輩,無以與遺山、伯溫相抗,遑論唐宋大家。若謂其七絕"氣斷續而神尪離",幾為酷虐之論矣。李、王與謝榛其交不終,則又驗夫予前章謂前七子宗唐之法而未得唐之盛之說,以獻吉、大復交惡相訐而慨之故。靜志居詩話此條末附愚山之評,末云"當葵邱震驚之日,仲蔚已有違言,迨稷下消歇之時,元美亦持異議。而王元馭序弇山續稿,詆訶歷下,謂不及三十年,水落石出,索然不見其所有。斯藝苑之公論也"。交如李、王,竟亦如此耶。故知明之不及唐,即少此一種淳厚寬大、堅如磐石之氣。彼文士若皆欲逐鹿中原者,先盟而後畔,以己為尊,此豈能復古學之雅意者哉。(釋教亦然,自宋天台宗攻禪門始,是非日競,彼宗本山、山外二派其內亦自相攻之。于學術似有發揮,於道實有相害。近世則有淨宗之攻禪門,顯教之攻密乘。不思大唐國諸宗大師相混無礙,乃真眾生之福乎。)故予讀朱彝尊之詩話,責其貶薄太酷,亦悲夫獻吉、仲默之交惡,李、王、謝之不諧也。其後錢謙益惡訐七子、公安、竟陵,古道日淪,風氣日漓,彌見其弊。惟顧亭林一輩道文雙運,知音相賞,方能養人養世,誘導數百年士人元氣,歸乎淳厚之道。於此亭林勝過牧齋多矣。李滄溟一代之豪,其尤能獨絕者,在能兼詩文之道。其友張佳胤序滄溟先生集讜論西漢文則已極,然三百篇之旨微,至唐詩則已極,然西漢之旨微矣,"北地生乃稍稍知兼出之,而敢遽以媲美云乎哉",謂獻吉也。而言李滄溟五古優孟漢魏,七古為高、岑之奇麗,近體為少陵、右丞之峻潔，絕句為青蓮、江陵之遺響，排律為沈、宋之具體，誌、傳為左氏、司馬之雁行，序、記、書牘為先秦、西京之耳孫。"詩與文不兼出，而先生俛得之，亦已難矣"。平情而視之，于鱗詩文，時人或多溢辭，然其能兼出儷美，確乎豪於明代，為李、何所未到。朱明能兼張氏所謂漢唐之事者，前有劉文成、中有李于鱗、王元美，而錢牧齋、顧亭林殿焉，此予尤喜李、王之處也。于鱗友殷士儋撰其墓誌云"于鱗雄渾勁迅，掉鞅於詩壇。彼其視獻吉詩，尤傅會龐雜，文菶菶寡灝溔鴻洞之氣。所以推獻吉者，多其剗除草昧功也。故曰，能為獻吉輩者，乃能不為獻吉輩者"。末語蓋傚魯男子學柳下惠者。獻吉古文辭未能如于鱗著意學古，然謂其詩"尤傅會龐雜"，則殷氏之偏頗也。于鱗詩，實無以高過獻吉，以情味論，尚不及獻吉、仲默深。其尤有味者，如平涼"春色蕭條白日斜，平涼西北見天涯。唯餘青草王孫路，不入朱門帝子家。宛馬如雲開漢苑，秦兵二月走胡沙。欲投萬里封侯筆，愧我談經鬢有華"。領聯諷藩王之兼併土地。（陳田明詩紀事引眉公筆記言莫中江云，中州地半入藩府。于鱗此句可謂詩史，而語意含蓄有味。）七古歲杪放歌云"終年著書一字無，中歲學道仍狂夫。勸君高枕且自愛，勸君濁醪且自沽。何人不說宦遊樂，如君棄官復不惡。何處不說有炎涼，如君杜門復不妨。縱然疏拙非時調，便是悠悠亦所長"。最為有味，又自與李、何不同。唯似此一律一古者未多耳。竹垞詩話摘其懷子相一律，亦其傑作，領聯"臥病山中生桂樹，懷人江上落梅花"，意味自深。然整體八句而觀之，如氣勢波瀾之美，亦弗及獻吉、仲默為豐勁。以詩而論，前七子自高過後七子，情韻、體勢俱弱之故。于鱗屬對固高華允稱，顧恐多讀耳。（詩藪亦已言其詩"用字多同，十篇而外，不耐多讀"。近世樊樊山好傚唐體，其病亦有類之。）"開簾署有青山色，對酒人如白雪枝"，"曳履春雲高北斗，迴車秋色照鍾山"，"明時抱病風塵下，短褐論交天地間"，"賦成敢避能驚座，酒罷何妨善閉關"、"白首雲霄空薦士,黃金湖海未逢人"、"青樽夜倒溽沱月,紫馬秋嘶大陸雲",﹑"人間不識胡名馬,門下猶傳海大魚"等,清雅高麗,誦之氣壯,終覺偏於空廓不實,情味亦非淵深。其他複重之句,即他人謂之模擬剽賊者,毋庸羅列。于鱗古體,意韻厚於律詩。題申職方五嶽圖、送鄭生游大梁詩、答寄殿卿見夢之作、跳梁行寄慰明卿、送永寧許使君等,俱可濟其七律情味未厚之弊,誦之可增吾人之元氣,可洗衰俗之垢穢。此方不負唐音之遺響者。滄溟五律不及五古。"禮非因我設,汙不受人憐"、"中原憂被髮,使者詠于髻"二聯,氣骨有新警特異處,予甚賞焉。五古勃然處自有真氣。茲錄雜興十首其一,以見其內有神明。"伯牙負高操,引曲輒入神。從師蹈東海,延頸四無人。洪波蕩大壑,悲鳥方號群。白日坐失色,山林忽不分。精氣一以變,此調得其真。世俗蔽聞見,千載遞相因。遺世伎始妙,絕弦多苦辛。自非鍾子期,古道難具陳"。敘伯牙學琴事。五古之至力,即在此一團樸實深篤之氣中,自通心曲幽微。遺世伎始妙,絕弦多苦辛,則尤令人懷想康昆侖學琵琶故事。唐段安節樂府雜錄言昆侖藝事為僧善本所折,欲師之,善本謂其本領何雜,兼帶邪聲,遂令昆侖不近樂器十年,使忘其本領,然後可教。後其果盡得善本之傳。此非不與伯牙事神合乎。此唐人之事,足比擬古人,欲於明清之代覓此等韻跡,罕覯焉。白雪樓主心有希慕,然未能忘其本領,絕其琴弦,其藝亦止終乎此耳。使狂士善學,又能忘其本領,則彌不可測矣。

王弇州圓方互見

王弇州作李于鱗傳,末言于鱗拜河南按察使,"中州士大夫聞于鱗來,鼓舞相慶,而于鱗亦能摧亢為和,圓方互見,其客稍稍進"。竊謂摧亢、圓方二語,正弇州己身之寫照也。靜志居詩話弇州條附錄愚山有云"元美之才,實高於于鱗,其神明意氣,皆足以絶世。少年盛氣,爲于鱗輩牢籠推挽,門户既立,聲價復重,譬之登峻阪,騎危墻,雖欲自下,勢不能也。迨乎晚年,閱世日深,讀書漸細,虛氣銷歇,浮華解駁,於是乎溴然汗下,蘧然夢覺,而自悔其不可以復改矣。論樂府則亟稱李西涯爲天地間一種文字,而深譏模倣斷爛之失矣。論詩則深服陳公甫,論文則極推宋金華,而贊歸太僕之畫像,且曰余豈異趣,久而自傷矣。其論藝苑卮言,則曰,作卮言時年未四十,與于鱗輩,是古非今,此長彼短,未爲定論。行世已久,不能復祕,惟有隨事改正,勿誤後人。元美之虛心克己,不自掩護如是。今之君子,未嘗盡讀弇州之書,徒奉卮言爲金科玉條,之死不變。其亦隨而可笑矣"。此文苑大議論也。故知王世貞摧亢爲和,方圓俱見,爲士林衆望所歸如是。北地、大復、于鱗皆生北方,元美太倉人,豈南人既薰北氣之英偉,終返諸南人之虛靈,是以能造乎此兼善之地乎。竹垞詩話謂其"才氣十倍于鱗,惟病在愛博,筆削千兔,詩裁兩牛,自以爲靡所不有,方成大家"。甚是。十倍之說,則誇之太過。又言其"樂府變,奇奇正正,易陳爲新,遠非于鱗生吞活剝者比。七律高華,七絶典麗,亦未遽出于鱗下。當日名雖七子,實則一雄,其自述云,野夫興就不復刪,大海迴風吹紫瀾。言雖大而非誇。若于鱗自詡,至云微吾竟長夜,惑易之言,亟當浴以蘭湯者也"。竹垞學人兼詩人,對此著煌煌弇州四部稿之王元美,自同類聲息,惺惺相合,偏袒之意甚顯,亦非譚藝家之平常心明矣。病在愛博,非即竹垞之病乎。予既多讀獻吉、大復、滄溟詩,復觀弇州,即知其五律七律,並無以過,氣體則稍弱之。弇州所擅,七絶尤雅麗深切。竹垞所引,亦其宮詞四首而已。"窄衫盤鳳稱身裁,玉靶雕弓月樣開。紅粉別依回鶻隊,君王新自虎城來"。此正德宮詞其一。純然唐音,睹此甚嘆朱厚照亦造詩料不少,可謂社稷不幸詩人幸。"兩角鴉青變髻紅,靈犀一點未曾通。自緣身作延年藥,憔悴春風雨露中"。此西城宮詞其一。諷嘉靖修煉,用道門正宗所謂泥水丹法者。此作甚露骨,已落明人習氣。七律寄家弟振美云"江頭春色峭帆新,江雁銜蘆來往頻。握手已非生別地,題詩還是暫時人。天橫北海書難信,日落吳門練未真。俗弊汝曹無可卻,時違豺虎即須親"。此二李一何所無者。故知真詩往往自親歷患難、踐履險境中自心肺流出,不似摹擬之作易以剽賊爲取資也。末聯尤沈痛,違時歷厄,豺虎亦當親之,似古人所未嘗發之語。弇州父爲嚴嵩構陷而死。竹垞詩話錄其袁江流鈐山岡當廬江小婦行五言樂府長篇,乃弇州寫嚴鈐山者,誠如朱氏所言"滔滔莽莽,洵有大海迴瀾之勢。題雖當廬江小吏作,要其節奏,兼本於佛經偈言"。其詩謂"孔雀雖有毒,不能掩文章",嚴嵩之詩集,今人亦新刊之矣。復盡數嚴嵩父子之罪,中重"兒子大智慧,能識天下體"二句,尤存樂府遺意,常人所難想見。又狀其貪腐有云"生埋馮子都,爛煮秦宮肉。生者百叢花,殁者一叢棘",特爲新警。末寫嚴氏敗亡,筆極鮮活,腸曲九折,刺諷極深,"以此稱無負,不如一婁豬",後連作"不如一殺麈"、"不如韝中鶻"、"不如鼠在廁",結云"爲子能負父,爲臣能負君。遺臭污金石,所得皆浮雲"。此詩學唐人樂府,變本加厲,無所不用其極,非惟明代僅有,亦自古所無。此弇州歌詩最新創處,迥不猶人。何大復遊獵篇亦諷時事,已特立一代,置諸弇州此作之前,亦不免黯然。然彼爲七言,此爲五言,不妨雙美。故知欲令樂府特出光聲者,不可不藉時事幽情以極其藝也。近六十年可寫之沉痛事極多,如何卻無如此篇者。當世之大復、弇州亦何在耶。

謝茂秦—悟得純

夫謝榛、李攀龍、王世貞三人,名在七子,實爲三霸,彼此隱成戰國。如弇州作藝苑卮言,即戰國霸悍手段,剽勁廉棱,其晚年悔之,猶知其人神明未衰,疇昔自封畦町,尚有脫落之日。此文章之道,貴活尚變所在。"當七子結社之始,尚論有唐諸家,茫無適從,茂秦曰,選李杜十四家之最者,熟讀之以奪神氣,歌詠之以求聲調,玩味之以裒精華。得此三要,則造乎渾淪,不必塑謫仙而畫少陵也。諸人心師其言,厥後雖爭擯茂秦,其稱詩之指要,實自茂秦發之。茂秦今體,功深厚,句響而字穩,七子五子之流,皆不及"。此列朝詩集小傳語。觀謝氏所作四溟詩話,知茂秦秉性豪邁,而智識過人,善乎以理折人也。卷一有云"詩有造物。一句不工,則一篇不純,是造物不完也。造物之妙,悟者得之。譬諸產一嬰兒,形體雖具,不可無啼聲也。趙王枕易曰,全篇工致而不流動,則神氣索然。亦造物不完也"。此語正可作渾淪二字之鄭箋。觀茂秦五律,愈知其生平於此造物之完之義,體切尤深,在李、王之上。牧齋謂其句響字穩,臥子謂"茂秦沉雄,法度森然,真節制之師",俱與謝氏尚渾淪之完相關焉。何以完之。非務虛而然,法度而節制之,句響而字穩之,工致而流動之。其自謂"夫大道乃盛唐諸公之所共由者。予則曳裾躡屩,由乎中正,縱橫於古人衆跡之中。及乎成家,如蜂採百花為蜜,其味自別,使之莫之辨也",又云"體貴正大,志貴高遠,氣貴雄渾,韻貴雋永","四者之本,非養無以發其真,非悟無以入其妙"。皆不刊之說。又謂"思未周處,病之根也,數改求穩,一悟得純"。古來善改而無礙乎渾淪之境者,茂秦之前,有歐陽永叔,茂秦之後,則有施愚山。一悟得純四字尤佳。故乾隆時人胡曾序四溟詩話言其"論詩,真天人具眼,弇州藝苑卮言所不及也"。詩話卷四嘗自謂"前身亦緇流中人",則茂秦之善悟,自具性地之靈。卷三有云"作詩有專用學問而堆垛者,或不用學問而勻淨者,二者悟不悟之間耳。惟神會以定取捨,自趨乎大道,不涉於歧路矣"。仿佛宗門語。此條又云"予因六祖慧能不識一字,參禪入道成佛,遂在難處用工,定想頭,煉心機,乃得無米粥之法","姑借六祖之悟,以示後學,誠以六祖之心為心,而入悟也弗難也"。以禪悟說詩,亦為漁洋之先聲。卷三有云"作詩能不自滿,此大雅之胚也。雖躋上乘,得正法眼評之尤妙。勤以進之,苦以精之,謙以全之。能入乎天下之目,則百世之目可知"。此夫子自道也。今平情觀之,茂秦五律,足凌駕李、王而上,為有明之最上乘,七律、絕句雖不及之,亦為宗唐之正音。古體又次之,亦足豪也。蓋非善悟,不足以宗開、寶也,亦不足以師元和也。(學唐人一切物事,皆須此悟,非悟不達,學悟不二,學在悟中。學宋元以後物事,學悟兼行,悟在學中。是為異也。)武皇巡幸歌四首有云"玉輦衝寒色,蕭蕭八駿鳴。兔河冰上過,狐嶺雪中行。撫劍群胡遁,彎弓百獸驚。當年赤帝子,空到白登城"。末聯真神來筆,暗諷明武宗出巡浪游耳。筆法渾勁,不漏圭角,如此學唐,其味自遠,莫之辨矣。對菊云"千家輕節序,誰復最高秋。菊帶淒涼色,人經離亂愁。早霜明漢苑,落木響燕州。獨有餐英者,悲歌殊未休"。高華明雅之作,宋元卓人,對之亦將擱筆。夜雨云"夜來殊不寐,百感古今情。道在楚騷重,年衰燕俠輕。軒庭回爽氣,風雨失殘更。多少人欹枕,中心別有營"。此真雄渾蒼雅之篇,為天地正氣之所寓,且詩韻雋永,結語能蘊藉者。所營者為何。年衰也,而爽氣可回,道在也,而風雨如晦。前後七子亦宗盛唐,非即此心之欲重振正氣乎。暮秋同馮直卿秦廷獻李士美遊黃花山云"深入黃花谷,高臨玉女臺。迎人千嶂出,隨意一樽開。寒露垂瑤草,秋風掃石苔。子長耽勝絕,猿鳥莫相猜"。一切精煉,而天然如洗。瞿曇氏之教,戒定慧三學,一切精煉,一旦豁然,則學為無學,起修即乖。茂秦自此道悟出詩法也。送樊侍御文敘之金陵云"地入維揚路,天分牛斗墟。秋帆二水外,春草六朝餘。冰雪生官舍,風塵走諫書。從來經國者,寧不念樵漁"。秋帆春草一聯,最為蒼遠。結尤深沈。然予所最喜者,為茂秦改錢仲文送李評事赴潭州七律而成者,見四溟詩話卷四。"自適宦游情,湖南有杜蘅。簡書催物役,心賞緩王程。山寺披雲入,江帆帶月行。應懷幕下策,談笑靜蒼生"。此於唐賢詩再下錘煉密造之功,乃進錢仲文而為杜少陵、王摩詰矣。雖非茂秦自作,其逸韻高格,亦足見茂秦大手筆。茂秦五絕七絕亦多雋異之作。少年行云"燈下呼盧幾夜殘,今秋召募到長安。相期白刃清狐塞,要使黃金飾馬鞍"。尤矯拔可喜。搗衣曲云"秦關昨寄一書歸,百戰郎從劉武威。見說平安收涕淚,梧桐樹下搗征衣"。唐人閨怨之嗣音,弗有愧色,後世賞之者亦衆矣。五古如雨中宿榆林店有感云"涼雨何冥冥,黑雲復浩浩。山行夜不休,嶮巇猶蜀道。我非王程迫,胡為役衰老。數口遽相將,未必常溫飽。投彼敝屋間,蕪穢不及掃。園荒無主人,馬散齕秋草。席地即吾廬,餘生聊自保。隔林乞火回,酌酒慰懷抱。愚者昧所適,哲人見機早。反為細君嗤,寧如在家好"。無愧古賢。佳篇甚夥。蓋自明季訾議大起,前後七子之詩,漸為貶說所掩,後世讀書者,鮮有不為其說所誤者。予昔亦然。使能平情觀茂秦詩,閱茂秦詩話,當能悟入舊說之偏宥,而知茂秦之雅正善悟。使能知茂秦,則沿此理致感思之,便知于鱗、弇州之質地如何,并上溯獻吉、大復,亦非遠哉。茂秦氣體敦厚沈著,實可為前後七子之定海神針也。

陳臥子樂府奇音

予讀陳臥子子龍樂府,甚思郁離子。誠意伯著此書矯元室之弊,有激而發,倣莊生之喻言,詭奇警悚。狸身縲而口足猶在雞,人之死貨利如是。衆狙破柵毀柙,取其積,相攜入於林中不復歸,世有以術使民而無道揆者,其術終有窮也。臥子生明季之亂局,憂患極集,踢天蹐地,其慘痛陰鬱又勝於伯溫元季之時。臥子負天下材,尤慨乎其時之凶變,故以樂府託其所懷。且明季之時又異於往代。夏允彝為臥子序岳起堂稿言唐宋之時,文章之貴賤,操之在上,其權在賢公卿。至國朝而操之在下,其權在能自立。由前之失,下多上詒。由今之失,上下不交。臥子"幸而獎賞所不被,得自高大其所為,猖放衝馳,肆意所欲,及作為語意以震壓千古,千古之下,巍然一臥子存"。此尤能見臥子所以恣肆其才度者。夏彝仲可謂具史識。上下不交,故臥子多直抒之辭,適與漢樂府之古質相符焉。度關山末云"高山富雲霧,發端始何年。溪毒渴曷飲,日落虎有櫺。狐兔號行旅,斷碑草將平。勉讀能強識,乃云險在前。行道性命薄,抽思何獨度。豈憶高殿中,瀝酒感恩遇。恩遇在殿中,殿中不識路"。君子履險而無悔,乃以恩遇而欲報之耳。奈何殿中亦不識路乎。明季之亂,後金、闖王而外,其尤為患者,殿中人亦不識路也。猛虎行有云"虎有翼而能飛,飛入城市擇人食。肥者公與卿,飲人膏,食人國,步趨生聲好顏色。奈何終日崎嶇在此山北"。又云"當今貴人誠險巇,食祿受爵忘恩私,何況食肉寢其皮"。此正彼時亂政者之寫照。又狀其虐酷凶殘,令虎亦畏之。君子行起云"君子夜夢遊,晨起猶惝惝。胡來妖麗人,令我魂魄悸。出門遇桃李,閉目不敢視"。又云"買鑑嚴問訊,恐曾照冶媚","方怒長卿狂,又遇東方戲。行道來帝都,端然自憔悴"。此又前人未道之處,未譬之境。明季多妖麗人,政之將大亂,此其驗乎。(南明如阮大鋮,妖麗人也。泛而論之,如錢牧齋輩為貳臣者,恐亦難逃此妖麗人之列。牧齋之妖麗,非僅謂其行止而已。其作列朝詩集小傳記高僧憨山德清云"師之東游也,得余而喜曰,法門剎竿,不憂倒却矣"。彼竟以法門剎竿云者而自喜,無恥之甚,此非妖麗而何耶。法門剎竿,真忠臣真義士如方以智一流,方堪之耳。)行路難第十七云"娶妻必得陰麗華,生子當如孫仲謀。秦皇漢武更仙去,三事若成方無憂。君言太奇不可聽,天若聞之天亦愁。且酌旨酒以自寬,明日為君相與求。玄駒繞繞枯桑下,口道鄒衍大九州"。諷明季人耽於虛誕,淫於富貴長生,而不知九州之將裂,性命之將不保。蓋天若聞之天亦愁也。折楊柳歌其五云"牛羊食黃蘗,躑躅滿山苦。亦知不可堪,食時那能吐"。意蘊尤深婉。結交絕交行其二云"張陳結客楚漢知,賓從廁養英雄姿。一朝兩人負權勢,稱兵仇殺為世嗤。昔人絕交爭天下,今人翻覆爭飄瓦。莫言讓印如浮雲,吾儕更愧成安君"。古也爭天下,今也爭飄瓦,此刺彼時黨爭之風氣者。思悲翁云"思悲翁,大野將安期。深谿烈風,寒云間之。逐狡兔也安知熊與羆。但垂緄作翁飲,炙翁脯。何用飽食鳳凰。鳳凰梟為伍"。彼時鳳凰與梟為伍,而大野將安期。釣竿行云"東遊碣石津,下有千里魚。風雷在鱗甲,浩然縱所如。不得此釣竿,徒為溟海魚"。此尤見臥子襟抱之弘。(徒為二字極傳神。忽思筆記虎墩筆蕞有云"子龍豹目蜷髮,人相其凶。又目上視,為盼刀眼。居恆攬鏡曰,此頭終當為誰斫。及是,卒不免"。見陳子龍詩集附錄二軼事。不得此釣竿,徒為溟海魚,此即其命乎。)劉誠意作郁離子以述其奇懷,陳臥子則寓諸古樂府。滿歌行起云"得志當何期。手無斧柯,困于蒺藜。不見古人,為善茅茨。飛聲騰譽,鬱為帝師。我今獨坐,悲吟為誰。嶽嶽者心,曷能平夷。日出月沒,飛廉莫追。志在後世,不能當時"。要非臥子,何能發此金石之音。志在後世,不能當時。臥子亦踐其言矣。企喻歌四首其四云"生平劇自快,利劍常隨身。可憐多意氣,生死由他人"。臥子碧血丹心,生死不由人,無負其言。然生死終由他人,不亦悲哉。臥子承前後七子之風,摹擬漢樂府,尤出奇音,自立一格,亦可謂青出於藍,堪與劉誠意樂府齊響并驅。誠意奇懷激烈,天運護之,而臥子殉難捐生,其樂府高古雄邁之外,又多一種清絕淒愴之味,為誠意伯所無。丹霞蔽日行云"丹霞貫虹,龍翰翼之。下照南澗,清輝離離。嘉木秀發,旁蒸靈芝。秋風可傷,澄鮮則夷。濯乎寒流,使我心悲"。其佳篇甚夥。如復醽行擬古府、穀城歌、賣兒行皆沈痛質實,而讀曲歌、前溪歌、估客樂、青驄白馬皆哀感頑艷。此臥子以摹擬而造乎大道者。竟七子之志者,其陳臥子乎。(然上下不交之痛,觀之亦彌生矣。)明初之劉,明季之陳,皆以古樂府而發雄音,幾壓宋元,此朱明一朝之光也。臥子近體之高華,又幾高過誠意伯。王漁洋香祖筆記謂臥子七律"沈雄博麗,近代作者未見其比,殆冠古之才"。其分甘餘話又云"明末暨國初歌行約有三派。虞山源於少陵,時與蘇近。大樽源於東川,參以大復。婁江源於元白,工麗時或過之"。故兼臥子古樂府、歌行、七律、古文辭、時務策論及品節操守之忠烈而觀之,則明詩人能陵邁宋元而上者,亦臥子二三人耳。臥子師黃石齋亦一代博大真儒,而忠孝完節,詩文古奧,迥不猶人,實為千古人豪,東坡所謂智者創物者也。

顧亭林

人譏七子七律喜專嵌地名,效顰盛唐,非盡誣也。亭林詩亦步武盛唐,為七子遺脈,然其詩中之地名,乃真地名,非虛腔,此所以亭林詩能超犖眾流之所在也。亭林撰天下郡國利病書、肇域志,明亡後足跡遍北域,目擊多慨,發諸歌詩,故能免乎前人虛腔之弊,而能深造乎盛唐之奧窔,蓋才、學、識兼備使之然也。昔元初戴表元剡源文集裏中雜詠圖詩序有云"異時聞關陝多奇士,其山川峭深,風氣清厚,懷珍負異而隱者可以為鄭子真,逢時撫運而起者可以為諸葛公,皆無所愧怍於人世"。此奚啻為亭林而發乎。亭林西遁,可以為鄭子真,亦心懷諸葛、王猛。土門旅宿曰"歲歲征驂詎有期,棲棲周道欲安之。尼公匪兕窮何病,尚父維鷹老未衰。市酒薄驅冬宿冷,山羴輕壓曉行飢。從知宇宙今來闊,不似園林獨臥時"。土門即獲鹿縣井陘口。此真地名者。從知宇宙今來闊,要非足履天下,備知艱辛,何能有此情慨。使無山河之變,以亭林之性,何如園林獨臥、沉酣經史為愜。亭林之詩,乃時運濟之,類乎杜少陵之流落蜀、湘也。非僅亭林之才、學、識足以為詩之寶礦良冶,亭林所遇之友亦足擬盛唐人之風神,此又前後七子所未能有者。薊門送李子德歸關中曰"君才如海不可量,奇正縱橫勢莫當。彈箏叩缶坐太息,豈可日月無弦望。為我一曲歌伊涼,挈十一州歸大唐。奇材劍客今豈絕,奈此舉目都茫茫"。此送李因篤之作,真人物也。"華山有地堪作屋,相期結伴除荊榛"。此真地名也。亭林廣師篇自言"學究天人,確乎不拔,吾不如王寅旭。讀書為己,探賾洞微,吾不如楊雪臣。獨精三禮,卓然經師,吾不如張稷若。蕭然物外,自得天機,吾不如傅青主。堅苦力學,無師而成,吾不如李中孚。險阻備嘗,與時屈伸,吾不如路安卿。博聞強記,群書之府,吾不如吳任臣。文章爾雅,宅心和厚,吾不如朱錫鬯。好學不倦,篤於朋友,吾不如王弘撰。精心六書,信而好古,吾不如張力臣"。此皆真人物,足以為詩者。(近得關學文庫之王弘撰集兩大鉅冊,對之肅然。黃道周有三罪四恥七不如疏,亭林傚之也。)又酬傅處士次韻曰"清切頻吹越石笳,窮愁猶駕阮生車。時當漢臘遺臣祭,義激韓讐舊相家。陵闕生哀廻夕照,河山垂淚發春花。相將便是天涯侶,不用虛乘犯斗槎"。亦唯遇傅山輩,方作得此老杜詩也。五言排律若天寶時人作者,如子德李子聞余在難特燕中告急諸友人復馳至濟南省視於其行也作詩贈之,即斯事斯人斯地斯情也。同時聞人排律非不典正雅馴,求亭林斯事斯人斯地斯情之四契,亦罕覯也。潘彥輔德輿養一齋詩話卷三嘗言"吾學詩數十年,近始悟詩境全貴質實二字,蓋詩本是文采上事,若不以質實為貴,則文濟以文,文勝則靡矣。吾取虞道園之詩者,以其質也。取顧亭林之詩者,以其實也。亭林作詩,不如道園之富,然字字皆實,此修辭立誠之旨也。竹垞、歸愚選明詩,皆及亭林,皆未嘗尊為詩家高境,蓋二公學詩見地,猶為文采所囿耳"。又云"明開基詩,吾深畏一人焉,曰劉誠意。明遺民詩,吾深畏一人焉,曰顧亭林。誠意之詩蒼深,亭林之詩堅實,皆非以詩為詩者,而其詩境直黃河、太華之高闊也。首尾兩家,誰與抗手"。彥輔可謂亭林之子期也。亭林斯事斯人斯地斯情之四契,即其堅實質地之勝,而他人所難及者。彥輔言竹垞、歸愚二人學詩見地猶為文采所囿,法眼灼灼,予殊喜之也。

屈翁山

翁山善用心。大凡歌詩之妙道,分心、氣二種。尚英氣、辭采、典實、聲韻等,為用氣之道,妙心自在氣中。用心者雖亦有諸事,而心體呈露,邈然卻真,其格甚貴。如大謝善用氣,陶令即用心。老杜善用氣,太白即用心也。老杜用氣之聖,太白則無意自聖。陳獨漉善用氣,彭躬庵謂之時之杜甫。屈翁山善用心,人謂之時之青蓮。天然妙契。翁山文鈔二史草堂記自云"詩法少陵,文法所南,以寓其褒貶予奪之意,而於所居草堂名曰二史。蓋謂少陵以詩為史,所南以心為史云"。又云"夫使天下之人盡紀夫忠臣孝子之事於心,而聖人之道行矣,又安用書為。故其言曰,大宋不以有疆土而存,不以無疆土而亡。則其史亦不以有書而存,無書而亡可知矣。何者。其心在故也。嗟夫,君子之處亂世,所患無心焉耳。心存則天下存,天下存則春秋亦因而存,不得見於今,必將見於後世"。予讀王漁洋詩,深入王右丞之奧突,使置諸唐人集中,幾將亂之。然一觀粵東屈、陳諸人詩,便覺漁洋若無心焉耳。屈、陳當時聲望,何足以比江左、漁洋,而今其望愈臻遒上,誠所謂不得見於今,必將見於後世者也。雖然,漁洋善使氣,亦真有古氣,亦可貴重。心氣之間,常人焉能辨之乎。翁山詩最工五律、五古,太白法嗣,舉體輕靈,多仙韻。翁山詩略卷一答鍾廣漢云"梁鸞頌高士,最愛採芝翁。一出安鴻鵠,還棲林屋東。子孫洞庭口,耕作上皇風。我亦能遺世,年年桂樹叢"。其體常在古、律之間,初觀似律,細按乃古,終判是律,此翁山詩最妙處。西嶽祠云"地引黃河帶,天垂太華疏。威靈揚白帝,肅殺散高秋。鐘鼓存仙殿,雲霞並嶽樓。憑將巨靈掌,萬古蕩皇州"。此等自是翁山本色。英氣主之,輕靈升騰,質清使然。重別周量其五云"羅浮雙嶽峙,一半是蓬萊。風雨時離合,波潮若往迴。寧無蝴蝶洞,不及鳳皇臺。文獻曲江後,須君接武來"。瀟然青蓮之真體,而自出情韻,悠悠丹心,自照乾坤。故翁山之詩,勝在有韻。所以然者,用心致之。漁洋亦學盛唐,少此情韻,略存氣體之深厚耳。雪中陳挹蒼饋酒云"故人念風雪,相送一尊來。是日梅花下,中閨錦瑟開。大歡惟稚子,遠望尚高臺。期爾秦淮曲,春晴共舉杯"。的然高韻。究其奧訣,即以古風寫律,臻入渾遠,若不經意,而鬚髯已飛。答伍七丈惠藥云"蝴蝶作莊周,佯狂世上游。有身惟殉道,無地可埋憂。月出先微雨,梅開後素秋。承君念寒疾,藥石重相投"。頸聯輕淡不著力,卻彌覺悠遠。此即翁山詩頰上三毛。福興山中古梅二首云"念是先朝物,風雷不忍侵。桐焦空有尾,竹老已空心。以道酬泉石,無言閱古今。幾宵明月上,為子動瑤琴"。"一花開混沌,靜者最先知。雪滿空山夜,雲生絕壁時。幽光溪獨照,素影鶴相持。辛苦傳春信,陰風莫太吹"。如觀楊無咎梅、米友仁雲山卷,自多墨韻。蓋不必較其工拙,先已得勝矣。翁山其人豪雄宕逸,氣節高邁,亦不拘細行,純然類唐時人。亦亭林友侶。顧嘗戲作一絕諷其繼娶。"六代詞人竟若何,風流似比建安多。湯休舊日空門侶,情至能為白紵歌"。蓋翁山與湯休皆曾入空門,後還俗者。亭林極少戲語,其對翁山,亦不免解頤矣。

施愚山本末一貫

清人選詩別具眼目者,有張廉卿。其選有清三家詩,取施愚山五古、五律,鄭子尹之七古,姚姬傳之七律,以為國朝之選。廉卿為曾湘鄉弟子,桐城後學,眼光自異世流。姬傳之七律,確非凡物,第弗足為第一等耳。廉卿非不知之。其選三家,另具特識。蓋三詩人,乃三古人,皆文質兼備,學問品性俱純正也。發為歌詩,各具古音雅正,此異乎世間文豪如錢、梅、朱、宋者。尤侗施氏家風述略序言"宛陵施愚山先生,予交之三十餘年,見其天性純篤,言坊行矩,歎為今之古人"。杭世駿施愚山先生年譜序言"其學非一世之學,關閩濂洛之學也。其文非一世之文,陶杜韓柳之文也"。查為仁蓮坡詩話言愚山"操履孤遠,學有本原,力以名教為己任。作詩直追漢唐,尤善五言"。晚晴簃詩匯云"其文學正與行詣政事相發,根柢深厚,為有德之言","劉海峰論列歷朝詩,亦但錄五律之五十餘篇。然愚山詩精研堅栗,各體皆同,正不徒四十賢人,著一屠沽不得也"。朱克敬儒林瑣記云"閏章敕身理學,而兼工詩文,和易好善"。諸評均可見愚山其人之高古深厚。四庫提要學餘堂集云"平心而論,士禎詩自然高妙,固非閏章所及,而末學沿其餘波,多成虛響。以講學譬之,王所造如陸,施所造如朱。陸天分獨高,自能超悟,非拘守繩墨者所及。朱則篤實操修,由積學而漸進。然陸學惟陸能為之,楊簡以下,一傳為禪矣。朱學數傳以後,尚有典型,則虛悟、實修之別也。閏章所論,或亦微有所諷,寓規於頌歟。其蠖齋詩話有曰,山谷言近世少年不肯深治經史,徒取給於詩,故致遠則泥。此最為詩人針砭。詩如其人,不可不慎。浮華者浪子,叫號者粗人,窘瘠者淺,癡肥者俗。風雲月露,鋪張滿眼,識者見之,直一葉空紙耳,故曰君子以言有物。觀其持論,其宗旨可見矣。古文亦摹仿歐曾,不失矩度,然視其詩,品則少亞。魏禧為作集序,乃置其詩而盛許其文,非篤論也"。所論甚切。惟四庫館臣以王之詩所造如陸,乃以講學而譬喻焉,予謂漁洋其人其學,非如陸者也,而以施之詩所造如朱,不悟施其人其學亦有類於朱耶。故於愚山而言,非僅譬之耳。此即施異乎漁洋、竹垞一流之處。漁洋詩話云"洪昇昉思問詩法於施愚山,先述余夙昔言詩大指,愚山曰,子師言詩,如華嚴樓閣,彈指即現,又如仙人五城十二樓,飄緲俱在天際。余即不然,譬如室者,瓴甓木石,一一須就平地築起。洪曰,此禪宗頓、漸二義也"。漁洋豈不悟愚山乃諷其不平實純篤乎。非僅評其詩法而已。洪昇言此頓、漸二義,豈愚山所能受。洪昇當日或獨對漁洋而語之,漁洋錄入詩話,以為黨援,以頓門自居,自喜也。不知頓、漸與王、施有何關涉。(且禪門自曹溪南宗大興,貶抑神秀北宗之風愈熾,不知神秀亦傳五祖之法燈,為達摩之血嗣,矧其傳人亦多實證深切之大德耶。此亦曹溪禪宗派之偏見所在。談藝錄二七默存亦嘗言及愚山此語,竟謂漁洋樓閣乃無人見時暗中築就云云,貶損漁洋太過,予不直之也。)愚山殊有古人文質一體、情理俱盡之風範,故識力自是不同,此即所謂有德之言也。實則愚山五古五律天然韻致,清真雅正,出語自然工雋,沖和簡潔,則愈近乎南宗之頓,而非漸門。漁洋以頓自居,亦自盛唐三昧所出,愚山則又深造魏晉,取法乎上,故終有一種元氣,要非漁洋所有。第恐後人不悟耳。(隨園詩話有云"東坡云,孟襄陽詩非不佳,可惜作料少。施愚山駁之云,東坡詩非不佳,可惜作料多。詩如人之眸子,一道靈光,此中著不得金屑,作料豈可在詩中求乎。余頗是其言"。愚山此語,尤可為其本近乎頓門之佐證。眼不著金屑,本亦禪宗之故語。作料豈可在詩中求,直搗黃龍,坡老敗陣矣。袁枚此文亦云"蠶食桑而所噴者絲,非桑也。蜂采花而所釀者蜜,非花也。讀書如吃飯,善吃者長精神,不善吃者生痰瘤"。作料自在詩外求,詩中一道靈光,在乎能悟耳。)陳僅竹林答問言本朝六家,王朱施宋查趙,當以愚山為第一。陳文述書愚山詩鈔後云"國朝人詩,當以施愚山為第一,為其神骨俱清,氣息穆靜,非尋常嘲風弄月比也","儒者氣象,名士風流。雖羅浮道人之沈鬱蒼涼,虞山蒙叟之沈博絕麗,猶遜一籌,長水、新城,更形凡近矣"。文述之論,甚為允稱。施詩雖未必超乎牧齋,竹垞、漁洋,對之更形凡近,則弗謬也。儒者氣象,名士風流,二語尤能狀其神采。神骨俱清,氣息穆靜,文述亦善望氣矣。湯大奎炙硯瑣談云"史衎存承豫嘗仿敖、王二公作國朝人詩評一則云,施愚山如山雪初消,園梅乍吐,疏花冷蕊,觸袖馨然"。此頗可為文述"非尋常嘲風弄月比"之注腳也。愚山天地之清氣,冷梅之格方之是也,此在澆漓之世,尤可貴重。喬億劍溪說詩有云"施愚山先生曰,余嘗與林鐵崖敘論詩人,以為詩固難言,詩人尤不易。今之工者,多飾郛郭,攬菁華。其有出於時,或矜己忤物,誕蕩不可近。於是號稱詩人者,浸為有道所不錄。又曰,常憾文人不護細行,為世口實。由此言之,吾輩喜為文詞,當因以自警也"。觀此彌可會愚山立定於人,性情於詩,本末一貫,是為詩人。誠為古聖賢之心傳,宋明儒之氣象猶在焉。惟宋明儒具道學氣象者,往往弗能出天然之詩,精嚴之律,而愚山能兼之而無礙,庶乎與朱晦翁相似矣。(張謙宜絸齋詩話作刻論,輕詆愚山為假貨,古董高手,"得秦漢碎銅一片,補湊點染,渾含無間。然識者自知其偽"云云。凡士生澆薄之世,樹此高古氣象,必蒙詆毀。張氏云愚山"詩正苦摹古太似"。愚山豈七子之末流乎。蚍蜉撼大樹,不知適足以增其盛德乎。)愚山集,今人何慶善、楊應芹二氏點校而刊行之。其五古五律之超絕,前脩論之已多。今得詳覽其集,彌覺愚山先生多古氣,本末一貫,迥出羣流,為不可及之處。以一詩人之文,人謂有德之言,可不欽服哉。

王漁洋

盛唐之詩,經前後七子、晚明諸家之發揚蹈厲,可謂盡窮其情矣。山重水複疑無路,故當時俊雋,便自闢宋詩一路,直抒胸臆。然以詩而論,此乃避其鋒鋩之計,而真可謂宗唐一派柳暗花明又一村者,王漁洋是也。七律既已窮盡其情,漁洋則轉其精光於七絕,雄渾弘亮既已氾濫於明人，漁洋則專事神韻之不著一字，以羚羊掛角為說。故知學宋詩者，實因明亡而興，詩脈不與明統合，而適與其遺民生涯如南雷者奉明統相反也。而明人宗唐之詩統，不因明亡清興而斷，其足以繼明人者，即倡神韻說之清人王貽上也。(明人之詩歌、文化至袁子才猶未亡也。自乾嘉考據學、同光體興，方乃是清人之文化。清人之文化亦未隨清亡而亡。)唐賢三昧集之編刻，以王、孟、儲、韋諸家為宣導，真乃另啟一洞府，當雄材垂暮、唐調將竭之時，以澹遠玄微、幽隱蘊藉濟之，猶建炎之續宋幟於江南，人皆知其柔怯不足以恢復，而皆奉為正統無疑意也。清初詩坫之尊漁洋，亦因其承明詩宗唐之正傳使然。漁洋香祖筆記卷六云"余嘗觀荊浩論山水而悟詩家三昧，其言曰，遠人無目，遠水無波，遠山無皴"。此非即如南宋畫院夏半邊、馬一角，以遠景掩其弱於李、范、燕、郭者乎。故知王貽上之傳盛唐詩，猶建炎之欲嗣建隆也。而漁洋詩之功底，實不能與同時大家如牧齋、梅村比。學力才力之高，亦弗能與竹垞、亭林角逐爭勝。自時露虛怯之弊，識者知其弗能恢復大觀，惟偏安豫逸以怡其情而已。故漁洋詩頗似晚唐，誠所謂師法乎上，而得其中者。悼亡詩其一曰"宦情薄似秋蟬翼，愁思多於春繭絲。此味年來誰領略，夢殘酒渴五更時"。類樊川、樊南。灞橋寄內其一曰"長樂坡前雨似塵，少陵原上淚霑巾。灞橋兩岸千條柳，送盡東西渡水人"。似鄭都官。如此類者極多。漁洋揚長避短，知己內中虛怯，弗如發揚神韻，標舉王孟之三昧，遂造晚唐之風致。若謂漁洋詩為真神韻，吾知衆人皆不服也。倘言其師法盛唐之高華自然，而得乎中晚之清真哀感，則人人可擊節稱善矣。吳喬答萬季埜詩問言漁洋乃"清秀李于麟"，固宜然也。(甌北詩話卷十謂漁洋"專以神韻勝，但可作絕句，而元微之所謂鋪陳終始，排比聲韻，豪邁律切者，往往見絀，終不是八面受敵為大家也"。亦與愚意無違。雖然，使以八面受敵為評詩家唯一之準繩，則詩三百之作者、陶靖節之五言，皆非是也。故知神韻說自有淵流。甌北之說,亦不盡然也。)近人陳仁先嘗云"杜詩但覺高歌有鬼神,焉知餓死填溝壑,已極沈鬱頓挫之致矣,更足以相如逸才親滌器,子雲識字終投閣二語,此是古人拙處,即是古人不可及處。漁洋不能解此,宜其小成就也"。(見石遺室詩話卷十。)使漁洋知之,自亦一粲。

沈歸愚

　　盛唐之脈,漁洋已露虛聲。然詩道尚多雅意。至沈德潛,竟為弘曆所重。其詩作談藝,固亦有根柢,終也反敗污血脈之正氣,盛唐之音,至此亦歇矣。韓愈曰"歸愚識夷塗,汲古得修綆"。予哂歸愚二字,若言歸乎清廷之愚民之政也。清史稿列傳言"德潛進所編國朝詩別裁集請序,上覽其書以錢謙益為冠,因諭,謙益諸人為明朝達官,而復事本朝,草昧締構,一時權宜。要其人不得為忠孝,其詩自在,聽之可也。選以冠本朝諸人則不可。錢名世者,皇考所謂名教罪人,更不宜入選。命內廷翰林重為校定。二十七年,南巡,德潛及錢陳群迎駕常州,上賜詩,並稱為大老。三十年,復南巡,仍迎駕常州,加太子太傅,賜其孫維熙舉人。三十四年,卒,年九十七。贈太子太師,祀賢良祠,諡文愨。御制詩為挽。是時上命毀錢謙益詩集,下兩江總督高晉令察德潛家如有謙益詩文集,遵旨繳出。會德潛卒,高晉奏德潛家並未藏謙益詩文集,事乃已。四十三年,東臺縣民訐舉人徐述夔一柱樓集有悖逆語,上覽集前有德潛所為傳,稱其品行文章皆可為法,上不懌。下大學士九卿議,奪德潛贈官,罷祠削諡,仆其墓碑。四十四年,御制懷舊詩,仍列德潛五詞臣末"。詩人之玩於帝王股掌之中,觀此可知矣。歸愚說詩晬語起首即云"詩之為道,可以理性情,善倫物,感鬼神,設教邦國,應對諸侯,用如此其重也"。不知如此適足成詩道之蠹。悲哉。

歸愚論詩主格調,標舉溫柔敦厚之旨,尚唐而抑宋,承明七子及清初人之餘風,本屬雅音,無可厚非。其談藝選詩,亦沾溉士林久矣。予尤喜其古詩源。而不期為清廷所用,氣象便漓,真意便虧。予嘗觀歸愚為弘曆藏王珣伯遠帖題三希堂歌,書體娟秀嫻靜,而饒古意,明季清初士人猛勁兀傲之氣,至此似消盡,宜為弘曆所喜也。今摘其佳作數首,以見其才思功力。五律如春日村行云"果腹竟何事,蕭然曳屨行。閒共白雲往,步尋流水聲。墟煙凝雨重,耕犢負犁輕。獨立板橋望,春山面面橫"。送劉東郊之閩中云"節序逢搖落,況當君遠行。難為今日別,並見古人情。客路千江雨,秋心萬木聲。蔗洲如已過,應近越王城"。七律如暨陽翁靜子枉過草堂云"風竹蕭蕭晝掩門,久無筇屨破苔痕。忽傳江上青衫客,來訪溪南黃葉村。千里相思勞仲悌,一人知己感虞翻。文章自是吾生事,試與高賢共榻論"。過真州云"揚州西去真州路,萬樹垂楊繞岸栽。野店酒香帆盡落,寒塘漁散鷺初回。曉風殘月屯田墓,零露浮雲魏帝臺。此夕臨江動離思,白沙亭畔笛聲哀"。夜月渡江云"萬里金波照眼明,布帆十幅破空行。微茫欲沒三山影,浩蕩還流六代聲。水底魚龍驚靜夜,天邊牛斗轉深更。長風瞬息過京口,楚尾吳頭無限情"。抑堂送春云"故交落莫返江濱,送客何堪又送春。天下有情俱惜別,坐間無語不傷神。賣花聲歇閑深巷,拾翠人稀駐畫輪。此日風懷且中酒,朝來惟見綠陰新"。取法乎上,而得其中。歸愚取法盛唐,而多近乎中唐之格也。

卷丙　中唐奇奧脈之支裔

　　陳廷焯白雨齋詞話言杜陵"無一篇不與古人為敵。其陰狠在骨，更不可以常理論"。乃真有見地語。中唐奇奧脈，如孟郊、韓愈、賈島、李賀，即是傳此老杜陰狠在骨者，而盧仝一流，變本而加厲焉，失之太過。又如柳州，詩宗大謝，迥異于孟韓，然古雅中一種陰狠在骨，識者一眼即知。蓋與其古文之峻發奧古，而內蘊剛銳之氣同也。又如元白，詩法自闢一路，亦別於彼。然元稹實為杜陵第一知己。元白詩多作溫柔相，內亦有一種狠勁，此常人所未思及者。故中唐奇奧之脈，實承老杜之精神為多，傳太白摩詰者為少。而後世此脈之支裔，亦多傳此種陰狠在骨之法髓，而變化焉。佳者奇奧古澀，人思古意，其狠相自解。劣者異端突兀，若同妖魅，人皆惡之，不免為中唐不肖子孫。葉燮已畦文集卷八百家唐詩序謂貞元、元和時，韓柳劉錢元白鑿險出奇，為古今詩運關鍵。後人稱詩，胸無成識，謂為中唐，不知此中也者，乃古今百代之中，而非有唐之所獨，後此千百年，無不從是以為斷云云。此是史家眼目。自晚唐以來，各代詩宗派不同，實皆受中唐之潛移默化。郊島韓柳劉錢元白等若十六羅漢，幾各自迥異，最見造化賦物之不齊，而心氣崢嶸，欲與造化一競高下。後世詩人心每樂之，何足怪哉。予八家文最愛柳州，論詩亦推崇郊島，不效前人輕議也。賈島本在中唐，惟後世學賈者多兼以晚唐之格。血脈論外篇，乃置賈長江之支裔于中唐脈之中，以見其取法也。此書中唐、晚唐之分期，與近人丁儀詩學淵源同。見民國詩話叢編三。自晚唐人學賈島張籍，宋初王禹偁學白居易，此中唐派即已有之。此派支裔，或學賈島姚合，或學李賀體，為最多。或學白傅、長慶體，或學孟柳，則次之。劉靜修實在盛唐中唐之間，亦氣體昌茂使然也。

永嘉四靈

予在家瑜伽士，實修特親華嚴十玄門。一日忽悟，詩道實亦在其統攝中。如中唐孟郊、賈島、姚合一流，及宋季永嘉四靈、明之七子等，屢為後人所譏哂，予不以為然。蓋彼輩不能以通體而觀之，自不能識郊、島、四靈、七子之大用。以華嚴十玄門之同時具足相應門、秘密隱顯俱成門觀之，則郊、島雖異于盛唐，而實與盛唐有同時者，郊、島自具足此詩心，而得其相應者也。予內篇已發揚郊、島之大美多矣。以郊、島之鑒照之，亦自見盛唐之威德。反之亦然。當中唐時，盛唐已隱，郊、島正顯，或隱或顯，而皆同時俱成詩道。彼隱之盛唐，實有相應於顯之郊、島，而常人不察，只見表相，徑斥郊寒島瘦為開元大曆不肖子孫。此曰同時具足相應門、秘密隱顯俱成門。究其所以然，唯心回轉善成門是也，此心者即詩心也。郊、島之詩與開元、大曆迥異，詩心則與之通。論者不辨乎此，宜其徑下斷語。郊、島如是，則四靈、七子亦同然。永嘉四靈，當時為大儒葉水心所推，其所以能傳千年、為詩之一變者，亦以其詩心與古人通也。其詩之氣貌寒瘦清峭，人一望即知，似無以語與唐人、北宋者。然不知當彼之時，江西派漸隱，四靈始顯，隱顯相成，四靈取唐法以濟宋詩之窮竭，啟宋末元明數百年宗唐之風，茲事體大，愈可知四靈為詩道之大關捩,不可輕而斷之者。善觀四靈詩者,如陳衍石遺室詩話謂其"洗煉而熔鑄之,體會淵微,出以精思健筆",歸入清蒼幽峭一派。朱庭珍筱園詩話謂九僧、四靈輩"雖規模狹小,力量淺薄,而秀削不俗,猶多佳句也"。并非知音。(二評俱見趙平校點之永嘉四靈詩集前言。)只知其小,而不知其大。四靈之大,即導源宗唐之風,啟元明之習,但開風氣不為師。一也。水心徐道暉墓誌銘言曰"然則發今人未悟之機,回百年已廢之學,使後復言唐詩自君始,不亦詞人墨卿之一快也"。可謂法眼如炬,洞悉後世若鑒然。以清蒼幽峭,發揚己靈,啟中唐賈島姚合一脈淵流,後世學之者甚夥,此二也。觀明季竟陵一派,其有導源於四靈,明矣。以此而知,四靈之詩心深雋,矜持古法,非僅窮寒苦吟而已。莫怪乎水心大儒推挹之若是哉。真非鄉曲之私。(吳子良林下偶談言"葉適以鄉曲之故,初力推之,久而亦覺其偏,始稍異論"。子良鄉曲之評非是。)予本喜賈長江之詩,今開卷讀芳蘭軒集,已覺青眼。氣度近姚合,以古義自矜,實可怡人性情。惟郊、島之遒勁密栗,四靈不復能承續焉,是宋人氣弱,運勢限之耳。後世七子洞悉此蔽,乃專攻盛唐之體,蓋欲跳出運勢之樊圍,不欲蹈前人之故轍。予笑謂因一人才力單甚,永嘉四靈乃合四人力,而為一中晚唐詩。詩史之以合力興,非始於江西派,始於四靈也。明之七子,實亦本此合力也。(或問,汝以十玄門論詩,所謂同時具足相應門、秘密隱顯俱成門,使其真合詩道,則歷代多少庸手,又豈在二門統攝之外耶。亦可贊彼輩為隱而隱顯相成耶。對曰,所言極是。庸手詩藝雖卑,詩心則同。詩史本非大家名手之譜系而已,以此歷代之萬千庸手在隱,隱顯相成者也。且庸手本是無名,無名之極,即是山謠野謳之作者。其人若國風中人。觀其辭似鄙,其詩心則粲然,能以性情化人。此亦真詩也。豈非同時具足而相應乎。中華所以為詩國者,非以李杜故,以萬千庸手徧布村墟江湖故也。)

徐道暉

　　人多謂四靈為晚唐詩，予非之。四靈學中唐者也。今見宋人趙汝回瓜廬詩序有云"四靈陋晚唐不為，語不驚人不止，而後生常則其步趨聲欬，揚揚以晚唐誇人，此人所不悟也"。（見四靈詩集附錄五。）此真知音也。徐照芳蘭軒集卷首二詩，乃真得中唐骨氣者，奈何後世好事者鮮及之耶。送翁誠之曰"又作巴陵縣，南州舊有聲。未憑湘水綠，能似長官清。留冷君山月，帆輕夏浦晴。五言多好句，顏杜減詩名"。送徐璣曰"一舸寒江上，梅花共別離。不來相送處，愁有獨歸時。去夢千峰遠，為官三歲期。思君難可見，新集見君詩"。二詩頷聯手法俱高，世所謂流水對是也。起俱矜高簡老，頸聯加以清靈，構境幽遠，而收以君子澹水之交情。其骨氣純自中唐人來，簡老蒼清，而文字極澹，類乎張文昌、姚武功。而世人只喜以"莎葉尚鳴蟬"、"螢光出瓦松"一類論徐照詩，誠所謂君子惡居下流也。白下曰"白下嚴州近，崎嶇昔未經。年豐山米賤，溪涸石苔腥。一月無新句，千岑役瘦形。人家今畏虎，未晚戶先扃"。辭雖僻冷，亦虎虎有生氣，使賈島見之，當可許為入室。一月無新句者，既得此句，可以安枕矣。常人見此等詩荒寒冷澀，便目為歧路，不知四靈骨氣在此。其本以簡老古澹為貴，倘弗能至，則不恤犯險語學賈浪仙，以幽峭奪人。寄翁靈舒曰"遊遠令人瘦，思君甚渴饑。恨無如意事，懶乞送行詩。帝陌喧車馬，王門守鹿貚。何時借僧榻，切勿負幽期"。別有清音。頷聯有味，道暉特工送別詩。五六筆勢忽轉，寫帝陌王門，亦一股荒寒幽渺之氣，亦奇哉。題江心寺三四曰"流來天際水，截斷世間塵"，真具如椽之筆。忽思永嘉四靈亦此天際水，欲截斷詩中之塵，欲歸於平澹天真者。送李偉歸黃山三四曰"幾路到君程，數峰當郡城"，對句渾成有味，乃張文昌之心法所在。道暉五律猶存中唐骨氣，七律則全落入晚唐風調，七薄於五，非其上駟。"不念為生拙，偏思得句清"，此真賈島血嗣，奈何後人以貧瘦譏四靈耶。使四靈富貴，焉能截斷世間塵如是乎。南嶽萬年松三四"兩樹死一樹，多年言萬年"，此又賈所未道，語險而意迺，非可等閒視之。病起呈靈舒紫芝寄文淵曰"唐世吟詩侶，一時生在今。不因吾疾重，誰識爾情深。解頤衣賒酒，更醫藥費金。天教殘息在，安敢廢清吟"。此今人所謂詩學宣言是也。予言四靈合四人之力為一，此一時生在今也。道暉五律往往三四奇古，最見其膽魄筆勢，即此拙重情深之直語也。頸聯多細筆，結每有力，安敢廢清吟，無愧賈姚。四庫提要謂四靈之詩"雖鏤心鉥腎，刻意雕琢，而取徑太狹，終不免破碎尖酸之病。照在諸家中尤為清瘦"。此豈知者之言哉。取徑固狹，氣體卻貞固，意格亦拔俗，破碎尖酸之評，謗之也。徐照尤為清瘦，則正乃道暉所以為四靈之首者。此神清形瘦之韻，要非俗士所能會。徐璣讀徐道暉集首聯云"悟得玄虛理，能令句律精"，亦頗能與予昔論賈島詩相參證也。(予言賈以釋教為心源，自與五律神理相合。見內篇卷末。)

徐文淵

徐璣五律較道暉清圓，少苦吟之跡，其味亦弗如道暉深切。其高者，如憑高曰"憑高散幽策，綠草滿春坡。楚野無林木，湘山似水波。客懷隨地改，詩思出門多。尚有溪西寺，斜陽未得過"。真有平澹清遠之意，一派董巨南宗筆墨。其五律佳作多如此。山居曰"柳竹藏花塢，茅茨接草池。開門驚燕子，汲水得魚兒。地僻春猶靜，人閑日自遲。山禽啼忽住，飛起又相隨"。清真圓淨，不必以格局論也。三四亦每多佳意。"高峰多遠見，淺水少平流"，"野屋憑高在,青山到水回","江西多野水,湖上正高秋","如何秋夜雨,不念故人歸",皆以最平澹語,道無盡意。前則張籍姚合,後則漁洋老人是也。文淵五律不及道暉深切,而七絕過之。春雨曰"柳著輕黃欲染衣,汀沙漠漠草菲菲。晚風吹斷寒煙碧,無數鴛鴦溪上飛"。此王漁洋欲得之者。二薇亭集中七絕多此風神,野逸清圓,真為晚唐風調,貌若寒薄,實蘊真味。徐文淵其人何如,見葉水心墓誌。道暉癖詩多苦吟,單字隻句計巧拙,而文淵則神意清朗,懷度高邁,過於道暉,蓋不專於詩而已。其為官敢作為,多功績,論詩文,"高者迥出,深者寂入,鬱流瓚中,神洞形外",水心歎之如是。徐文淵墓誌銘云其"得魏人單煒教書法,心悟所以然,無一食去紙筆。暮書稍近蘭亭,余謂,君當自成體,何必蘭亭也。君曰,不然,天下之書,篆籀隸楷,皆一法,法備而力到,皆一體。其不為蘭亭者,未到爾,非自成體也"。此論余尤駭之。水心異其立言之奇,予則驚其立言之深。文淵論書如是,乃有真見地,蘇黃米蔡一流所未曾道者。宋四家啟尚意之風,以自立家數、自成體為貴,而文淵非之,蓋學書深造晉唐之域而造論如是,迥不相侔。南宋書壇,米海嶽體最盛,次則學大蘇一流,其能知徐文淵此言之奧旨者,亦惟姜白石諸人而已。以此尤可想見文淵其人異骨崢嶸,非可僅以詩章而目之也。

翁靈舒

翁卷詩瘦勁不如道暉,清圓不及文淵,精工不逮紫芝,最為平平。瀛奎律髓卷二九所收五律十四首,乃其最為簡老有味者,稍存唐人古風。葦碧軒集中他作少有能及之者。方虛谷誠有眼力。十四首中如同徐道暉趙紫芝泛湖曰"相逢如相親,吟中得幾人。扁舟當夏日,勝賞共閑身。山雨曾添碧,湖風不動塵。晚風漁唱起,處處藕花新"。最可想見四靈合體同心之雅。勝賞共閑身,湖風不動塵,特有韻度。葦碧軒集中如送人赴沅州任曰"舊貢包茅地,中存古意長。去程逢嶽雪,上事帶春陽。霧結硃砂氣,波流白芷香。大夫祠寂寞,煩與奠椒漿"。古意猶厚,他則多閒居之詩,弗若二徐者。靈舒五律三四喜作流水對,欲得高韻,往往不濟。其高者如"閑見秋風起,猶生萬里情","成家無別物,有子作詩人",亦足嗟諮,惜殊少耳。四靈詩集歷代彙評黃震黃氏日鈔卷六八讀水心文集翁靈舒詩集序云"愚觀靈舒,四靈之一也,水心所以斥罵者如此。而世以晚唐詩名者,尚遙拜之為宗師,可歎也已"。黃東發頗不以靈舒為然。予讀四靈,亦覺翁氏附驥尾耳。雖然,韻度自亦有造,方回所選諸詩,信可見乎其人矣。

趙紫芝

前人多謂四靈詩趙師秀為冠,如方回、吳喬、賀裳、陳焯,四庫提要亦謂四靈皆以煉字為宗,而師秀才力稍富健。前人在此著力已多。竊謂紫芝富健,以其能七律故爾。二徐及翁,七律多薄弱,趙之作生氣過之。四靈中予最喜道暉。清人陳焯宋元詩會言四靈紫芝尤為之冠,"而道暉幽眇峭刻,思致尤奇"。甚喜其言。蓋四靈之出世,其意本不欲與江西鬥富健也。歐蘇黃陸之富健,在宋孰與爭鋒。全謝山鮚埼亭集外編卷二六春鳧集序言宋詩"流弊所極,叢篇長語,或為粗厲噍殺之音,或為率易曼衍之調,吊詭險誕,無所不至,永嘉四靈欲以清圓流轉一種,變易風氣,而力薄不足以勝之"。雖力不勝之,一念靈犀,足照百世。清圓流轉,再變而為幽眇峭刻,如自姚武功,進而為賈浪仙。故予以道暉為四靈之首領,而趙次之也。儒門倡忠恕之道,奈何後世譚藝之士論四靈詩,多只持忠而少恕道哉。既無得乎恕道,忠亦難達其極。紫芝五古哭徐璣五首,乃其絕作。其一曰"君早抱奇質,獲與有道親。微官漫不遇,泊然安賤貧。心夷語自秀,一洗世士塵。使其養以年,鮑謝焉足鄰"。最為渾成,四靈詩中不易覯者。心夷、一洗二句,尤見遠韻。其四有云"傳來葉嶺帖,遂與蘭亭近。凡茲究極功,亦足損肝腎"。則言徐文淵嗜書學而損生,尤可見徐璣其人性情。紫芝五律,亦四靈之體,多澹泊之致。其佳者,鍊字句仿佛賈浪仙。延禧觀云"寂寞古仙宮,松林常有風。鶴毛兼葉下,井氣與雲同。背日苔磚紫,多年粉壁紅。相傳陶縣令,曾住此山中"。氣骨不俗,頷聯是也。此與師秀名句"禽翻竹葉霜初下,人立梅花月正高"樞機甚同。筠州郡庠山序云"一來高處望,遠近盡秋容。秀氣歸才子,清風屬釣翁。溪晴分別港,山闕見他峰。獨憶涼宵月,無因宿此中"。亦有一種清氣在懷,令人神怡意融。紫芝才健具豪氣,自又別於三人。贈張亦云"相逢楚澤中,語罷各西東。天下方無事,男兒未有功。邊風吹面黑,市酒到腸空。早作歸耕計,吾舟俟爾同"。此真得中唐脈者。贈易道士中二聯云"古於莊子貌,貴似呂公身。詩好當開板,丹靈不化銀"。亦輕巧中見古氣。寄薛景石云"虛窗風颯颯,獨臥聽殘蟬。家務貧多闕,詩篇老漸圓。清秋添一月,故里別三年。最憶君門首,黃花匝野泉"。殊為清切也。月夜懷徐照云"月色一庭深,迢遙千里心。湘江連底見,秋客與誰吟。寒入吹城角,光凝宿竹禽。亦知同不寐,難得夢相尋"。寒入、光凝二句,亦見本色。清遠中有勁峭之意,與同時畫院馬遠、劉松年輩繪事理同。薛氏瓜廬云"不作封侯念,悠然遠世紛。惟應種瓜事,猶被讀書分。野水多於地,春山半是雲。吾生嫌已老,學圃未如君"。乃為四靈體之極詣之一。意雋境深,入唐賢之奧突矣。紫芝七律,四靈最高,甚見其風骨獨異處。如多景樓晚望、姑蘇臺作、病起、借居湖上、題方興化塋舍、呈蔣薛二友諸作,皆運筆清健,內勁豁露。胡應麟詩藪謂"晚宋若趙師秀,雖學姚、許,然不無宋調雜之"。即言其七律有宋人之句法，彌露老健。大凡四靈，徐照最具中唐幽眇峭秀之思，趙師秀詩功尤深，多健筆，徐璣早負奇質而兼能，不專力于詩，翁卷亦雋才，略卑平。觀四靈詩，實能一洗世塵，化繁為簡。錢默存宋詩選注詆諆四靈、水心，刻薄少恩，予不喜之。予昔亦曾為後世論者所謾，未讀四靈，先有輕慢之意。今以外篇之緣，得細覽焉，乃悟前人之仄隘少恕。四靈乃乾坤之中一股清氣，其意凜凜若是，何必以字句之雕琢而定論之哉。紫芝贈源長老歸自湘中頸聯有云"不染世間如菡萏，只留胸次著瀟湘"。四靈詩亦多此神骨，自具胸次，深味其詩，方能得焉。常人未得虛懷平心，豈能會其神意。宋韋居安梅磵詩話言杜小山末嘗問句法于趙紫芝，答之云"但能飽吃梅花數斗，胸次玲瓏，自能作詩"。今讀畢四靈集，彌覺斯言之有味。清初馮班言四靈詩"薄弱，其鍛煉處露斧鑿痕，所取者氣味清淳，不害為詩品耳"。又云"清詩有僧氣、山人氣，皆是俗。四靈雖寒苦，卻無此病"。庶乎忠恕俱至矣。

謝皐羽

宋季有一鉅手，專取孟郊、李賀、賈島、張籍中唐諸家之體，實開元代效法賀體之風，沾溉深長，此即宋遺民晞髮子謝翱是也。傳中唐詩之血脈者，自以永嘉四靈、晞髮子為先導。內篇嘗謂東野詩有四絕，皆冠於中唐者。其一曰，古質幽深，獨絕古今。晞髮子類之也。（內篇云"東野知行恪守儒學，有赤誠之心，其儒教之思想，固不如退之能發以古文，明煌昂藏，而其儒教之實踐精神，則又為素好博塞聲樂之退之所不及者。此古澀貞靜之節，乃東野氣質近於屈子者也"。）皐羽之父謝鑰乃閩東經學名家，尤精於春秋之學，撰有春秋衍義、左氏辨證。皐羽自受此儒教之傳授，有異於人。觀其遺民之行藏，可知其踐行儒教之深厚也。其二曰孤清峭麗，餘蘊無盡。東野得大謝真血脈，骨氣清蒼,多有空澄悲涼之意,氣象疏闊。睎髮子亦類之也。人謂其詩屈蟠沉鬱,激越雄邁,重苦思錘煉,而曲折達意,時造新境。非虛言也。曲折達意,故餘蘊無盡。其三曰具大悲心,感徹肺腑。睎髮子亦類之。西台慟哭記亦成天下至文。明清之際,為皋羽悲心所感切者多矣。其四曰窮詰根柢,搖撼乾坤。此近乎昌黎所謂搖擺胃腎,神施鬼設者。睎髮子所不及東野者即在此耳。故知東野之詩,亦惟貞烈丈夫且懷遼思如謝翱者,方足以學之也。常人只見其短處,未深體其幽微即棄之矣。睎髮子又善學李賀。楊慎丹鉛總錄卷二十一謝皋羽詩云"謝皋羽為宋末詩人之冠,其學李賀歌詩,入其室而不蹈其語,比之楊鐵崖蓋十倍矣。小絕句如牽牛秋正中,海白夜疑曙。野風吹空巢,波濤在孤樹。絕妙可傳,郊島不能過也"。紀昀亦嘗云"南宋末,文體卑弱,獨翱詩文桀驁有奇氣,而節概亦卓然可觀"。錄其詩數首。西台哭所思云"殘年哭知已,白日下荒台。淚落吳江水,隨潮到海回。故衣猶染碧,後土不憐才。未老山中客,惟應賦八哀"。書文山卷後云"魂飛萬里程,天地隔幽明。死不從公死,生如無此生。丹心渾未化,碧血已先成。無處堪揮淚,吾今變姓名"。效孟郊體云"手持菖蒲葉,洗根澗水湄。雲生岩下石,影落莓苔枝。忽起逐雲影,覆以身上衣。菖蒲不相待,逐水流下溪"。"間庭生柏影,荇藻交行路。忽忽如有人,起視不見處。牽牛秋正中,海白夜疑曙。野風吹空巢,波濤在孤樹"。"落葉昔日雨,地上僅可數。今雨落葉處,可數還在樹。不愁繞樹飛,愁有空枝垂。天涯風雨心,雜佩光陸離。感此畢宇宙,涕零無所之。寒花飄夕暉,美人啼秋衣。不染根與髮,良藥空爾為"。"弱柏不受雪,零亂蒼煙根。尚餘粲粲珠,點綴枝葉繁。小榻如僧床,下有莓苔痕。對此莓苔痕,三年不敢言。莓苔儻可食,嚥雪待朝暾。豈無柏樹子,不食種在盆"。"越禽惜羽毛,不向惡木棲。木奴重逾淮,愛爾巢其枝。巢枝不食實,中有二老棋。乳子月明中,夢繞東南飛"。"閨中玻璃盆,貯水看落月。看月復看日,日月從此出。愛此日與月,傾瀉入妾懷。疑此一掬水,中涵濟與淮。淚落水中影,見妾頭上釵"。真可以泣鬼神。過杭州故宮云"禾黍何人為守閽,落花台殿暗銷魂。朝元閣下歸來燕,不見前頭鸚鵡言"。此即類張籍者也。

戴剡源善悟之士

剡源先生戴表元,為宋季元初古文辭一大家,文勝於詩,與明初宋景濂同。今人有編金元詩選者,選戴詩三首,同陳養晦兵後過邑、苕溪、感舊歌者,固佳什也。(此書為鄧紹基氏所編,有功於學人多矣。)兵後過邑云"搜山馬退餘春草,避世人歸起夏矍。破屋煙沙飛颯颯,遺民須鬢雪毿毿。青山幾處楊梅塢,白酒誰家欂柳潭。休學丁仙返遼左,聊同庾老賦江南"。清蒼老健之筆。然使人初睹剡源此三詩,不免僅以晚唐稍清峻者目之耳。不知剡源詩,幽深可味者多矣。五律老態云"老態誰能脫,中年子自如。丹胎三轉候,卦氣一周時。倦動身如客,平眠力勝醫。看書亦漸懶,意到或成詩"。次韻蘇教授立春書事云"病老空山谷,寒紆積雪春。麥苗青有主,桃板粉成神。短策陶元亮,輕舟賀季真。征徭幸不及,遊眺雜閒民"。睹此予即悟戴詩非晚唐脈,其甚有詩骨,乃中唐之流,與四靈等。二詩老氣自深,出語則平淡,奇語相兼,清新出矣。七律正仲今年鄞城之約不就因次韻慰悅之云"莫怪詩翁不出山,詩多那得是山間。清溪欲暖鶯啼樹,白日無人犬臥關。不惜野花簪素髮,時憑春酒轉朱顏。當年阮籍何曾達,直到途窮始哭還"。四以白日無人七字對前句,是中唐手段。頸聯亦樂天之流。結亦矯健。秋盡云"秋盡空山無處尋,西風吹入鬢華深。十年世事同紈扇,一夜交情到楮衾。骨警如醫知冷熱,詩多當曆記晴陰。無聊最苦梧桐樹,攪動江湖萬里心"。此剡源詩骨尤硬峭者。頷聯尤具深味。一夜交情到楮衾,此真弗愧乎賈島姚合之境。同時仇山村、趙子昂無此種氣味。剡源七絕,亦清奇多巖穴氣。<u>送陳養晦謁閬風舒先生四首</u>其一云"嚼雪餐冰二十年,空山日月自風煙。從君識盡搜詩法,不透薌岩不是仙"。其四云"無詩莫入閬風里,到卻閬風那有詩。拾取松風作新曲,歸來時向夢中吹"。皆嚼冰雪、出凡格之語。(諸詩俱採自<u>遼金元詩話全編</u>之<u>戴表元詩話</u>。)到卻閬風那有詩,忽思剡源論詩嘗言及無跡之義。文集<u>許長卿詩序</u>有云"酸鹹甘苦之食,各不勝其味也,而善庖者調之,能使之無味。溫涼平烈之於藥,各不勝其性也,而善醫者製之,能使之無性。風雲月露蟲魚草木以至人情世故之託於諸物,各不勝其為跡也,而善詩者用之,能使之無跡。是三者,所為其事不同,而同出於為之之妙。何者。無味之味食始珍,無性之性藥始勻,無跡之跡詩始神也"。此為前賢所未發,亦可謂剡源見道語也。故曰無詩莫入閬風里,到卻閬風那有詩。以無跡故。禪家云"路逢劍客須呈劍,不是詩人莫獻詩"。今遇詩人獻詩矣,卻是無跡可呈現。此與禪何異。愈知剡源論詩,多有自宗門悟出者。其交遊中高僧、詩僧甚衆,論詩不難為宗門之風所點化。<u>李時可詩序</u>云"余自五歲受詩家庭,於是四十有三年矣,於詩之時事、憂樂、險易、老穉、疾徐之變,不可謂不知其槩,然而不能言也。夫不能言而何以為知詩。然惟知詩者為不能言之"。此亦老聃知者不言,言者不知之遺義,而與宗門不立文字之旨相合焉。然雖自道不能言之,亦已言之深矣。<u>蜜諭贈李元忠秀才</u>云"釀詩如釀蜜,釀詩法如釀蜜法。山蜂窮日之力,營營村廬藪澤間,雜采衆草木之芳腴,若惟恐一失,然必使酸鹹甘苦之味無可定名而後成蜜。若偏主一卉,人得咀嚼其所從來,則不為蜜矣"。無可定名四字,又自與其無跡之跡、不能言之諸說相符契焉。明七子諸人才自高,辭自古,然人得咀嚼其所從來,故詩味為少。如錢牧齋鎔液唐宋諸派為一味,所以得蜜法。真到其境,其法又無定名。故虞山派得牧齋法髓傳燈者,又無其人。剡源譚藝妙絕如是。剡源先生于詩源覘味殊深,非同時他氏能及也。禮部韻語序言古之學官,惟禮與樂,其學曰辟雍,辟以明經,雍以和樂,"余于時頗領悟,顧琴瑟亦不易為,惟詩為近樂,差可自力。由是日為之,榮辱四十年,人情世故,何所不有,而不至於放心動性而出於繩檢之外者,詩之力也"。此詩道之所繫,以詩聿修厥德,雍以和樂是也。戴氏善悟之士。余景遊樂府編序云"詞章之體累變而為今之樂府,猶字書降於後世累變而為草也。草之於書,樂府之於詞章,禮法士所不為。余於童時亦棄不學。及後有聞,乃知二藝者本為不悖於古,而余所知特未盡也。今夫小學之家,鉤毫布畫,一人意而創之,千萬人楷而習之者,世之所謂正書。而古法之壞,則自夫正書者始也。放焉而為草,草之自然,其視篆隸,相去反無幾耳"。此言尤合書法之理,猶後世人謂張旭草具籀篆氣者也。於此等處,尤能見剡源見地之通透。其以詩之力,不至於放心動性,似禮法士之所為,然究其內,則涵養所致焉,非勉強,善悟又脫落陳見,造之自然而得之。戴氏善於自新之途,故譚詩尤能中得心源。(菁菁者莪四章云"吾徒生長於二千年後,不宜妄自菲薄,何代無賢。十室之邑,必有忠信,一卷之書,必立之師。自今以往,相與講明探究,求古人居學校所樂者何道,所以得者何業,所以欲用者何才,必有異於後世之汲汲求,求之不得則悒悒而困者矣"。使剡源不中得心源,何能作此篤論卓識也哉。)洪潛甫詩序有云"爾來百年間,聖俞、魯直之學皆厭,永嘉葉正則倡四靈之目,一變而為清圓。清圓之至者亦可唐,而凡枵中捷口之徒皆能託於四靈之目,而益不暇為唐。唐且不暇為,尚安得古。余自有知識以來,日夜以此自愧,見同學詩人亦頗同愧之。頭白齒搖,無所成就"。此最為坦誠語。蓋剡源自知己詩,尚弗能變四靈而闢復唐之正風也。彼時金源則有元遺山、辛敬之、楊叔能輩出,崇古復唐之業，主位實不在南，而由北人主驅之。遺山、靜修二公開闢之，戴、趙、仇、袁一流佑輔之，元明宗唐之風彌盛矣。剡源詩文，為彼時南人之巨擘，與遺山雙峰並峙，南北輝映。戴氏古文，綿密入理，自創一格，其感人心性者深矣衆矣。其文之精魄，往往起首即立，直指文心，亦自一種擒賊先擒王手段。非善悟明理之士，何能作此等清明微妙文字哉。戴文之妙，此一也。其劉仲寬詩序贊許其詩遒整鎮飭、頓挫悠揚，"訊其所以然，非過從經歷、足之所及、目之所獲，則一語不以營於心而諷諸口"。此正剡源夫子自道。戴文皆從親歷、暢遊、廣交中鍛煉百折而來，得之以勤，發之也精，此戴文之妙，二也。（觀其文，彌覺雅正之道，當從師長、前輩中親承而傳。弗然，大抵不活。）南人雄氣弗若北，而清氣多之。剡源吳僧崇古師詩序云"使有一毫昏憊眩惑之氣干之，則百骸九竅將皆不為吾用，而何清言之有乎"。戴文鏗然如鳴玉，森然如陽朔羣山，泠然如松籟虛和，乃以一清氣貫串之，而又沈著渟蓄。此其妙之三也。故曰獨創一格，不同於遺山。南人之菁，剡源自是魁傑。今誦其文集，必不朽矣。是夜，夢中哦詩，歷異境清且偉，亦感應之驗乎。

繫以詩曰，錢唐本是一道場，城市岩林不二鄉。冷泉髓中本帶出，宮廟巍嶺宜龍驤。剡源清和稟儒厚，煉之以遊巨流航。百骸九竅為吾用，蜜釀窮山神已香。嗟咨讀書真為樂，一遇先生已相忘。景象清偉詩騷地，不求而得溶心光。宋祚巳屋山未頹，還得從容看湖蒼。遺編響然虯音在，潛淵幷未忘八荒。

袁清容

清容居士袁桷元初一鉅手，詩文學問承王深甯、戴剡源之傳，雅人深致，文獻淵懿。貯書之富，甲於浙東。其論詩亦如乃師剡源翁，宗唐以祛宋之弊。觀其作則樂府五古宗魏晉，七古亦做賀體，蓋亦有啟發於北人之作,而開元季鐵雅派之先聲者。詩格大抵清雋,間亦奇詭。七古佳篇如贈張玉田,堪為詩史,如後世吳梅村之歌行。"夜攀雪柳踏河冰,競上燕臺論得失。大夫未遇空遠遊,秋風淅瀝銷征裘",四句尤傳神。清容倡格律有歸,為唐音。五律甚清圓。贈瑛上人住洞林云"托鉢千巖裏,松花凍未開。哀猿依講席,饑鳥下生臺。潭影留雲定,鐘聲送月回。山中太古雪,為寄一瓢來"。猶存四靈餘緒。七絕晚訪仲章不遇云"小院春濃落照間,碧篁相對乳禽還。晚風陣歇遊絲盡,留得歸雲在屋山"。尤得古賢之筆意。末倣唐音之蘊藉,得閒適之情,可謂善參唐人意。其文集李景山鳩巢編後序云"近世言詩家頗輩出,凌厲極致,止于清麗,視建安、黃初諸子作,已憒憒不復省。鈎英掇妍,刻畫眉目,而形幹離脫,不可支輔"。此元初之詩況也。故袁桷心摹魏晉之詩,不欲倣此形幹離脫之體。然清容復能師北人之長,不囿於南人之見。樂侍郎詩集序云"宋之亡也,詩不勝其弊。金之亡,一時儒先,猶秉舊聞,於感慨窮困之際,不改其度。出語若一,故中統、至元間,皆昔時之緒餘,一一能有以自見"。是可見之矣。書湯西樓詩後尤為元初詩論之具金石音者。縷析李義山變老杜,梅歐變西崑,詩成臨川、眉山、江西三宗。葉正則取四靈,唐音漸復,至於末造,力孱氣消,規規晚唐之音調。所闡至為明徹。此清容居士鑒照清明之長也。惟其甚疾宋詩,如書括蒼周衡之詩編謂"蘇黃傑出,遂悉取歷代言詩者之法,而更變焉。音節凌厲,闡幽揭明,智析於秋毫,數殫於章亥,詩益盡矣",此非能得乎予血脈論所謂平等性智者。此亦時風使然。蘇黃亦天造,如天地間先有五嶽巍峙,又同造雁蕩、黃山、張家界、神農架,彌生奇境險姿,而尤為今人所樂遊焉。晉唐詩,五嶽之儔。蘇黃則餘者也。

楊叔能

　　楊弘道小亨集十五卷,今存六卷,乃後人自永樂大典中輯出者。此叔能之幸於他氏者也。遺山作楊叔能小亨集序云"貞祐南渡後,詩學大行,初亦未知適從。溪南辛敬之、淄川楊叔能,以唐人為指歸",叔能"其窮雖極,其以詩為業者不變也,其以唐人為指歸者,亦不變也"。其後變節投宋,故中州集未收其詩。弘道以才士而倡伊洛之學,亦與元人劉因一流有相近焉。送趙仁甫序奇文也,其人排撻剽盜相因之習,務求己出之志,於此愈可見矣。其有云"隋唐而下,更以詩文相尚,狂放于裘馬歌酒間,故文有俠氣,詩雜俳語而不自知也。方且信怪奇誇大之說,謂登會稽,探禹穴,豁其胸次,得江山之助,清其心神,則詩情文思可以挾日月、薄雲霄也。於戲。吟詠情性,止乎禮義。斯詩也,江山何助焉。有德者必有言,辭達而已矣。斯文也,禹穴何與焉。迨伊洛諸公乃始明。天生烝民,有物有則,以致其知上天之載,無聲無臭,而主於靜,欲一掃歷代訓詁詞章迷放之弊,卓然特立一家之學,謂之道學。其綱目恢恢乎,而其用密哉"。此以道學而愈悟夫詩道之源自內德也。叔能此論,以判怪奇誇大之詩,不失藥石之言。雖然,叔能詩則中唐之正脈也。四庫總目小亨集提要去"綜其生平,流離南北,竊祿苟全,其出處之際,蓋無足道。然其詩則在當日最為有名","今觀所作五言古詩,得比興之體,時時近漢魏遺音。律詩風格高華,亦頗有唐調。雖不及好問之雄渾蒼堅,然就一時詩家而論,固不可謂非北方之巨擘也"。于其詩所許甚高。陳石遺列叔能在元詩紀事中。五古幽懷久不寫一首效韓子此日足可惜贈彥深,學昌黎體,甚見才性之高。七古甘羅廟亦突兀奇峻,得韓詩之法。末云"尚憐稚齒據高位,因使細人輕晚成。山間一笑為絕倒,多少豎子談功名"。二詩當年稱賞于趙閑閑、楊雲翼二公。空村謠亦學韓孟而能自化者。又有雪晴夜半月出戲效李長吉詩,甚多神氣。"疲日已匿崑侖西,太虛漫漫圬濁泥。濃愁蠹心欲成粉,耳根似覺殘蟬嘶。孤螢尾暗蝸聲靜,銀闕照耀神驚迷。冷光直上三萬丈,團黃一點通靈犀"云云,自是元季鐵崖一派之前驅。叔能不蹈襲陳言如是。詩思穎奇,造語銳新。小亨集又有變古樂府小序。云"元光、正大間李長源、王飛伯輩競效樂府歌詩,沿襲陳爛,殊無意味。近有三篇,以舊題為律詩,道今日事,前未有如此者。因欲收拾古樂府,盡入此格,俾後之詩人言此格,自吾家始,亦詩之一變也"。叔能為詩之抱負可知。困學齋雜錄錄翟慶之之言,謂王子潤問楊叔能之詩于止軒先生趙仁傑,止軒曰"叔能早年詩名藉甚,初入京時,如空村謠、甘羅廟諸作,楊、趙諸公極口推許。及自關中還,所作淡不可讀"。此正見叔能詩風多變。贈朱彥暉"嘗讀香山醉吟傳,一觴一詠最關身。平生用此忘憂患,老去安於處賤貧。自作白丁辭酒伴,竭來青社得詩人。與君沉復生同代,尚友千年似隔晨"。結語尤妙。知叔能亦耽白樂天詩。贈楊飛卿云"三百周詩出聖門,文為枝葉性為根。不憂師說無匡鼎,但喜吾宗有巨源。我自般溪移歷下,君從汝海到東原。東原歷下風煙接,來往時時得細論"。知叔能中年以後,其學因宋儒之說而變,其情歷患難而後亦自別于壯歲時。此亦止軒所謂淡不可讀者乎。叔能自號素庵。送張景賢張彥遠引自云"余戆書生也,學不足以起身,文不足以明道,然而不為流俗之所惑者。蓋嘗深考古道,篤信聖人之言故也"。今人王慶生氏增訂金詩記事,移楊弘道於此書中,集評補魏初青崖集卷三素庵先生言事補序,序弘道之書也。有云"士論惜其遭際變革,羈旅隱約,使先生之蘊蓄負荷百不一施。雖然,有所為不亡者存焉耳。其自序謂書動戒,蓋學孟子,亦不異于歐陽公也。有能識先生之志,採先生之言,其於事功不可謂無補"。正見素庵合詩人、儒學為一,又自別于元、辛一輩。惜此書已佚。叔能詩初學韓、孟、長吉,後轉于平澹,有慕于白樂天一流,亦自道性日深致之焉。止軒之言,亦堪一粲。其學漸親宋儒之言,文為枝葉性為根,可謂與時俱進。韓、李、樂天,俱中唐之脈,以氣脈而論,韓之雄險,白之平易,亦本一體,其相則適反之。忽思元詩大家虞集號道園,又號邵庵,非亦類於素庵乎。楊弘道真血脈論不可少之人。自伊洛之學興,能兼詩人而儒學者,自邵康節始。康節詩體別創,更類道流,並非世間風雅之道所奉為正宗者。故能兼詩人之正宗而儒學者,宋之朱晦翁,金之楊素庵,元之劉靜修,是其先導也。明之陽明,清之愚山,近世之湛翁,是其後響也。

王若虛

中唐詩脈以奇奧稱,然白樂天之坦易,亦與之相抗亦相應,蓋此奇奧、坦易,實屬一氣,即中唐之氣耳。其相甚殊,而氣理一撲。如謝之雕琢,陶之平和,為同時,氣貌有別,而神理相近。有無相生,長短相形,中唐亦有陽陰兩格,孟韓為陽,樂天屬陰耳。學白樂天者,金源有王從之若虛。從之"少日師其舅周德卿及劉正甫,得其議論為多,博學強記","善持論,李屏山杯酒間談辯鋒起,時人莫能抗,從之能以三數語窒之使嚃不得語,其為名流所推服如此"。中州集又云其"天資樂易,負海內重名,而不立厓岸,雖小書生登其門,亦折行輩交之,滑稽多智,而以雅重自持,謀事詳審,出人意表,人謂從之繁劇無不堪任,直以投閒置散,故不一試耳。自從之沒,經學史學,文章人物,公論遂絕。不知承平百年之後,當復有斯人不也"。不知從之卒後百年餘,元祚亦傾矣。金亡,從之微服北歸鎮陽,自號滹南遺老,隱居著書。越十年癸卯三月東游,與友登太山,憩于黃峴峰之萃美亭,談笑而化,時年七十。其歿也,頗類秦淮海之臥於藤州光華亭。真達士也。所著滹南遺老集,金源最為名著,兼經史詩文。四庫提要謂其"議論辨惑、著述辨惑,皆品題先儒之是非,其間多持平之論,頗足破宋人之拘攣","文辨宗蘇軾而於韓愈間有指摘。詩話尊杜甫而於黃庭堅多所訾議。蓋若虛詩文不尚劖削鍛煉之格,故其論如是也。統觀全集,偏駁之處誠有,然金元之間學有根柢者,實無人出若虛右。吳澄稱其博學卓識,見之所到,不苟同于衆,亦可謂不虛美矣"。所論甚允。遺山作內翰王公墓表謂其"文以歐蘇為正脈,詩學白樂天。作雖不多,而頗能似之"。歸潛志卷八言趙於詩最細,李於文最細,"若王,則貴議論文字有體致,不喜好奇。下字止欲如家人語言,尤以助詞為尚,與屏山之純學大不同"。故從之卓然獨立於時流,自成一家。其詩雖非大家,亦自有味。裕之言其天資樂易,泰山談笑而化,非此等人,何足以學樂天詩乎。生日自祝云"空囊無一錢,羸軀兼百疾。況味何蕭條,生意渾欲失。清晨聞喧呼,親舊作生日。我初未免俗,隨分略修飾。舉觴聊自祝,醉語盡情實。神仙恐無從,富貴安可必。脩短卒同歸,何足喜與戚。一祈粗康強,二願早閒適。衣食無大望,但要了晨夕。萬事不我攖,一心常自得。優游終吾身,志願從此畢"。見其懷抱。失子詩言"自從學道來,衆苦頗易度。有後固所期,誠無亦何懼",有道也。此等詩仿佛見白傅復生,談笑香山矣。去歲至龍門香山寺白傅塋前,重來也,以蔬果奠之,攜道侶拜之,拙荊鼓琴數曲於松籟間,其情也悠然,甚難忘哉。慵夫自號云"身世飄然一瞬間,更將辛苦送朱顏。時人莫笑慵夫拙,差比時人得少閑"。亦本色詩。學陶學白,均須本色當行。自笑云"酒得數杯還已足,詩過兩韻不能神。何須豪逸攀時傑,我自世間隨分人"。隨分二字殊佳。亦多蒼涼語。還家五首其五云"艱難嘗盡鬢成絲,轉覺謹華不可期。幾度哀歌仰天問,何如還我未生時"。身值國亡世亂,此亦人之恆情。金詩紀事增訂引金詩選卷二錄王若虛題淵明歸去來圖五首之"靖節迷途尚爾賒",評云"從之詩多寒餓之音,牢騷拂鬱,若少蘊藉。故獨錄此"。評者非解人,此語不足道。潯南詩話卷上云"樂天之詩,情致曲盡,入人肝脾,隨物賦形,所在充滿,殆與元氣相侔。至長韻大篇,數百千言,而順適愜當,句句如一,無爭張牽強之態。此豈撚斷吟鬚、悲鳴口吻者之所能至哉。而世或以淺易輕之,蓋不足與言矣"。王內翰子端近來陡覺無佳思縱有詩成似樂天其小樂天甚矣漫賦三詩為白傅解嘲,作三詩以譏王子端菲薄前賢,以管窺天,若虛自為白香山之虎賁。然"人物世衰如鼠尾"云云,亦見從之行語峭尖之習氣,此與其論詩貶抑黃山谷太過亦同。"誰言直待南遷後,始是江西不幸時",最露其尖刻之習。幸予宗江西詩,學同光體是早年事,業已轉學唐音,脫落門戶,而兼師焉,弗然則王若虛一條目必不在吾書中矣。此戲言,書之一粲耳。予譚藝決不效法王若虛,當以圓融為意,而非尖刻為論也。

劉靜修

黃山谷題伯時畫嚴子陵釣灘言"能令漢家重九鼎,桐江波上一絲風",以稱嚴光之有重於社稷如是。後人有疑焉,一隱士何能致此,其言亦儒者之自誇耳。彼輩蓋不思元儒劉靜修即此等人乎。劉因至正十九年,詔徵為承德郎,未幾,以母疾辭歸。二十八年,以集賢學士、嘉議大夫召,固辭不就。帝曰,古所謂不召之臣者,其斯人之徒與。三十年卒,年四十五。見宋元學案卷九十一。(劉因題嚴光詩曰"為陵成高節,此亦天子恩。中庸久蕪沒,矯激非天民"。靜修蓋以中庸、天民自處,其不仕非矯激之行也。)黃百家言許衡、劉因乃"元之所藉以立國者",二子之中,魯齋之功甚大,而靜修享年不永,所及未遠。雖然,劉子為元儒之魁傑,聲望極高,而彼亦一隱君子若釣叟嚴光者耳。(陶宗儀輟耕錄曰"初,許衡之應召也,道過真定,因謂曰,公一聘而起,無乃速乎。衡曰,不知此則道不行。及先生不受集賢之命,或問之,乃曰,不如此則道不尊"。許衡、劉因,各得其道。猶釋教之大德,或以慈悲為本然,或以嚴冷為佛事,其致則一。觀滋溪文稿蘇天爵所作靜修墓表,末言大儒吳澄與靜修同生於己酉。吳公八十餘歲方終,靜修"雖不及大有著述,然風節凜凜,天下慕之,扶世立教之功大矣"。此亦其致則一也。)虞道圓謂"若靜修者,天分儘高,居然曾點氣象,固未可以功效輕優劣也"。劉蕺山嘗言"靜修頗近乎康節"。此亦何等人哉。夫能見其天分、氣象者,其書傳世無多,所賴唯詩耳。靜修詩為元初大家,氣體高邁絕倫,誠麟鳳之姿。七古師李長吉、韓昌黎,亦有承金源之風氣如楊弘道詩者。七律雄鬱沉勁,七絕尤深厚多諷,蓋以風骨為詩,一種清剛之氣體貫注其間也。登鎮州隆興寺閣倣李賀體,奇絕橫出,磊落豪雄,文字無刻意之病,瀏然可歌。明妃曲哀感動人,潛氣內轉。末云"故鄉休嗟妾薄命,此身雖死君恩重。來時無數後宮花,明日飄零或底用。宮花無用妾如何,傳去哀弦幽思多。君王要聽新聲調,為譜高皇猛士歌"。亦前人所未道。七律名篇如渡白溝,亦唐音之正聲。"薊門霜落水天愁,匹馬衝寒渡白溝。燕趙山河分上鎮,遼金風物異中州。黃雲古戍孤城晚,落日西風一雁秋。四海知名半凋落,天涯孤劍獨誰投"。匹馬衝寒,孤劍誰投。理學家而具此唐賢聲調元音,唯靜修一人而已,邵康節、朱文公詩多宋調故。近世唯馬湛翁,詩章五古直承老杜之髓,庶可與劉先生相媲也。夏日飲山亭一律,高華處亦近於摩詰。此種閑淡高華之作,至明何、李一輩則愈難覯矣。七絕最知名者,書事五首之一也。"臥榻而今又屬誰,江南回首見旌旗。路人遙指降王道,好似周家七歲兒"。降王即後之瀛國公,周家兒即柴榮之子。(瀛國公後入西藏修密宗,成一高僧,亦是元世一奇事。今世研藏密之士,有考證其事者。)宋元學案謝山書文靖渡江賦後,專辨劉子于宋、金之情懷。言靜修"哀宋則固非幸其亡,而亦非有意於存之,所謂置身事外而言者也。吾請徵之於其詩"云云。以此愈得深閱其詩章之精華焉。題理宗南樓風月圖三首有曰"物理興衰不可常,每從氣韻見文章。誰知萬古中天月,只辦南樓一夜涼"。諷意尤深。近時嘗覽南宋諸帝翰墨及畫院大家真筆於滬瀆,彼誠人間富貴人也。其藝自足貴重,顧此神仙金闕終不免如夢幻泡影耳。靜修已得此意。詠海南鳥云"精衛有情銜太華,杜鵑無血到天津。聲聲解墮金銅淚,未信吳兒是木人"。二暗用邵康節天津橋上聞杜鵑之故實。杜鵑無血到天津,則吳兒真是木人也。幸有文天祥、謝翱一流,為吳兒增色。題金太子墨竹曰"策書紛紛少顏色,空山夜哭遺山翁。我亦飄零感白髮,哀歌對此吟雙蓬"。又曰"手澤明昌祕閣收,當年緹襲為誰留。露盤流盡金人淚,應笑翔鸞不解愁"。二詩亦不在遺山下。靜修五古亦高渾古簡,晚年和陶詩自其本色。和歸園居詩有云"乾坤固未壞,杞人已哀鳴。雖知無所濟,安敢遂忘情"。真得陶潛歸隱亦歌荊軻之遺意,情深而辭古。和飲酒二十首其一有云"人道何所本,乃在羲皇時。頗愛陶淵明,寓情常在茲。子倡我為和,樂矣夫何疑。有問所樂何,欲贈不可持"。可謂淵明後身。此類佳篇甚夥。劉子之詩,五古、七古、七律、七絕俱高,此所以為大家者。講道學而為詩辭音高渾者,元有劉子,明有陽明,清有湘鄉,皆一代人豪。據宋元學案,靜修私淑有隱君安默庵熙,藁城人,其門人有蘇天爵,亦元代聞人。"前輩凋謝,先生獨自任一代文獻之寄,常集一代之文,選成元文類一書。晚歲,復以釋經為己任"。蘇伯修亦無愧乃師祖。金源李屏山及雷淵、李經、宋九嘉一流,成一學派,亦成一詩派。劉靜修之學,得其傳矣,惜其詩未得其傳。自靜修歿,元代之詩,欲尋高亮弘正如劉子者,亦罕覯矣。

范德機論詩

　　范梈亦元四家之列，歌行尤卓犖。王氏能遠樓"游莫羨天池鵬，歸莫問遼東鶴。人生萬事須自為，跬步江山即寥廓"云云，詩在李白、李賀之間，而特為胡應麟所賞。"滄溟朝旭射燕甸，桑枝正搭虛窗面"。此二句尤有奇致。題李白郎官湖尤造唐賢之室。末云"昨者相適玉闕下，別來幾日秋瀟灑。黃葉當頭亂打人，門前繫著青驄馬。君今歸去釣晴湖，我亦明年辭帝都。若過湖邊定相見，為問仙人安穩無"。尤多神味，閒遠之意自出，非僅步武青蓮之矩矱耳。范德機私淑盛唐，兼取中晚，逸氣時有遒發，雖未純，亦自足成名。論詩有木天禁語、詩學禁臠。明人許學夷詩源辯體徑斥木天禁語穿鑿淺稚，係偽撰無疑，詩學禁臠引詩多晚唐劣詩，亦屬偽撰。予以為非然。恐許氏失之武斷。木天禁語內篇一文筆意甚高，使庸手偽撰，詎能至此。"授非其人，適足招議，故又當慎之。得是說者，猶寐而寤，猶醉而醒。外則用之以觀古人之作，萬不漏一。內則用之以運自己之機，聞一悟十。若夫動天地，感鬼神，神而明之，則又存乎其人也"。後取本草以譬之，亦有妙味。是文有英偉之氣，非庸手可知。樂府篇法云"張籍為第一，王建近體次之，長吉虛妄不必效，岑參有氣，惜語硬，又次之"。已言長吉虛妄不必效。金元學昌谷者甚夥，范為斯語，已見其有特識不猶人。氣象云"翰苑、輦轂、山林、出世、偈頌、神仙、儒先、江湖、閭閻、末學以上氣象，各隨人之資稟高下而發。學者以變化氣質，須仗師友所習所讀，以開導佐助，然後能脫去俗近，以游高明。謹之慎之。又詩之氣象，猶字畫然，長短肥瘦，清濁雅俗，皆在人性中流出。得八法便成妙染而洗吾舊態也。此趙松雪翁與中峯和尚述者，道良之語也"。知見弘正，引子昂語，尤見心性中文字，自成氣象,難可勉強。此等文字自非庸常可作。許氏詆書中所援引多晚唐劣詩,亦自偏頗。此亦明人詩宗盛唐以來之習氣所在。中晚唐詩自具高華清絕之處,禁臠中所選皆中晚唐佳篇,使以平常心觀之,各有幽致。如韋莊之感事,即長年也。末二句尤遒發振動。李義山寫意、楚宮、李郢上裴晉公等皆高卓,毋庸置喙矣。此許說未得情理之處。予今觀范氏詩話二種,甚佩其識力思致。雖未必如萬不漏一,聞一悟十云者,自亦啟人神智,彌覺詩道之玄妙,若有天工者。矧此種詩格之風氣,自唐人已有之耶。德機承齊己風騷旨格一類之遺躅,亦無不可。惟傳世又有詩格一書,乃後人合二禁為一,略作增省而成,當非出德機之手,此可無疑。禁臠末引晚唐李建勛仲春寫懷詩,尤蓄深味。"省從騎竹學謳吟,便滯光陰役此心。寓目不能閑一日,閉門長勝得千金。窗懸夜雨殘燈在,庭掩春風落絮深。惟有故人同此興,近來何事懶相尋"。此實作二禁之范德機之低吟淺斟,是為詩人絮語,豈偽撰者所能至焉乎。(因二書可知范梈用心中晚唐亦深,不似楊載更專於開、天之氣調音節,故分置二人於盛、中二脈中。)

薩雁門

自金源南渡後,詩學漸以唐人為指歸,至元愈盛,幾盡唾宋詩而弗為。然宋詩之精魄豈真埋沒澌滅乎。宋詩材具縱橫之氣,創撰多生鮮之能,既厭之無願復其舊軌,時之風氣,遂有一轉而為李賀之體者。蓋昌谷之詩,自是唐音,又復瑰麗縱橫,具創撰之姿,宋人之殘魂遺魄,遂寓託乎此間,是以其體金末至元季明初聲勢甚盛,乃有因緣如是。此予忽所悟者。(詩藪云"蓋宋之失,過於創撰,創撰之內,又失之太深。元之失,過於臨模,臨模之中,又失之太淺"。後又見詩藪外篇卷六又言"勝國歌行,盛時多法供奉、拾遺,晚季大仿飛卿、長吉、蘇、黃體制。間亦相參。"是頗可與愚說相參證。愚說較之或愈進一層,蓋以蘇黃精魄弗散,乃致賀詩之彌盛也。)薩都剌天錫承此風氣,亦傚昌谷,作過居庸關、漢宮早春曲諸詩,得其形神。芙蓉曲云"秋江渺渺芙蓉芳,秋江女兒將斷腸。絳袍春淺護雲暖,翠袖日暮迎風涼。鯉魚吹浪江波白,霜落洞庭飛木葉。蕩舟何處採蓮人,愛惜芙蓉好顏色"。此脫落賀詩詭譎氣,而具雁門清新本色者。故亦與飛卿相近。雁門又喜寫宮詞、竹枝詞,情有特鍾,清豔蘊藉。遊西湖六首其四云"惜春曾向湖船宿,酒渴吳姬夜破橙。驀聽郎君呼小字,轉頭含笑背銀燈"。此種清豔,又將出蘊藉二字之外。七古楊妃病齒圖,則幾淪乎明清說部豔情之什矣。惟其結語尚有壯色,其云"又不聞馬嵬坡,一身濺血未足多。漁陽指日鼙鼓動,始覺開元天下痛。雲臺不見漢功臣,三十六牙何足用。明眸皓齒今已矣,風流何處三郎李"。七律如次韻登凌歊台、越臺懷古亦師法許渾一流,蒼厚可諷。雁門筆力清絕,縱涉豔情,本色固多雄氣。寄金壇元魯宣差行操二年兄云"蒼茫迥野凍雲低,馬上遙山玉四圍。自是詩人有清氣,出門千樹雪花飛"。此真為本色語。廣平馬懷素寓居姑蘇雨中見過云"湖海相逢若弟昆,丈夫志氣共誰論。江山如此苦多夢,風雨蕭然忽過門。為客尚嫌吳俗薄,哦詩久別楚音存。明朝北固樓中去,共聽江聲倒百尊"。詩格蒼健清渾如此,隱然已合唐音宋調為一軌。而元人宗唐,實有宋調隱而掣曳之如是。善其道者沒其轍,縱其才者合其軌耳。忽思晚唐固有字句超格絕俗者,為宋調縱橫手段之先機。韋莊長年云"長年方憶少年非,人道新詩勝舊詩。十畝野塘留客釣,一軒春雨共僧棋。花間醉任黃鶯語,池上吟從白鷺窺。大造不將爐冶去,有心重築太平基"。結忽抖撒出大造二句,真令乾坤生色,出人意表之外。惜元人宗唐之風極盛,欲覓此等詩,罕覯也。此善其道者之事。薩都剌、馬祖常一流,本具雄才而喜清豔,或以學古未深,未窺其機秘,似縱其才,所成實未盡其才。二人以回人而習中華之詩,猶康里子山學書,俱自備一格,亦佳話也。

吳淵穎

夫達摩之法,傳燈最明,五宗競起,溈仰、雲門、法眼三家法系俱未淵長,唯臨濟、曹洞今猶有法孫,然亦衰矣。吾華道學之傳脈,宋元學案、明儒學案中,尚見大抵譜系連貫,而至清則多零落也。文脈之傳續亦然。或問自古以來文脈傳燈授受次第最明、時日最久之文派為何。予既欣且慘,對之曰,即吾鄉金華之學派兼文派也,然亦衰沒久矣。蓋自呂東萊、北山四先生,以迄元代儒林四傑之黃、柳及同時二吳,再至明初宋景濂、王子充一流,近三百年間,絡繹相續,聞人代出,師承如縷,大衰於明朱棣殺戮方正學之時,後遂零落幾斷,如章楓山者蓋亦鮮矣,偶有承其學脈文風者,如近世之朱一新鼎甫。(自呂東萊生,至方正學殉,為二百六十五年。宋元學案之麗澤諸儒學案乃黃太沖原本,謝山補定。謝山有云"明招諸生歷元至明未絕,四百年文獻之所寄也"。方正學一輩雖死,其續未盡亡也。北山四先生學案黃百家案云"金華之學,自白雲一輩而下,多流為文人,夫文與道不相離,文顯而道薄耳,雖然,道之不亡也,猶幸有斯"。達識也。)北宋大蘇之蜀派,終於金源,亦二百年餘,略遜其深衍。有清桐城派由方苞傳至清季諸儒,亦二百幾十餘年,光焰萬丈,足踵步金華而後,為華夏之光。元代為婺學極盛之時,元詩自有作手列焉。宋長白柳亭詩話元句言元代名手劉、趙、虞、楊卓然成家,"他若清容、石田、秋宜、淵穎諸集,人自為宗,亦足表一時之風氣"。淵穎即吾婺吳萊也。(袁桷、馬祖常、揭曼碩,即清容、石田、秋宜。)宋犖漫堂說詩言"元末楊維楨、李孝光、吳萊為之魁"。沈德潛說詩晬語云虞楊范揭外,"他如吳淵穎之兀臬,迺易之流利,薩天錫之穠鮮耀豔,故應并張一軍。趙王孫暨金華諸子聲價雖高，未宜方駕"。迺賢今不甚顯。田雯古歡堂集雜著卷二云"金元之間，元好問七言，妙處不減東坡、放翁。又虞集、楊仲弘、范梈、揭傒斯四家，各擅其長。他如劉因、吳淵穎、薩都拉輩，亦有數家可探者"。潘彥輔養一齋詩話卷三嘗言"今人喜讀雁門集，然才極清發，骨不堅重，尚非吳淵穎敵手，況道園哉"，又言"吳淵穎研煉老重，而能密不能疏，能華不能樸，以此遜道園矣"。彼蓋視道園為元第一流，淵穎為第二等，薩都剌則第三隊也。故知吳萊為元詩之傑，吾婺元詩之冠，清人有共識如是。淵穎卒年僅四十四，與黃溍、柳貫並受業於方鳳，師友淵源，授受甚明，再傳而為宋濂一流，遂開明文之軌轍。四庫提要云"王士禎論詩絕句有曰，鐵崖樂府氣淋漓，淵穎歌行格儘奇。耳食紛紛說開寶，幾人眼見宋元詩。實舉以配楊維楨，而其所選七言古詩乃錄萊而不錄維楨，蓋維楨才人之詩，萊則學人之詩，恃氣縱橫與覃思冶煉門戶固殊。士禎論詩絕句作於任揚州推官時，而古詩選一書則其後來所定，所見又別也"。此四庫館臣有見地處。吳萊歌行，元詩此體之矯然高拔者。其集卷二起為詩，其首五古觀孫太古周天二十八宿星君像圖，即可見其合學人、詩人之詩為一者。七古宋鄭獻可南歸莆田寄周公甫亦然。此非其至佳者。富春新創關將軍廟成吳子中攜卷索題其歌行之奇宕勁折出矣。如題永嘉唐氏清節處士卷、黑海青歌、題南平王鍾傳醉搏虎圖、觀唐明皇羯鼓錄後賦歌、金華山游雙龍冰壺二洞欲往朝真洞晚不可到、讀穆天子傳等，皆雄恣奇逸之作，不勝枚舉。其作詩亦好新題，不拘故格，乃具開闢之能。如大食餅、時儺、東夷倭人小摺疊畫扇子歌、椀珠伎、題毗陵承氏家藏古錢、白鼻騧、盜發亞父塚等，俱搖撼眼目，不可羈勒，古勁陸離。五古亦甚高。讀其詩未竟，殊覺胡助之言為篤論無疑。其言"他人患其淺陋，而萊獨患其宏博"。以淵穎之長篇歌行，較之虞揭楊范，才氣甚乃過之。此是自李東川、高達夫、韓昌黎、玉川子諸家悟出者,自異乎諸家之喜倣李太白、李昌谷也。從丞相花園入慶壽寺為柏梁體,覽之尤可慨歎,四家亦未必能達其蒼古渾然也。故知淵穎天縱英才,天亦吝其壽運,年不登中壽,未試一官,以一布衣終其生耳。四庫提要謂其"在元人中屹然負詞宗之目"。自非虛溢。宋景濂後成文宗,差續其師淵穎之慧命,成不死之業。淵穎七絕如題米元暉青山白雲圖云"一簇空濛杳靄間,嵓花穴葉鬪斕斑。若為看盡雲生滅,還我青然萬古山",英氣勃鬱,結尤奇逸,迥不猶人。看盡米家雲煙,還復青山本色,亦頗類於禪偈。自古題米家山水者,未有此佳作。此題畫詩不為畫縛,能轉出畫格之上。噫,淵穎有未竟之志。夫盈天地間之元氣者,必有其精魂蕩乎其中也。汝抉而自得之乎。

楊鐵崖

欲論東維子楊廉夫之詩,不可不先辨其心意之旨,弗然,則或效他氏徑以文妖目之矣。豈其然哉。鐵崖嘗自言"認詩如認人。人之認聲、認貌易也,認性難也,認神又難也。習詩於古而未認其性與神,罔為詩也"。(引自吳復鐵崖古樂府詩序。)今當認鐵崖之人。其鹿皮子文集序云"姑以唐人言之,盧殷之文凡千餘篇,李礎之詩凡八百篇,樊紹述著樊子書六十卷,雜詩文凡九百餘篇,今皆安在哉。非其文不傳也,言厖意淫,非傳世之器也"。詩史宗要序言詩之教"所以養人心,厚天倫,易俗之具實在於是。後世風變而騷,騷變而選,流雖云遠,而原尚根於是也,魏晉而下,其教遂熄矣,求詩者類求端序於聲病之末,而本諸三綱達之五常者,遂棄弗尋"。又言唯老杜氏慨然起,攬千載既墜之緒,"此世末學咸知誦少陵之詩矣,而弗求其旨義之所從出,則又狥末失本,與六代之敝同。余為太息者有年"。觀此二文,知東維子之心,實甚守詩教之旨,不以言庬意淫為然。其詩之貌似有庬淫之患,若不究其內奧,甚難會其實有古意在焉。金信詩集序言其弟子金信"自賀曰,吾入門峻矣,大矣,吾詩降而下,吾不信也。一日使為吾詩評曰,或議鐵雅句律本屈柳天問。某曰,非也,屬比之法,實協乎春秋。先生之詩,春秋之詩歟。詩之春秋歟。余為之喜而曰,信可以言詩矣"。此語有誇,然時人從其學者,固知鐵崖真有苦心,有志于聖人之心者。此豈盡為矯作伐耀之語哉。剡韶詩序言詩本性情,有性此有情,有情此有詩,詩之狀未有不依情而出。"雖然不可學,詩之所出者不可以無學也。聲和平中正必由於情,情和平中正或失於性,則學問之功得矣。或曰,三百篇有出於匹夫匹婦之口,而豈為盡知學乎。曰匹婦無學也,而遊于先生之澤者,學之至也,發於言辭,止於禮儀,與一時公卿大夫君子之言,同錄于聖人也,非無本也"。故知鐵崖詩風奇詭,而其心甚明中正之道,學問之功。世人只見他攜麗姝駕舟浮吳越間,八十精力不衰,瓊、翠尚有弄瓦弄璋之喜,而疾其放宕,又目之為文妖,似應元季之崩析,不知此老深懷先聖之學,屢屢形諸言辭,且終能作老客婦謠,以絕明廷之望。朱氏屠戮文人,殘暴之主,而鐵崖不屈,豈妖人所能至哉。鐵崖樂府斑駁陸離,詩往往多長序,寄意殊深。鐵崖詠史亦然。辭多古澀峭拔,然不可謂非是儒者之詩。於此尤近孟東野,蓋所謂陰狠在骨者也。故其五古亦往往有類孟郊者。七言則多以李賀為宗,論詩謂學賀體當襲勢而不襲詞。鴻門會中"照天萬古無二烏,殘星破月開天餘。座中有客天子氣,左股七十二子連明珠。軍聲十萬震屋瓦,拔劍當人面如赭。將軍下馬力排山,氣卷黃河酒中瀉。劍光上天寒彗殘,明朝畫地分河山。將軍呼龍將客走,石破青天撞玉斗"。此真襲勢不襲詞者。五湖遊亦類天仙語。末云"樓船不須到蓬丘,西施鄭旦坐兩頭。道人臥舟吹鐵笛,仰看青天天倒流。商老人,橘幾奕,東方生,桃幾偷。精衛塞海成甌窶,海蕩邙山漂髑髏,胡為不飲成春愁"。此中放達,又自異于太白、李賀。長吉奇肆中詭譎陰鬱自多,而鮮放浪語,鐵崖學賀體復加太白之達觀,故自成一味。七絕如西湖竹枝歌,有云"湖口樓船湖日陰,湖中斷橋湖水深。樓船無柁是郎意,斷橋無柱是儂心"。奇譬可喜。又云"石新婦下水連空,飛來峰前山萬重。不辭妾作望夫石,望郎或似飛來峰"。令人深味。唐人竹枝詞出,歷代人效之者甚衆,而求如鐵崖此二詩者,不易覯也。小遊仙有云"麻姑今夜過青丘,玉醴催斟白玉舟。莫向外人矜指爪,酒酣為我擘箜篌"。詩藪謂此詩"其瑰崛長吉莫過"。唯此種詩多看必少意味,偶一覽焉,甚覺清新耳。忽思鐵崖漁樵譜序嘗云"詩三百後一變為騷賦,再變為曲引,為歌謠,極變為倚聲,制辭而長短句平,異調出焉。至於今樂府之靡,雜以街巷齒舌之狎,詩之變蓋於是乎極矣"。其不知今又變而為流行樂,豈有極哉。日後當愈變矣,惟不知滅裂若何。楊氏雖有心重振雅道,變化風氣,奈何其樂府終異于正音,意味何能與古來大家比肩,今世人已不知鐵崖有何篇矣。終乃一時之霸主耳。

鹿皮子 附黃溍 柳貫 戴良

吾婺鹿皮子陳樵七古最為楊鐵崖所推重。鐵崖作鹿皮子文集序舉本朝足以追配屈、董、韓、歐諸賢者,為姚燧、虞集、吳澄、李孝光,而鹿皮子為虞、李之次。謂其詩李長吉之流,其文劉禹錫之流,著書達於歐、韓、王、董,羽儀孔孟。"蓋公生於盛時,不習訓詁文,而抱道太山、長谷之間,其精神堅完,足以立事。其志慮純一,足以窮物。其考覽博大,足以通乎典故。而其超然所得者,又足以達乎鬼神天地之宜"。崇之極矣。昔讀吾婺文,即知鹿皮子天縱奇才,其學似有高出同時諸人之處。今人不甚知其人,然予意其名必將重顯焉,俟乎時耳。陳樵詩為賀體。鐵崖剡韶詩序言"我元之詩,虞為宗,趙、范、楊、馬、陳、揭副之"。馬謂馬祖常,陳愚意即樵也。兩浙作者序列作者七人,亦列樵於其中,謂其"得元和鬼仙之變"。郭羲仲詩集序云"幸而合吾之論者斤斤四三人焉,曰蜀郡虞公集、永嘉李公光、東陽陳公樵其人也"。李光即李孝光。以鐵崖一時詩界之尊,而推崇鹿皮子至此,可知其人之才學矣。此自亦楊、陳二人俱效賀體有惺惺焉使然。鹿皮子集中七古石溪歌、贈拆字蔡生、宣和滕奉使茂實縣人等,俱是奇作。樂府佳什亦夥,予殊喜其雁來紅。"東朝一書成百戰,上林一書旌節返。誰傳驕子一函書,人不如禽知慮遠。自從燕滅秦晉亡,是非直到空中雁。蘇郎寒絕雁來紅,腳下胡姬殘綵線。願燕在北秦在西,雁去雁來無是非"。無是非三字真乃超然之識。楊鐵崖嘗致鹿皮子書云"天仙快語為大李,鬼仙吃語為小李。故襲賀者,貴襲勢不襲其詞也。襲勢者雖蹴賀可也,襲詞者其去賀日遠矣。今詩人襲賀者多矣,類襲詞耳。惟金華鹿皮子之襲也,與余論合,故予有似賀者凡若干首,輒書以寄之"。(見鐵崖古樂府卷二大數謠下吳復所記語。)其言襲勢者雖蹴賀可也,此語尤豪健通透。蹴,踏也。頗類宗門呵佛罵祖之意。今讀鹿皮子詩,知其亦學溫飛卿,是以其賀體並不襲其詞,而其勢騰宕奇偉。四庫提要論之云"大抵七言古體學溫庭筠,以幽艷為宗。七言近體學陸龜蒙,而雕削往往太甚。如春在地中常不死,月行天盡又飛來之類,則傷於粗俗,詩無獺髓痕猶在,夢有鸞膠斷若何之類,則傷於纖巧。顧嗣立元詩選乃標為佳句,列於小傳之內,殊失別裁"。後又訾議其用韻之乖古法。纖巧之失固有之,粗俗之目亦近誣矣。樵傚賀體作奇語,所舉二句亦合其本色。鹿皮子達乎鬼神天地之奧,春在地中常不死,月行天盡又飛來,正見其精爽飛動之處。雖厲而何害為詩耶。(用韻則另一學術問題也。)故鹿皮子樂府七古最高,實合賀、溫為一爐,非襲其詞者。予喜其學說。提要謂"鄭善夫經世要言稱其經學為獨到。然所稱神所知者謂之智,實慈湖之緒餘,而姚江之先導"。以陸王學目之矣。予於理學,固近陸王派為多,觀之自生青眼。惟善學陸王者,陸王亦蹴之可矣。此予傚鐵崖而發之者。

　　黃晉卿、柳道傳,俱在元儒林四傑之列。黃、柳以古文辭顯,詩其餘事。晉卿見地,可見其文集卷三山南先生集後記。其云"記曰,辭必己出。古也騷不必如詩,玄不必如易,而太史公書不必如尚書、春秋",又云"是其為言也,非出於古,非不出於古也。夫能不二於古今,而有不以天地之心為本者乎。綿千禩,貫萬彙,而無遷壞淪滅者,莫壽於是物矣"。夫能不二於古今,而有不以天地之心為本者乎一語,極契愚心,可以奉之為予血脈論龍睛之所在也。晉卿詩以五古見長。游西山同項可立宿靈隱西庵,所紀乃予極熟之境,蓋嘗為靈隱、天竺二寺國學講師故,常往來於南北諸峰。"薄游厭人境,振策窮幽躅。理公所開鑿,遺跡在巖麓。秋杪霜葉丹,石面寒泉渌。仰窺條上猿,攀蘿去相逐。物情一何適,人事有羈束。卻過猊峰回,遙望松林曲",此前段也,頗可窺其清雅。冷泉亭中,賞此物情久矣。七律鳳凰山前四云"滄海桑田事渺茫,行逢遺老色淒涼。為言故國游麋鹿,漫指空山號鳳凰"。漫指一句尤觸吾懷。此亦予常遊之處,號為南宋宮禁之地,今遺跡幾盡矣。柳貫亦以古文雄於世,詩作亦不少。柳待制文集亦偉哉。危素謂其文雄渾嚴整,長於議論,而無一語襲陳道故。此其所以能為儒林之魁傑者也。亦即晉卿所謂辭必己出者。予觀其詩自勘居山所作詩題其後,兀硬奇逸,出語亦多文勢,乃江西派作法,頗不類於時流。後閱談藝錄二六亦有是言。於此頗窺其人之風。"不知善藥不龜手,時來或取通侯封",以文為詩如此。"蘇梅黃陳後起者,世豈不淑乖其逢。九州四海莫予騁,一生坐受饑寒攻。咄予六六牛馬走,仰視遷固其猶龍"。自道其甚崇宋詩也。(以血脈論而言,柳氏本當置諸江西脈,以不專主江西故,且所成亦未卓然,故附於此,以見金華學人詩之衆異各殊,皆不喜蹈襲者也。)其文集有蘇長公書登州海市詩後題末云"黃太史云,東坡乞得海市不時見,神物亦愛魁偉之士乎。此足以明長公之心矣,夫奚疑哉"。所謂"儒者語常不語怪",此道傳文中所自言,而其又復為蘇子瞻辯說如是,則其心有鍾乎蘇黃者,亦甚明。道傳七律尤名者為江南夕照。"千峰不盡夕陽孤,斂翠浮丹入畫圖。塔廟傍連山影直,石梁中亘水痕枯。白魚在汕將逾尺,紅稻登場稍似珠。玉露金風秋最爽,跳身何用市間壺"。清新若楊誠齋,末聯矯然。夜行溪谷間梅花迎路香影離離可愛云"瞑投村徑繞羊腸,離立江梅似雁行。冷蕊微開初的皪,繁枝亂插更淒涼。蒼煙掛樹多疑夢,淡月窺林稍覺香。正為先生行役苦,故留皺玉薦奚囊"。此則純然宋格。故知柳貫之詩,迥異於元代之風氣,人豪也。吾婺元季以古文雄於世亦能詩者,又有九靈山人戴良。戴為元遺民,詩骨磊落卓潔。明初巨擘則屬宋景濂、王子充一流。婺文至此極盛,旋亦大衰。老聃之言盈滿必損,亦天道使然乎。近獲戴良集,揭汯九靈山房集序言"其詩則詞深興遠,而有鏘然之音,悠然之趣,清逸則類靈運、明遠,沉蔚則類嗣宗、太沖,雖忠宣公發之,而自得者尤多"。王子允序謂其詩"質而敷,簡而密,優游而不迫,沖澹而不攜,上追漢魏之遺音而自成一家"。四庫提要謂其詩"風骨高秀,迥出一時,睠懷宗國,慷慨激烈,發為吟詠,多磊落抑塞之音"。參諸評而核其集,所言非虛也。

宋景濂

宋學士集四庫提要論景濂之文頗妙。其云"劉基傳中又稱,基所為文章,氣昌而奇,與濂並為一代之宗。今觀二家之集,濂文雍容渾穆,如天閑良驥,魚魚雅雅,自中節度。基文神鋒四出,如千金駿足,飛騰飄瞥,蓊潤注坡,雖皆極天下之選,而以德以力,則略有間矣。方孝孺受業於濂,努力繼之,然較其品格,亦終如蘇之與歐。蓋基講經世之略,所學不及濂之醇。方孝孺自命太高,意氣太盛,所養不及濂之粹也"。所評大體甚确。惟蘇之與歐一語非允。(予不甚愜於歐公,其由亦多。其闢佛太悍,一也。新五代史議論尖新,少渾厚之體,二也。文字終少真知灼見,三也。可參拙作書史。大抵歐公文字平和綿密,而立論尖新峻切太過,故不以其為甚愛。)劉伯溫於文有間然,蓋以駿急高蹈而失之,詩則勝過景濂甚多,亦以駿急高蹈而得之。潛溪錄卷一明太祖賜翰林承旨誥文言"爾濂雖博通今古,惜乎臨事無為,每事牽制弗決,若使檢閱則有餘,用之於施行則甚有不足"。明祖鑒人若此。宋潛溪此種天性,宜乎其文之醇深演迤,而弗助乎歌詩之真氣噴張,蓋決斷未果,非如老杜韓柳蘇黃之性者。而伯溫適反之。封贈誥又云"爾濂學通今古,性淳而樸,實有古人之風。撓之而不怒,靜之而不淆,朕觀濂之性有若是焉"。可知明祖之知潛溪。(明祖賜宋景濂詩八首,卻真不俗,其辭固文臣可潤色,其氣則已出也。)而景濂因其性之相近,造乎純粹平和之境。故貝瓊題其像贊云"才既全而闇然不形,學已至而歉然不足也。及遇時顯融,出入金門,而夷曠從容,不異於林谷也"。王子充題云"外和而神融,內充而面晬。衣冠雖晉人之風,氣象實宋儒之懿"。此固景濂涵養德性致之,然亦以其天性本善退斂使然,非純為修養之力。自古禮樂之道,以中和為貴,故四庫館臣以濂之雍容渾穆,微高於基之神鋒四出,不知皆亦因其性之所近而致焉,並非純然學修之力而已。此亦不可不辨者。如近世弘一法師晚年書法具盛名於世,人見世人書似其平和安雅者即謂其高,見駿猛遒發者即謂其未達,不知弘一真可貴者,在其能轉移氣質,而此事亦因其性之所近而達焉。人氣稟各異,當各循其性之所近,而致聖賢之境,故詩文書畫亦必萬殊而一本,萬殊由乎天性,一本源乎道心,萬殊無礙乎一本,而非必趨於一種而已。故不必以外相之剛柔緩急而苛議之。故基之境界未必在濂之下。(景濂藏斂自護,而不能善終,亦與誠意同,此明代初創之際即生之衰兆如是。予於學初崇老莊,弱冠後力承理學之遺脈,私淑馬湛翁先生,而立後深研佛法禪密之學,愈會三教一致之玄奧,其軌轍與吾鄉宋先生相似。今血脈論撰至明初,不可不示瓣香之意。吾婺自東萊迄潛溪、子充,二百六十年中,儒先如茂林之盛,予自窺格局粗成,尤近於宋先生混融三教之路。惟予賦性粗率,自當覓其性之所近而達焉。以今日所至之地視之,則又大異於先生之學矣。)潛溪詩七古尚餘浙東學賀體如楊鐵崖、鹿皮子之風,亦如鹿皮子兼師賀、溫,有幽艷之氣。如皇仙引"橫塘風斷愁紅淺,舊燕銜春春信滿"。題李易安書琵琶行亦兼有白樂天體。大抵皆學中唐。末云"生男當如魯君子,生女當如夏侯女。千載穢跡吾欲洗,安得潯陽半江水",甚見其涵養和雅之內,自稟剛勁之氣骨。詩之易出真心,有甚於文,自古如是。七絕越歌云"戀郎思郎非一朝,好似并州花剪刀。一股在南一股北,幾時裁得合歡袍"。此則足以與鐵崖西湖竹枝詞媲美矣。故知其詩當亦受楊氏鐵雅派之薰染,奚可疑哉。

吳梅村

近觀吳梅村全集,卷四十九有敕贈盧母羅淑人墓誌銘,初讀之,以为通常諛墓文耳。俟翻葉,便驚其長文,細閱焉,則歎其文理之細密,敘説之雍然,復加以議論之深摯慷慨,銘文之幽古惟惻,而吳駿公之神味,亦可窺之矣。其人篤情而善辭,生於亂世,此誌蓋亦有所寄托者。吳梅村先生行狀言"先生屬疾時作令書,乃自叙事略曰,吾一生遭際,萬事憂危,無一刻不歷艱難,無一境不嘗辛苦,實为天下大苦人。吾死後,斂以僧裝,葬吾於鄧尉、靈巖相近,墓前立一圓石,題曰詩人吳梅村之墓,勿作祠堂,勿乞銘於人"。觀此亦愈能知乎其人。行狀錄其歿前異夢有驗之事。昔讀劉獻廷廣陽雜記卷一有云"大原王茂言,吳梅村于壬子元旦,夢兩青衣來呼曰,先帝召汝。梅村以為章帝也。急往,乃見烈皇帝。伏哭不能起。烈皇帝曰,何傷。當日不止女一人也。語畢,命之退。至午門,見懸白牌一面,大書限吳偉業于八月二十二日到此。遂驚覺。後果以是年月日病卒云"。雖出野史,亦頗可見時人怨宥梅村之心也。(行狀言其卒於辛亥十二月二十四日,廣陽雜記所錄之日,未合。王漁洋言是辛亥元日。傳聞耳。元日之夢,先有水月僧之前知,其事彌傳。杜濬祭少詹吳公有云"方先生之歿也,濬適流浪吳淞間,聞諸杜九高曰,先生死而神明,元日之夢,符於臘盡"。則獻廷所聞,自有緣起,非臆造也。想憨山德清生平多訟,時人或未信服,死而神明,方乃歸心。駿公亦有此種事,而聞者加敬焉。故知死之為用,亦大矣哉。)予早歲極慕明季儒士之氣節學問,三十歲登泰嶽,亦嘗夢及烈皇帝即崇禎也。此予生平奇夢,至今未忘。以駿公之摯情篤愛,其有此夢,亦自然耳。清史稿文苑傳謂其"性至孝,生際鼎革,有親在,不能不依違顧戀,俯仰身世"。此亦因愛而累之耶。故梅村,乃多情之人。情多為患,惟歌詩則無患。王昶春融堂集有吳偉業傳,謂其"為文瑰偉宏富,詩尤擅勝,取明季遺事,用王、楊、元、白體詠之,蒼涼悽麗,曲折詳盡,咸有黍離、麥秀之感,稱為絕調"。豈天留之以歌其哀乎。非篤情又善辭之人,弗能稱其職焉。駿公其選也。長慶體中興之主是也。吳喬圍爐詩話卷六言吳詩"北上云,身是淮王舊雞犬,不隨仙去落人間。哀感發於至情,唐人句也"。此即駿公篤情之驗。錢林謂其"五古及五七言律詩,沈雄瑰麗,王士禎以為明黃門陳子龍之勍敵,臥子真冠古才,一時瑜亮,獨有梅村耳"。(見全集附錄一。)世人盡知梅村擅長慶體,而不知其近體,亦自不凡。黃與堅論學三說云"鍾、譚說詩,甚為偏僻,獨以刮磨五律,最去學者膚庸俚淺之病。梅村講究略同,故其五律特精"。沈歸愚清詩別裁言其"五七言近體,聲華格律不減唐人,一時無與為儷,故特表而出之"。論之尤通透者，為趙甌北。其詩話有云"雖當時名位聲望，稍次於錢。而今日平心而論，梅村詩有不可及者二。一則神韻悉本唐人，不落宋以後腔調，而指事類情，又宛轉如意，非如學唐者之徒襲其貌也。二則庀材多用正史，不取小說家故實，而選聲作色，又華艷動人，非如食古者之物而不化也。盡其生平，於宋以後詩，本未寓目，全濡染於唐人，而己之才情書卷，又自能瀾翻不窮。故以唐人格調，寫目前近事，宗派既正，詞藻又豐，不得不推為近代中之大家。若論其氣稍衰颯，不如青丘之健舉。語多疵累，不如青丘之清雋。而感愴時事，俯仰身世，纏綿悽婉，情餘於文，則較青丘覺意味深厚也"。此非甌北不能道。以予觀之，此亦甌北論詩不可及之處。清代之詩話，予最欽服者即此也。甌北言吳神韻悉本唐人，此難甚，前後七子未竟其功。七子取法乎上，摹擬盛唐，而未甚如意，何若梅村取法乎中，以中唐元、白諸賢為師，所得愈圓妙乎。梅村弗蹈前代之覆轍，自出手眼，真可為後人學詩之津逮。甌北又謂"梅村詩本從香奩體入手，故一涉兒女閨房之事，輒千嬌百媚，妖艷動人。幸其節奏全仿唐人，不至流為詞曲"。學唐人難處即在此，後人知其難而學宋，亦勢之所在。梅村知其難而弗退，最爲不易，漁洋則避其難而轉師王、孟。梅村才高，固非漁洋所能及也。

吳野人

夫孟郊、賈島為真詩，內篇論之詳矣。其詩有類乎茶道數寄、佗寂之義。數寄即尚奇數不偶，大成若缺，佗寂亦殘獨不完之義，以幽寂為覺照，超俗之格，孤冷清明，非可擬議，是為茶道之心。郊島之格有在於是。惜後人不察其幽玄，而有詆之者，如東坡即是，遂令郊島蒙誣，為耳食者所蔑。此予素哂坡老之處。明清之際，吳野人嘉紀崛起於淮揚，是又郊島之血脈，骨氣堅蒼，而多苦寒之音。

雪夜云"紙牖夜過半,漸如明月侵。已能無俗累,不覺有鄉心。酒力人皆倚,寒威我獨任。荒荒雪堂裏,孤坐待鐘音"。寒氣中卻有坦夷之度。至道無難,禪師嘗言"但叫身心死後生,方可稱佛名"。(見伊藤古鑒茶和禪第六章。)郊、島、野人詩,常有類此死後生之意。周亮工吳野人陋軒詩序引龔野遺言謂吳"居陋軒,環堵不蔽,自號野人。野人每晨起,繙書枯坐,少頃起立徐行,操不律疾書,已復細吟。或大聲誦,誦已復書。或竟日苦思,數含毫不下。又善病咯血,血竭鬢枯,體僅僅骨立,終亦不廢,如是者終年歲。里人相與笑之曰,若何為者。若不煮素而固食淡。數指目以為怪物。野人終不之顧"。(不律即筆也。說文解字云,聿,所以書也。楚謂之聿,吳謂之不聿,燕謂之弗,秦謂之筆。)又引吳介茲云"昔宋登春見謝榛詩,歎曰,何乃津津諛貴丐活。展賓賢詩竟卷,如入冰雪窖中,使人冷畏"。賓賢即野人字。汪楫陋軒詩序引虛中云"野人性嚴冷,窮餓自甘,不與得意人往還。所為詩古瘦蒼峻,如其性情"。汪氏亦云"周櫟園先生在廣陵,見野人詩,推為近代第一"。孟東野亦最為昌黎所推服焉。孫枝蔚作吳賓賢陋軒集序言其"憂深思遠,所為詩,多不自知其哀且怨者",又言其人"蓋醇厚而狷介者。狷介則知恥,醇厚則善自責,善自責則怨於人。其怨也,悲於人有所不平之謂也。其哀也,不過自鳴所遇之窮。且以為詩不出於誠意,則不足傳也,故其體如此","予每三復其詩,又未嘗不深有慨於古法之久亡也"。最具見地。野人之詩,真具古法。五古時若出漢魏人手,而五律亦真氣淪浹其中。民國方碩甫重刻吳野人先生陋軒詩序言其"大都抒寫其忠孝節義之懷,藉以箴世,與才士騷人之作異焉"。以此評定孟東野詩亦合。孔尚任題居易堂文集屈翁山詩集序後云"余每謂今之為詩者,管擊楮摩而成就者三家耳。新城之秀雅,翁山之雄偉,野人之真率。其他雲蒸霞蔚者,未嘗不盛,而丹候似猶未圓,猶不足主盟一代也"。亦具眼者。吳詩丹候已圓,真天地元氣所結,故愈為人所重,毋可疑矣。千利休之茶室,僅榻榻米二張半之寬狹,非即野人之陋軒乎。南坊錄謂利休"一宇草庵,兩張座敷,佗茶之道足矣"。而野人之詩,亦惟陋軒方足以顯其幽玄。顧常人弗識其寶,復以窮愁輕之耳。夏荃退庵筆記云"野人先生詩,幽澹似陶,沉痛似杜,孤峭嚴冷似賈、孟。其至處恐漁洋亦不能到"。所言誠然。利休參禪能透死生,陋軒不參禪,而若先已有臨濟禪孤峭深入之機,性情之道,深矣幽矣。洪北江更生齋詩論詩截句云"偶然落筆並天真,前有寧人後野人。金石氣同薑桂氣,始知天壤兩遺民"。此金石、薑桂氣養而成之乎。抑生而具之乎。漁洋不及野人,即在此先天氣體輸卻一截故。有清之詩,自吳陋軒開此性情詩,字句凝秀渾成,不著典實,其後有黃仲則、黎二樵能繼其踵焉。天壤間焉可少此清音乎。偶覽其詩夏次功來東淘業鹽有云"地偏野月來隨客,俗厚商人肯敬儒"。今日澆漓愈甚,敬儒之商亦寡焉。愚何幸,亦得如許嘉友,如甯德蕭女史、石堂山人俱是也。閩地俗厚,於斯亦可窺之焉。今人楊積慶氏作吳嘉紀詩箋校,闡幽揚微,功德頗深,不可不附焉而讚之也。(時丙申臘八節。)

李懷民高密詩派

自知清人又有李懷民一派,彌歎賈島為詩道之鉅手,其沾溉之深長,不在李賀、白居易之下。要以其詩學後嗣興盛而論之,亦超乎二人之上,僅次於韓愈而已。蓋賈島詩最所關涉者,即氣骨也。予甚推重孟、賈之詩,內篇先以論之。汪辟疆論高密詩派有云"高密詩派,始於清乾隆朝高密李石桐懷民、叔白憲暠、少鶴憲喬兄弟。世所稱為高密三李者是也。惟三李之詩,亦自有矣。語其開派,則石桐實為首倡。故其詩,守律嚴,措意深,卓然中晚張、賈矩鑊。少鶴五言,近賈為多,正與石桐驂靳,故有張、賈門下二客之稱。惟五七言古體,則嘗出入韓蘇,氣體稍大,與石桐專事峭刻者不同,要皆不失為高密派重鎮也。若叔白,則自負其經世之學,詩似為其餘事。故體格孤峭,上不及乃兄,骨格開張,下不及阿弟。且涉獵較廣,獨不喜規撫形似,無以定其專主,然意興固自超也。以故二百年中,言高密詩派者,必首二李,而鮮及叔白焉。先是,清初詩學,以虞山漁洋為主盟,天下承風,百年未替。然末流之弊,宗虞山者,則入於餖飣膚廓。宗漁洋者,則流於婉弱空洞。李懷民生於乾隆國勢隆盛之時,親見舉世皆阿諛取容,庸音日廣,慨然有憂之。乃與少鶴精研中晚唐人格律,而救以寒瘦清真,一洗百年以來藻繢甜熟之習,雖當時排斥者實繁有徒,然數十年中清才拔俗之士,多有聞而信之者。則石桐摧陷廓清之功,要亦不可磨滅者也"。此頗類四靈之救宋詩之弊。又云"逮於清季,臨川李梅庵瑞清,僑居金陵,嘗稱其家學,曾舉其家藏抄本中晚唐詩主客圖,授和州胡俊。而胡俊自怡齋詩亦遠宗張賈,近法石桐,並以身丁世變,根觸萬端,辭旨詭譎而不失於正。至其穿天心出地肺之語,見之者罔不驚走卻步,目之為怪,惟陳伯嚴、王冬飲知之。胡氏正從高密出也,然則高密二李之詩派垂二百年獨未絕也"。(胡翔冬自怡齋詩的為賈之血嗣。讀其詩,誠然多詭譎怪異之語,而不失其正。如哭李夫子云"入門只是哭,夫子不遺天。頸血為孤注,黃冠過九年。魂歸又何怨,帝遠亦知賢。忍聽人人說,將名書畫傳"。李夫子即李梅庵。濟上人遺圖山茶以其半獻散原先生云"茶子種江上,白頭茶長成。我聞老僧說,夜對小詩烹。照影眉都活,回甘骨更清。太多吃不得,再拜寄先生"。二首尚文從字順,他作則詭譎多之,而氣格多不凡也。)何家琪嘗作詩言"昔隨園氏才恢張,坐令詩教流俳倡。當時崛起高密李,兄弟力以清真瘦削之筆回瀾狂。"又嘗言"自袁簡齋以來數十年,詩人半汩於輕薄遊戲之習"。何氏為高密詩派之後學。單可惠嘗言"錢塘袁簡齋詩貴緣情,綺靡已甚,縱其才情所如,不復求之古人風骨","學者化之,乃為詩厄"。單氏為高密詩派中人。(俱見劉世南氏清詩流派史。)則非僅濟虞山、漁洋詩派之末流而已。袁枚身後有懷民一派訾之，此詩道血脈所以能周流不息者。李懷民之詩，張維屏聽松廬詩話云"石桐先生於漁洋、秋谷之後，而能自闢町畦，獨標宗旨，可謂岸然自異，不隨人步趨者。其五言樸而腴，淡而永，苦思而不見痕跡，用力而歸於自然。五字中含不盡之意，五字外有不盡之音"。晚晴簃詩匯云"其詩體格謹嚴，詞旨清朗，時時有獨到語，不墮當時風氣，遂謂與漁洋、秋谷鼎立，則推崇過當矣"。是也。略摘其詩數首。雪後過彭澤云"雪後過彭澤，山城雪頂看。天臨大江曉，峰出小姑寒。迷漫才分樹，荒涼尚有官。陶公賦歸去，此邑宰應難"。舟中除夕寄子喬云"江頭啼暮鴉，野泊數帆斜。歲夕憐殘夜，船房似小家。傍人勤水祭，兒女憶山衙。遙念起還早，獨聽晨鼓撾"。子喬自縣中來言單書田先生貧至食木葉邀叔白各賦一篇為贈云"食盡門前樹，先生空忍饑。只應到死日，始是不貧時。古性原無怨，高情獨有詩。即今三日雪，堅臥又誰知"。甚見其氣骨之拔俗，文字之堅冷。予因汪辟疆之文而知胡翔冬其人其詩，此亦喜出望外也。

王仲瞿

王曇亦鬼仙一流，李昌谷之耳孫。陳文述頤道堂文鈔卷二書王仲瞿傳後云"昔柳宗元、劉禹錫，唐之文士也，因附王叔文得罪而終生不振。如某公者，仲瞿豈不知其為權相私人。既不能先幾遠燭，請削門生之籍以避其浼，又喜為怪誕不經之辭以振世駭俗，而終為世人所藉口，則豈非不善用其才之所致歟。吾甚惜天下後世負才若仲瞿而受不學之累者，不乏人也。吾尤懼天下後世負才遠不若仲瞿，而放言高論受不學之累而不自知者，增長而未有已也"。所言甚愷切。文述未必為仲瞿知音，其言要亦有物。文述與王曇同時,詩學梅村、牧齋,博雅綺麗,與楊芳燦齊名京師,時稱楊陳。豈料清季民國以降輕躁之士愈眾,放言高論受不學之累而不自知者,滔滔皆是,怪誕不經之學說,層出不窮。文述之說,亦可謂先見之明也。仲瞿詩以縱橫奇異勝。尤有名者,如住谷城之明日謹以斗酒牛膏合琵琶三十二弦侑祭於西楚霸王之墓三首,予不甚喜之,豪放外露,辭巧有同戲文。蘇子瞻言出新意於法度之中,仲瞿容有之,寄妙理於豪放之外,則無之也。詩思精巧,以奇語出之,固可振悚世俗,難達大雅之林。拜經樓詩話言顧炎武詩律蒙告嘗云"詩避三巧,巧句、巧意、巧對。三者大家所忌也"。而仲瞿皆不避之。此仲瞿煙霞萬古樓詩所以終非大乘者。雖然,當彼之世,其有舒位、法式善作知音,身後有龔自珍為墓銘,亦足豪矣。法式善三君詠贊仲瞿云"豪傑為文章,已是不得意。奇氣抑弗出,酬恩空墮淚。說劍示俠腸,談玄託賓戲。有花須飽看,得山便酣睡。更願道心持,勿使天才逸。人間未見書,時時為我寄"。是為解人語,亦勸其須以道心持,弗然,則天才亦洩漏太多,難臻大成。仲瞿詩豪,祭西楚、落花詩一類自鬼仙本色,然求其雅健深穩之處,自亦有之。龔定庵亦謂其"寒夜屏人語,絮絮如老嫗,匪但平易近人而已,其一切奇怪不可邇之狀,皆貧病怨恨不得已,詐而遁焉者也"。濟上謁可亭座師道及白華師近狀以詩呈別三首,其二云"吳淞江上感追陪,笑失鱠生箸一枚。百里雄雷留孝若,六州生鐵鑄顏回。遠山尚喜當歸好,小草難當遠志培。總是受恩身太重,師生君相一門推"。鑄顏回一語,豈常人所能道。法式善所謂酬恩空墮淚,亦正見仲瞿多熱腸,亦為情累。仲瞿高才,亦入詩魔,詭氣間雜豔俗故。其於李昌谷、楊鐵崖之傳,尚未真具心得焉,亦心具癥結,氣少古意故。明季劉宗周嘗評泰州學派之言現成,多參之以情識。予謂仲瞿之詩病,亦在此也。認情識為性靈,鮮有不病者。楞嚴五蘊魔相,彼實可自鑒之矣。故欲觀其詩者,須持道心,弗然,或為其所盪而迷所守。高者馭仲瞿而為己驅遣,卑者則不免為其所役。傳言仲瞿"少從大刺麻章佳胡圖克圖者遊,習其遊戲法,時時演之,不意卒以此敗",彼即格魯派章嘉胡圖克圖,則王曇乃嘗學密宗而未成也。夫未能樹正知見,未積前行、加行之深功,而徑以神通為務,發心不正,此其人所以為敗乎。今世學密類曇者亦彌多矣。故愈知陳文述之具先見也。

卷丁　晚唐清圓脈之支裔

　　內篇言晚唐高絕脈，高絕二字，取自杜牧之之語。晚唐諸巨匠，無愧高絕二字。所高者在法之新，所絕者在情之深。奈何後世學晚唐詩，多在清圓上下功夫。故高絕之訣傳人已稀，唯清圓一派盛行耳。昔人頗混淆中唐、晚唐一體而說詩。拙著不以爲然。細分中、晚，以見詩道之微妙。晚唐詩之支裔，前人首認宋初九僧，九僧得賈島一流之沾溉，其血脈在中、晚唐之間。西崑體諸家學李義山，則確乎爲晚唐體。西崑諸公，自是晚唐詩脈之巨擘，非後世可及。自歐蘇起，網羅天下英才，江西繼興，晚唐之音久歇。至江西派大衰，始有姜白石學晚唐以濟江西之弊，四靈學中唐以矯黃陳之失。此體遂略興於宋季元初。沖遠幽茂，清麗圓活，此體誠有獨擅之處。惟義山體最不易學，如王次回、孫子瀟者，亦已過矣。竊謂晚唐體欲入妙，還須硬氣兼富貴氣，硬氣爲筆，貴氣爲文，文筆兼之，始造精微，方可與西崑諸公爭鳴也。然世間好晚唐體者，往往既寡硬氣，亦少貴氣，故晚唐高絕脈，只可降而爲晚唐清圓脈耳。趙孟頫庶幾兼之，亦不可多得也。

仇山村

　　方虛谷作仇仁近詩集跋言"九僧以前,四靈之後,專尚晚唐"。仇山村自亦晚唐脈。然讀陳去非集詩其序云"近世習唐詩者,以不用事為第一格,少陵無一字無来處,衆人固不識也。若不用事云者,正以文不讀書之過耳"。詩云"簡齋吟集是吾師,句法能参杜拾遺。宇宙無人同叫嘯,公卿自古嘆流離。窮途劫劫谁憐汝,遺恨茫茫不在詩。莫道墨梅曾遇主,黃花一絕更堪悲"。可知仇仁近見地,又超於學晚唐一流。然仇遠集欲覓此種剛健之作亦甚少,大抵晚唐為多。顧嗣立元詩選卷一言仇氏"為詩,嘗曰,近體吾主於唐,古體吾主於選。往往於融暢圓美中忽而淒楚蘊結,有离騷三致意之餘韻。晚年謝事,樂於湖山泉石間,多與方外游,名山勝地,佛剎靈區,足跡所到,輒有題詠。釋妙聲謂其詩冲遠幽茂,而靜退閒適之趣溢於言外。釋弘道贈詩云,吾愛山邨友,詩工字亦工。波瀾唐句法,瀟灑晉賢風。僧守道贈詩云,朝野遵遺老,山邨有逸民。書傳東晉法,詩接晚唐人。似是為山村寫照也"。融暢圓美,淒楚蘊結言者,出於吾鄉方鳳所作仇山村詩序。五古和張仲實見寄二首其二云"古交色不變,百鍊如精金。一別又三月,書札乖嗣音。相望隔秋水,離憂盈中襟。秋陽不能驕,秋雨不能淫。會面不可期,明月千里心"。融暢中甚多古氣,殊難得。為金陵宗人賦雲谷詩尤可會其圓美之風。末云"自是長生苗,根本元不俗。三千年桃花,八千歲椿木。不如採藥歸,枕石伴雲宿"。自多出塵之意。明初人梁用行仇山村七言詩卷書與士瞻上人十首跋云"山村先生詩,置近代詩家中,如新巧局制中置一古商彝,識者寧不高其雅厚耶。先生所交多偉人,在方外亦皆卓卓如晦翁董人物。先生詩中稱所南,所南鄭憶翁,其制行不可屈撓,世指為殷之遯播臣,先生稱之，先生為人可知矣"，"其沖淡閑曠之意藹然，可謂達生委命者矣"。(見今人梁慧禾所校之仇遠集。)山村確乎為達士。其為詩逢酒必佳，多有通透之辭。五古示沈道人云"有涯本無涯，後覺即先覺。名利念既輕，生死路不錯。棋枰幾勝負，只看末一着。寄語耽酒人，飲時自斟酌"。此非抱道善悟之士弗能語。三四警醒，五六含機。(有涯本無涯，後覺即先覺，理殊深徹，若大德實證境地言語。謂覺有後先，而覺則一也。有涯、無涯，亦無差別。悟前有涯，悟後無涯。)五律醉聞杜宇云"家家酒似池，日日醉如泥。海燕聊為客，杜鵑何苦啼。狂那知帽落，歸不為花迷。信筆成詩句，苔箋小草題"。五六雋妙，對仗精巧。歸不為花迷，亦道人語。七古醉醒吟尤放達，前承李青蓮、邵康節，後啟唐六如。"醉時元自惺惺着，醒來亦自齁齁睡。獨醒獨醉豈多得，衆醒衆醉堪一喟。醉者自醉醒自醒，卿法吾情各行志。溧江美酒差可戀，說醉論醒姑且置。公不見昔人有云，且食蛤蜊那知許事"。醉時惺惺，言其醉時本覺惺惺然，物我冥合。此詩實酒德之文獻，惜知者稀。五律再疊和子野四首其三云"老景存三樂，浮生付六如。是非忘馬指，憎愛任烏胥。故里仍饑饉，清流例闊疏。有人風雪外，詩在斷橋驢"。此律甚見風骨，近陳去非一流，已非晚唐體所能籠罩。(六如本金剛經。唐子畏號六如居士，昔以為乃唐氏巧思自構之。今見山村詩，方知元初已有六如之目，非子畏自創也。)故知仇詩雖多宗晚唐，亦多超格之思。惜後世援引仇詩者，多好其晚唐體典雅纖麗，如田汝成西湖游覽志，使人初見其詩，即以晚唐目之，甚有蔑焉者，不知仇詩自多高處。四庫提要謂其"詩格高雅，往往頡頏古人，無宋末齷齪之習"。明人姚善夫書與士瞻上人十首跋言"仇、白之於宋季，猶歐、虞之於元初。觀其二詞翰，則知其趣矣。其語平而易，其氣醇以和，若行雲流水，曷嘗用意求奇哉"。所評甚是。此種平易醇和，若卑平而實沈著，不可以貌而輕之。夜醉云"山翁醉如泥，夜半方醒然。既莫省宇宙，況復知歲年。閑愁置度外,大道在目前。日飲豈不佳,第恐無酒錢"。此真類白樂天者。夏夜予嘗大醉,覺宇宙截停,惟餘空明,竟得道力,再進一層。以此而閱莫省宇宙、況復知年二句,詎能不拍手稱快哉。大道目前,豈文人綺業而已。菊軒吟為劉君章作末云"春融桃李門,一粲開落易。願言堅晚節,香淡有真意。平生觀物心,飲水知秋味。敢問楚人醒,何如晉人醉"。此可與前醉醒吟合參也。冷坐云"冷官宜靜坐,借屋近荒村。無酒可延客,未昏先閉門。水明知月上,木落見梅尊。滿目淒涼者,相逢不必言"。亦自深味,得中晚唐之真訣。木落見梅尊五字尤佳。頸聯似平易,實為功力萃聚而成。次西和韻云"貧是儒家事,生平畏四知。燈花空送喜,瓶栗不供炊。湖海心終在,田園計未遲。願同華山叟,驢背倒能騎"。此亦姚合一路,非等閑也。再疊和子野四首一云"醉眠春一榻,不記夢伊何。落月明紅葉,寒廳暗綠莎。敝袍為客久,高枕閱人多。未有匡時策,無心中甲科"。寒廳綠莎一類屬對,格局不闊,然詩中高雅之風,亦自難撐。五律摘句如"雨消戰伐氣,春生弦誦聲","乍見猶疑傲,相逢不說貧","漫說癡人夢,仍看後世書","儒官清似水,學舍小於舟","戶外履常滿,牀頭金不多","一片風吹落,幾番霜染成","生分青白眼,死隔短長亭",皆內蓄風骨。今細覽其集,甚歎仇氏真乃當時作手,其名非虛,不必以其晚唐之風為多,即先薄其詩文。中庸曰,莫顯乎微,莫見乎隱。其辭雖微隱,不比江西、蘇、陸,而詩則幽遠可味也。

趙子昂

世多謂趙松雪詩諸體中七律最高,良非謬也,予獨喜其五古,蓋以唯閱其古體之際,方可想見翰墨丹青中之趙子昂也。松雪七律明麗清雅,多閑婉之風,屬對穩切,詩筆流爽,純然晚唐之體。岳鄂王墓一首尤有名。今摘其尤高華老健者,以見其境地。蛾眉亭云"天門日湧大江來,牛渚風生萬壑哀。青眼故人攜酒共,兩眉今日為君開。蒼崖直下蛟龍吼,白浪橫空鵝鸛回。南眺青山懷李白,沙頭官渡苦相催"。此得青蓮加持之力。繼鄭鵬南書懷云"豈不懷歸苦未閑,宦情覊思不成歡。可能治郡如龔遂,只合臨流似幼安。棋局懶從先處著,醫方留取用時看。夜來夢到苕溪上,一枕清風五月寒"。此最清蒼可味,誠為五月之寒,素心如水。驚秋云"澤國西風一夜生,故國喬木動秋聲。山川滿目悲搖落,物色無心得老成。下阪牛羊知故道,親人魚鳥近幽情。向來豪氣消磨盡,空對年光浪自驚"。無心得老成,牛羊知故道,情味自深。不到此地,弗能道此語。子昂此種七律,乃真無愧於古人,勝於岳鄂王墓多矣。惟類此三詩者不多耳。餘多清淡麗密,以華婉閒雅為宗。(松雪齋續集中萬柳堂席上作、弁山佑聖宮次孟君復韻、杭州拱北樓、送陳都事雲南銓選兼簡李廉訪四首均健筆高朗,與此三首相當。末一首云"送君銓選使滇池,部落諸夷自品題。明月夢回夔子北,長風吹度夜郎西。山連塞雨驊騮滑,花落蠻雲杜宇啼。為問霜臺李學士,白頭官滿尚羈棲"。亦為明七子之先聲矣。又有句"一杯在手先成醉,萬事無心觸處閑",後句意蘊超妙。書畫道妙亦在此。)松雪七律如此,甚見才性豪氣,然大抵有意馳騁之,以清才妙藝鍛成焉。其本色為少。予於遊藝之道,研之亦久。松雪之書法,法度精純,氣韻瀟灑,鶴唳清音,潤澤如春,別有懷抱。松雪之畫,諸體俱精擅,設色明麗雅潔,深造古法,寫意則遒逸自然,別闢新境,似具一種中和哀婉之音。山水、竹石、佛像、鞍馬皆活,古今畫史一巨擘也。此書畫兼精之子昂,清邃奇逸,意態俊朗,超拔出塵,觀其七律似無足以想其風神。而五古庶乎達此焉。夏至云"夏至午之半,一陰已復生。堅冰亦馴至,顧豈一朝成。萬物方茂悅,安知有凋零。君子感其微,慟哭幾失聲"。此真詩也。子昂外若溫柔,實中蓄至情。莫顯乎微,莫見乎隱,夏至而哭,此至性人也。題黃華為其父寫真云"仙人紫霞衣,危坐古松間。玉色映流水,不動如丘山。平生黃華老,得意每相關。九原如可作,與君相對閑"。極能狀老人神意。玉色二句,傳神之筆,此方為圖紅衣羅漢之趙松雪也。七律無此簡古之味。內丹家言心死則神活。於詩亦往往句簡而神活也。述懷云"我性真且率,不知恒怒嗔。俯仰欲從俗,夏畦同苦辛。以此甘棄置,築屋龜溪濱。西與長松友,東將修竹鄰。桃李粗羅列,梅柳亦清新。漸與市朝遠,頗覺漁樵親。自謂獨往意,白首無緇磷。安知承嘉惠,再踏京華塵。京華人所慕,宜富不宜貧。嚴鄭不可作,茲懷向誰陳"。最能道松雪之隱衷。不知怒嗔,難拒人也。甘棄置,欲隱退也。承嘉惠,外緣難以怒嗔拒之也。宜富不宜貧,無奈作貴人也。此種自述隱衷,亦唯五古能見之。昔觀子昂所繪之鞍馬人物,神駿中往往有一種悵意,讀此可以想見。次韻齊彥學士中秋雨後玩月前半云"臥痾愧微官,俯仰百憂集。安知中秋至,但見明月出。蕭蕭雨新已,涼氣澄霽夕。青旻羅疏星,燦若珠與璧。小蟲鳴草根,萬物皆自適。而我獨何為,矯首望南北"。悲欣交集,情味殊深。高逸飄舉之辭,則有贈茅山梁道士一類,尤有妙音。松雪七絕亦工,多題畫詩。詩固佳,卻必為畫所壓。予尤喜者,贈彭師立有云"欲使清風傳萬古,須如明月印千江"。此真吾儕可以奉為圭臬者。明月者何。靈台本心耳。松雪立論,亦自正大通達。薛昂夫詩集序言"吾觀昂夫之詩,信乎學問之可以變化氣質也"。劉孟資文集序言"文者所以明理也,自六經以來,何莫不然。其正者自正,奇者自奇,皆隨其所發而合於理,非故為是平易險怪之別也。後世作文者不是之思,始誇詡以為富,剽疾以為快,詼詭以為戲,刻畫以為工,而於理始遠矣"。所言極是。詩道亦然。由唐而宋,由江西而晚唐,由晚唐而中唐,由中唐而盛唐,其正者自正,奇者自奇,皆隨其所發而合於理,非故為平易險怪之別。如楊鐵崖險怪學中唐之李賀,自應其理,然傚之者,不免誇詡剽疾詼詭刻畫,於理遠矣。此文又言劉君年甚盛,氣甚充,"然竊患劉君才過多,若有不必而作者。夫六經之為文也,一經之中,一章不可少,一句一字不可闕,蓋其謹嚴如此,故立千萬年,為世之經也","劉君以余言為然耶,則一以經為法,一以理為本,必不可不作者勿使無,可不作者勿使剩"。此真不刊之言。以經為法則氣合,以理為本則神應,此亦吾儕可以奉為圭臬者。必不可不作者勿使無二語,正符中道,孟子所謂勿忘勿助之旨是也。此文最見子昂根柢所在。理致尤妙者,又有默齋記。其言雷霆之震驚,萬物動盪,其功若是,"然而至於秋冬之交,則默然若無有者,一或發聲,則妖異隨之矣"。殊為警策。故子昂之詩,五古、樂府以見其至性,簡古使然,七律近體以見其志趣,雅正致之,一蓄於內而潛通於書畫之道,一鳴於外而承應開國之運,內外既合,則子昂之詩可見矣。子昂畫馬於元都,所資取者極盛,其藝大進。作詩亦然。亦為金元北方之氣所振,而健朗多之,超於宋季江湖風氣之上。清初曹培廉言"若以有元一代之詩論之,當自文敏公始,無疑也","公文實為有元一代作者之倡,又無疑也"。(見今人所編松雪齋集。)亦允論也。(談藝錄二六論松雪亦多刻峭語,言其"筆性本柔婉,每流露於不自覺,強繞指柔作百煉剛,每令人見其矜情作態,有如駱駝無角,奮迅兩耳,亦如龍女參禪,欲證男果"。亦求之過高,不能忠恕而論之。下語尤狠,取譬亦儇薄,非予所尚也。)

王次回

夫欲知義山詩之幽深豔逸者,不可不會其心曲。唯識家言境由心造。詩章之境,心識所造,細思其理,當弗謬然。義山別令狐拾遺書有云"足下觀人與物,共此天地耳。錯行雜居,蟄蟄哉。不幸天能恣物之生,而不能與物慨然量其欲,牙齒者恨不得翅羽,角者又恨不得牙齒,此意人與物略同耳。有所趨,故不能無爭。有所爭,故不能不於同中而有各異耳"。不幸二字最為新警,惟不幸,詩風必變而異,以應之故。在詩,亦不得不有所爭。義山之以無題之體變盛唐中唐,此詩體之不幸也,然政惟此不幸,又成其詩道之幸。天壤間又創一義山體,無中生有,豈非妙哉。明人王次回學義山體,此又義山之不幸也,雖然,其詩亦不可廢,蓋世間好之者甚夥,有以寄其哀感故。憶予初讀元明詩,即知有王次回,十五歲時耳。義山此別令狐拾遺書極沈摯痛惻,又云"今人娶婦入門,母姑必祝之曰,善相宜,前祝曰,蕃息。後日生女子,貯之幽房密寢,四隣不得識,兄弟以時見,欲其好,不顧性命,即一日可嫁去,是宜擇何如男子者屬之邪。今山東大姓家,非能違摘天性而不如此。至其羔鴈在門,有不問賢、不肖、健、病,而但論財貨,恣求取為事。當其為女子時,誰不恨。及為母婦,則亦然。彼父子男女,天性豈有大於此者邪。今尚如此,況他舍外人,燕生越饕,而相望相救,抵死不相販賣哉。紬而繹之,真令人不愛此世,而欲狂走遠颺耳"。不愛二字最可沈痛,政惟不愛,是以愈愛。義山體遂出矣。究其隱衷,亦為雪此女子之恨,而又哀此女子及為母婦時之心死者。矧義山致令狐綯書乃引此事以自喻焉。故其書之尾,謂"但當誓不羞市道而又不為忘其素恨之母婦耳"。唐人亦唯玉溪生能為此等文字。故義山豔逸之體既出,一時風行,至今未銷,非世人不好中正之音,乃其世間隱衷深怨使之然耳。義山願不為忘其素恨之母婦,而世道則反之,墨子悲絲,楊朱哭岐,千年萬年,情不得不隱埋,怨不得不深積,故獨好無題者愈衆,有不得已者。王彥泓,字次回,金壇人,有疑雨集。朱竹垞靜志居詩話卷十九云"風懷之作,段柯古紅樓集,不可得見矣。存者,玉溪生最擅場,韓冬郎次之,由其緘情不露,用事豔逸,造語新柔,令讀之者喚奈何,所以擅絕也。後之為豔體者,言之惟恐不盡,詩焉得工。故必琴瑟鐘鼓之樂少,而寤寐反側之情多,然後可以追韓軼李。金沙王次回,結撰深得唐人遺意"。竹垞亦作風懷而自謂寧可不食兩廡冷豬肉者,故論此義新妙如此。必琴瑟鐘鼓之樂少,而瘺痲反側之情多,然後可為義山之體,此即不為忘其素恨之母婦語也。竹垞本以遺民抗清,後竟變節,如一女之再嫁,其素恨又不得不忘之,故此忘其素恨之母婦不為之亦不得,此實竹垞之最恨處。故其乃放言,寧不食兩廡冷豬肉,不刪風懷詩,亦欲釋其恨耳。其恨略得釋,而他人又恨其語之輕褻。蓋以其變節之人,踐履躬行,德業無終始,歿後詎能得配古聖賢而共祀之耶。故竹垞之恨為無盡矣。人生此世間,一念之間耳,一念為奴,則終生為奴,一念為恨,則終生為恨,可不慎之乎。次回之詩,吾不甚愛之,今假其詩而恣說若此,次回莫恨我也。其尤有意味者,如"仙家合住煙霞外,金屋藏渠也不堪","當初語笑渾閒事,向後思量盡可憐","繡佛像前同下拜,泥金經尾獨僉名","分明蠟燭身相似,纜上歡筵淚已零",乃自竹垞所摘句中復摘出者。所摘又有無題三律,予觀而歎曰,次回學義山體,此義山之不幸也。(民權素詩話之南村攄懷齋詩話有云"次回詩雖不能如杜老所謂不廢江河萬古流,然靈思綺筆,亦足自成一家。就中固有過甚之處,要未可以一惡而掩百藏也。不過後人學之,要有分寸耳。若一概抹煞,則袁簡齋辨之在前,更毋庸南村之冗於後矣"。見民國詩話叢編五。平情之論是也。近人題海納川氏冷禪室詩話有云"人祇知王次回疑雨集為言情之作,以為全集不脫香奩本事窠臼,其实亦不盡然。王集中凡朋友贈答之詩,山川憑吊之作,皆屏去浮華,力求簡奧,始信大家固無不能也","昔李義山以無題詩見長,詞句隱深,號西崑體。而韓碑、籌筆驛諸作,直逼韓杜。此玉溪生所以千古也。吾於次回亦然"。次回何足擬於義山。雖然,冷禪室所叙大抵平實,所引次回七律四首,確乎具法度音響,祛浮求簡者也。兼此二說,可以正讀次回詩者之視聽矣。)

海虞二馮

馮班乃牧齋弟子，鈍吟雜錄為清人筆記之佳者。牧齋言馮班之詩"沈酣六代，出入於義山、牧之、庭筠之間"。明清人晚唐脈中豪傑，非此鈍吟居士而誰耶。兵後經郡齊門故人廢園有感最為名篇。詩云"雀亂鴉啼燕不回，曲池平後劫成灰。雲離巫峽知無定，地失桃源莫再來。蔓草江淹何限恨，青楓宋玉有餘哀。故人泉下如相念，白首全生賴不材"。頷聯似精巧，而味自深長。雲離巫峽，僅成偏單孤零，地失桃源，則家國支離，不堪再睹。此篇最不負義山之詩教。北宋西崑諸家集中欲覓此等詩亦不易也。他如雜詩云"誦君慟哭書，詠君黍離詩。悠悠寸衷事，百歲誰當知"。古氣自逈。有贈云"隔岸吹脣日沸天，羽書惟道欲投鞭。八公山色還蒼翠，虛對圍棋憶謝玄"。亦入義山七絕之壼奧。朝歌旅舍云"乞索生涯寄食身，舟前波浪馬前塵。無成頭白休頻歎，似我白頭能幾人"。似自哀，而實自讚。風骨自張。題友人聽雨舟云"篷窗偏稱掛魚蓑，荻葉聲中愛雨過。莫道陸居原是屋，如今平地有風波"。造語矯硬，此已非晚唐所限。其馬小山停雲集序云"不善學古者，不講于古人之美刺，而求之聲調氣格之間，其似也不似也則未可知，假令一二似之，譬如偶人芻狗徒有形象耳"。立意深嚴在此。鈍吟雜錄倡隱秀之詞，"隱者，興在象外，言盡而意不盡者也。秀者，章中迫出之詞，意象生動者也"。晚唐之詩燈，即以此隱秀為血脈。鈍吟居士言詩以道性情，著嚴氏糾謬，力斥嚴羽滄浪詩話妙悟說，以之似是而非，惑人為最。予觀鈍吟性情孤奇，乃時就稠人廣座中慟哭者。此等人出此奇說，以世說中物事視之可矣。（王漁洋分甘餘話卷二有云"嚴滄浪論詩，特拈妙悟二字，即所云不涉理路，不落言詮，又鏡中之象，水中之月，羚羊掛角，無亦可尋云云，皆發前人未發之秘，而常熟馮班詆諆之不遺餘力,如周興、來俊臣之流,文致士大夫,鍛煉周內,無所不至,不謂風雅中乃有此羅織經也。昔胡元瑞作正楊,識者非之。近吳受修齡作正錢,余在京師亦嘗面規之。若馮君雌黃之口,又甚于胡、吳輩矣。此等謬論,為害詩教非小,明眼人自當辨之。至敢冒滄浪為一竅不通,一字不識,則尤似醉人罵坐,聞之者唯掩耳走避而已"。以周興、來俊臣之流比之,此漁洋之掉價處。)鈍吟之兄馮舒己蒼,詩亦非俗手。其七律佳篇如仲夏村居云"尋得君公避世牆,開門遙趁竹風涼。逢僧自覺心期在,曳杖還誇腳力強。高摘白雲供笑傲,倒騎青牯恣顛狂。海鷗自是忘機者,淺蓼深蘆處處鄉"。丙戌除夜是夕立春云"枯草還蘇又報春,亂餘留得病中身。懶攜筇杖尋如願,聊剔鐙花誦逐貧。眼暗怕看新換曆,鏡清慚負舊時巾。閒愁總有三千斛,擬寫長箋奏玉宸"。俱錘煉精工,而情味自深。柳絮云"不著根株到處生,飄為飛雪落為萍。江流看取千尋闊,占盡還應剩一泓"。"漫漫密密逞精神,棲薄何分涇與茵。卻恐章臺新雨後,也隨馬足伴紅塵"。末二語亦可謂神來之筆。(清人王應奎柳南隨筆云"吾邑馮舒,字己蒼,嗣宗先生復京子也。嘗以議賦役事語觸縣令瞿四達,瞿深銜之。會己蒼集邑中亡友數十人詩為懷舊集,自序書大歲丁亥,不列本朝國號、年號。又壓卷載顧雲鴻昭君怨詩有'胡兒盡向琵琶醉,不識弦中是漢音'之句。卷末載徐鳳自題小像詩有作得衣裳誰是主,空將歌舞受人憐之句。語涉譏謗,瞿用此下己蒼於獄。未幾死,蓋屬獄吏殺之也。己蒼之孫修與余善,為述其顛末如此。又聞己蒼在獄中,桎拲而桎。友人往候之,己蒼自顧笑曰,此特馮長作戲耳。蓋己蒼頎然長身,人以馮長呼之,馮長與逢場同音,故云爾"。此甚可見其人風度。此輩人一旦殺盡,天下便少此一種詼諧。明人尚多此詼諧,在清人便難得一覯矣。)

舒鐵雲

舒鐵雲作畫學徐渭,詩與王曇、孫原湘齊名,有三君之稱。三君之中，予最喜鐵雲。今且摘其佳篇，知者自會其深淺也。七古如重過飛雲洞寄仁甫云"暗泉涓涓流古洞，洞口飛雲白如甕。我往之日雲相迎，今我來思雲亦送。雲非昨日雲，客是去年客。客歸雲不歸，飛來飛去蕩無跡。客休笑云云笑人，雲即是客客亦雲。百年三萬六千日，問客年來年去羌何因。去年看雲雲滿衣，今年雲凍雲不飛。千山萬水歲聿莫，夕鵑啼罷朝烏啼。山亦為雲遮，水亦為雲渡。思公子兮雲外路，可惜同來不同去。指此空林片石中，與君舊坐看雲處"。五律如風涇歸舟云"風涇接魏塘，煙景晚蒼茫。孤棹回殘雪，春潮擁夕陽。夢騎雙蛺蝶，歌起萬鴛鴦。好傍南湖宿，寒林月正黃"。已見其人才調，略偏于清綺側艷者也。其佳處終在七律。楓橋云"冷落回塘欲暮時，峭帆嫋娜去何之。數行鴻雁書來少，一段風煙客到遲。關吏尚嫌愁未稅，榜人惟有夢相知。偶然漁火江楓地，記得寒山寺裡詩"。汴梁尋宋故宮遺址云"踏破宮牆萬瓦煙，夕陽紅似靖康年。欲聽簫鼓空流水，更指榛蕪作弄田。彼黍茫茫乾淨土，此都渺渺別離天。金床玉几無消息，一角靈光向宛然"。"當年鐙火下樊樓，忍把杭州作汴州。橋上鵑啼新法變，江邊馬渡舊京收。石㪷艮嶽天難補，簾颭離宮鬼自鉤。一事轆轤惆悵甚，宣和書畫不曾留"。"洛陽貴紙寫三都，爭似千金買諫書。報國將軍歸北寺，移家天子占西湖。畫船晴雨花深淺，絕塞冰霜雁有無。此是橋山弓劍地，不堪飲器用頭顱"。"叢殘史冊小朝廷，彈入吳弦不耐聽。湖上春寒天水碧，帳中酒熱帝衣青。班師怏怏三軍雨，攬轡迢迢一使星。剩有寒簾黃袖子，相州樓上話飄零"。予西湖之寓公，飽看此南宋行在之殘跡，對此作詎能無哀乎。華亭方正學祠云"西山天下大師墓，東海讀書種子祠。一代君臣生死際，百年南北廢興時。口中木石銜精衛，身後文章替左司。此亦因緣香火地，吳淞江水綠差差"。滬上與香岩遠峰話舊感懷李味莊先生云"重抱焦桐近水彈，落帆聲裡暮潮乾。虎賁北海詩應發，馬策西州酒乍闌。漸覺豬肝知我少,更愁牛耳替人難。三年懷袖加餐字,手自封題不忍看"。"回首龍門謁半春,書生骨相宰官身。峴山魂魄俄千載,滄海文章感一塵。此老不妨居戶限,是誰大醉吐車茵。未知腹痛緣何事,我亦孤寒八百人"。臥龍岡作云"象床寶帳悄無言,草得降書又幾番。兩表涕零前出塞,一官安樂老稱藩。祠官香火三間屋,大將星辰五丈原。異代蕭條吾悵望,斜陽滿樹暮雲繁"。楊花詩云"歌殘楊柳武昌城,撲面飛花管送迎。三月水流春太老,六朝人去雪無聲。較量妾命誰當薄,吹落鄰家爾許輕。我住天涯最飄蕩,看渠如此不勝情"。予謂晚唐高絕之脈,傳者已稀,而只可於清圓著力。讀鐵雲七律,則恍然有高絕之風,非復清圓而已。

孫子瀟

張維屏聽松廬詩話言孫原湘詩"骨力沉鬱不及張船山,卻無船山集中之叫囂,才氣寓贍不及隨園,卻無隨園集中之遊戲"。(船山即張問陶。)原湘與舒位、王曇齊名。清史稿本傳言"位豔,曇狂,惟原湘以才氣寫性靈,能以韻勝"。西陵峽云"一灘聲過一灘催,一日舟行幾百回。郢樹碧從帆底盡,楚雲青向櫓前來。奔雷峽斷風常怒,障日風多霧不開。險絕正當奇絕處,壯游毋使客心哀"。要其長處,在通體警煉,的以韻勝。然子瀟詩唯豔體真能跳出隨園、船山等一時俊傑之籠罩,情致纏綿,出語警拔,格固不高,自具哀感頑豔之秀。予特取之為晚唐脈一家。今摘數首,以見此袁枚弟子之詩功。靜志云"有時歡笑有時顰,畢竟相親可算親。愛極并忘容絕代,情深始覺禮拘人。生生世世卿憐我,暮暮朝朝女是神。不及畫欄東畔樹,花開常傍鬢邊春"。慰詞云"回廊一角海棠陰,冒住低枝碧玉簪。險計極歡惟握手,驚魂無淚更傷心。耐煩莫廢磨針鐵,剖誓休忘約指金。記取博山爐內火,百年溫暖要如今"。可恨辭云"破除纔盡又縈牽,如此相思命在天。趣入形骸能解脫,欲關情性最纏綿。蠶絲自縛重重繭,蠟燭空熬寸寸煎。回憶未成歡愛日,一泓清澈在山泉"。意中人云"不是琴挑卓女絲,不關天壤恨凝之。若論才調原如壻,祇覺聰明獨讓伊。過眼風情俱是約,真心恩愛本非私。愁來只怨天多事,偏有今生見面時"。花下云"碧桃花下定相尋,道我鉛魂恐不禁。豈有容如明月好,祇緣情比綠波深。癡雲未散終成雨,頑鐵能磨尚作鍼。就使春殘秋更艷,莫添無益祇傷心"。秋夕云"碧天隱隱紫雲歌,金粟香霏染袖羅。此地更無塵世想,滿身祇覺露華多。呼來小字同明月,卷起輕簾即絳河。應笑麗華瑤樹底,教人強喚作嫦娥"。蓋此等詩最難作,子瀟亦知難而進者乎。觀此等作,甚覺美人為累心之事。古人皓齒粲爛,宜笑的皪。至子瀟則惟揣摩、纏綿以窮狀其態,無復真氣若朝霞映空者矣。乃悟義山無題,作與男子讀之者,而子瀟之艷詩,寫與女子閱之者也。此為古今之異。

樊樊山清切有味

樊增祥詩學中晚唐,傳所作逾三萬首,貪多務得,此可駭怪者一也。汪辟疆謂其為人頗有可議,梁巨川斥其文人無行,此可駭怪者二也。故予列諸晚唐之脈,而非中唐。蓋晚唐如牧之、義山,生平亦嘗為時賢所訾議故。(汪氏語,見光宣以來詩壇旁記。梁氏語,見伏卵錄。清社亡後七年,梁巨川先生自沉於積水潭。桂林梁先生遺書伏卵錄有云"余最薄視文人無行,偶見樊山句,錄存之待辨"。遂摘樊山句而斥其貪圖富貴,強詞自解,文人自負,而無廉恥。道義凜然,甚中樊山之病痛。樊山不及古人,非才氣不逮,眼界不開,乃德性品節未至之故。所以僅為文人,甚可哀也。)樊山詩亦兼鎔宋詩,然所成終以中晚唐為自家氣調。且其生平曾刊樊山集七言豔詩鈔,石遺室詩話卷一言其"尤自負豔體之作,謂可方駕冬郎,疑雨集不足道也"。則自宜與孫子瀟為一隊也。樊山論詩義甚高,然所作實未足以副之。每語於人曰"向來詩家率墨守一先生之集,其他皆束閣不觀,如學韓杜者必輕長慶,學黃陳者即屏西崑,講性靈者,則明以前之事不知,遵選體者,則唐以後之書不讀。不知詩至能傳,無論何家,必皆有獨到之處。少陵所謂轉益多師是我師也。人所處之境,有臺閣,有山林,有愉樂,有幽憤,古人千百家之作,濃淡平奇,洪纖華樸,莊諧斂肆,夷險巧拙,一一兼收並蓄,以待天地人物形形色色之相感,吾即因以付之。此即所八面受敵,人不足而我有餘也。所蓄既富,加以虛衷求益,句鍛季煉,而又行路多,更事多,見名人長德多,經歷世變多,會千百人之詩以成吾一家之詩,此樊山詩法也"。此樊山自道語,雋快豪健,伐善矜高。所論詩義亦圓融,如飛花雨。實則委曲自解耳。樊山自謂熔古人千百家之作為一體,樊山詩集,洋洋大觀,體則備矣,然八面玲瓏,娛墨戲筆中,自家風骨反因墮之。其謂人所處之境有臺閣山林愉樂幽情,彼見其相而非道真所在。詩者心之志也,是心做主,非境做主也。而濃淡平奇夷險巧拙一一併蓄云云,予謂惟大家如蘇黃者足以當之,而樊山所成終遜。觀樊山天才岐嶷,含英咀華,以一能吏,精于文辭,盛氣負才,差有唐人風度。李越縵云樊門筆劄雅令,極似北江。然其文尚未足與清之大家如汪、洪者比肩,越縵亦微諷其豔詩無深致矣。汪辟疆近代詩派與地域言樊山"刻畫工而性情少,采藻富而真意漓,千章一律,為世詬病"。則下語過峻矣。予觀樊山集沄沄迫迫,風流極盛,風骨中求,則殊少深致,乃與越縵同憾。樊山之所成者,止于文辭耳。張廣雅亦嘗歎樊山曰"子其終為文人乎,事有甚大且遠者,而日以風雅自命,辜吾望矣"。況其為人行事,素多為人詆議者。錢海岳樊樊山方伯事狀言其以大耄之年,聰明不衰,標蕭澹遠,觀者猶見乾嘉時承平大臣風態。惟此一語，最令人神動也。今平情而論之，樊山詩之深致，弗及同時大家。然以才華而論，真堪一代之豪。其七古七律得失，昔人論之已多，予謂其五律往往清切有味，真弗愧為學中晚唐者。樊山集卷一如重陽後一日過萬年寺、送吳秀才落解還山，卷二如西平道中、齋居即事等，俱可見之。詩集中清切之體，諸體皆有之，予甚喜其此種詩也。汪辟疆謂其性情少、真意漓，觀此等作，則其性情真意之深淺，似正合作此清切之體。鳧脛雖短，續之則憂。亦惟樊山如此，乃有此嫻雅清味也。非必性情多詩方妙也。

易哭庵四魂集

易順鼎為哭盦傳，自言"其操行無定，若儒若墨，若夷若惠，莫能以一節稱之。為文章亦然。或古或今，或樸或華，莫能以一詣繩之。要其輕天下、齊萬物、非堯舜、薄湯武之心，則未嘗一日易也"。此亦近世一異人。（其所言即今人所謂矛盾人格之體現也。予但凡遇此等怪奇卓犖而異乎常理之人，往往求其星象，而討索其源委焉。據程頌萬所為墓誌銘，哭庵生於咸豐八年九月初五，西曆為是年十月中旬，為天秤座。則若儒若墨，若夷若惠，操行無定云云，正此座人猶豫不定之性格之典型寫照也。故哭庵似為特異超拔之士，實則為命運性格玩于股掌之內，無能轉移氣質，亦一凡夫耳。其自謂輕天下、齊萬物、非堯舜、薄湯武之心未嘗一日易，似高人矣，而不知正曝其性格善矛盾而行爲易趨於極端之短陋耳。故哭庵奢於才情，而短於智慧，宜乎為一詩人而兀傲終身。哭庵致陳伯嚴書自言"其自視也，若輕而若重，其自命也，忽高而忽卑"。不知此正為天秤座性格之恒態所在。哭庵此語，可入星座學之教材，亦可謂極爲鮮活也。）易順鼎詩，今人王颺氏編成琴志樓詩集，此吾儕之幸也。惜其據叢書體例故，哭庵湘壇集、江壇集、玉虛齋唱和詩三種扶乩詩，未能收錄集內。以予視之，蓋亦弗能以平常心觀扶乩詩使然耳。（詩鐘集吳社集一種亦未收入，予無異辭。今人朱正、陳松青嘗作文訂正琴志樓詩集錯訛，亦哭庵功臣也。）樊樊山自謂轉益多師是我師，濃淡平奇，洪纖華樸，莊諧斂肆，夷險巧拙，一一兼收並蓄，八面受敵，會千百人之詩以成吾一家之詩。予以爲樊山所作實未足以副焉。使樊山將此語轉贈易氏琴志樓詩，則庶乎允論矣。故四魂集之出，在樊山輩甚不以爲然，而易子所以為易子者，橫空出世矣。易氏甲午墨經從戎，撰陳治倭要義疏，又撰討日本檄文，北上詣闕，遂有魂北集。乙未赴山海關輔劉坤一，二度蹈海入臺灣助劉永福丘逢甲，颶浪椿天之際，齒切心灰之時，遂有魂東、魂南、魂歸三集。是易子四魂集之所由。庚子國變，兩宮西狩，哭庵赴行在，後遂有魂西集。如此則四魂俱全矣，皆板蕩遭迴歌哭出之。此哭庵府藏若墨家蹈行之處，予素敬服之。易子早年多遊仙才人奇譎狂放之作，至此詩格方一變，轉而沉鬱憂憤，慘澹不平，如洗匡廬之深秀，而崛華嶽之岩岩，觚稜多劍氣。又如犖犖大木，經雷霆雨擊之後，烈風孤冥，殘蚪盤踞，而真力彌滿，愈為老成，人多瞻伏也。而樊山書廣州詩後評之曰"君自以四魂名集，而詩境日變，此為五十以後詩，吾與文襄師所弗善者也"。樊山視四魂為異數，自猶守其法度，殊未能折節而觀之。故陳石遺嘗謂"樊則自幼至老，始終一格，易則時時更變，詩各一格，集分一調"。（見黃曾樾輯陳石遺先生談藝錄。）樊、易之異也如是。汪國垣謂之曰"實則樊山塗澤為工，傷於纖巧，如專尚對仗是。易雖恣肆，其真氣猶拂拂從十指出，樊不如也"。大體得之。矧四魂集亦詩史之儔乎。（汪氏語見光宣以來詩壇旁記。國垣之評樊山，往往過刻。樊山書廣州詩後言哭庵"廬山以後之詩，大抵才過其情，藻豐於意，而古人之格律之意境之神味，舉不屑規步而繩趨，而名亦因是而減。文襄深惜之，又力誡之，君方自謂竿頭日進，弗能改也。國變後，君益不得志，乃益任誕不羈。上可以陪玉皇，下亦不薄卑田院乞兒。於是輕薄後生譏罵侮笑，又時時摹效其體，睢盱恣肆，麀糟鄙俚，搬添椀於行間，撤園菱於紙上，人人以為才過石甫。而世上之論石甫者,亦皆忘其天之獨絕,但摘其頹唐膽大之作,以供笑樂"。所批哭庵晚年頹唐膽大之詩之失,自亦有據。然所謂廬山以後之詩,大抵才過其情,藻豐於意云云,亦已過刻,且樊山不思己作亦與之同病乎。書廣州詩後又言哭庵"自以四魂名集,而詩境日變。此為五十以後詩,吾與文襄師所弗善者也。然反覆吟玩,究非明之唐伯虎、馮猶龍,清之舒鐵雲、王仲瞿所能為"。言易在唐、馮、舒、王之上。此說尚屬忠厚。)易氏早歲丁戊之間行卷自敍嘗言"初不敢依附漢魏六朝唐宋之格調以為格調,亦不敢牽合三百篇之性情以為性情",此最見湘人膽魄所在。王湘綺專宗六朝,為復古派,易氏則不願牽合三百篇之性情以為性情,其於詩派則大異,湘綺亦不喜哭庵詩,於湘人率性而好極端則無有異也。髯翁河朔之游宇內所希有也余既贈律句一絕句一猶覺未盡再詠一律以申之云"真成叫舜去蒼梧,先哭麒麟撫檜株。冀兗青猶殷國有,顧王黃在孔庭無。冰天淚灑烏頭白,汐社歸來鳥躅朱。請看髯翁髯上雪,鼎湖帶得到東吳"。髯翁即梁鼎芬。此律予所尤喜之。(陳石遺詩話言哭庵詩"屢變其面目,為大小謝,為長慶體,為皮、陸,為李賀,為盧仝,而風流自賞,居於溫、李者居多"。於詩脈本在中、晚唐之間。以與樊山疊韻酬唱、作捧角詩故,予亦只合位置哭庵於晚唐之血脈中與樊氏同耳。)

寅恪先生詩

義寧陳氏一門忠義,詩禮傳家,差有西京韋氏之風。寅恪先生史家也,詩學非專門,不逮其父兄所造之深。散原老人同光之雄,陳師曾衡恪以書畫篆法聞名,詩功亦深粹。石遺室詩話屢贊其至情至性,深厚可誦,其哀樂過人,絕有才調,許之甚深。(詩話卷一七評師曾詩有云"憶石湖舊游云,扁舟無力迴天地,雨打風吹過石湖。翻用杜詩好"。扁舟云者,義山詩,杜字當為李之誤。)然寅恪先生詩於當世之響應,遠勝於乃兄,究其緣由,竊謂有二。寅恪以學術巨業聲聞隆茂,以詩證史，沾溉廣大，人以其詩覘世間之陵谷，類有麥秀黍離之嘆。是以詩傳甚廣，流播海外。其一也。寅恪詩宗承晚唐，獨成風調，哀感綿長，是以動人，是亦必傳之作也。其二也。生平名作，爲王觀堂先生挽詞并序。其詞學元白體，倣觀堂名作頤和園詞，沈慨哀惻，堪稱詩史。其序則借泰西哲理以喻中國之綱紀，標明觀堂殉道成仁之義，照耀乾坤，振策士林，爲百年間第一等文字。吳雨僧空軒詩話極贊嘆之，以爲包舉史事，規模宏闊，叙記詳確，造語工妙。誠非虛也。寅恪詩遠宗義山飛卿之體，詩多賢劫亂離，山殘河賸之慨，差有遺山之意，而格力微弱。近世則師陳滄趣，尤戀其感春、落花諸律，嘗作十年詩用聽水齋韻，哀婉如庾子山。其考錢柳因緣，甚喜錢牧齋初學、有學二集，詩風亦受其薰染。題柳如是別傳緣起二詩，亦生平佳構，直逼明人。哀情之摯，亦類其兄。中年流離瑣尾，詩多衰颯蕭索之氣，令人不悅。晚年詩風骨漸硬，境愈清渾，澹枯而腴，優於中年遠甚，其從錢柳得力處蓋亦深矣。於時庾信樊南之意漸銷，而坡公劍南之致稍盛。其有詩曰"願比麻姑長指爪，儻能搔著杜司勳"。逸趣曠懷，非同疇昔。南海世丈百歲生日獻詞有云"元祐黨家猶有種，平泉樹石已無根"。精切典遠，深婉處亦非早歲所能擬。晚年詩用東坡韻最多，亦可覘其懷抱。亦每有自家公案自家參之語。又有詩曰"姮娥不共人間老，碧海青天自紀元"。則此老晚境隽致，歷然在目。惟惜終罹網羅，奄化如露，滄海明珠，沈埋廿載，正所謂障羞茹苦成何事，悵望千秋意未平也。(語出寅恪先生丙午春分作，時西曆一九六六年三月。)究其詩學最得力處，還屬晚唐。氣類近之故爾。

卷戊　北宋清奇脈之支裔

　　宋詩之重興,亦詩運所轉,奇氣所逼,天人之間,陰陽消長,其道大矣哉。鍾呂內丹,頗知順漏則凡,逆修則仙。北宋別逆之脈,甚能以逆為道者,師之者,遂截然與學唐者立異。此中多有硬質清音,尤喜合學人、詩人為一者,自無空疏浮誇之病。昔呂居仁已云"東坡詩有汗漫處,魯直詩有太尖新、太巧處。皆不可不知"。學宋詩似本非存渾葆全之法,抑以退為進、求全之毀為道術乎。扶桑人茶道,喜耽于數寄、侘寂之風,以澀為圓,作枯成腴。學宋詩、江西詩別逆奥峭之脈者,亦有此以澀為圓,作枯成腴之意在。千利休之茶道,本源自宋之禪宗,其理有暗契,亦自然爾。宋詩、江西詩亦多啟發於禪宗故。宗門心授,所同如此。張之洞弔袁昶云,江西魔派不堪吟,北宋清奇是雅音。江西未必為魔派,而宋詩確乎清奇。在內篇名之別逆脈,蓋對三唐而言者。在外篇則名之清奇脈。自清初宋派漸張,遂成氣候,為天下之雅音,與唐音同尊矣。

宋詩發源於浙

　　自建康南下,以杭為行在,浙閩遂為天下之樞紐,人文之淵藪。

趙宋之大政早絕，文心之王道難降。遂使吾浙之士，奉古道而尊聖心，自以性地、經術為圭臬準繩，不以時流俯仰為轉移也。陽明先生之崛於會稽，即其驗也。明清之際，宋詩之風肇於吾浙之黃太沖、呂晚村一輩，自有由焉。黃梨洲文集鄭禹梅刻稿序言之殊深，其曰"東坡以黃茅白葦比王氏之文，余以為不獨王氏也。濂洛崛起之後，諸儒寄身儲胥虎落之內者，余讀其文集，不出道德性命，然所言皆土梗耳。高張凡近，爭匹游、夏。如此者十之八九，可不謂之黃茅白葦乎。其時永嘉之經制，永康之事功，龍泉之文章，落落崢嶸於天壤之間，甯為雷同者所排，必不肯自處於淺末。蓋自有宇宙以來，凡事無不可假，唯文為學力才禀所成，筆才點牘，則底裏上露，不能以口舌貴賤，不可以時代束縛"。所謂不肯自處於淺末者，自是天地元氣之所在。蓋六合之內，凡元氣所注，其物必自異，其象必自新，其妙不可擬議，其變不可逆推。故宋詩派之漸興大張於清世，天地元氣使然。如太沖，即天地元氣所鍾於斯人者也。鄭禹梅刻稿序又曰"嗟夫，文章之在古今，亦有一治一亂"，故知太沖姜山啟彭山詩稿序言"善學唐者唯宋"，實以倡宋詩為詩之治道所在也。以牧齋不可羈勒之雄才，彭山詩序猶謂"虞山求少陵於排比之際，皆其形似，可謂之不善學唐者矣"。亦暗諷其不達治亂之本，其詩固高，而猶在亂治之間。南雷詩曆卷二與徐昭法亦述昭法言"虞山加粉澤，可謂不善變"，乃評牧齋文者，可相參證。以太沖觀之，欲治明季之詩病，莫若學宋詩，而時運維艱，踽天踏地，適又濟成此詩道之方遒，宋詩之風遂以遺民詩而成之。梨洲於詩，則以倡宋詩治明詩之弊。於學，則以明夷待訪錄治末世之蠱政。故曰斯人也，天地元氣之所鍾者也。（吾浙之士之具王氣者，尤見於明清。王氣者，尊奉中道、以道自任之氣象也。在清前有黃氏、萬氏之學脈，中有章實齋之史學，獨立于考據極盛之世，近有龔定庵、沈寐叟、王靜安、章太炎、馬湛翁一流，其道大張，開闢風氣，而皆不以時流為轉移者。陳寅恪氏謂"自由之思想,獨立之精神",即諸賢之寫照。故知天地之元氣造化,亦不出自由、獨立二語之涵括籠罩。萬物既為真氣所貫注,其性莫非自由、獨立也。反之,亦惟自由、獨立,方能全其真氣,復其天性。率性之謂道是也。雖然,稟此自由之思想、獨立之精神者,亦多為世人所不解,又勿論與俗學之牴牾矣。如前云浙人所稟之王氣,在他人觀之,則以為霸氣而已。噫,世道隳甚,霸氣其可免乎。浙學清濁一體為渾,是其所以久遠者。如朱子之詆永嘉、金華,適其真氣貫注之驗,雖濁亦何害其生機乎。)

南雷詩曆

　　夫明季風氣浮靡,尚奇鬭異,種種兆象,如老學庵筆記之敘汴京靖康前之遺事,同出一轍。歌詩文字,或宗唐,或混合唐宋,或竟陵,一時如新,而皆知有不足,夢夢焉無可辨,待南雷詩曆出,豁然方曉,宋詩歸矣。使宋詩不歸,何能救此人心之不足,性情之不安耶。南雷詩曆以硬語盤空,直抒胸臆,若塞外遊俠兒,廉悍簡勁,又若里中無賴,非可以道理喻也。非太沖具此漢高無賴行,不足以開闢風氣如是。趙甌北詩話嘗言"新豈易言。意未經人說過,則新。書未經人用過,則新。詩家之能新,正以此耳。若反以新為嫌,是必拾人牙後,人云亦云。否則,抱柱守株,不敢踰限一步,是尚得成家哉"。南雷之詩,正在此新字上著力,意多未經人說,書多未人用者。固弗能至大家氣象如蘇、陸一流,亦足為開宗之鼻祖。且情慨深沉,時難鑄造之,自是蘇、陸所未有之境狀。老母七十壽辰有句曰"白首有兒仍向學,浙河此母尚安全。人間餘事空無有,一卷金剛文字禪。應知氣運關天下,不在衰宗門戶邊"。讀此吾欲淚矣。集中嚴謹之作亦多,然南雷之獨造,終在其不講道理處。如喜萬貞一至自南潯以近文求正,以文為詩,乃學昌黎、東坡而變本加厲者。他作硬峭如梅宛陵,而荒率多之,非如宛陵精密。七律得沈眉生書云"結髮心期更莫如,廿年始得一封書。同人滅頂丁連甲,天外舉頭吾與渠。止水不收山鬼價,人間尚有指南車。明年有約浮黃海,絕頂相看慟哭餘"。此亦宋調,霸悍雄快,多涉險語,他氏何敢傚顰哉。絕句如老母八旬謝祝壽諸君子其四云"盲風惡浪近扶桑,故國飄零只數航。唯有東林老寡婦,手裁紅絹寄娥皇"。此等詩何人能復作乎。當日人物,惟繪事之大滌子,時有此粗豪怪悍,不恤野氣之譏者耳。傅青主之狂草,或亦有似之者。車廠謁慈湖先生墓其三有句云"爭奈殷勤無盡意,冰霜迸出一山春"。吾觀南雷詩曆,覺其詩皆若冰霜迸出者。申山人墓頸聯云"姓名未銷遊俠口,故人猶泊上墳船"。此非即迸出者耶。青藤歌云"豈知文章有定價,未及百年見真偽。光芒夜半驚鬼神,即無中郎豈肯墜"。此吊徐文長而迸出者。苦雨云"一樹寒煙吹不散,怪他性格喜風波"。愚意此實夫子自道。南雷詩曆多風波,不欲隱忍傚頭陀。雜詠有云"西湖多少閑花草,一概都來插膽瓶"。此又張宗子所弗能者。詩曆凡涉女子者其作多佳,吾知梨洲亦一情種。故詩曆硬峭蒼勁、廉悍粗豪之中,亦蓄一冷豔清奇之意,且集中多墓題,故自隱有長吉之風。聽唱牡丹亭有云"欲為情深每入破,等閒難與俗人聽",即一驗也。童王二校書乞詩其一云"崎嶇山路出天台,猶帶桃花日影來。一曲琵琶山市里,頓教紅葉滿蒼苔"。閱之深自欷歔。臥病其一云"騷屑三秋不自寧,半床明月照零丁。何緣肺氣秋濤壯,載盡人間許不平"。此老胸中浩氣,時丁末世,不得不轉為鬼語驚心,以動撼人間。壽聞人老者云"知君好士喜文人,試問文人若個真。七十年來所見者,可憐空費此精神"。使南雷一流不發荒率語,野人之儔不發幽冷詩,則世間文人,早已誤盡世人視聽矣。南雷詩,實乃以奇藥偏方,欲以正詩道之視聽者也。

錢澄之藏山閣詩存

夫清初深於老杜而倡宋詩者,有錢澄之田間先生。紀弘光、隆武、永曆三朝事允稱詩史者,田間先生藏山閣詩存最稱著實。惟藏山閣集,遊魂數縷,於光緒三十四年,方付剞劂,今復見於安徽古籍叢書,淹沒黯晦,知者無多。田間詩名,亦為其學術所掩。余覽其詩存中生還、行朝、失路諸集,九域飆迴之際,三朝遇會,紀述完備,情采壯烈,千餘首詩,首尾貫通,洵詩中之檮杌碧血也。而其格調之蒼渾悲慨,辭采之鏗鏘明爽,律法之整峻森嚴,踽踽荒古,生埋直逼,尤非時之宗匠若虞山梅村者所能道也。時之詩史,有錢牧齋投筆集,少陵秋興,十三疊韻,紀鄭成功溯江北伐事,聲調辭采,極致高華,然多比興寓言,未敢直賦其事,故溢乎辭采,而晦乎正氣,殊少沈著痛快之妙。此不及藏山閣集之處。吳梅村詩集有永和宮詞、蕭史青門曲、楚兩生行、臨淮老妓行、雁門尚書行、松山哀、圓圓曲諸樂府,誠大手筆,文人之雄。然梅村弘光時即息影林泉,作旁觀客,欲獨善而不遂,終失節而賣沒。衡其才學,未脫文人之樊籠。諸樂府號為詩史,深美有餘,栩栩若戲劇優孟,遂令後世看客,無虎咥穀觫之戚。何如田間身蹈鋒鍔,流離三朝之能愷切深摯哉。隆武監國左副都御史黃宗羲,抗節顛沛,其烈猶在田間之上,然南雷詩曆,多自述懷人之篇,少目慟陵夷之史筆,且盡南明間篇什不富,或特自晦隱,亦無以與田間之詩史相軒輊。惟梨洲詩風沈著深徹,情摯氣直,與藏山閣詩猶同屬一脈也。永曆舊臣王船山薑齋五十自定稿中,戊子己丑以降之殘篇,零星羅列,壯歲義跡,微能考鏡。薑齋詩風胎息魏晉,格調三唐,焄蒿悽愴之中,較之時流,尤多深婉含蓄,雖楚騷之孤吟,自足撼通湖嶽,追配古人,而千秋詩史之目,猶未逮也。其他粵臣,或死節,或逃禪,混茫難稽。嶺南屈翁山陳元孝詩號為大家,以其骨氣才力之高,其作抑錢澄之藏山閣集之流亞也與。然求如詩史者,亦不可得。今歲又在旃蒙作噩,距弘光之覆隆武之立,三百六十年矣。亭林詩集以此古法紀年。南明舊史,實與吾華文運儒教關涉極大。隨筆志之,聊以寄幽懷國故、瓣香烈士之孤心耳。

查初白

　　清詩紀事初編謂查初白"受詩法於錢秉鐙"。又受易於黃梨洲。明屋之際二先生履險於劍戟腥血之中,而初白則戰栗於朝廷仕途之內,境異矣,心亦異,浩氣損矣,不可不以機心為詩。機心適得其趣,則句法一新,正乃學宋之訣竅所在。有句云"座中放論歸長悔,醉裏題詩醒自嫌","人來絕域原拼命,事到傷心每怕真",即予所謂機心之句者。(參見劉世南氏清詩流派史第八章。)非有躊躇沉抑、紛鬥於心者,不能為此詩,非有此赤心情熾於內者,不能悟此句法。查初白為清初學宋第一人,甌北詩話述其詩境備矣。其親承遺老血脈,心氣自高貴,而屈折於清廷,真氣逐潛轉於腕下,難得從門面額頭上出入故。得川疊前韻從余問詩法戲答之云"唐音宋派何足問,大抵詩情在寂寥。細比老蠶初引緒,健如強弩突囘潮。閑來謹候爐中火,眾裏心防水面瓢。不遇知音彈不得,吾琴經爨尾全焦"。查詩因寂寥屈抑而成,幽緒萬端,一絲既引,內勁素剛,惟賴詩筆渲洩自療。當其玄微,如內丹家之鼎爐火候,靈照當前,情境自呈,不可不虔默靜候,其徐如林。使處眾裏,心若湛浮不定,弗能靜觀芸芸,則詩境難清明,萬象難幽玄矣。真琴從爨中來,歷險履難即爨也,知音即識爨中真味者。知音是體,爨是相,識焦尾琴材即是用。知音與我無別,是法身,爨燒顯現異相,是報身,知音辨取焦尾斫琴共賞,是化身。以佛學三身喻之如是。故知初白此詩開示自家寶藏,亦不遺餘力。蓮坡詩話卷上言"家伯初白老人嘗教余詩律,謂詩之厚在意不在辭,詩之雄在氣不在直,詩之靈在空不在巧,詩之淡在脫不在易。須辨毫髮於疑似之間,餘可類推"。以此意、氣、空、脫四字觀查詩,可以盡覽其幽微矣。意厚,使其筆堅,書法之言意在筆先,其理一揆。意厚乃使情積,遂多回折拗轉之味。氣雄則詩人本色,杜韓以降,大家惟氣雄方足睥睨凡格。空靈,初白學易識天機,此易見者也,學問厚實而詩反擅白描,則常人不易見也。此非空而何。使初白不空其學,如何有白描法之獨善。竹垞輩即弗能也。查詩"詩成亦用白描法,免得人譏獺祭魚"即是也。(世南先生亦嘗言其學問高,卻主張白描。愚意此即其能空其所學也。)淡脫則尤為查詩玄妙所在。後世厲樊榭力達孤淡之境而不能脫落,蓋滯於幽寂雋秀,如頭陀修空而復滯於空,是曰空病。樊榭諸人,可曰淡病。初白求淡而能脫,筆意深厚使然,一也,白描適其尖新,二也。以此意、氣、空、脫四種功夫,初白老人傲踞高座。錢、吳之後,即屬斯人。乾嘉以至同光,袁、黃、趙、蔣、龔、陳、范、鄭,俱非其匹儔。鄭子尹幾欲壓之,惜其近體偏弱耳。初白之作,謹錄數首。寒夜次潘岷韻云"一片西風作楚聲,臥聞落葉打窗鳴。不知十月江寒重,陡覺三更布被輕。霜壓啼烏驚月上,夜驕飢鼠鬧燈明。還家夢繞江湖闊,薄醉醒來句忽成"。韓子蒼"倦鵲繞枝翻凍影,征鴻摩月墮孤音",宋曾季貍艇齋詩話云"人問韓子蒼詩法,子蒼舉唐人詩,打起黃鶯兒,莫教枝上啼。幾回驚妾夢,不得到遼西。予嘗用子蒼之言徧觀古人作詩,規模全在此矣"。予戲謂初白以機心為詩,即暗契此打黃鶯之法,弗然,不足以寫其幽緒。正見初白慕尚宋音,有一脈闇傳者。子蒼其人,江西三宗,或當次山谷、後山而後。簡齋雖高妙,未如韓之血脈為近。初白池河驛云"古驛通橋水一灣,數家煙火出榛菅。人過濠上初逢雁,地近滁州飽看山。小店青簾疏雨後,遙村紅樹夕陽間。跨鞍便作匆匆去,誰信孤縱是倦還"。蘇子由贈韓子蒼云"恍然重見儲光羲"。大凡宋詩清真幽淡之境,多可溯源于唐賢。人亦謂樊榭類劉眘虛、常建。初白此作是真幽淡,似放翁又較之為淡,令人讀之悵然,似置身野驛邊,今日尚有如此地者乎。即有,當在湘、黔、粵西之間乎。此歲嘗浪縱粵西之域,觀其野郊,尚多此遺意。從汧練出西汍有云"到此無風也自涼,繞身四面是湖光。舟人遙指宜興縣,孤塔對船如筍長"。此絕句亦自孤淡悠遠,學宋人而出藍者。晚年有句曰"老來不喜閑桃李,別約山僧看菜花"。又嘗吟"長水塘南三日雨,菜花香過秀州城",則其菜花之奇癖,又自幽涼動萬古之心弦。閘口觀罾魚者末言"人窮微物必盡取,此事隱繫蒼生憂。一錢亦征入市稅,末世往往多窮搜"。不意今盛世而窮搜愈劇耶。初白憫物憂世,人亦多之也。

厲樊榭清能靈解

自古道術藝文開宗之祖,大抵皆不欲立宗派自為囿障。然宗派之衍,亦自具緣起,要非祖師所能預設。緣起源何。根乎我執而已。阿賴耶識中意根種子縛人以派系自護互愛,投敵以戟矛,往往漸乖大象無形、至道無言之古義。近世張冷僧清代文學概論其首有云"昌黎雖有矯正輕薄之功,亦實開門戶紛爭之弊。自此之後,不先求文之本源,但先論文之形式,章法如何,句法如何,是否某派,抑或有異,所爭者,在此不在彼。於是乎,學問荒落而文章獨立矣。此猶無糧儲,無器械,而名之曰兵,其服裝,其步伐,望之誠哉似兵矣,能一戰耶。此派別之習,最為誤人者也"。絕有高識。第不思昌黎不以此啟爭端之手段,亦不足以成其文道耳。戰國以降,此習漸成,不攻弗足以立,既攻則門戶宗派生焉。宗派既立,則弊自生。宗派又破宗派,不拘於一,則活,拘於一則死。故禪宗五祖下有能、秀互攻,六祖子孫有洪州、趙州,又有潙仰、臨濟、曹洞,復有雲門、法眼,臨濟又分燈黃龍、楊岐,楊岐又分大慧、虎丘二派,大慧又攻正覺,是禪所以活也。有清之詩,浙派創自厲鶚,而溯諸黃南雷、呂晚村、查初白。樊榭自是祖師,其亦不欲立宗派。其查蓮坡蔗糖未定稿序有云"詩不可以無體,而不可當有派。詩之有體,成於時代,關乎性情,真氣之所存,非可以剽擬似,可以陶冶得也。是故去卑而就高,避縟而趨潔,遠流俗而向雅正。少陵所云多師為師,荊公所謂博觀約取,皆於體是辨。衆制既明,爐鞲自我,吸攬前修,獨造意匠,又輔以積卷之富,而清能靈解即具其中。蓋合群作者之體而自有其體,然後詩之體可得而言也"。故知浙派者,實浙體也。又云"動以派別概天下之才俊,啖名者靡然從之"。浙體是生,浙派易死。此樊榭所以能為開闢手段者。不欲立派別,而適足立之。而清能靈解四字,尤足狀其詩心。(清能靈解四字,予嘗見之于戴表元剡源文集千峰酬倡序"豈其山巉水駛,風氣疏爽,士大夫得之而為清能靈解"。)夫渾,用之聖者為渾沌,用之劣者為渾濁。樊榭知前賢用渾者之得失,如國初諸派紛立,學之有入於濁者,亦自知弗能矯之以渾沌,乃轉以清蒼孤邃之體,成其能事。此即其所謂成於時代,關乎性情者。清蒼孤邃,亦政真氣之所存,此與金冬心畫古梅一類同其理致。冬心習畫甚晚,非以功力折衆,乃用真氣服人。故浙體所以迥異他流,在其運用真氣之法有自得之處。此自得之處,源自宋詩之蒼健孤硬也,肇乎宋畫如華光、楊無咎墨梅之超塵獨芳也。而樊榭之清,以能而愈清。其能即學問之富爛於胸,足供其驅遣採擷也。既清而能,超然又有靈悟之心以凌之,絕去擬摹,冥心孤造,得路既深而未迷焉。使無此靈照,恐亦不免復蹈竟陵之舊轍。彼不亦標舉孤清乎。靈照既明,則神解自備。其論詩足以盡達己意,猶金農題畫特能自述筆意也。時人言其詩幽新雋妙,刻琢研煉。以予觀之,亦可言厲詩之優,亦在其能解能琢,不在渾合雄邁。渾既不得,弗若能清靈。降而求其次也如是。吳應和浙西六家詩鈔言其詩"參用性靈、書卷,自闢蹊徑,諸體皆工,七律更耐尋繹"。頗可為此靈字之注腳。清能靈解,真氣所注,三才所鍾,成樊榭詩。四者兼具,始堪承擔,浙派末流,遂入支離。孤淡清瘦本不足病,而無魂是為病。四者具則魂在,弗然則魂飛矣。予浙人,不甚喜此樊榭浙派詩,唯於冬心素多青眼耳。雖然,樊榭真有宗師開派之才具膽魄,後世非議其詩者,不可不知此也。略錄其佳篇二首。曉登韜光絕頂云"入山已三日,登頓遂真賞。霜蹬滑難踐,陰若曦乍晃。穿漏深竹光,冷翠引孤往。冥搜滅衆聞,百泉同一響。蔽谷境盡幽,躋顛矚始爽。小閣俯江湖,目極但蒼莽。坐深香出院,青靄落池上。永懷白侍郎,願言脫塵鞅"。予棲西泠十五載,常履雪漱流于林泉嶺谷之間,所作五古自具幽冷之氣,非煉琢而得,故不喜樊榭而自似樊榭,抑杭郡造化之氣使然耶。渡河七律也,詩云"北來始作泛槎遊,晚色蒼蒼望里收。一綫黃流奔禹甸,兩涯殘雪接徐州。古今沉璧知無限,天地浮萍各自謀。明日輕裝又驢背,風前慚愧白沙鷗"。骨氣清蒼,又具天然之韻,非刻意學宋者所能至。蓋宋詩是氣,非是技,氣在技中,所以為難。

末繫以初雪即興詩以懷樊榭,即予所謂不學屬而天然近屬者。詩云,積雪在空山,心同太虛裏。天籟皆清穆,枝折無嗔喜。冰雪窖中臥,松風自忘己。葛嶺橫煙波,直是蓬萊水。雲中隱約者,仿佛遺隻履。始信大痴翁,曾隱南山趾。萬竿盡降伏,丹樹恣紅紫。山靈沐浴罷,朝暾增華綺。振鵲響古柯,溶液灌頰齒。含哺且鼓腹,小遊任性耳。下山亦未戀,將飲列仙髓。

杭大宗倡學人之詩

　　觀道古堂集,知杭世駿大宗私淑艾者,有明儒呂新吾及宋元明吾鄉金華諸公。其蘭皋風雅序言金華文獻甲於浙東七郡。李太白集輯注序推轂宋景濂續上下千古三教之書,錢蒙叟亦弗逮焉。重刊戴九靈先生集序贊九靈得柳貫、黃溍、吳師道三先生之傳,"推求生命之旨,約六經以為文,清剛正大之氣騰躍於行間字裏,俗所尚者不宗,俗所云者不以道也"。此亦大宗志趣所在。吾鄉學術文辭,尚文質一體,文則取精用閎,質則性命實行。杭董浦皆契於心。故謂董浦乃金華學派入清之遺響可也。(私淑之語,亦見於戴九靈集序。)距吾祖居數十里外之仁山書院,即宋季元初大儒金仁山棲隱講學之地。金華之合性理、學術、辭章為一爐,蓋自呂東萊、陳龍川、唐仲友、北山四先生而成焉。南雷詩曆所謂"人物由來稱婺女"是也。蓋至清初如黃梨洲輩,猶仰視婺州學問淵藪如是。梨洲又有詩云"此世文章推婺女"。觀大宗之淹博,本乎婺學之傳中原文獻,大宗之私淑呂新吾,本乎金華之以性理紹道統,則大宗論詩之倡學人之詩,亦乃吾婺所傳文脈所潛移闇化者也歟。道古堂文集卷二沈沃田詩序有云"間嘗遠引三百,取其畧可曉者而諭之,楊柳雨雪,便成瑰辭,一日三秋,動參妙諦,風人之致,小雅之材,茂矣美矣。若夫歔嚻以紀風土,涉渭而述艱難,緝熙宥密,參性命之精微,格廟饗親,通鬼神之嗜欲,斯時情窒而理不得伸,意窮而辭不得騁,非夫官禮制作之手,大雅宏遠之才,純懿顯鑠,蜚英騰茂,固未易勝任而愉快也。故曰三百篇之中,有詩人之詩,有學人之詩。何謂學人,其在於商,則正考父,其在於周,則周公、召康公、尹吉甫,其在於魯則史克、公子奚斯。之二聖四賢者,豈嘗以詩自見哉。學裕於己,運逢其會,雍容揄揚而雅頌以作,經緯萬端,和會邦國,如此其嚴且重也"。此學人之詩,實古聖賢之詩,然非兩宋以來講學家以餘力及之者也。在古聖賢,並無學人、詩人之分判,混然執中,情性自出,觸景而興,即所謂緝熙日密、學裕於己,而雍容揄揚、經緯萬端者也。婺學如元儒吳師道、吳萊,即兼學人、詩人而一,混然執中之流。大宗又云"後人漸昧斯義,勇於為詩而憚於為學,思義單狹,辭語陳因,不得不出於稗販剽竊之一途。前者方積,後隨朽落,蓋即其甫脫口而即寓不可終日之勢,散為飄風鬼火者眾矣。余特以學之一字,立詩之幹而正天下言詩者之趨,而世莫宗也"。此杭堇浦所下之藥石,類乎醫家之所謂偏方者。標舉學人之詩,以療夫俗流詩人脆薄稗販之弊,實亦宋儒二程子以質救文故計之新施也。清詩之至於堇浦之世,積弊已至,蓋不可不一變以開新運候。後世果有同光體學人之詩大興,亦真陵鑠眾流,令人眼目粲新。黃山谷點鐵成金術,至此一翻,化學問為詩,自鄭珍以來,得之多矣。大宗之所謂學人之詩者,非同光體諸家所由成,然亦五丁開山,新意自出。以學之一字,立詩之幹,此語極凝重高遠,亦足豪矣。(大宗鄭荔鄉蔗尾集序又云"古之為詩者,由本以及末。今之為詩者,驚末而遺本。由本以及末,故朝經夕史,晝子夜集,優柔厭飫,無意求工而詩益工。驚末以遺本,傭僦耳目,雕琢曼辭,實而按之,仍枵然而無所有,此蔗尾之喻也"。正可為此語之注腳。)惟大宗與江慎修書亦言"生人性命之源,莫大于醫方藥劑。裴頠言,太醫權衡若差違,遂失神農、岐伯之正,藥物輕重分量乖互,所可傷天,為害尤深"。大宗以學人之詩,藥俗流之弊,須使權衡輕重分量,若有差乖,則此學一字,亦害詩弗淺。宜乎後世諍論之未息哉。

杭堇浦詩

李慈銘越縵堂詩話有云"大宗才情爛漫,詩學蘇、陸,頗工寫景。其刻秀之語,同時如厲樊榭、符藥林等往往相近,所謂浙派也。其敘事詠古之作,用字下語亦頗橫老,又與同時全謝山為近。蓋筆力健舉,書卷尤足以副之,自非江湖塗抹輩所及"。此論最為平實。謂其學蘇、陸,董浦嶺南集以後語也。豪健爛漫,刻秀清麗,二語可為定讞。橫老之評亦確,唯佳什不多耳。題濁瀘先生遺像,不負此品評。他則多橫而不老。林昌彝論詩一百又五首有云"詩律更增深厚力,居然文采照中原",下自注云"仁和杭董浦世駿大宗嶺南集為生平傑作,然尚少蕭疎之氣,深厚之力,非其至也"。此即予言橫而不老者。杭七古尤長。康發祥伯山詩話後集言杭詩屈詰古奧,斑駁陸離,令人神移目眩。(所引語俱見浙江文叢杭世駿集附錄。)此最合董浦騁才豪縱之時。潘瑛高岑國朝詩萃初集云"董浦先生學富才高,為兩浙冠冕。而詩格清老疎澹,逸氣橫流,不為書卷所累,故為先輩名流所推重"。此皆從其善處著語者。李慈銘荀學齋日記光緒六年四月十二日評其詩"亦秀爽而風格太卑,無一真際語"。此非苛評,予亦有同感焉。此乃從詩門第一義而論之者。無一真際語,乃謂其未參得詩門第一義,未極高明,非謂其性情不真也。董浦性情樂易通侻,實超俗流之外。然亦復嗜錢喜博,多江湖之氣。謝山諫之,而彼乃懷恨,竟賣死友,人謂其乃小人有文無行者。(見徐時棟煙嶼樓文集卷十六記杭董浦。)舒位乾嘉詩壇點將錄直以混世魔王而擬之,亦頗可軒渠,而歎其巧思。(長沙耿國藩董浦先生像贊曰"不夷不惠,亦仕亦農。與世舒卷,抱道始終。研經自力,玩世不恭。東方而後,僅見此翁"。此最可為混世二字之鄭箋。不夷,其通侻也。不惠,其好財也。仕而農,已損士類之格品,農而仕,猶挾氓民之習氣。故耿氏之以東方曼倩擬之,不料為舒位語下一鐵證。)使董浦為入道人,混世適可任運,魔王反成勝緣。不魔不成佛也。惜其祇為詩人,混世則不免風格太卑,無一真際詩,彌歎越縵法眼老辣,詩苑豈可無此等毒舌人。(錢默存日記、筆記之毒舌,實承越縵堂之衣鉢。安容館札記即是也。)張維屏論詩絕句亦謂"大宗雖博太鴻精",而不許其詩之能精也。故橫而不老,博而不精,此二語差可為杭詩之定讞矣。雖然,董浦實為清世宋詩派之干城心腹,倡學人之詩,又啓後世同光體無盡法門。予早年學沈寐叟,即同此浙人鼻息,人亦嘗哂之曰學人之詩也。王昶蒲褐山房詩話言杭氏嘗謂王氏曰"子無輕視放翁,詩文至此亦足名家"。此為陸詩正名。桂元復上湖紀歲詩編序言"董浦每曰,詩之道,熟易而澀難。韓門詩有澀味,所以可傳"。(因汪師韓之詩而發也。)此皆為後世同光體披荊斬藜者。宋詩之猛將先鋒,非此混世魔王而誰耶。

丁龍泓

浙人多風骨,由來久矣。黃南雷序其胞弟澤望之縮齋集言"蓋其為人,勁直而不能屈己,清剛而不能善世,介特寡徒,古之所謂隘人也。隘則胸不容物,並不能自容,其以孤憤絕人,彷徨痛哭于山巔水澨之際"。此非即丁敬一流之情狀乎。杭大宗丁隱君傳言其"意所不可,輒嫚罵累日夕不肯休","方制府觀承愛其鐵筆,媚制府者欲得其一二,方通意指,而惡聲殷牆屋,驚而逸去。江苑卿春慕其詩,將之武林,以幣贄,謝勿與通。春亦畏其鋒,瑟縮不敢進"。覩此予忽悟黃宗會之縮齋,非惟自縮以遯,亦令人瑟縮也。南雷言縮齋集乃"驚世駭俗之言,非今之地上所宜有也。蘇子瞻所謂能折困其身而不能屈其言者,至澤望而又為文人之一變焉"。蓋慟其折困其身,而其言亦不得不屈伏於草莽野屋中也。龍泓之詩文,則庶乎子瞻之言。其異乎澤望者,時世承平而外,又有金石之藝焉。澤望不能容物,並不能自容,丁隱君擅文同四絕,以藝道自容,不似縮齋之孤絕。故縮齋集"高屬遐清,其在於山,則鐵壁鬼谷也,其在於水,則瀑布亂礁也,其在於聲,則猿吟而鸛鶴欸且笑也",丁氏之硯林詩集,有其高曠暇清,而無其激厲。李越縵譏大宗詩"無一真際語",硯林詩集一開卷,予即知其絕有清音,差能免遭越縵之毒舌矣。其詩善狀幽邃,意蘊多近晚唐,而句法時入宋。大宗言詩之道熟易而澀難,丁詩時出幽澀之味類苦茗者,所以為清貴。今新梓西泠五布衣遺集,予得飽覽隱君之詩章,其在山則邃谷夐嶺,在水則冷泉九溪,且多佛禪之理窟,遊蹤杖履,多予所盤桓之地,宜予捧讀而契心也。觀其詩,則知非西泠浪人不能出此冊也。予亦浪人,故有是慨。五古為本色語,幽人深致,善用仄韻,時有宋詩意度,七古排奡,不及大宗為能。五律具賈、張、皮、陸遺韻。七律亦近晚唐,爽明處類宋人王禹偁、蘇舜欽。七絕尤可人,蓋欲與金壽門較長短也。兼清逸、穠纖、豪俊諸格,步武從容有節,宜有友如金、杭者。善狀文同四絕、詩酒生涯,令人遙想蘇黃當日翰墨情篤,悠然之韻,又仿佛在邵氏安樂窩也。詩雖不足為大家,亦堪後人蠲煩滌垢,為俗病之藥。故曰縮齋不能容物,亦不能容己,而硯林則猶能容己愜情,觀者亦可動容矣。雖然,自南雷、縮齋淪而為厲、杭、丁、金,吾浙之氣運,亦自有降矣。同時惟全謝山差能把臂二黃耳。

金冬心

宋詩之別異于唐,首在一生字。蓋不欲蹈襲三唐之法度聲調,學我者死,似我者俗,若拳拳服膺于李北海之警言者。金冬心自謂其詩"鄙意所好,常在玉溪、天隨之間",似非以己為宋詩之派別。雖然,其未必刻意于宋詩之法度,而闇已深入宋詩之氣髓。其所以然者,一言以蔽之,生也。矧冬心詩自出新意,其亦自言"不玉溪不天隨,即玉溪即天隨"耶。吾窺冬心之文心,求一生峭之趣而已。硯林集拾遺丁龍泓書冬心先生續集自序後言屬樊榭評冬心續集"大怪絕,語語皆述陳人之言類點鬼簿,然自佳,不拾人牙後一字,不一涉操觚家蹊徑,見髯老倔僵處"。此最可見金壽門之不凡。宋詩脫落于唐人蹊徑之外,非此一種倔僵生峭之氣,弗足為。故曰冬心詩不願附于宋派,而文心則純然合於宋人之氣髓,不為宋詩派亦不能也。"非玉溪非天隨"處,冬心之詩出矣。冬心詩尤絕妙者,七絕也。丁硯林云"予愛髯詩末後諸老,往往能舉其全篇,尤愛其七字四句之作,以為風調頓挫,別擅酸鹹,三唐以還無是作也"。風調頓挫,固導源于李玉溪一流,而別擅酸鹹,則自出機杼,從飽諳世味,寂寥冬心中參出,已非義山可以局囿,故曰非玉溪非天隨。予觀冬心之詩才,弗足以為七古、七律,較之硯林,亦有遜焉。惟七絕獨步,有清第一流者也。其七十歲作冬心先生續集自序,言前輩如吳慶伯讚其為"寒瘦詩",何義門言其"惟斯人五七字詩,儼然孟襄陽、顧華陽流派"。鮑西岡言其詩"有僊骨,神竦氣王,無蓬蓬塵。湯西厓少宰評君為獨產醴泉芝草,何須根源"。趙秋谷言"子詩造詣不盜尋常物,亦不屑效吾鄰家雞聲,自成孤調"。鄰家謂王漁洋也。徐澂齋言"壽門詩如香洲之芷,青邱之蒿,日飫大官羊者罕知其味"。此等雖不無溢辭,要皆具法眼也。對之頗傷吾華久號詩國,而今凋落至此矣。予於三絕,各有撰述,金壽門皆廁其席次,惟東坡子昂先已有之,亦足豪矣。要非斯人,何能作奇文如續集自序哉。

近人評冬心詩

錢氏談藝錄三九言龔定盦絕句每規模金壽門,冬心先生集卷一有懷人絕句三十首,取勢鑄詞,於定盦己亥雜詩,尤不啻先河。談藝無拈出者,定盦亦未嘗道及此鄉獻,故聊為表微發隱焉。錢氏所言甚是。冬心七絕獨步,有清第一流者也。石遺室詩話卷二三有云"冬心先生詩工者亦不多。午亭山村云,溪上青山接太行,午亭便是午橋莊。能消裴令生前恨,繡尾魚今尺二長。此種詩偶作亦有趣。裴令臨終,恨繡尾魚未長,見雲仙雜記。浙派詩喜用新僻小典,粧點極工緻,其貽譏餖飣即在此。樊榭亦然。冬心尤以此自喜,此杭州南屏詩社一派也。嘉興、寧波又不盡然。冬心名句如消受白蓮花世界,風來四面臥當中,水明於月應同夢,樹老如人又十年,孤竹瘦於壽者相,野雲自似道人衣,佛煙聚處疑成塔,林雨吹來半雜花,都從林和靖先生春水淨於僧眼碧,晚山濃似佛頭青等句來也。若故人笑比庭中樹,一日秋風一日疎,晉陽遇同鄉李叟云明朝殘樹殘山外,一弔離宮賀六渾,春苔云多雨偏三月,無人又一年,則較覺渾成矣"。石遺有先入之見,所評非盡平允。民權素詩話之鈍劍所撰願無盡廬詩話言冬心奇士也,"其詩多獨闢異境,淵淵有古心。所為七絕尤佳,錄六章於此。詠斜陽云,板橋瓦曲酒爐荒,一段清愁百折腸。蝶散冷香花紛落,最難留住是斜陽。詠雨云,夜雨客惟冷撥冰,騷騷屑屑復憒憒。此聲如在黃茅驛,淘剩空杯聽一燈"云云。又言其旅歲二首,詞旨淒怨,雖千載下,如見其心事矣。持論乃較石遺為勝。淵淵有古心,詞旨善寫幽怨,甚有風人之致。以此方可解其"鄙意所好,常在玉溪、天隨之間"之意味也。

翁覃谿為詩厄

石洲詩話譏孟東野詩苦澀而無回味,謂李長吉下視東野,真乃蚯蚓竅中蒼蠅鳴耳,吾即悟知翁覃谿談詩非解人,蓋性具偏激而自視甚高者也。觀其詩話,持論偏激之處甚夥,不勝枚舉。昔撰書史,甚賞其書法、金石學,今論其詩而觀其書,不免慨歎彼之得失如此。予嘗戲謂明清至今,詩有六厄。其一曰明太祖專殺詩人。其二曰七子之後學以摹擬為詩。其三曰清廷因詩而興獄。其四即翁覃谿以考據為詩。其五曰胡適之輩以白話廢文言,後學遂以翻譯為詩。其六曰當世慕利忘義,經濟之學獨隆而詩教亡。此六厄而此翁竟居其一焉,何予獨重斯人耶。蓋非翁氏一人作祟而已。錢默存談藝錄嘗言"兼酸與腐,極以文為詩之醜態者,為清高宗之六集。籜石齋、復初齋二家集中惡詩,差足佐輔,亦虞廷賡歌之變相也"。故知弘曆、翁方綱等沆瀣,君臣同體,為詩之一厄。錢載詩功甚深,惡詩尚少,而翁復初則恐以此喪其詩本。予於翁氏之學,非無所好,既睹其詩作及議論,愈欺漢學之弄人。夫天地間有正大之氣,此氣所託者即學術之道,此道為清廷壓制脅迫焉,惟精魂不死,漢學乃轉生焉,其本已是畸生,後趨於偏,亦不得不然。乾嘉之儒,易乖道本,遂產斯人,倡肌理之詩,為畸詩耳。文廷式聞塵偶記斥責清詩品概既卑,文章日下,"固由考據學變秀才為學究,亦由沈歸愚以正宗二字,行其陋說,袁子才又以性靈二字,便其曲諛"。覃谿即此考據學變秀才為學究之謂是也。文氏雖偏激,出語雋快,自具識力,鋒芒甚利。清高宗、翁蘇齋一流,為詩之厄,又先有康熙、沈歸愚君臣一體築一代庸詩之基也。此固清詩之厄。覃谿之詩,有今人劉世南氏清詩流派史駁之,情理俱切,援引周詳,亦可謂沈著痛快之說。其斥陸廷樞、凌廷堪、陶梁、張維屏、徐世昌、繆荃孫曲護之說,尤為犀利。使人多信諸人之說,則翁氏真亂詩本矣。(梁章鉅退庵隨筆卷三有云"粵東宋芷灣觀察湘,學人也,亦頗負詩名。一日在蘇齋談藝,師曰,可惜芷灣一好人,不讀書。芷灣愕然。師曰,汝讀書是一翻就過,算不得讀書。又曰,汝才卻好,何不作詩。芷灣又愕然。師曰,汝詩是三杯酒後,隨筆一揮,如何算得作詩。芷灣為之悚然。嘗謂余曰,老輩法眼可畏如此。阮芸臺先生亦云,世人每矜一目十行之才,余哂之,夫必十日一行,始是真能讀書也。此皆可為後學頂門針"。見宋湘紅杏山房集黃國聲輯錄之評論選錄。蘇齋即翁方綱也。讀此不禁啞然失笑。宋芷灣詩真氣獨多,乃詩門真血脈,翁氏習氣已深,彼固以虞廷賡歌、考據為詩自喜久矣。梁氏附會焉,亦可哂也。三杯酒後,隨筆一揮,詩之古義有存焉。此翁誠可畏也。)夫專殺詩人者,使詩脈薄,近世變本而加厲焉,血脈愈微。摹擬為詩者,使詩道氣血虧虛火旺,難得中和,自欺欺人亦成巨患。文字獄又使詩心抑鬱,乃激詭譎之行。考據為詩則情韻死。翻譯白話為詩,則詩歌古字亦廢,古音亦淪,古心亦死。使以經濟為國本,不尚禮樂,則一國詩遁神散,惟邊陲遠域尚殘其遺風耳。此六厄猶鑿渾沌之七竅。幸矣,吾儕今日尚可聞正音也。要非當世諸賢如默存、萼孫、沚齋、世南、夢芙諸先生護持,函夏之詩亦凋矣。今世亦漸知經濟僅為國之基,而國之本另有在焉,俟乎聖賢乘運而轉其風氣可也。學宋一派有覃谿出,自是清初以來宗宋一派之末流。以後世觀之,則道咸同光新宋詩之熹光現矣。如鄭子珍者,乃變考據為詩為真詩。此非翁方綱一流所能逆料者也。

張廣雅不以同光為然

夫同光體噍殺衰厲之氣為多,其雖孤騫高爽,有抖擻之意,終僻澀難泯,久讀則病。此予猶有未慊者。時亦有未以為然者,今日思之,皆有理則。持異說者前有張廣雅之洞,後有章太炎炳麟,其政議異轍背馳,論詩則偶同敵愾。龔定盦文風行清季,如潮如海,而廣雅疾之,以為亂階,違于時論。其時炳麟亦著書深斥定盦文佻達無骨體,多淫麗之辭,甚者以妖目之。(見今人鮑正鵠論龔集之文。)則二人評議詩文甚相合者,非惟於同光而已。張廣雅談詩,務以清切為主,於當世詩流如陳散原、沈子培、袁爽秋,多不當意。見詩體稍近僻澀者,則歸諸西江派,其詩過蕪湖弔袁漚簃嘗曰江西魔派不堪吟,北宋清奇是雅音。雖有似是而非之辭,不以涪翁為江西派,貶絕之意則明矣。廣雅一切文字,則力求典雅,不尚高古奇崛,典故切,雅故清。(見石遺室詩話卷一一。)愚謂張廣雅猶有承平之風,主敦厚清正之音，而以北宋諸儒清奇之辭爲準繩，鄙江西後學之歧而魔，觀其詩作，自非俗手。其以彼爲魔派，所恃者宋賢清正之格也，宛陵半山東坡涪翁集中實多此格者，豈皆同光體所務之奇崛奧澀者哉。是以標舉學江西者，未必能得宋賢之清音。廣雅之說，洵非虛談。劉融齋藝概有曰"西崑體貴富，實貴清，襞積非所尚也。西江體貴清，實貴富，寒寂非所尚也"。極是。廣雅詩不學西崑而略有其清，不尚江西宗派而略具其富，此其得者。同光派學江西者，得此清富者自鮮。蓋寒寂之境轉爲專尚矣。融齋見地，亦近世所少有。同光之中，當推散原弢庵寐叟海藏得其清富甚多，他人不及焉。西江體貴清，實貴富，寒寂非所尚，散原海藏似有寒寂之尚，實貴清亦貴富，不可輕非，廣雅之說，終乃藥石耳。金松岑天放樓文言答樊山老人論詩書評同光體云"夫口饜粱肉，則苦筍生味。耳勌箏笛，斯蘆吹亦韻。西江傑異，甌閩生峭，狷介之才，自成馨逸"。差能識其理勢。繼又云"纖文弱植，未工模寫，而瓣香無已，標舉宛陵，洎夫臨篇掭翰，乃不中與鍾譚當隸圉"。則近乎誣矣。彼雖有寒寂之尚，骨氣自有堅確之風，不可辱也。松岑以不中與鍾譚當隸圉而誣之，過矣。林庚白麗白樓詩話有云"宋人以充實矯平易浮滑之失，與唐人爭勝。而同光迄於民國以來詩人，但彫琢以求充實，空矣。孝胥詩情多虛僞，一以矜才使氣震驚人，三立則方面太狹，當世則外似博大，而內猶局於繩尺，不能自開戶牖"。所評過苛，豈篤論哉。散原海藏內蓄之富，固不逮古人，而亦為當時之翹楚。觀夫散原家世及諸子之成就，幾為天下第一家矣，其氣體富貴之蓄，豈如林庚白者可輕非哉。海藏不及散原，亦自不淺。散原海藏詩格之清，不讓古人，林庚白謂海藏矜才使氣，詩情多虛僞，亦覺獨斷太甚，要非深沉厚重之論。（宋人墨莊漫錄卷一有云"韓駒子蒼詩云，倦鵲繞枝翻凍影，征鴻摩月墮孤音。誠佳句也。但太費工夫"。散原詩實多此類。儻使宋人觀同光詩，當不免有太費工夫之哂。此譏則同光詩無可逃者也。)張廣雅不以同光為然,自具眼目,惟當以中庸為尚,不可過苛。廣雅詩的屬北宋清奇之音,能行所知,名實相符。七律如河間崔次龍能詩善畫寓部下十餘年無所遇而歸云"浩然去國裏雙縢,惜別城南翦夜燈。短劍長辭碣石館,疲驢獨拜獻王陵。半梳白髮隨年短,盈尺新詩計日增。我愧退之無氣力,不教東野共飛騰"。九日登天寧寺樓云"過關當行復暫留,數將新綠到深秋。貪看野色時停騎,坐盡斜陽尚倚樓。霜菊吐香侵歲晚,西山滿眼隔前遊。廊僧亦有蒼茫感,何況當筵盡勝流"。登採石磯云"艱難溫嶠東征地,慷慨虞公北拒時。衣帶一江今涸盡,祠堂諸將竟何之。眾賓同灑神州淚,尊酒重哦夜泊詩。霜鬢當風忘卻冷,危欄煙柳夕陽遲"。和雲門南河泊之作即同九佳韻云"江海無能一病骸,獨欣藪澤免塵埋。早涼樹鵲聲先喜,殘睡漁翁眼乍揩。謀野曾無裨諶獲,遊車姑學邵雍乖。鑒湖儻荷君恩賜,致仕何妨被硬差"。秋日同賓客登黃鵠山曾胡祠望遠云"群公整頓好家居,又見邊塵戰伐餘。鼓角猶思助飛動,江山何意變雕疏。三年菜色災應澹,一樹岩香老未舒。我亦浮沈同湛輩,登盤愧食武昌魚"。七絕如國子監拜熙文貞王文敏兩公祠遂觀石鼓云"戟門階下綠苔生,鳳翥鸞翔老眼明。人紀未淪文未喪,歸然十鼓兩司成"。九曲亭云"華顛文武兩無成,羞見江山照旆旌。只合岩棲陪老衲,石樓橫榻聽松聲"。清奇弘雅,氣調不凡,皆其合作。廣雅真堪為此宋詩派之殿軍也。由雲龍定庵詩話卷下言"南皮詩雖力求沈著,而仍貴顯豁。散原亦不乏文從字順之作,而恆涉艱深"。此二人之別,亦二派之異也。

卷己　江西奧衍脈之支裔

　　元明惡宋詩、江西派者，以為宋人旁門是殺詩，決非風雅之正軌。不知孟子曰"以佚道使民，雖勞不怨，以生道殺民，雖死不怨殺者"，詩道亦然也。使宋人真是殺詩，亦是以生道殺之，非惟不怨，亦另闢新道，一片生機。學宋詩者，所作弗若唐詩之真圓渾成，雖勞而亦不怨。蓋勞而有得，不汲汲於捷徑，不求於速成，故學宋之佳者，多老而彌新。惜明人多不悟此理，乃被空同、北地一輩所謾。雖然，亦時運之故，非可強也。江西派中興於清之中晚，於勢最奇崛。時多艱難，學囿乾嘉。欲濟時難須雄才蹈厲，不恤鋒刃，欲不為漢學所腐，須在內將學問疏通，於外將學問轉化，而皆發諸江西之詩。振作氣體，即發揚蹈厲也，以學為詩，即學問轉化也，於國於學，皆是正道。故知清之有同光體，實亦士人之有仁有智者所開之一濟世之藥劑也。朝廷雖亡而詩弗盡。同光一脈，民國猶大盛，今世未絕。此自其大端而觀之者。至其流弊，則已有張廣雅一流為諫友矣。宋詩之有同光，亦何幸哉。

趙昌父

趙蕃昌父號章泉,韓淲仲止號澗泉,號上饒二泉,俱宋江西詩派殿軍。昌父非凡物,而其名今世不彰。其詩之妙,鮮有知者。今從昌父三千數百首詩中,偶摘其精華一二,以見此江西後勁之性光真氣也。八月八日發潭州後得絕句四十首有云"鷗如玉潔鷺霜明,閒意相看了不驚。乃不悟予非慕者,決然飛背晚煙輕"。奇格兀傲,自是出塵。予非慕者,卿亦多情。所謂詩關直上有禪關。此猶南華真經開卷言鯤鵬扶搖幾萬里,常人乃不悟莊生并非慕者也。"山驛雖荒亦可安,要眠杉月夜深寒。昨宵虛落才聞鼓,明夕江皋想枕湍"。此種幽深,唯二十年前深夜至峨邊城,投宿大渡河江灘旅社時可知之。呈明叔七首有云"屋角梅開才一枝,道人眼淨得先窺。寒聽政爾猶官舍,不似茅簷見汝時"。茅簷見汝,本色無雙。贈南首座兼簡盧老二首有云"主人禪伯乃詩伯,招得渠來共此山。掛搭問儂能膽大,詩關直上有禪關"。膽欲大而心欲小,孫思邈不意亦發露一詩學之秘訣。江西詩派,善用此訣。詩關直上有禪關,黃魯直即其典刑,江西詩參禪種子便自不絕。(此猶今人所謂文化基因也。)右七絕也。秉文以田事入村歸而寄之二首有云"村村穫稻急,得得跨驢行。別野片時役,好詩無數成。羸軀難並出,病眼待渠明。落日斜猶掛,涼風晚更生"。此老倔強古硬,而出口率真,活然可見。呈邢叔三首有云"前輩已云遠,公身親見之。老成疑故在,風俗未憂衰。問學本日用,文章先達辭。從茲得夷步,不復困多歧"。老輩所傳皆平實話,味卻悠遠。中二聯誠所謂先觀其平淡者。撫州初程夜寄孫溫叟甘叔異云"水激成悲壯,星稀乍有無。店荒容托宿,酒遠懶能沽。冉冉非今日,遑遑愧此途。孫甘兩奇逸,蕭颯舊憐吾"。贈張次律司理三首有云"及是凡幾見,於今乃白頭。殷勤蒙飯設,緩急與醫謀。夫子自為德,畸人何足憂。諸家何所歷,更有若人不"。此皆風骨詩。後山之子孫。右五律也。呈晦庵二首有云"不上龍門五過秋,袖詩還是覓扁舟。胡然貧病只如昔,聽爾行藏隨所由。未厭室人能我適,故防知己作公羞。孟郊五十酸寒尉,想見溧陽神尚遊"。故防知己作公羞,此語尤警策。呈梁從善云"飄流老矣謂知津,邂逅欣然願卜鄰。不但梁邢丈人行,更吾騷雅社中人。前秋一見遽為別,今日重來情倍親。政自論詩得歡喜,更因話舊忽酸辛"。似鬆實緊,達此暢適,二陳亦難多作。呈審知二首有云"樓前木葉下繽紛,樓上長吟獨有人。勿漫悲秋成楚些,要知達識自天真。從渠屢著一生幾,莫問錐無今歲貧。平日相期定何事,君今到岸我迷津"。以楚些、天真對,亦是奇語磊落。五六一聯尤見句法之活,饒有奇氣。次韻簽判丈立春日長句云"未說麥黃如病人,可堪梅落似殘春。休論北客驚相歎,試問南公見一新。謂恐齊民罹癘疫,又言漢詔發深淳。從茲度日能無事,頻與傳詩慰此貧"。如此溫厚之意,宋後便減。次韻審知見示梅花長句云"春入孤山今主誰,空留四海舊傳詩。平生我亦有成約,病起驟欣逢好枝。欲向園林窮勝處,不堪風雨苦淹時。忽來絕唱驚寒眼,勢比南朝更崛奇"。以文為詩,末聯尤矯然。蕃有詩謝蕭伯和見訪伯和和之節推丈見而同作謹用韻並呈教授丈宋衡兄云"忽聞獨奏鳳將雛,三歎遺音特未蕪。禁裡端宜奉朝事,幕中那得尚平趨。臨流置酒高人意,叩戶求詩俗士無。迨此何妨屢還往,可人況不費招呼"。此中風雅,只是親和。負暄云"天公知我寒無褐,惠以簽間百尺裘。挾纊固殊如是想,索衣不歎晚為謀。神融遽合莊周夢,意氣俄乘竹葉舟。側聽屋山雞正午,又愁寒雀暮啾啾"。幸比後山差裕耳。既絕湖得順風頃刻已見弁山二首有云"五日陰霾闢不開,步行湖湄看帆來。只言命有窮年厄,豈料風能今日回。自是人心分順逆,枉於造物示嫌猜。篷窗縱雨無深掩，要見前山翠作堆"。柱於造物示嫌猜云者，達乎天道哉。
夫達乎道而瀏乎辭，諧乎理而精乎對，江西詩派所尤長者。末聯予
甚憶撑筏漓江大雨忽至時也。贈馬奉先二首值其已病竟不相識云
"使君何苦向宜州，應為涪翁句法留。銅柱寧興跕鳶歎，金華要遂
牧羊求。壯時根本先培固，老去波瀾重捲收。我亦學詩窮未達，是
中得處可聞否"。頸聯夫子自道。贈楊左司三首有云"白下初逢
使廣軒，始披雲霧見青天。黃花紅葉蒙深賞，白髮青衫又十年。舉
室尚為湖外客，一身還上浙江船。蓴羹鱸膾雖佳矣，不是東歸重惘
然"。情味尤深長。右七律也。八月二十四日同審知登塔山用審
知前載九日留題之韻作二首時彥博歸及常山云"出門生憎觸風
埃，故邀幽人山中來。小休危亭帶曲折，未盡高塔當崔嵬。目營所
到豈有極，腳力尚壯不擬回。舊遊久闊空信耳，高處一上何佳哉。
是山百年定誰主，一丘新壤手所開。淵明自祭豈非達，杜牧作志夫
何哀。如君風流固曠絕，與我論交忘歲月。異時訪我入此山，扣牛
共唱生生別"。疏宕安閑。贈彈琴李睎尹云"臨川郡古多奇跡，嚴
黎已老裘父沒。江山縱是詩得摹，峨峨洋洋亦其物。謫仙幾世之
雲仍，平生嗜渠如嗜文。光風霽月胸次有，渭北江東腳底頻。忽來
過我今幾日，擬欲贈行空四壁。臨分謾與一篇詩，箏笛紛紛敢謂
知"。高古飄動，莫可測焉。右七古也。章泉詩格不俗如是，老去
波瀾重捲收，高卓之處，豈減陸、范，誠南渡後第一流人物。澗泉亦
然哉。

韓澗泉

　　四庫總目提要云"觀淲所撰澗泉日記，於文章所得頗深。又
制行清高，恬於榮利，一意以吟詠為事。平生精力，具在於斯。故
雖殘闕之餘，所存仍如是之夥也"。（四庫總目提要云"淲有澗泉日記，

已著錄。此其詩集也。溉詩稍不逮其父,而淵源家學,故非徒作。同時趙蕃號章泉,有詩名,與溉並稱曰二泉。李龏端平詩雋序所謂章澗二泉先生,方回詩所謂上饒有二泉者,即指蕃與溉也。然其集世罕傳本。文獻通考、宋史藝文志皆不著錄。方回瀛奎律髓絕推重之,有世言韓澗泉名下固無虛士之語。尤稱其人家寒食常晴日,野老春遊近午天之句。而所錄溉作,亦屬寥寥。又戴復古輓溉詩有三篇遺稿在,當並史書傳句。復古自註稱,溉臨終作三詩。近厲鶚輯宋詩紀事,採摭極博,乃僅載所以商山人、所以桃源人二首,而所以鹿門人一首佚焉。則溉之詩文湮沒已久。今檢永樂大典所載,凡得詩二千四百餘首、詞七十九首,編為二十卷。又得制詞一首、銘二首,亦並附焉。而所以鹿門人一篇終不可見。知所佚者尚多。然較諸書所載僅得殘章斷句者,已可謂富有矣"。)澗泉七律尤高格,其渾粹處不讓陳後山、陳簡齋,以清新簡老勝。八月云"山林風雨便清涼,待把鄰家社甕嘗。到手自應無美惡,回頭誰解別斟量。深居但覺秋聲起,熟睡焉知夜漏長。未老得閒今又老,床頭書冊漸相忘"。觀此詩如泉州古榕下聞南音,幽玄似在世情外,不必計其哀感傷懷也。應無美惡,別自斟量。但覺秋聲,焉知漏長。情味之深,未老得閒者許他知音。八月六日伯皋見過云"華髮秋來忽滿梳,故人相見意何如。強親杯酒歡無幾,尚覺篇章興有餘。世事紛然隨野馬,吾生老矣信蘧廬。林間已下蕭蕭葉,雨過空山木影疎"。此略多暮氣,亦是善學前賢。風雨中誦潘邠老詩云"滿城風雨近重陽,獨上吳山看大江。老眼昏花忘遠近,壯心軒豁任行藏。從來野色供吟興,是處秋光合斷腸。今古騷人乃如許,暮潮聲捲入高茫"。混成可喜,似節制,實恣肆。頸聯尤清簡而哀感。獨上吳山,江湖俱在,予生平最喜登臨此處。他日豈能不吊澗泉先生乎。寄斯遠云"夜深踏月過章邱,樹影吹涼滿地流。不覺身從城市到,以為人共廣寒遊。數家小屋全然靜,一點浮雲也自收。天下中秋誰有比,歸來清夢尚悠悠"。揮灑自在。山林氣象,在此廣寒遊也。是為靜穆之至。筍出可愛云"雨收餘潤散晴皋,岸曲籬前首重搔。不恨孤花春後少,最憐疏筠夜來高。市聲隔水銷塵滓,鳥影空山落羽毛。物外幽人元未減,自量閑品頗清豪"。物外幽人,本來可愛。重送潘舍人云"雪裡春風使者舟,萬釘橫帶紫綺裘。王人自占諸侯上,漢使何妨絕塞遊。鐵甕城頭過京口,金山江外是揚州。宮桃御柳開時候,黃道歸來拜冕旒"。此兼具清富之氣。寒食云"曉色猶濛淡淡煙,花間行過小溪邊。人家寒食當晴日,野老春遊近午天。吹盡海棠無步障,開成山柳有堆棉。呼兒覓友尋鄰伴,看卻村農又下田"。頷聯誠澹宕之格,為北宋洛陽諸老之遺風所在。朱卿入雨岩本約同遊一詩呈之云"雨岩只在博山隈,往往能令俗駕回。挈杖失從賢者去,住庵應喜謫仙來。中林臥壑先藏野,磐石鳴泉上有梅。畓夕金華鹿田寺,斯遊重省又遐哉"。頸聯尤有格,雋永可味。右七律也。白日偶無客青山長對門有云"不見屋外溪,但見屋上山。雲月復風雨,輾轉朝暮間"。"枕流飯脫粟,長夏以終日。曳屣行歌商,風軒時弄筆"。"人生等戲劇,袞袞徒區區。老身其回頭,今有古非無"。簡古腴澹,高風凜然,豈在山谷之下。右五絕也。雨多極涼冷云"焉知三伏雨,已作九秋風。木葉涼應脫,禾苗潤必豐。地偏山吐月,橋斷水浮空。雞犬鄰家外,魚蝦小市中"。觀此等作,愈渺然不知魏闕在何。矮知府挽詩云"歷歷親言話,長懷逸老堂。典刑杯酒外,氣象簡編旁。有子真源委,何人更發揚。宣風覺庵地,霜露鬱乎蒼"。末聯尤古健,古人合與天地相應如是。愛客云"婆餅焦何急,飛鳴小竹間。雨多溪漲水,雲厚日藏山。景物固無恙,人情終等閒。老來惟愛客,茶果或相關"。繁華歸于平淡,而老勁不減,自與中晚唐人有殊。右五律也。五古如八月二十五日過南嶺云"撫枕知夜永,浙浙過山雨。淨聽秋氣還,清吟可無侶。年來幽興熟,心口自相語。我其內熱歟,何其未能處"。結尤江西本色。庵鄰王家兩送酒來云"渴飲對空觴,俛仰自長喟。賴有田中鄰,時時遣酒至。歡言斟酌之,感彼勤重意。漂母哀王孫,從古從此類。澤畔且行吟,春風尚堪醉"。凡言酒,便是澗泉本色如是。

此日作章泉、澗泉二篇,俱甚愛之,又欲論二泉之不同。夜闌而睡。夢一僧有密證,人莫測其道,過蘭若而禮之者,視之若父,熟稔其人接其款曲者,又覺其溫厚若母。醒來忽悟,趙章泉達乎道而灑乎辭,諧乎理而精乎對,風骨高邁而清氣逾奇,即若父者,而韓澗泉渾成老簡,善用平淡,而情味彌深,詩心彌圓,即若母者。雖然,二泉而實一也,猶若父若母而本為一僧。二泉繼響江西,俱制行清高,恬於榮利,一意以吟詠為事者,神合而辭應,無以異哉。昨夜未得下筆論之,夢中助成予事矣。繫以小詩曰,林下何來無事僧,煖然春樹儼然冰。庵鄰餽酒容先醉,父母無言我獨興。

劉無黨

金人劉迎詩,中州集收七十六首,其數僅在周昂之次。帶經堂詩話卷四言劉迎無黨之七言古詩,李汾長源之七言律詩,乃中州集中眼目,雖北宋作者無以過之。石洲詩話卷五言合觀金源一代之詩,劉無黨之秀拔,李長源之俊爽,皆與遺山相近。王漁洋所言無黨七古云云甚是。中州集中淮安行,行筆雅健從容,神恬氣裕,真具大家氣。連日雪惡詩,奇境聳騰,末云"昔賢句法今尚在,斷臂阿誰心地瞖。後生曠世安敢望,故事歷劫徒能說。是中聖處公會無,一粒靈丹工點鐵"。忽轉至二祖慧可雪中斷臂故實,而歸諸點鐵成金之理。涪翁點鐵成金,非即從禪門拈古、頌古中悟出乎。鰒魚則使東坡見之亦當歎服。言辭奇瑰,亦復澄淨,明爽豪健,得宋詩之髓。題十眉圖蓋題周昉真筆也。凡三韻,四句一轉,末云"蠻雲盤鶴遼天闊,犀玉依依對書札。人生何處不相逢,還醉武林溪上月",前段綺媚,至此高亮。梁忠信平遠山水、雲中君圖、楚山清曉圖皆蘇黃敵手,清蒼空廓,萬象納於明鏡,奇瑰攝于神閑。元明題畫詩風氣盛行,所作極多,然使對劉迎諸首,不免沮然,元明詩愈為畫之奴僮,漸少神氣故耳。虞道園題畫詩,不及無黨甚多。劉氏五古亦高格。徐夢弼以詩求蘆菔輒次來韻奇作也,"昔聞趙州老,老大猶泛愛。說法利人天,機緣不勝在"云云,言趙州從諗禪師。"又聞東坡公,謫居飽鮭菜。暮年海南住,幾席溪山對。自饌一杯羹,老狂猶故態。最喜霜露秋,味出雞豚外。乃知作詩本,口腹不無賴",此言子瞻。"風流二大士,妙處無向背。在家與出家,相投若針芥。先生今復然,秀句筆端快。誰云修法供,遊戲出狼狽。一飽待明年,桑麻歌佩佩",此真深造蘇黃一流之奧。尤奇者,以趙州、東坡并舉。"當年鎮府話,蓋以小喻大。具眼領略之,於茲豈無待",言趙州古佛以鎮州大蘿蔔頭為機鋒也。送劉德正亦英爽若發硎之劍。"堂堂八面敵,了了一笑粲"一句尤可味。無此一笑之粲,何能八面受敵。盤山招隱圖鑒之神清氣和,想見古人優游禮義之中,超格六合之外。無黨又精七律。次韻酈元與贈于元直道舊其二云"倦遊方嘆錦囊空,此道誰知一夕東。客裏簿書慚老子,詩中旗鼓避元戎。叩門莫厭經過數,促席聊容語笑同。此樂祇憂兒輩覺,不應品藻待渠公"。末聯尤可一粲。古人溫厚如是。金詩紀事增訂引詩藪雜編卷六云"劉無黨差有老成意。如客裏簿書慚老子,詩中旗鼓避元戎一首,全不粘景物,而格蒼語古,即宋世二陳不能過。蓋金人雖學蘇黃,率限籬塹,唯此作近之"。二陳謂後山、簡齋。金人之作,猶未盡然率限籬塹,胡氏所言略過,然所評此詩極是。七律佳篇甚夥。"賴有酒尊煩北海,可無香瓣禮南豐","名高冀北無全馬,詩到江西別是禪",甚可見其宗江西之詩旨。城南庵云"故鄉歸思白雲邊,缾鉢東來想浩然。桑下久無三宿戀,室中今許一燈傳。夢驚城郭風塵窟,興寄湖山雪月船。老矣重遊恐難得,平生四海與彌天"。宋詩法髓,正在此句清神閑,別具風骨處。其賴以立者,即此詩所謂室中今許一燈傳也。宋詩若非詩人攝其性光入內,何能出蘇黃一輩人物。清蒼出塵之格,無黨造之深矣。昌邑道中云"屋角雞號夜向晨,客床相對話悲辛。流離僅脫噲等伍,老大空為濟上人。卻掃欲安無事貴,累人猶屬有錐貧。故山鄰里今安否,歸去同尋筍蕨春"。陸放翁亦遜其老到。頷聯意蘊深慨,屬對尤切,不易也。無事最貴,識得此味,方可讀宋詩。又有句云"物理不容人太過,生涯休嘆我無多",尤是正知見,非學道有造之士弗能言。予嘗以此語誡示門下諸子也。嘆老則過,太過則傷。觀劉記室詩,非僅氣象豪古,格律精切,於理亦受用甚多,無愧宋詩正脈。金源之詩,周昂、劉迎二鉅手在先,趙閑閑、李屏山二派略後,其竟也元裕之、辛敬之、李長源、楊叔能諸家颺起,其理勢氣調豈南宋人所可及哉。

李屏山

江西詩之奧衍,實才性、學問、禪意熔煉而成,其所失者,在弗能天然古淨,其所得者,則能以新創超之。故為黃涪翁詩者,才性天放而外,必有古卷在胸,深心在目,學以激其才氣,智以揚其元神。元人李屏山純甫即是也。中州集謂其"為舉子日,亦自不碌碌,於書無所不窺,而于莊周、列禦寇、左氏、戰國策為尤長,文亦略能似之。三十歲後徧觀佛書,能悉其精微,既而取道學者讀之,著一書合三家為一,就伊川橫渠晦庵諸人所得者而商略之,毫髮不相貸,且恨不同時與相詰難也。性嗜酒,未嘗一日不飲,亦未嘗一飲不醉,眼花耳熱後,人有發其談端者,隨問隨答,初不置慮,漫者知所以統,窒者知所以通,傾河瀉江,無有窮竭"。如斯等人,方足以學黃魯直。夫才性、學問、三教一致之智皆備焉,天姿既卓,乾坤自容其展露奇氣。宋元學案卷一百為全謝山所補之屏山鳴道集說略,雖為貶議,亦可見其自成一派。其為學派,亦為詩派。屏山詩天游齋云"丈人未始出吾宗,草靡波流盡太沖。七竅鑿開無混沌,六根消落盡圓通。法身兔角聲聞外,塵事牛毛夢幻中。誰會天遊更端的,瘦梅疎竹一窗風"。深入理窟,而出語圓利,已為七百年後浙人學江西如爽秋、子培、湛翁一流先樹軌轍,以佛入詩,正可見江西詩有此一脈相承。(屏山以禪語解儒佛異同,有句云"中庸那著無多事,只怕諸儒認識神"。直指心源,尤為犀利。三百年後王門後學如羅近溪一流持說類之。使諸儒認識神而解中庸之道,則何能達其本原。此殘句見金詩紀事增訂卷七。)孫卿子云"諸儒談性盡歸情,誰信黃河徹底清。未到昆侖源上見,且休容易小荀卿"。亦正本清源之論。使論者以情論性,何能體其性源,與荀卿性惡論亦五十足笑百足耳。此種詩使其人無真智達識,且非筆力廉悍,何能道也。又七律偶得云"包裹青衫已十年,聰明更覺不如前。簿書叢裏先抽手,鼓笛場中少息肩。瓶座剩儲元亮粟,叉頭高掛老蘇錢。會須著我屏山下,了卻平生不問天"。看破理窟,則不須問天,元亮老蘇,皆先我了卻平生之流。聰明不如前,似自欺而實自美。詩格老健疎朗,真江西之嫡骨。雜詩六首其一云"顛倒三生夢,飛沉萬劫心。乾坤頭至踵,混沌古猶今。黑白無真色,宮商豈至音。維摩懶開口,枝上一蟬吟"。對語尤工,理趣甚深。人頭至踵,即一乾坤,古今無別,方為混沌。真色無黑白,至音希宮商。此更類禪偈,而出語渾健。其六云"道義富無敵,詩書貴不貲。浮空幾兩屐,狂樂一絢絲。豪俠非吾友,臞儒即我師。誰知茅屋底,元自有男兒"。此首尤有自家面目。屏山自有天人學,豪俠為美亦浮空。狂樂不比道義貴,茅屋臞儒吾道弘。丈夫折節,豪華歸於平澹,方乃窺見浮空狂樂之外,別有簞食瓢飲之真意在。故知屏山有道之士,未曾一日不飲云者,僅見其相耳。瓢庵云"書生只合飽黃齏,大嚼屠門計似癡。壁上七弦元自雅,囊中五字更須奇。橫陳已覺如嚼蠟,皆醉何妨獨啜醨。此味欲談舌本強,如人飲水只渠知"。理深而神旺,頷聯尤具本色,筆調豪快,全無滯氣,此非清季人所能為者。絕句馬圖同裕之賦云"天馬飛來不苦難,雲屯萬騎開元間。太平有象韓生筆,曾見真龍如此閑"。屏山詩之妙處,即在具此種神閑氣定,類乎韓幹之畫馬也。趙閑閑謂屏山"雖才高,好作險句怪語,無意味"。以中州集觀之,屏山詩妙處,俱在文從字順之中。趙又謂李"于文甚細,說關鍵賓主抑揚。於詩頗粗,止論詞氣才巧"。(見歸潛志卷八。)實則惟于文甚細之李屏山,方可於詩頗粗也。此非粗豪而已,惟真率也。詩以氣道而論之,豈為粗乎。氣外無詩故。屏山為學為文,深密高明,時人周德卿謂其文可畏,使屏山作詩亦細密森峻若文,則其性情之施,何能盡得浹愜焉。所謂一張一弛即是。惟其洞悉道體,歌詩故能脫落軌則,勿隨人腳跟,以新奇自任。屏山詩稍怪者多為七古。雪後、怪松謠諸作光怪離奇,具長吉、盧仝之遺風,非其佳篇。佳者如送李經、灞陵風雪,皆文從字順。趙宜之愚軒真為奇作,其末有云"靜掃空花萬病除,一片古心含太虛。屏山有眼不如無,安得恰似愚軒愚"。亦山谷血脈,清麗超俗。排律贈高仲常,具開、寶唐賢之格,尤見其得北地氣象之厚養,學山谷而多能豪語清氣兼之,玄理妙悟融乎其中,此真屏山生創之處。(詩藪卷六亦曾云"排律如吳彥高雞林書事、李之純贈高仲常,亦頗有格"。)金源鉅手如趙秉文、王若虛皆不喜山谷詩、江西派,王氏滹南詩話譏彈山谷尤多。所言固非無理,亦傷偏激有過。古人曰極高明而道中庸。如若虛,高明有之,中庸則未逮也。屏山學通天人,獨造幽深,性復天放,不拘細行,其以山谷為師,自具天運。滹南、閑閑固非其知音。滹南詩話譏山谷"鋪張學問以為富,點化陳腐以為新,而渾然天成如肺肝中流出者,不足也"。此病山谷有之。予觀屏山詩妙處多從肺肝中流出來,自其天資異稟,悟力尤透,故能善學山谷詩也。若虛詩話貶江西而外,亦嘗作詩以嘲之。有云"文章自得方為貴,衣鉢相傳豈是真。已覺祖師低一著,紛紛嗣法更何人"。不曉山谷深入禪家三昧,門庭設施,詩派風氣,不覺亦效宗門分燈,亦時風使然。其實禪宗自得方為貴,衣鉢相傳豈是真。其理一揆。然亦無礙衣鉢相傳確是真也。禪門恒言,資不過師,不堪傳授。縱黃涪翁已低一著,何妨後世嗣法神駒,以天資已造翻騰雲間。後山、簡齋資皆不凡。如屏山詩雖未成大家,天資氣格俱高。江西派之有李純甫,亦可豪矣。自屏山、希顏諸君子,以迄清季同光體,涪翁一脈,元氣所托,潯南以刻論哂之太過,終非中庸之道也。(偶覽醫書,見金張子和儒門事親卷一有云"元光春,京師翰林應泰李屏山,得瘟疫證,頭痛身熱,口乾,小便赤澀。渠素嗜飲,醫者便與酒症丸,犯巴豆十餘行。次日,頭痛諸病仍存,醫者不識,復以辛溫之劑解之,加之臥於暖炕,強食蔥醋湯,圖獲一汗。豈知種種客熱,疊發並作,目黃斑生,潮熱血瀉,大喘大滿,後雖有承氣下之者,已無及矣。至今議者紛紛,終不知熱病之過,往往獨歸罪於承氣湯。用承氣湯者,不知其病已危,猶復用藥,學經不明故也。良可罪也"。屏山壞于庸醫之手,時人亦痛之久矣。)

雷希顏

金源崇蘇者,以趙閑閑、元遺山為巨擘,師黃者,以李屏山、雷希顏為猛將。二派相抗,李為趙之勍敵,雷雖不及元,亦一時之英。遺山希顏挽詩五首之二云"山立揚休七尺身,紫髯落落照青春。從教不入麒麟畫,猶是中朝第一人"。推仰尤高。雷淵墓銘亦元氏所撰,其文尤有神。歸潛志卷一言雷"詩雜坡、谷,喜新奇",卷八言其"詩亦喜韓,兼好黃魯直新巧"。大抵時人論之如是。然以予觀之,惟其人雄渾剛直如希顏,高明博達如屏山,方能學山谷之新巧也。實可推知所謂新巧者,非雄厚人弗能辦,蓋自有氣理寓焉。(以此觀楊誠齋,亦自別生眼目。誠齋固尖新,亦不可輕也。)學非博通,氣非雄直,學黃則迷,真非常人學詩之通途大衢,潭南氏之詆江西,亦有此故。希顏詩多光明坦大氣象,並不一味求韓、黃之風。九月登少室絕頂詩予甚喜之。中云"浩浩跨積風,瀰瀰渺長河。日車戾紅輪,天宇凝蒼波。指點數齊州,始覺氛埃多。我無倚天劍,有淚空滂沱。驚鱗盼奧渚,倦翼占危柯。悔不與家來,結茅老岩阿。歸途睹老阮,廣武意如何"。(甚憶昔登西嶽嘗作一五古,亦似此氣調,故殊覺親切。)夜宿虛皇閣下一律云"倚天青壁截雲霞,一水高懸界削瓜。不惜玲瑲攀石磴,要看絢爛坼雲華。玉峰影裏虛皇閣,鐵笛聲中秘監家。明日川塗入塵土,卻應平地幾襃斜"。詩情不俗如是。希顏不似屏山好入理窟,其詞采如洗,尤芳潔可人。此律氣體甚高潔,要非常人所可想見。古人艷稱宋璟賦梅花,袁子才援以為助,惜不知雷希顏之詠梨花也。雷氏軀幹雄偉,嫉惡如仇,或嚼齒大罵不休,"生平慕田疇、陳元龍之為人,而人亦以古人期之"。梨花一律頷聯云"梅魂何物三春在,桃臉真成一笑空",哀感頑豔,一笑空三字尤灑落有韻,不易得也。故希顏真可把臂唐賢,共此剛直鐵骨人情深綺靡之故實也。其詩最勝終在古體,學韓多於師黃。中州集錄其詩壓軸之作,即七古愛詩李道人若愚松陽歸隱圖。此作得韓退之七古之髓。"叩門剝啄者誰子,道人面有熊豹姿",讀至此句,青眼頓生。絕句如過華山懷陳希夷云"五季乾坤半晦冥,先生有意俟澄清。駒駒四十年來睡,開眼東方日已明"。意態高朗,無愧陳摶。(希顏七仙人詩跋,見金文雅卷一一。其有云"觀者不應以文體古今之變,而疑仙語也。噫,仙山靈嶽,宜有閎術博大之真人,往來乎其間,而世人莫之識也"。殊感親近。與屏山遊者,宜具此達觀也。奈何後人只以古今之變而繩之,動輒目之為迷信耶。)當時學山谷者,李、雷而外,尚有李經天英等,自諸家歿,江西之詩知音遂稀,遙俟清人重振矣。然屏山希顏二子,足令山河增色。江西自有氣理在。希顏有句云"平生自處神明在,衰俗無從議論公"。置諸譚藝,其理亦一揆也。詩人欲其神明在,一難也。論詩欲其公正忠恕,二難也。詩人才學識未備,則神明必日衰。世俗偏宕勢利之見益盛,則議論愈激。詩道大難哉。予血脈論之草,亦欲在此衰俗彌衰之際,立論歸於中正和平、知幾達變者也。

既成屏山、希顏二文,是夜夢境得睹一古人小楷墨蹟,字字中鋒,靈光熠熠,筆力剛勁,芳潔超脫。晨忽悟彼乃為二先生精神薰感所致也。繫以詩曰,日招精爽兮寐則神,微斯人兮何以成仁。平生自處兮神明在,不惜玲瑡兮蓺沙塵。慕田疇元龍兮鐵骨,哀感三春兮梅魂。一片古心兮萬象影,酹千江月兮為斯人。

方回論詩

方虛谷為元初譚藝一大名家,瀛奎律髓極聞名,江西詩派,亦賴其說方有一祖三宗之目。今人輯方回詩話,見遼金元詩話全編,予得盡覽其論詩文字。今摘其精粹一二,以見此江西詩後學之見地也。"盛唐人詩氣魄廣大,晚唐人詩工夫纖細,善學者能兩用之,一出一入,則不可及矣"。此語可謂道破山谷詩之奧訣。涪翁潛取盛唐之氣魄,復從晚唐覓得句法,所謂謂善學者兩用之,一出一入,已格遂立。山谷詩時見纖巧新異之作法,實自晚唐悟出。金人如周昂、王若虛不喜山谷,力主渾然,不知山谷自具晚唐之淵源,非臆造也。"學見聖域,詩其餘事也。或問此可與浴沂意趣看否。曰,詩且看詩,不必太深太鑿"。此評程明道詩之語也。世人論聖賢所作之詩,往往以義理會之,不免有深鑿之失。如湛甘泉之於乃師陳白沙詩,所解似已略過。詩且看詩,劍須呈劍,方乃平常心是道也。"極瘦有骨,盡力無痕,細看之句中有眼"。此亦類禪語。句中有眼,本乎臨濟三玄三要一類。江西參活句,幽微在此。極瘦有骨,是為神骨,古人多此瘦骨者,詩家中如郊、島、宛陵、野人即是。盡力無痕,則神圓而智方矣。以上見<u>瀛奎律髓</u>。"詩有形有脈。以偶句敘事敘景,形也。不必偶而必立論盡意,脈也。古詩不必與後世律詩不同,要當以脈為主"。故詩自以脈為分,貴在意也。<u>血脈論</u>之草,即欲辨意乎古今之間。"凡詩述興盛之事,則雅而難為工。言及衰亡,則哀而易為辭"。忽悟一朝之興,必有開國氣象,以運其雅。如明之有宋景濂、劉誠意、袁海叟。楊鐵崖以老婦不宜再嫁而拒之,固有氣節,然觀其詩,決非開國氣象,自非契其運者,其不入明廷,亦詩脈使然。彼詩乃終金元之局。以上見<u>文選顏鮑謝詩評</u>。<u>桐江集</u>中<u>張澤民詩集序</u>有云"不純乎天理,公論不盡。不拔乎流俗,人品不高。然揭是以自標,則孔融、嵇康不容於曹、馬矣。必知此者,始可與語陶淵明之詩也歟。淵明詩,人皆以為平淡,細讀之,極天下之豪放"。此論陶語,甚為精深。融、康之厄,亦詩之厄,靖節之全,亦詩之全。陶兼天理、拔俗之全,而善保其身,是謂大全。平淡之語,實蘊豪放,此善行無轍跡,善言無瑕讁者也。評<u>趙賓暘詩集序</u>云"詩也者,不可以勇力取,不可以智巧致。學問淺深,言語工拙,皆非所以論詩"。此序甚佳,所言極是。老子曰,勇於敢則殺,勇於不敢則活。江西論詩貴活,不可以勇敢智巧取。當以不敢而勇,不巧而智,方得入其堂奧。<u>名僧詩話序</u>云"六祖之派,分為五宗,麼呵斥罵,奇險譎怪,其語實出入於詩人之詩。至近世,南北叢林,一言半偈,俱不乏人。由是推之,則河岳星辰之精,魁異傑特之士,韜埋蟄伏於敗衲漏椽之下者,何可勝數。後世人才之所以衰少、益不如古者,其以此故非歟"。此言甚可深味。唐宋間棲身山林梵宮之英物極眾,則朝廷城肆中其人自少。釋家網羅天下英才,豈減於儒教。而曹溪一花開五葉,乃真有出入于詩人之詩者。是以拙編特置一釋道心性脈以論焉。此脈是心偈,亦多有真詩故。此方虛谷先得乎我心者。<u>送愈唯道序</u>云"善詩者,用字如柱之立礎,用事如射之中的,佈置如八陣之奇正,對偶如六子之偶奇。至於剔奇抉怪,如在太空中,本無一物,雲霞雷電,雨露霜雪,屢變而不窮。鍛一字者,一句之始,字字穩則句成無鍛跡。鑄一句者,一篇之始,句句圓則篇成而無鑄痕。其初運思,旋轉如游絲之漾天。其終成章,妥帖如磐石之鎮地"。此虛谷之文心雕龍也。此唯中唐以前之詩人方足以當之。如蘇黃,亦有佳篇,可至此境,他作則亦未能盡如其意。睹此消息,亦知入元詩風之不得不宗唐矣。如在太空中一句,尤有神采。弗然,焉得可謂詩具道奧哉。送胡植芸北行序云"或問予宋真詩人獨取此三人,何也。以其不達也。官不達,名未嘗不達,與達者等也。梅聖俞陶粹冶和,春融天靚,歐陽永叔敬之畏之。陳無己鍛勁煉瘦,岳握厓聳,黃魯直敬之畏之。趙昌父閟芳銷華,霜枯冰涸,趙蹈中敬之畏之。有一斡萬鈞之勢而不見其為用力,有一貫萬古之胸之不覺其為用事,此予所以深許之也"。此亦一段大文字,甚難想見乃鳴諸一品格卑污之方虛谷也。(此猶今人議胡蘭成,非一語所能盡。仇山村金淵集卷三諷之最婉。懷方嚴州五首有句云"受禪碑誰上,閒情賦自傳。江山英氣歇,堪恨亦堪憐"。恨之者如周密,憐之者如仇遠。又云"佳兒方戒道,小妾漫專房",道其家事。"豈無商女恨,肯作賈胡留",亦諷而憐之也。近世異才如胡蘭成氏,著述中閎論深義極多。一友服其智識,譽之為龍。予對曰,龍蛇莫辨。友旋悟,笑曰,彼變色龍也。方虛谷恐亦此物類。觀戴表元作桐江詩集序狀方回其人雄傑雅量,乃一豪士。胡蘭成亦喜談天下格局,禮樂大道,亦豪士也。兩人復有一相似之處,即好欲縱情是也。)本忠恕之道以觀之,虛谷譚藝之文,真為宋元之際一大名家也。方回之詩,以近體為佳,承江西之餘風,勁峭幽微。五律雨夜雪意云"洶湧風如戰,蕭騷雨欲殘。遙峰應有雪,半夜不勝寒。吾道孤燈在,人寰幾枕安。何當眩銀海,清曉倚樓看"。此造後山之室者。兀筆奇致而出,而終是妥帖堅粹。人寰幾枕安一語尤高。七絕舟行青溪道中入歙云"夜寒如覺有猿吟,積翠重蒼萬壑深。下水輕舟弦脫箭,盤山細路線穿針"。造句圓活,穎秀新異。二首可窺其詩功淺深,非僅善評而已。

錢籜石

　　江西詩元初即歇,而復醒於有清之中葉。錢載籜石學問淵懋,人品修潔,詩畫俱高,浙西之精魄,托乎斯人。夢苕庵詩話言"錢籜石詩,清真鏟刻,神景開闊,體大思精,卓然大家。在雍、乾間無敵手"。所言自有溢辭。何如談藝錄五八所言其詩"禿筆淡墨,不側媚弄姿,不偏銳取勝"為得也。觀其佳篇,自亦獨步。五古如興隆店云"淚落店門前,街塵為不起,人生本逆旅,逆旅乃如是。適來詎無因,適去竟何似。徒令相見頻,逭署臥於此。去年客扣戶,今年車過市。市中與戶中,影響渺咫尺。微微藥鎗錮,香氣在窗紙。明明竹房月,秋夜一房水。迢迢歸棹雪,雪寒莫可止。冥冥春花紅,春半墜紅死。浩浩宣南坊,將車欲尋子。惻惻店門前,我猶為客爾。借問道傍人,疇復知所以。可惜文章身,少年付螻蟻"。可謂得陳簡齋之法。僮歸云"僮沈僕于錢,乃祖父以來。父衍忬我祖,遣去辭其儕。卅年數飄轉,擔薪鬻官街。一日我父起,秋風掃庭槐。我旁見僮父,泥首堂南階。自言有此兒,多病奴已衰。諒當委溝壑,乞主憐孤孩。僮留父竟去,去去不復回。明旦忽有耗,溘然隨黃埃"。若古樂府,而平淡寫出,沉痛自表。此具陳後山之遺脈者。五律如白雲觀云"豈為南宗別,重尋大極墟。先生蕢好在,止殺語何如。柏子微風際,梅花細雨餘。十年登閣意,只益鬢毛疏"。此亦何讓二陳。七律堅蒼老健,最能用情。到家作四首有云"久失東牆綠萼梅,西牆雙桂一風摧。兒時我母教兒地,母若知兒望母來。三十四年何限罪,百千萬念不如灰。曝簪破襖猶藏篋,明日焚黃只益哀"。令人甚思梅宛陵。壬戌三月五日先孺人生日痛成云"籠翮思飛孰與哀,哺雛未返母先摧。茫茫縱使重霄徹,杳杳難將萬古回。廚下米薪如手辦,堂前風雨莫花開。讀書兩字從頭誤,直悔男兒墮地來"。尤弗忍睹。清流關云"廣甯門外二千程,齊魯河淮坦迤行。突據岡巒高壘險,全收吳楚大江橫。南唐入宋沿州堞,西日回風度使旌。老我重題秣陵柳,不知猶似昔年情"。此江西本色。頸聯似率而實渾。小店云"小店青簾又夕陽,兒童竿木也逢場。丁丁弦想村風急,灼灼桃開水岸香。富厚易傳蘇季子,是非難管蔡中郎。不成買醉欣然坐,搖鼓冬冬自賣糖"。此善學放翁而有脫落之機趣。城隅云"城隅南去獨西東,畦菜牆桑取徑通。老嫗古祠杯珓火,群兒高阜紙鳶風。晚來芳草欲爭綠,晴殺杏花難久紅。得半好春閑裡過,濁醪能醉與誰同"。真發人千古幽思。談藝錄五二言山谷骨氣嶄岸,詞藻嚴密,與籜石之樸實儒緩大異,錢詩多學東野,亦有似竟陵,好以鄉談里諺入詩,又似放翁慣技,而所心摹手追,實在昌黎之妥帖排奡,且以古文句調入詩也。所評甚是。又言"至其盡洗鉛華,求歸質厚,不囿時習,自闢別蹊,舉世為蕩子詩,輕脣利吻,獨甘作鄉願體,古貌法言。即此一端,亦豪傑之士"。立論亦精矣。

黎二樵

林昌彝海天琴思續錄詠黎二樵云"奇筆天風捲海潮,生平字畫亦孤標。嶺南我定三家集,挑去藥亭配二樵"。藥亭即梁佩蘭。此說予心有戚戚焉。翁山宗盛唐,獨漉兼師,二樵學山谷、宋體,此嶺南三大家,詩格盡備矣。屈如古譜碣石調幽蘭,多幽古之氣,陳如浙派瀟湘水雲,涵味深永,而黎則如張孔山傳譜之流水,以奇肆超勝,誠所謂刻意軋新響者也。昔倪鴻寶有云"聖賢盡性于忠孝,必立命于文章。聖賢不懼不得為忠臣孝子,懼不得為文人"。(見張岱快園道古卷四。)二樵品性高潔,篤情至誠,其刻意為宋詩,由山谷而深入中唐昌黎、長吉、郊、島諸家,亦真所謂必立命于文章,懼不得獨立千古者也。惟然,吾儕方能知黎簡其人,既知其人,則自多存一股天地之元氣。二樵與升父論詩自云"士生古人後,寧有不踐跡。始則傍門戶,終自豎旂戟。禆校轉渠帥,揮叱赴巨敵。一身數生死,百戰資學識。絕境無坦步,高唱有裂笛"。此種百戰絕境之精神,尤見於中唐諸大家,各豎旂戟,不相承襲。山谷以來江西派,如後山、簡齋、子蒼諸賢,亦不襲取山谷。故知江西詩派,猶有合于中唐之遺風在。至黎氏則真至於絕境矣。前人跡履太多,逼二樵起殺伐之音,以百戰裂笛為詩學。而黎與袁、趙、蔣、黃同時,一時氣運,皆欲變新者也。二樵批點李長吉集題記有云"作詩須從難處落手,不嫌酷肖,到此時生出面目來。見今人朝學古人,暮欲立一格,動畏優孟之譏,必至漠落無成,入於野體而已"。(引自今人梁守中氏校輯五百四峰堂詩鈔之前言。)朝學暮欲立,此不能酷肖深入也,動畏優孟之譏,不知從難處入手優孟又何恤焉。野體似具性靈,而不能振動古今,蓋未得文脈相傳節拍音調之密也。故野體往往暫興也濃而弗能久。忽憶予學詩之初,即效沈寐叟體、江西派,是從難處入手,後轉入唐音。今雖未生出面目,詩興亦益寡淡,然偶觀己之詩稿,卻生敬且喜者,為有此一種氣格遒上,貫穿性情故。使當年非從難處下手,焉有今日乎。張爾蘊常言"人而無友,不如有仇。見仇人,亦足祛人眉宇間窳惰氣"。(亦見快園道古卷四。其即岱之七叔張燁芳,字爾蘊。)二樵之以揮叱赴巨敵為詩,即若此有仇者。實則乾隆三大家,皆有此種殺氣,而黎簡尤甚耳。袁枚以假道學為敵,是為獨步,趙翼、蔣士詮、黎簡以因襲為敵,而黃景仁則以命運為敵,故所成愈高卓。後世章實齋以袁枚為敵,所成亦愈深弘。故知仇者彌高,其道彌大。二樵詩之妙處,百態齊奔筆端性情畢現類老杜,峻拔健峭擅寫幽怪之狀類昌黎,窮極其情下語玄奇通鬼語類長吉、造語清麗劇刻奇崛類山谷、情深血淚又類梅宛陵，真可匹翁山、獨漉為嶺南三大家，而為江左之勁敵。以予之私好，其猶勝過袁、趙、蔣。三家多炫博較技之處，而二樵直寫真氣，無此習氣，真有風雅之遺。短歌行云"歲華徂落心百憂，北風吹日西海頭。死人待欲夢相語，我自不睡魂魄阻。魂兮倘自鄉里來，應有淒涼告嬌女。他時緒夢為耶說，斷腸更勝吾夢汝。嗚呼，三十八年年歲殘，今年實欲無心肝"。二樵以性命為詩若此耶。咸、道宋詩之先，已有二樵奇峭清肆，豈僅嶺南之喜乎。今歲浪跡粵西邕州，尚見黎氏書畫。二樵生於南寧，亦自粵西之光。登浮屠淩虛望邕江，曲折如帶，生平所未見。今論二樵之歌詩，其勁折回轉之氣，奚啻此江之血脈有寄焉哉。文廷式、梁啟超俱薄清詩者也，持論有偏，而皆知二樵為真詩。文氏聞塵偶記言清詩未逮元明，不論唐宋，"固由考據家變秀才為學究，亦由沈歸愚以正宗二字，行其陋說，袁子才文以性靈二字，便其曲諛。風雅道衰，百有餘年。其間黃仲則、黎二樵尚近於詩，亦滔滔清淺"。(見錢仲聯選清詩三百首之前言。)梁謂"咸、同後，競宗宋詩，只益生硬，更無餘味。其稍可觀者，反在生長僻壤之黎簡、鄭珍輩，而中原更無聞焉"。(見清代學術概論。亦見前文。)以此激論，彌見二樵詩之偉力矣。

曾湘鄉喜樂之光

近授諸生喜樂瑜伽，以印之古德室利維迪安拉涅斯瓦米之潘查達西節譯本為教材，彌覺安身立命，心性之喜樂為大。其有云"一切眾生生於喜樂，依喜樂為活，傳遞喜樂，終也復融於喜樂"。人之生也喜樂，進而悟梵我之絕待超妙，知梵樂者臻達至上。予自謂生平學問亦皆從喜樂中來，故甚忻忻焉其言也。今讀曾湘鄉詩及其議論，為其雄峻排奡之氣所振，豁悟湘鄉亦具此函天蓋地之喜樂者,其詩自喜樂而出,其學終融于喜樂。湘鄉有云"大抵陽剛者氣勢浩瀚,陰柔者韻味深美。浩瀚者噴薄而出之,深美者吞吐而出之"。(見日記。)陽剛者,喜樂之本,陰柔者,喜樂之心,非浩瀚噴薄,不足以生,非深美韻味,不足以死,生死本固一體,而詩人諳焉。又云"造句約有二端,一曰雄奇,一曰愜適","雄奇者,得之天事,非人力所可強企。愜適者,詩書醞釀,歲月磨煉,皆可日起而有功。愜適未必能兼雄奇之長,雄奇則未有不愜適者。學者之識,當仰窺於瑰瑋俊邁、詼詭恣肆之域,以期日進於高明。若施手之處,則端從平實愜適始"。(見其雜著筆記二十七則。)雄奇為喜樂之本,天爵也,非人力安排可至,愜適者,近乎前所言之韻味深美而又不同。故陽剛者其至也終也涵陰柔愜適之美,而陰柔者終甚難兼陽剛之大美,其理亦明。陽剛生喜樂,其至也為絕待之喜樂,陽陰雄柔一體,泯然平懷矣。(絕待之喜樂,即非二元之喜樂。)曾公具此天縱之喜樂,雄奇恣肆,遂開闢百年風氣,詩壇亦轉宗涪翁,成就江西詩派之中興也。人常謂其乃矯性靈派如袁、趙之弊而起者。予謂非也。蓋一朝必有喜樂之天性,清初人欲暢達之而猶未能,漁洋只可求韻味之深美,清主壓之故。乾隆六十年,袁枚、趙翼各極其雄氣,欲達乎喜樂而猶未至,以子才脫落名教之外,流於縱情欲,而甌北豪健詼諧,未得盡其雄氣於政事,二者之喜樂終未盡焉,天限之耳。至湘鄉則備矣,奉程朱性理,蹈行篤實,可免乎子才之於理未瑩,功業彪炳,盡施才性,亦免乎甌北之心有深憾,天地萬物備焉,乃以一醇樸耿直之湘潭子,崇尚詩文,轉移風氣,發其大樂,遂至清朝喜樂之極焉,後不復有。子才認情為性,其喜樂弗能流自性源,遂少大機大用。有明一朝,陽明亦類之,以陽為明,其義亦昭然。陽明之喜樂,為有明最光明之事也。(惟湘鄉火象,喜樂根於天性為多,遂其性而得,為順取。陽明水象,喜樂乃修證頓悟中所得,為逆取,其難於湘鄉者亦多。故湘鄉之影響,歷清季民國之隆,至今略見式微,而陽明之學,猶多力量。逆取之為貴,愈見其轉移氣質之功矣。)湘鄉以詩自喜,嘗自言"於古詩人中,如淵明、香山、東坡、放翁諸人,亦不多讓",其志亦欲"樹德追孔周,拯時儷葛亮","述作窺韓愈,功名鄴侯擬",下筆有不可遏制之力。詠史五首其五末云"開元變天寶,舉世思姚崇。生民有治亂,悵望風雲空"。為道光十五年作。此似為己事作預言者,由治而亂,乃見英雄本色。其二云"人心有激宕,天意方澒洞",亦真見萬物芻狗之意。曾詩具此澒洞激宕之氣象,以氣作詩,不屑營營乎技曲者。歲暮雜感十首亦作於同一年,雄邁如韓蘇,而粗豪過之,仿佛吾鄉陳同甫之氣貌。"我比春風尤放蕩,長安日日騁龍媒",似見開元時景象。感春六首作于道光二十三年,語意激烈,其三直言何、吳、朱、邵、湯諸友"不知羞,排日肝腎困錘鑿",以事蟲魚篆刻之事。其二有云"东方狗國亦已靖,復道群鼠舞伊涼。征兵七千赴羌隴,威棱肅厲不可擋。國家聲靈薄萬里,豈有大輅阻屏螗。立收烏合成齏粉,早晚紅旗報未央",此真一團雄氣,非此豪雄喜樂,如何重整河山乎。溫甫讀書城南寄示二首其二云"岳麓東環湘水迴,長沙風物信佳哉。妙高峰上攜誰步,愛晚亭邊醉幾回。夏后功名餘片石,漢王鐘鼓撥寒灰。知君此日沉吟地,是我當年眺覽來"。近年予屢過長沙,棲遲盤桓,受其淑氣熏化,則予沉吟之地,即文正公當年眺覽處也。觀曾公之詩筆,韓、蘇、陸、元四家如生,雖精蘊未逮,而神氣已活。此誠不必盡以詩藝相尺繩者也。湘鄉倡黃山谷詩,遂開風氣,非渾渾噩噩一團真氣,亦何能感化時賢,入其肺腑。錢仲聯夢苕庵詩話言其"近體詩獷悍之氣,猶未能免","大多壯觀有餘,凝煉不足",所論亦自平情。然與其視之為獷悍,寧毋曰其為喜樂,實不必盡以詩藝而論之。夢苕庵猶只一文士耳。今以湘鄉詩亦可悟黃涪翁江西詩,亦本具一種天然喜樂之格,為有宋之光,或亦得益於涪翁之禪悟,而蘇陸一派亦然,俱以天然喜樂而超勝,此宋詩之絕有古氣類盛唐之處。蘇黃陸元,豪雄自喜,豁朗洞達，後世之人非惟詩學蒙其啟誘，亦受其喜樂之陶鑄。湘鄉同時，復以程春海之貫通、祁春圃之清雅、鄭子尹之深峭、莫邵亭之幽森、何子貞之奇趣并輔之，近世宋詩遂成一派。斯六人，堪稱同光體之六祖也。鄭子尹詩藝高過湘鄉，足領風騷。然使無湘鄉一種王氣驤騰，亦不足開拓萬古心胸。故鄭類東野，曾若昌黎，東野自昌黎極推之人，予亦以之為中唐詩脈之神魄所在也。

鄭子尹

予觀近人評鄭珍詩，真可解頤。陳柱言"自宋以後，已無人能及"。胡先驌云"鄭子尹卓然大家，為有清一代冠冕。縱觀歷代詩人，除李杜蘇黃外，鮮有能遠駕乎其上者"。錢仲聯言子尹"清詩第一"，"才氣功力不在東坡下"。此皆溢說，不足據，而為後世譚藝者所濫用焉，亦足見人心之浮誇因襲。陳柱語尤可笑。陳氏廣西北流人，粵西鄰於黔地。其吐此語，亦為西南人張幟耳。此情亦可宥。胡先驌之語，予可對之曰，陸放翁、元遺山、劉誠意、高季迪、陳臥子、錢牧齋等皆能駕乎其上，顧亭林、陳獨漉、查初白近體亦勝出子尹。清代冠冕云云，亦不著邊際。錢萼孫謂才氣功力不在東坡下，亦推崇太過。子尹七律五律成就平平，專恃其古體耳，此焉能及東坡。東坡七律有極蒼秀工絕者，自立一格，子尹何能望之。此一也。東坡七古雄駿變化，有自家面目，山谷亦然，又不似東坡，此所以為大家者。巢經巢七古特絕，真為有清之魁傑，西南邊地，興象形跡，新異可觀，然窺其筆法若謝赫所謂骨法用筆者，則似曾相識，並未在蘇黃之外另立一種面目。此二也。故萼孫以子尹擬於東坡，亦不可據為典要。查初白七律造蘇黃之壼奧，自是擅長，七古亦氣骨不凡，合其古近體而衡之，其功力似尚在子尹之上。矧尚有宋芷灣、黎二樵之崛起粵東，以真氣為詩乎。故咸豐二年子尹自刻巢經巢詩鈔,莫邵亭謂子尹"即如為詩,若非所甚留意","不肯以詩人自居","盤盤之氣,熊熊之光,瀏漓頓挫,不主故常,以視近世日程月課、楦釀篇牘、自張風雅者,其貴賤何如也"。僅謂其事事精銳,詩不主故常,遠超俗流耳。其序先標明鄭乃經學家兼講學家,才力瞻裕,溢而為詩。度邵亭之心意,並不以其詩勝於己也。邵亭七古五古,不及子尹,而七律勝之,晚年尤蒼秀。翁同書巢經巢詩鈔序僅謂其能為其師程恩澤侍郎之文,"古近體詩簡穆深淳,時見才氣,亦有風致。其在詩派,於蘇黃為近"。王柏心巢經巢詩鈔序則云"至其為詩,則削凡刷猥,探旨奧賾,瀹靈思於赤水之淵,而拔雋骨於埃壒之表。不規規肖仿古人,自無不與之合"。三人之序,最為平實平情之論。不意後人鼓吹有加,竟謂其不下東坡,幾為元明清三代第一人,真可解頤。削凡刷猥,彼說皆可去矣。列子湯問篇有云"南國之人祝髮而裸,北國之人鞨巾而裘,中國之人冠冕而裳。九土所資,或農或商,或田或漁,如冬裘夏葛,水舟陸車。默而得之,性而成之"。子尹何以能成其藝,在其能默而得之,性而成之也。究其默深於邵亭、湘鄉、子貞同時諸人,所以事事精銳,一如邵亭之所歎。其性在本乎天然者,黔鄉之山水神怪、淑光靈氣有以應之,翁同書序言"讀其母教錄,即又悱惻沉摯,似震川先妣事略、項脊軒記諸篇",此即其天性之所見。惟此方足以成其子尹也。巢經巢詩凡為中國之人冠冕而裳者,皆非上駟。如卷四北上中原,歷新野、葉縣光武廟、新鄭、黃河、河縣、邢臺、京城,皆有詩,懷古憑弔之作,甚具情采氣勢,終不能成名篇,多是近體,難脫前人習氣。在京一旦懷鄉作思親操,為楚辭、古樂府,則所謂流灕頓挫,不主故常者,輒自性情中流出。故知子尹之詩,得之在親人家庭、黔土風物,性天在乎西南之氣,凡為南國祝髮者必多奇響。後世范伯子、陳散原承其衣缽,皆南人而本乎性天者。盤盤之氣,是為散原,熊熊之光,應屬伯子,要非子尹,無以啟二子之雄豪。有清詩家,查初白、趙甌北皆嘗從西南得氣,後桐城派有粵西四大家,黔中則有鄭、莫,神氣彌健。近游粵西,浮北海,攬南珠,眺邕江之九折,吊柳州於幽邃,多遇近世其鄉賢哲之摩崖故跡,而頓悟文脈之旺,多在其山水發露之時。黃山奇絕發露之際,即新安畫派大成之時,徐霞客發露之,錢牧齋登陟之,而徽州人物勃興焉。在粵西則為桂林。桂林山水發露之際,即粵西文脈興盛之時。故陳柱譽鄭珍為宋後一人,惟氣旺方可致此夢語也。而後發露黔鄉山水者,即是鄭、莫二人。識此玄旨,乃可以論巢經巢詩鈔。卷七臘月朔鄰翁招飲長詩,次東坡江山值雪韻,有云"此誠真飲復真醉,性命之樂淪膚肌"。真飲真醉,乃子尹性而成之之處。子尹講性理之學,所謂性命之樂,自見子尹為學深粹處。具此天真先天之性,兼理學後天之養,鄭子尹方得天地造化之鍾情焉。子尹自詡經學第一,然彼之經學著作,早已鮮有觀之者。子尹詩專擅五古、七古、樂府具長短者,有清自第一流,七古真造蘇黃之奧域,尤與東坡具血脈之貫通。尤絕者如卷九游南洞即是。疏中藏密,快中寓緩,清奇而溫雅,真可澡雪精神,北宋之絕技在斯矣。鄭莫,清季之蘇黃也。後集卷二旌德呂茗香明經年六十餘詩,其首云"我吟率性真,不自謂能詩。赤手騎祖馬,縱行去鞍韉",彌見其性情。予以子尹之詩,而愈知東坡古體之妙。故子尹為子瞻之功臣,可為篤論。雖然,子尹終未出蘇黃之籠罩,故只堪為同光之祖師,不能獨立元明清三代也。

莫邵亭

大凡開闢一詩派之祖師,多具喜樂之精神。同光體曾公之外,即黔人之鄭、莫,及亦為湘人之子貞,皆產于南國及邊陲,特有質野之資性者。惟質之為貴,即能返諸原本。禮記曰"樂也者,情之不可變者也。禮也者,理之不可易者也","禮樂之說,管乎人情矣"。此即是原本。莫友芝邵亭遺集卷二鄭子尹巢經巢詩鈔序有云"聖門以詩教,而後儒者多不言,遂起嚴羽別材別趣、非關書理之論,由之而弊竟出於浮薄不根,而流僻邪散之音作,而詩道荒矣。夫儒者力有不暇,性有不近,則有矣。古今所稱聖於詩、大家於詩,有不儒行絕特、破萬卷、理萬物而能者邪"。此即返諸原本者。儒行絕特、理萬物而能,以湘鄉最稱焉,鄭、莫雖弗及,亦素志所在,操行無愧儒者。何子貞論詩持說亦多正大之音。諸賢所同,即在此返諸本原也。夫樂,樂其所自生,而禮,反其所自始。其喜樂源乎湘黔之山村,生於禮教之血脈。論詩者焉能不諳此義耶。影山草堂學吟稿四卷,為邵亭早年未刻詩。卷首張節婦行,即見古氣,承漢樂府之遺脈,間雜鐵崖之幽泠,似歌似敘,似詞似曲,詩體打散,情能動物。以詩而論,膽已大而心猶未小。大凡學吟稿中佳作,皆顯其才性之奔逸,思致之富健,而語未老硬,即孫思邈所謂心小者猶未至耳。心欲小,極為不易。老杜詩律入細,是為小也。車上次韻答子尹見寄,甚見其蕭森生創之態。黔人而不生創,如黔何。七律多學涪翁,尚未老健。邵亭詩鈔為生前刊本。縋深造幽,詩心較前細矣,造語愈老硬,而猶見用心苦吟之跡。子尹邵亭詩鈔題識洞若觀火,其云莫氏"筆墨力求名貴,故落紙更無憛愂率易語,而短處即因此時時見之。其言情狀事處,深入曲到,特是擅長","其取旨也務遠,其建詞也務新,句揉字煉,使其光黝然,其聲謦然,絕無粗厲猛起氣象。是其所取徑造境,非直近代詩人所無,亦非魯直、無己所能籠絡。惟用思太深,避常過甚,筆墨之痕,時有未化"。真可謂忠恕之道。識力精闓,刻抉入裏。歷來評詩能入此細微者,亦甚鮮矣。此得益乎子尹學人之神智者也歟。夫在高明之士,學人之詩,可無礙於本色,又復密斷精審,為其擅長,於此可窺焉。鄭、莫之相友而奉直道若此,宜其弗遜古人。楞嚴有言十方如來皆以直心、心言直故,如是乃至終始地位,中間永無諸委曲相。詩道其理亦相近哉。集中閏八月九日偕諸同好過三桂莊登高云"竹箯銜尾續伊鴉,相和秋聲入翠霞。削壁半天惟石色,疏林幾曲自人家。聞樨爛漫吾何隱,吹帽岹嶢日未斜。不是閏餘剛九日,登臨那得待黃花"。直入北宋之閬奧,瘦硬多姿,內透士氣之清洌,莫怪乎鄭珍言其七律出入黃、陸,為最勝者。然莫氏之生創,終在七古。邵亭遺詩為後世刊本,詩境自老到。出都匃城西門將登龍山尋鶴樓道院雨阻不果一詩矯硬清透,深入涪翁,可謂不緊不鬆,雅健從容,此甚難。如此類甚夥。觀其五、七律愈渾成,近唐宋大家氣息,時寓蒼勁於平緩中,昔年子尹所謂用思太深,痕迹時露之短處,至此差泯然矣。故知邵亭生平乃極好學之士,亦具人鑑若巢經巢者,自知者明,勇猛精進而不自棄如此。詩如此,其人可知矣。蘆酒七律三首,雍然可歌,見西南夷人淳風有自,其末乃附一考據長文,綿密有致,觀者解頤。詩情考據兩無礙,最為人文之美。其三中二聯云"東西隔坐頻相揖,三五分曹引遍嘗。醉後冠纓從仰俛,扶歸禮數尚周詳"。今少數民族猶存此古風,而漢人無存。邵亭生長於黔,實受此古氣之蒙養涵滋,其詩之能老成平澹,亦三才之地氣為其助緣。紅崖古刻歌,亦兼詩文,真足步武昌黎,翁覃溪同類之作,較之則一團呆氣。邵亭歷亂從軍,又得曾湘鄉軍興文武之氣,筆調愈為開闊。吳桐雲郎中去年夏鄂城索題匹馬出關圖一詩云"天入營平大海環,清時無外不須關。自從王氣開元菟,常有卿雲護白山。北狩忽驚弓劍在,中興仍屬斧斨還。去年讀畫愁何極,今日償逋共解顏"。具盛唐氣。故知同光體開山曾、鄭、莫諸家,氣調高張,確有王氣,非此不足以成一大宗派,實關係社稷之事。今人研詩僅觀其藝之高下,而不體此王氣之升降,實亦本末顛置,不得本原。此集七律高者甚富,彌見此老晚歲所造之粹。實則王氣人人皆具,歌詩書道,即欲激揚此王氣以自養而養人也,修證之道,即欲發明此性地之王氣以超塵而化衆也。予書無意而然亦好以道術談藝,即本乎此歟。近浪跡湘西、粵西之地,為其地氣俗風所振,今既遇鄭、莫,可以醉吟入黔鄉矣。

何子貞

丁國鈞荷香館瑣言有云"蝯叟書名滿海內,性喜輕詆。莫子偲自負能書,何謂之曰,自倉頡以來,未有尊書一派。莫為氣索"。莫即邵亭也。吳雲致戴禮庭司馬丙榮書有云"子偲論書,極以蝯老為野狐禪。平心言之,蝯老學博而見廣,在今日應推獨步。惟年望俱高,不免有英雄欺人之處,此訾議所由起也"。(二文俱見道咸宋詩派詩人研究所收張劍氏之文。)何子貞晚年自創行草,即清稗類鈔所謂"於恣肆中見逸氣,往往一行之中,忽而似壯士鬥力,筋骨湧現,忽而如銜環勒馬,意態超然"者,予不甚喜之,邵亭謂之野狐禪,真不為過。何之隸楷深厚,予昔所服悅,其晚年逸格,則天外飛仙,恣其心氣,不免時露習氣。野狐禪,亦必高人方能造焉,蓋高人自負極高,魔乃得入,常人庸平,魔緣未成耳。至此予豁然有省疇昔所以不甚喜東洲草堂詩集者。蓋以子貞學東坡山谷,心氣太高,有以致之。蘇黃心氣固高,而多渾樸氣,同時已有洛學詆之。子貞詩亦有樸氣,然少山谷禪宗之靈根,終覺其詩色相過厚肥,故不如鄭之清峭入骨,亦弗若莫之老而渾成。昔未喜其集,感其二千首詩浮泛為多,氣調疏放,未獲宋音之真髓故。今平情而觀之,其詩功深厚雅健,自是不俗,一團樸氣,亦合予喜樂之論,學涪翁亦多佳處,不愧與曾、鄭、莫軒輊並肩。覽其詩卷有光明氣象,本乎子貞素稟之剛正氣,亦子貞涵養富貴氣有以致之。此自異于鄭、莫,予觀之殊悅然者。昔日之見,尚非圓通。予於詩固賞清奇之音,氣體資性,不可不辨,此子貞有所短。學固有本原,貴氣自是本源其樸厚處,此子貞有所長也。子貞有此光明富貴之象,予焉能不喜之耶。雖然,其晚年心意,不可不辨。子貞晚歲論詩愈重性情,說自家話,甚類袁子才之唇吻。此自是蝯叟名滿天下,詩書俱成,有以致其恣肆焉。而其所謂性情之道,未必合第一義。觀其施諸行草,即露野狐禪相。好之者謂之逸格生創,惡之者謂之脆薄不正,各著一邊,俱非中道。功過自有後人評說。予自不以其為清代書法之極詣。子貞自是正人無可疑。然呂東萊有言"大凡人多為世態習俗所驅,有為善所驅者,有為惡所驅者。不為惡所驅,猶可用力。至於不為善所驅,方始見胸中有所立"。(見麗澤論說。可參拙著宋儒忘筌編下編第三十一條。)使正人而猶為善所驅者,則其胸中浩然見地,亦未必確乎無可疑也。以此窺子貞晚年書,一念有隔,尚未洞達此不為善所驅之心法也歟。其晚年詩雅健可喜如昔時,似未如其書刻意求逸宕。筆調恣肆,而不脫貴氣,覽之亦足得頤養。昔不好東洲草堂詩,今復披覽,而甚悅其福澤之深厚,文筆之雅健。惟予甘作蝯叟之諍友耳。

袁爽秋

馮煦榆園雜興詩序論漸西村人袁昶有云"重黎於學無所不窺,左右採獲,以昌其詩,搴芳樹軌,益閎以肆","蓋重黎蚤與勝流,夙耽淨業,發子雲壯夫不為之歎,鄙李、何牛耳囂然之習,洎官輦下,望實並茂,益得雕鏤元化,揮斥四裔,故出其餘事以為詩,鎔裁經傳,掔貫物理"。(見近代詩鈔。)吾浙詩人之傳,往往異於他地。一言以蔽之,即詩文之外,尚有大事因緣。王龍溪語錄言陽明事有云"弘、正間,京師倡為詞章之學,李、何擅其宗,先師更加倡和。既而棄去,社中人相與惜之。先師笑曰,使學如韓柳,不過文人,詞如李杜,不過為詩人,果有志於心性之學,以顏閔為期,非第一等德業乎。就論立言,亦須一一從圓明竅中流出,蓋天蓋地,始是大丈夫所為。傍人門戶,比量揣擬,皆小技也"。此即馮煦所言"鄙李何牛耳嚻然之習"者,陽明竟得圓成其志趣,成顏閔一流人物。爽秋早歲亦喜詞章,師事李越縵,常與樊山鬥詩競才。後愈知壯夫不為,深入釋教之學之證,胸次弘朗,不拘門戶之見。(故錢萼孫近代詩鈔亦贊爽秋能識黃公度之大美,而非拘拘于宋詩而已。)袁子雖未能如陽明圓成其道,亦自出軌轍,後命殉國難,垂芳千祀。知己有沈寐叟,續其馨芳遺烈,終成一代大儒,融通釋儒百流,學行俱超。究其淵流,有自袁爽秋而來者。漸西村人好用道藏佛典入詩,乙庵當日自亦受其薰染。其風既滋,逮至馬湛翁,幾變本而加厲矣。予私淑蠋戲翁,然此習終不敢承襲之也。袁子至人云"世緣常有焚和厄,道術便於斷際歸。莫誤千金舉作散,勿為五技鼠張機。何需辟穀追黃石,不待穿雲入翠微。但守至人真訣在,非真非俗兩無譏"。湛翁七律多理趣類此,知其必熟讀漸西村人、安般簃詩二集。最佳者為九月十二日又至皖口。"樅陽江畔清可憐,何處射蛟臺屹然。浮空楚岫不斷碧,映水美楓無數鮮。腐儒誰請尚方劍,學佛猶賒離欲天。風塵球球插手版,夜望北斗闌干懸"。然冷僻故實入詩,終覺多事。以為學道詩類偈頌者,作之自可。若詩學,自不必宣導此種風氣。實則真為釋道心性脈之詩者,當求於平白中見至理也。沈子培敘袁集有云"觀其比物連類,餐潔茹芳,騷人蟬蛻之心也。迴視收思,樂不忘本,小雅明發之懿也"。迴視收思,即爽秋道人本色,樂不忘本,則必無心與李、何輩角勝負於藝苑矣。雖未能成大境界如古人,庚子殉難而為忠臣烈士,亦足見其所養浩然之氣真實不虛。此所謂不成亦成也。袁氏之詩,非盡理趣而已。其所以令時賢折服者,亦在其能牢貫物理,且深得蕭寥獨往之趣,有類金農一流。前者如火輪船行、大沽口南北岸炮臺行、地震詩,極見奇氣傑思。後者如春風一絕云"春風十里未尋芳,乞得閒曹作病坊。

時有鵲銜花一片,空庭飛墮野梅香"。此真可與浙派厲、丁、金諸老把臂。九月初至皖口僦一破屋而居云"堞枕長江岫倚闌,人家高下簇螺鬟。銷沈吾已忘身世,恭役誰相訂往還。破屋聊同玉川子,叢談試糾鐵圍山。夜分萬籟聲俱寂,禿筆拈來一破顏"。亦自清蒼可喜。此等詩漸入簡澹,乃不負浙派幽峭清冽之傳。同光體閩派人物最盛,贛則有散原、昀谷等,浙則袁、沈及金蓉鏡,馬湛翁實其殿軍,自出一路。爽秋乃浙人造其端者。夫學人之詩,本與詩人之詩無相礙,在鄭珍、袁昶即是也。

沈寐叟

吾浙近世有沈寐叟、章太炎、馬湛翁三先生,皆予夢中之姬旦,疇昔常見之者。三先生有同有異。所同即皆融鑄萬類,歸於中正,神契釋迦之圓教,學證心性之幽玄,而終以儒家為宗向。所異則時運、身世有不同,其立說行止迥乎不侔,各具龍性,超舉難羈勒。三先生性皆剛烈,沈尤可驗諸張勳復辟,章則幾為袁世凱所滅。馬非遺民,亦非革命黨,而本性亦剛,優遊林泉,教證并行,境界日深,乃轉移氣質,入於中和高明之境,故尤足可為學人行人之矜式。夏蓮居居士亦謂馬為大禪家也。三先生外,又有沈湖之王靜安,一代學人之矜式,性具幽古之氣,而吾浙近世學術之盛,誠可冠絕一國矣。寐叟為四先生之首,影響王、馬亦深,其開闢之功,又非他人能及。散原哭沈乙庵翁云"卧痾傳句寵稱觥,歸序仍能腹藁成。十日死生逢絕筆,萬流依倚失長城。亂離殘客元同命,博大真人不可名。留詠荊軻一樓影,哀迎終古海濤聲"。最能見寐叟其人,亦能詠荊軻者,蓋非散原莫能道也。沈之淹博弘大,時賢無異辭,而至情至性,以出世心而入世,的是真人。學術幽微處,可從錢萼孫所輯海日樓札叢而覓之。(四以長城喻沈,以今世語擬之,即文化之長城也,一同於散原子寅恪之弔王静安,亦以之為中國文化之化身。五言遺民生涯。六句博大真人四字,足為寐叟一代碩學兼達性理之寫照。七八則見沈性剛烈,而平素和雅,亦如陶靖節山林之士,乃詠荆軻,此常人所難測處。故曰此非散原莫道也。)惟散原作海日樓詩集跋,嘗言"其詩沈博奧邃,陸離斑駁,如列古鼎彝法物,對之氣斂而神肅","蓋碩師魁儒之餘緒,一弄狡獪耳。疑不必以派別正變之說求之也"。錢萼孫作沈曾植集校注,甚不以其說為然,彼謂沈於詩自具主張,即三關及融經入詩之說,沈作詩自有取法,非可等於碩師之一弄狡獪也。實則二人所論,俱得之,亦俱失之。寐叟面貌古澀,太多陸離,散原言其或非詩脈之正宗,非誤也。散原作詩亦求奇險,而詩意甚明,性情豁呈,興觀群怨,得正變之道。彼自以沈詩為太奧澀,非正風大雅餘緒。此其得者。萼孫駁之,謂其不識寐叟之詩心,所駁非謬,此萼孫之所得,散原之所失者。沈詩又兼能取玉溪生之幽雅,文字自是堅蒼,斂情約性,而性情自有過人處,豈碩師魁儒一弄狡獪而已。而萼孫所失之處,即不思寐叟三關、以經入詩之說,終不免學人本色為多。沈詩絕有佳處,但未必能深踐其三關之說,其說大抵懸空。加之沈詩梵書泛濫,僻典密陳,何人閱之能喜之乎。此子培癖嗜所在,任其恣性,奈何萼孫不曉事,刻苦為學而遍注之。予謂此種僻典之癖,容沈老自放而已,必細為箋注,反為不韻。矧所注未必合其出處本事乎。此予之清談耳。要非萼孫作海日樓之功臣,吾儕何能深入理窟而探其驪珠耶。此予之所失者。(散原言沈詩蓋碩師魁儒之餘緒,一弄狡獪耳,疑不必以派別正變之說求之。為率真之言,亦微諷其詩法之陸離詭奇,非正音所在。寐叟天人姿,不必以世上派別正變之說求之。然散原有此言,亦足以為諫友。寐叟詩,確有擺弄魁儒緒者。此亦習氣,不必諱言。沈寐叟、章太炎、馬湛翁三先生文字實皆有其習氣在。吾儕以平常心觀之可也。)寐叟詩予甚喜其五古,清峻有骨,奇氣幽溢,精銳之力,有類孟郊,文辭古奧,則近六朝。曉禽云"朝氣動眾禽,簷端語喈喈。我心感明發,起坐與之偕。萬籟戰清秋,意車軑埏垓。籲嗟敝老人,鱉躄行何階。徙倚就南榮,陳編強差排。古人終已矣,來世誠難裁。喉舌詎有殊,欣憎邈相乖。近前姑婉孌,視遠皆奇侅。故紙諒難綜,故言復何諧。冥冥獨歸臥,颯颯嚴霜來"。日入云"日入燭代明,軒窗映琉璃。交光羅幻影,鏡鏡無成虧。背舍有闇虛,眾芳斂暝姿。微風定香過,未見心先知。視聽各有程,晦明亦有宜。喟然念蘧生,過關停車時。負杖立廣階,西南望參旗。出門視路人,各有幽求思。摸象盲女愁,煎膏智者悲。清鐘鏗寺遠,悟了終何之"。止盦相國觴同社諸公於敝齋相國與庸盦尚書詩先成曾植繼作云"春風駘蕩來,朝氣在巾屨。川上逝不留,吾生渺焉住。平生五嶽願,跛者不忘步。屏跡土室中,萬象入傴僂。身是古莽民,甘寢世無曙。群公排闥入,有酒忽成酺。有俎雞鶩兼,有籩肴核旅。衣冠今四皓,朋輩昔三署。或拍洪崖肩,恣浮魏王瓠。青冥馳野馬,迅蟄不容馭。竹素儻相招,焉能閡情語。錄公喟遐想,題目此欣遇。字說一掀髯,析言勞介甫"。此即見寐叟為詩欲通元嘉、元和、元祐三關之處也。

寐叟欲通三關

偶覽梵網經言十發趣心十長養心為入智門之基,甚縝密。詩教之大,此縝密之法,亦可施諸詩教耶。馬湛翁復性書院講錄詩教緒論曾有此意。然南人尚簡,得其精華。尚簡一路,承禪老鍛煉在先,後有語錄、詩話之學。詩法一如禪訣料簡,折服人心。近世沈寐叟論詩有三關之說,言簡而意賅,洞見奧機,可為後人學詩不刊之訣。(石遺室詩話卷一亦有三元之說,有開元,而無元嘉,不如沈說為妙。)寐叟致金香嚴書云"吾嘗謂詩有元祐、元和、元嘉三關。公於前二關均已通過,但著意通第三關,自有解脫月在。元嘉關如何通法,但將右軍蘭亭詩與康樂山水詩打併一氣讀。劉彥和言莊老告退而山水方滋,意存軒輊,此二語便墮齊梁詞人身。須知以來書意筆色三語判之,山水即是色,莊老即是意,色即是境,意即是智,色即是事,意即事理,筆則空假中三諦之中,亦即徧計、依他、圓成三性之圓成實也。康樂總山水莊老之大成,支道林開其先。此秘密生平未嘗爲人道,為公激發,不覺忍俊不禁,勿為外人道,又添多少公案也"。(果然又添公案。錢氏談藝錄六九嘗評寐叟題跋與類此函文字者,言支道林存詩篇篇言理,呆鈍填砌,子培好佛學,故論詩蠻做杜撰,推出一釋子,強冠之康樂之上,直英雄欺人耳。默存語殊偪直,讀之忍俊不禁。寐叟所謂支道林開其先,言其已先有此種風神意念在,先顯於文字,施影響於士流,而待康樂經訓菑畬,總山水莊老之大成。所作存世甚寡,存者亦未完善,然其濫觴之功自不可忽。此非執著文字者所能道也。支道林之詩,在意不在字句。子培贊之,能見其啟大樞機,類以今人所謂精神領袖目之是也。余氏嘉錫四庫提要辨證卷三辨唐修晉書不立許玄度傳有云"玄度本愛山居,康樂由斯作賦,寫景之辭漸多,談玄之言遂寡。非有意於變體,實因情以生文。徵君之詩,流傳雖少,然觀文通之所擬,既開石室之櫩,復採白雲之藥。想其原作,必意在山水仙佛之間,是亦將變之先聲也。徒以集不顯於唐代,詩不入於選樓。談藝者竟忘其名,操觚者莫辨其體,遂致正變之間,無從明其遞嬗,而其人之出處,亦匪學者所能知"。此與寐叟之言支道林,甚相類也。彼尚泥於形跡,不如辨於無形。錢氏又謂以山水通為理道,自亦孔門心法,子培必欲求之老莊,至不言讀論語,而言讀皇侃疏,豈得為探本窮源乎。竊謂寐叟鴻儒,學窮天人,豈不識此。矧所謂以山水理道為孔門心法者,本宋儒潛受釋老義理所刱之說,非孔孟周漢儒者本已如是,此种意念,宋元方盛行之也。子培之求之老莊,自合天轍,本無病患,錢氏探本窮源之詰,似有顛倒之嫌。且孔子之樂山水,本亦有承於古之黃老耶。)又云"在今日學人,當尋杜韓樹骨之本,當盡心於康樂光祿二家。康樂善用易,光祿長於書,經訓菑畬,才大者儘容耨穫。韓子因文見道,詩獨不可為見道因乎"。所論圓融深邃,不刊之論也。寐叟以意筆色判詩教圓成,深契道妙。方以智隨寓說嘗言"子能以律曆醫脈反而觀之天地未分前乎,能以此觀之一毫端乎。不則未爲會通也。退藏於密,必有落處。能過此關即平泯矣"。學術藝文,高人旨趣相近如此。三關之說,蠲叟云"寐叟意以元嘉攝顏謝,元和攝韓柳,元祐攝蘇黃,鄙意蘇多率易,不如易以荆公配山谷。透得顏謝則建安以來作略俱有之,則予無間然矣"。(元和一關,深有奧機。錢氏談藝錄四二有云"葉星期己畦文集卷八百家唐詩序謂,貞元、元和時,韓柳劉錢元白鑿險出奇,爲古今詩運關鍵。後人稱詩,胸無成識,謂爲中唐,不知此中也者,乃古今百代之中,而非有唐之所獨,後此千百年,無不從是以爲斷云云。是以中唐之中,爲如日中天之中,凌駕盛唐而上。豈歸愚師法所在乎。不曰開元,而曰貞元、元和之際,又隱開同光詩派三元并推之說矣"。葉星期論詩真開闢手段,此說極可啟人神智。默存時爲峭刻之論,終不失爲有識力人,迥拔常流也。)同光年間詩人,陳鄭最擅元祐體,易樊有元和手段,王鄧麤有元嘉意態,而皆未能兼之。天挺如沈子培者,欲通三關之氣象。故錢蕚孫海日樓詩校注自序云"其隱文譎喻,遠嘆長吟,嗣宗景純之志也,奧義奇辭,洞精駭矚,馬歌鷺鐃之餘也。剝落皮毛,見杜陵之真實,飛越純想,契正始之仙心"。以上見沈公之詩學。又云錢籜園、鄭夜起"一徒挹拍黃陳,草提祖印,一但劇鉥王柳,取徑劍峰,孰若公括囊八代,安立三關,具如來之相好,爲廣大之教主乎"。所言亦弘深。然通三關,何其難哉。寐叟亦自云"鄙詩早涉義山、介甫、山谷以及韓門,終不免流連感悵,其感人在此,障過亦在此。楞嚴言純想即飛,純情即墮。鄙人想雖不乏,情故難忘。橘農嘗箴我纏綿往事,誠藥石言"。橘農即李傳元訒齋。其意墮於情障,而爲心累,是有通三關之神志,而未愜乎己身之性體也。此自箴之言,又非薄學競躁者所能想見。愚嘗與人言詩云,散原駿厲,亦失於意氣,海藏精爽,亦失於心術。夢苕盦詩話亦有云"散原之詩巉險,其失也瑣碎。海藏之詩精潔,其失也窘束。學者尚其所短以相誇尚,此詩道之所以日下。惟乙庵先生詩,博大沈鬱,八代唐宋,熔入一爐,爲繼其鄉錢籜石以後一大家,可以藥近人淺薄之病"。夢苕以詩論詩,鄙意則以氣論詩,所說相近而實有異焉。以詩而論,散原海藏,自有乙庵詩所不可及者,夢苕直以瑣碎窘束論之,未免有峻切之憾。二人所造之詣,實略高於乙庵。夫淺薄之病,今世愈亟,夢苕峻切之論,抑為今世膏肓之藥石耶。鄙意散原之流,乃爲勢所激,非刻意為駿厲。海藏之流,則心術成疾,不可不辨其要害。惟乙庵德學弘裕,識力精猛,其所自得之髓,足以媲美古德,又非陳鄭所能逮也。

范肯堂

范伯子肯堂才天縱,人謂其"能合東坡之雄放與山谷之遒健為一手","時賢學山谷,但得其清瘦之致。肯堂獨得其莽蒼之態",此非溢美也。(俱錢夢苕語。)然東坡之雄放,有東坡之學禪、學道、養生、書畫、綺情、澹泊、任性自養之,山谷之遒健,有山谷之禪悟、草書、豔詞、誓戒,悠然鬆快而自養之,而肯堂皆無有也。(日僧一休亦作東坡像云"竺土釋迦文殊師,即今蘇軾更看誰。黃龍禪味舌頭上,萬象森羅文與詩"。)故其硬語盤空,壁立千仞,震盪開闔,變化無方,兀傲健舉,沉鬱悲涼,足以為一代之雄,混芒元氣,吐納其間,然求其神理淵永之處,終不及古人。蓋以一直氣貫通天地,若易傳所言易知、簡能者,肯堂造此入道之訣甚深,而欲得夫圓而神、方以知、退藏於密之境,尚未能也。近世亦有識此者。夫須詩話論其詩"以較海藏,則猶不逮。無他,一則極其才思而才思極,一則不極其才思而才思自無不極也"。近得新輯民權素詩話廿一種,夫須詩話為慈溪馮开君木所撰。所言范極其才思云者,亦等乎予所謂無所養者也。海藏雖時亦昂張如海飛,而亦能藏身,斂芒自晦,故能不極其才,所以為長。陳冰如鞠儼盦詩話謂范一以古文之筆作詩,"平生最鄙隨園,作風迥異",以風骨自高,然范伯子之難得夫隨園之自養,亦可知。伯子文宗桐城,其於袁子才其人,恐亦尚未深知焉即鄙薄之者。徐仁鈺一士類稿載李慈銘與言謇博手劄論范有云"當世素不知其人,觀其詩,甚有才氣,然細按之,多未了語,此質美未學之病也"。一士謂其"亦不甚許可,特視論閩運者差勝耳"。越縵翁為前輩,才學俱優,素以老辣稱,時出法眼,人皆知之。其言肯堂"多未了語"四字,彌見此翁功力。范詩元陽鼓蕩,奇僻自矜,於詩似已至極詣,終覺有歉焉,何也。即此翁所言之多未了語者。以了而論,散原終高過肯堂。天才則有略遜。林庚白麗白樓詩話有云"當世則外似博大,而猶內局於繩尺,不能自開戶牖,以視珍、湜詩,能用古人而不為古人所用,抑又次焉"。此內猶局於繩尺一句,正可以作越縵多未了語之注腳也。蓋肯堂為桐城學派,從張廉卿吳摯甫遊,乘運而興,亦復以之而內局焉。其詩乃曾湘鄉詩之變本加厲者,青出於藍。然曾涵養自厚,為學通透善悟,而肯堂又無有之。庚白亦毒辣人。所謂生平最鄙隨園,實即內猶局於繩尺之徵相也。予早歲學孔孟性理,亦甚薄袁子才,後道力漸進,融混三教,深入釋教所謂平等性智者,乃細讀其書,彌知袁氏自具神智遠思,非可以道學遽絕其人。此予所經歷者,所謂胸中繩尺,每歷一境,自然消融一層。疇昔自不丹、尼泊爾歸,竟破予於華夏文教之執著心,不復優劣華夷,鄙薄外學。此即予所實證之處,心得之言,而惜乎肯堂未有此等事。蘇黃當年有此等事,故相忘於江湖。伯子崛起東南,英氣遽發,成名既早,而變化亦少。五十一歲病歿,天亦限之。今人不及古人者,在古人能變化,能善悟,其所以變化善悟者,自因人而異,而今人往往內局於繩尺,即釋家所謂所知障者,使壽亦促之,則愈無容其逍遙而自超矣。(鞠儼盦詩話又云伯子"全集中獨流利近人者,江心一蝶背人飛七字最佳。此句之神妙,尤集一背字。伯子之文力,近追上古,而不屑稍近世俗,任其坎坷。其志趣抑在此一字乎"。所言意味深婉。兀傲磊砢之肯堂,若高山騰霄,不屑世俗,儼然成一背勢。然高潔如屈,尚有九歌之幽嫻,招魂之芳豔,唐人如太白昌黎,能背勢亦能樂俗。蘇黃亦和光同塵。在伯子終覺單薄矣。)

陳散原類韓昌黎

夫散原老人,同光體杜韓之儔也。以宋人一祖三宗之說擬之,則此派之一祖即鄭子尹,三宗則散原為首,可擬黃涪翁,而海藏、寐叟次之。若無同光以來陳、鄭、沈一輩聳摩雲霄,則道咸間子尹、湘鄉一輩人,僅為有清宋體詩浙派之後勁耳。故鄭珍之為一祖,政賴散原一代人而成之。予又觀散原若昌黎,伯子類東野,海藏若柳州,樊、易類元、白,黃公度若劉賓客,釋敬安類賈島,一時學江西棘杸生澀、拗牙轕舌,若樊宗師、盧仝者,亦甚夥。詭激奇異若李賀一流,亦多其人,如詩界革命康、梁一派即似之。故同光以來詩,甚類中唐奇奧雄峻、十字打開氣象。而此氣象中若問何人可當韓退之,則捨陳三立而孰邪。散原之激賞范伯子,一如昌黎之心折東野。(伯子不遇,抑鬱牢愁,石遺作詩話嘗謂其"詩境幾於荊天棘地,不啻東野之詩囚也"。予論詩甚推東野,以其本軒輊昌黎不相下。)散原之交篤釋敬安,一如退之之與釋無本即賈長江。惟賈還俗耳。散原取徑操行之異乎海藏,亦如韓之於柳。惟柳之黨王叔文在壯歲,鄭之附倭寇在暮年耳。而王叔文不失為正士。故知散原關繫晚清民國之詩局甚深,頗類乎中唐之有韓,其巧偶也如是。甌北詩話言"至昌黎時,李杜已在前,縱極力變化,終不能再闢一徑。惟少陵奇險處,尚有可推擴,故一眼覷定,欲從此闢山開道,自成一家。此昌黎注意所在也"。散原亦如是。前有鄭、莫、曾、何,又有龔、魏奇譎一流,學人才人,已極深廣,難闢新境,惟奇險可推擴焉。其詩奇險之處,最開生面。五古七古之外，七律尤得此勝，此則昌黎對之亦有遜色。蓋昌黎近體非所優長故。奇險之作，在其古體耳。滬上遇八指頭陀賦詩見詒於燈下和之云"天童長老雪髯髭，來看侏儒萬騎馳。偶向人叢憑馳坐，恍吞大象戲螺螄。安危到汝今能覺，燈火搖歌自寫悲。行卷訝飛苔石氣，貪收郊島入新詩"。固非其極詣之作，亦足見奇險入其近體之狀。散原五古奇險之勝尤衆，此無待言。甌北詩話又謂"然奇險處亦自有得失。蓋少陵才思所到，偶然得之，而昌黎則專以此求勝，故時見斧鑿痕跡。有心與無心異也。其實昌黎自有本色，仍在文從字順中，自然雄厚博大，不可捉摸，不專以奇險見長。恐昌黎亦不自知，後人平心讀之自見。若徒以奇險求昌黎，轉失之矣"。散原詩亦可作如是觀。鄭珍黔人，古體破空而出，寫其鄉山水之奇構，乃多無心而得之，所謂才思所到，偶然得之者。而散原則多刻意而謀篇之，錘煉之，故斧痕最易見。彼亦不恤焉。然散原之妙，仍在文從字順中，不可捉摸四字尤佳。最膾炙者，即肯堂為我錄其甲午客天津中秋玩月之作一詩。"吾生恨晚生千歲，不與蘇黃數子游。得有斯人力復古，公然高詠氣橫秋。深杯猶惜長談地，大月難窺澈骨憂。曠望心期對江水，為君灑涕憶黃樓"。渾然絕類七古，而實為律詩。文從字順，真不可捉摸矣。(甌北有大鑒才，古人所謂才學識俱備之士是也。)細讀散原精舍詩，方乃可深味斯言之有味。快覽者則見滿紙奇譎，若專以此攫人心肺者，不知其文從字順處，愈有真意。甌北詩話言"昌黎本好為奇崛矞皇，而東野盤空硬語，妥帖排奡，趣尚略同，才力又相等，一旦相遇，不覺膠之投漆，相得無間，宜其傾倒之至也"。此又最可以喻陳、范之交。伯子詩誠然硬語盤空，妥帖排奡者。妥帖排奡四字以狀其歌詩尤妙。故知散原類韓，甌北之論，若為百年後此英物而預設。惜與甌北同時者為袁、蔣，固是英豪，然不足以擬於孟韓蘇黃之儔。抑甌北心中亦甚具寂寥耶。

散原奇格出莊生

讀散原詩一股英氣,不可羈勒,別開生面,為大家本色。究其生創處,前代所無。予深味十年,今方悟其自南華真經悟出也。劉鳳苞南華雪心編為有清莊學第一等著作。雜篇則陽小引有云"則陽一篇,乃雜篇內鞭辟入裏、剝膚存液之文。逐節深心體會,可以窺見性命之精,而結構之靈通,詞意之雋快,映發無窮,如遊武夷勝境,千巖萬壑,使人心曠神怡。縋幽鑿險者,安能有此遙情勝概,超然塵外之姿"。恍然即予讀散原七古時之景象也。其七古往往逐節深入,可剝膚存液,結構靈通,詞意雋快,千巖萬壑,而亦不廢縋幽鑿險之功,一種超然之氣體,觀之令人神旺。此散原所以能類昌黎者。其七古佳篇甚夥,不勝枚舉。求其格尤蒼者,續集卷下出太平門視次申墓歸途望孝陵,即其卓作。其末云"驢背古來龍虎氣,蕭蕭颭作禿枝晴。死生興亡無可語,喚人空落乳鴉聲"。此即遙情勝概,超然之姿者。莊子徐無鬼有曰"夫逃虛空者,藜藋柱乎鼪鼬之逕,踉位其空,聞人足音跫然而喜矣,而況乎兄弟親戚之謦欬其側者乎"。予觀其所陳之物象幽森,亦即散原詩中之物,矧其憂戚無聊之狀與散原遺民浪跡之相近乎。小除日樊山屢示新詠疊韻遣悶有句云"萬物於我殉顛倒,鵬背定卑蜩翼重。插脚江南今十年,遇嚇相瘖迷舊夢"。非僅屢用莊子典,連筆法跳宕活變之處亦有相類。劉鳳苞評外物篇云"破空而來,陡起陡落,精晰物理人情","用筆如怒猊抉石,爪痕直透中堅"。此移以形容散原七古,真可拍案。其詩筆真見怒猊抉石之沈著痛快,爪痕直透中堅。陡起陡落,破空而來,往往即其開篇之手段,而物理人情晰然蘊焉。別集哭余倦知同年起云"突兀充隱匡廬顛,訣公海屋風蕭然。心知死別口則箝,煩冤縺結中腸煎"。即此類。爪痕直透,一言以蔽之,即是此事。右所論皆散原七古,其五古作法又自略有不同。有詩云"我誦涪翁詩,奧瑩出嫵媚。冥搜貫萬象,往往天機備"。予觀其五古,奧瑩之氣,多於俊邁,嫵媚之意,多於噍殺,愈見其天機之真率和澹,而七古則易出激烈之辭,故不及五古能緩能鬆,能瑩能媚也。卷下七月十三日於後園聚家人用泰西攝影法摹小像,此種詩即不可用七古寫之。當散原緩鬆瑩媚之時,自其佳處。故曰"仍在文從字順中,自然雄厚博大,不可捉摸"。(亦劉鳳苞南華雪心編語。)散原雖未盡至乎此境,具體而微。畢竟其詩冷氣多於暖風,世運致之,氣象更近大謝、柳州森翠密栗一路,而少陶令及盛唐諸公之渾朗坦夷也。

鄭海藏

人固可以正邪善惡、氣節品操而論定之,而詩弗能也。人有善惡,而詩無善惡。故不必因人而廢言。擬以陽明四句教,心無善惡,而人有善惡,善惡之人,其心本然亦無別。故亦可因心而存人,何可盡為絕之。詩經,聖人所認之本然心也。春秋,聖人所行之權教方便道也。惟是人方能是詩,詩與人不可須臾離也。境由心造,以此論詩,尤契合焉。是人或善或惡,而有一團心氣勃勃然,發諸歌詩,則萬殊出焉,龍虎興焉,不必以善惡論。曹孟德篡漢之賊子,亂世之奸雄,近世人雖有翻案,無以盡掩天下人之口。此人之善惡也,而無足損其詩篇之高卓獨步。然非孟德懷篡漢、一統之雄志,無能為觀滄海、龜雖壽也。王介甫剛愎自用,啟趙宋之亂階,擯掃諸賢,進用羣小,峻行新法,猛厲而弗悔,時人亦有斥其為罪魁、為妖人者。然非是人,不足能為荊公文、介甫詩。非介甫刻意仿效古人,雷厲風行,亦無能為此博厚蒼峭之詩文。故曰是人及是詩,不可須臾離也。今論海藏樓,亦可知非此功名之士、儀衍之流之鄭孝胥,非此急於用世、自負極高竟乃不惜投倭之鄭蘇戡,亦不足為此蕭悷深雋之詩也。其最有名者,如南皮尚書急召入鄂雪中遇蕪湖云"絕海浮江短景催,浪花雪片鬥清哀。衝寒不覺衣裘薄,為帶憂時熱淚來"。鄭詩之感人,往往即在此士夫報國欲樹功業一團渾氣中。世已亂身將老長歌當哭莫知我哀云"駐顏却老竟無方,被髮纓冠亦太狂。歸死未甘同泯泯,言愁始欲對茫茫"。此真有曹孟德慷慨賦詩意態。亦其習氣有相類耶。兹舉曹、王、鄭三人,本比擬不倫,然三人皆傲岸自負、又極執拗之人,不惜犯險,以成其志,不恤衆議,而能獨行,即所謂佛魔一念之間耶。故予歎其習氣亦相類如是。使此種人素稟文心,篤志詩文,則一股渾浩之氣,自出心腑,往往敗於世間功業,而轉勝於文學不朽之苑。海藏即其人乎。海藏樓詩附名流詩話載靈蜆即葉玉麟有云"公年年重九詩,練蕭悷懊恨之氣,以平淡紆折出之,而自然深雋,宜一世人推鄭重九也"。所評極精。又云"惜抱評歐公峴山亭記曰,神韻縹緲,如吸風吹露,蟬蛻塵埃者,絕世之文也。天津李園一律,幽雋中淡而彌旨。磨墨一首,精氣入而麓穢除,覺涪翁猶有時不免楂杍著力處"。海藏具此幽雋、穢除之格。不思孟德有遊仙詩,介甫晚歲逃禪棲隱金陵山中乎。故知此種人雖熱於世務,性又執拗,不屈于世人,然皆有一種幽隱冷雋之情懷在焉。蓋其心本具靈根,奈何被英氣所主,往而不返。雖然,事成泡影,魏祚亦速滅,盜人之家反為人所盜,其詩則不朽矣。三人皆如是。李肖聃星廬筆記言鄭"自謂取境吳融、韓偓、唐彥謙、梅堯臣,而最喜王安石"。此真所謂物以類聚者。慘佛醉餘隨筆云"近人如陳伯嚴詩,必不如鄭蘇戡,一太粗,一入微也。然鄭詩境界太狹,無復雄博氣象,則亦時代為之乎"。其以散原太粗,自一家之見,散原乃庶乎具雄博氣象者,自與海藏不同。其言鄭能入微,誠之論也,奈何境界太狹。海日樓無陳之雄,亦無鄭之微,而正可折衷而混然之,自闢一境。蓋沈心思精锐,亦自有超旷之才。陈沧趣当其合作,具苍浑之体,亦能入微,神意能感人,其诗格尤可贵重。予尤喜之。夫须诗话谓海藏诗"茹藻而不露,敛才而不放,精能之至,迺见平澹。萧廖高旷,一语百折。唐之姚武功,宋之陈去非,往往有此意境"。亦有识力。然海藏非真能敛才者,论者亦为其谩矣。诗卷十一和释戡元日韵颔联云"来游世外逃虚世,真作人间失路人",此政孟德游仙、介甫遯山之注脚,曹犹有王霸才,荆公行已弗践其言,至郑则丧心病狂矣。亦真作人间失路人耶。

陈弢庵诗

予谓陈弢庵沧趣楼诗集有四长二短,姑试论之。其一曰,典远绪密,朴茂深沉,一时无二。典远绪密四字本杨雪桥硕果亭诗序,予以状沧趣诗典重旷远,密栗有绪。弢庵诗至五十后方工,朴实而茂,为晚成之器。其深苍沈著一格,他人所未到也。散原生涩奥衍,专用奇气。海藏清苍峭蒨,意气内转。伯子沈雄恣肆,不拘细格。寐叟高古谲邃,玄智偏多。皆异乎沧趣之诗。是以其诗之卓立当日,尊为宗匠者,以此也。(由云龙定庵诗话卷上言"大抵善学宋者,须学其典雅浑成,奇奥排宕之笔。若一味效其僻涩深晦,则失之远矣。海藏、沧趣虽不专宗一派,初亦规步宋人,而以变化出之。苍浑精切,突过前人矣"。是也。)其二曰,哀感顽艳,偶出逸品,流传广大。哀感顽艳,本陈石遗诗话评沧趣上巳花下怅然有感诗。弢庵典密之格外,偶获此体,窈情摇荡,深有讽谕,为清季学义山者所未到之境。专学晚唐之樊、易,亦未尝有。其尤传者即感春四首及次韵遜敏斋主人落花四首。感春四律先後有石遗、花随人圣盦作郑笺,亦一时之胜,他人未有。(定庵诗话卷上言"沧趣楼诗,浑脱处稍稍不及海藏,而清切隽永,有过之无不及也"。其哀感之作,即所谓清切隽永者也。)其三曰,宿有佛緣,神清澹定,異乎時流。滄趣生平佳作最多者莫過游山訪寺詩。聽水齋中,二十餘年廢居生涯,專壑親巇,化人殊深。耽愛釋氏,崇其理趣,其人之清泠凝定,當有得乎此。其詩有曰"病夫十年巖壑姿,睡眼熟閱僧茶毗"。又曰"廿年三破僧床睡,大頂峯頭候日來"。觀此可以知之。又曰"情緣禪力戰勝難,可知其亦用禪力"。里居詩中多有此體,筆力明爽,情致委曲,深造於蘇黃,灑落有節,蓋非禪力莫辦。散原海藏伯子皆負濟世心,體態骯髒,多盤鬱悲慨,鄭詩尤熟此格,觀久則厭。寐叟深究藏教義學,多僻典奧詞,亦不若滄趣之清渾哀感,轉能動人。是以滄趣禪力澹寂之格,亦靈光獨曜也。時之學佛者之詩,如桂念祖譚嗣同,皆未到。惟楊昀谷差能勝之。(定庵詩話卷下嘗引無名氏近代詩家評語有云"陳聽水如入道老僧,避塵墨客,至其田園蕭散處,亦復嗣音王、孟,接響黃、陳"。陳聽水即滄趣也。所評得之。)其四曰,清流名諫,奇情迭出,有得乎天時者。滄趣之聲動天下者,早年清流黨派,直諫振世,晚歲帝師陽九,忠義薄天,與清史相終始,此又非他人能有之事。其生平最膾炙者又有致張幼樵佩綸及吊寶竹坡諸詩。張、寶皆清流諫友,陳作風義凜然,哀情沈摯,感人甚深。同時諸家中惟散原精舍詩類此宿緣,深涉史局,其情之孤鬱,亦類乎滄趣。人謂滄趣詩致張幼樵者必佳,亦謂散原吊靖廬拜父墓之詩必工,甚相類也。其五曰,館閣氣味,深難祛盡。蓋非朝士忠臣,亦無以爲滄趣之人之詩。然以詩而論,終爲障礙。此等詩弢庵以弊帚珍之,以關涉交際時事故,而後人每覺寡味。黃曾樾陳石遺先生談藝錄言陳太傅七律不免試帖詩餘毒,雖傷刻露,亦不盡非。其六曰,平實有過,庸作甚夥。滄趣一集中,佳作僅過半數,庸題平易之篇不少。卷六入都後詩方略少此憾。愚讀前半,則幾疑其虛名而已。當日大家如陳鄭范沈,每能警秀,殊乏卑平篇什,是爲滄趣所不及者。石遺室詩話言滄趣罷官鄉居,有作必就商於陳木庵,在都數年,有作則必商定於己,曾爲刪數十首。(見陳衍書滄趣樓詩後。)蓋亦自知其失在平,宜爲夷刈也。石遺室詩話續編言陳氏屏居里門,詩始留稿,前後積至千首。刊本所收則未至八百首,又四十歲前少作盡棄,則刪損篇什多寡,其數亦可想見。竊謂再減二百首,滄趣樓詩差盡善矣。(陳遵統滄趣樓文存讀校後記有云"師自通籍以後,萃精力於奏議之文,其文曲而有直體,奄有賈長沙楊子雲陸敬輿蘇子瞻諸氏之長,在師各種作品中固當首屈一指,而目營八表,智燭幾先,識力之弘遠,又足與相稱也"。雖辭多溢美,其文要亦珍貴。古人文集奏議皆入正集中,而今上海古籍社之滄趣詩文集,收奏議入附錄,似乖體例,非古意也。)

滄趣樓詩摘句

滄趣詩有曰"夢中相見猶疑瘦,別後何時已有髭"。自少陵夢李白言故人入我夢,明我長相憶,恐非平生魂,路遠不可測,遂開後世懷人一法,專述夢魂之境。昌黎之懷東野,子瞻之懷子由,多有此意。弢庵之懷幼樵,亦類之。詩格清雋,則又不免多寒峭之意,未若古人之渾然。有曰"隆寒幷少青蠅弔,渴葬懸知大鳥飛"。爲哭竹坡詩,用楊震典。實本錢牧齋初學集"死後故應來大鳥,生時豈合點青蠅"。滄趣活用之。有曰"吾生受形各有制,方寸要與天地準"。理極正大,氣騰漢霓。乃知其所養浩然之氣,非等閑文士所能擬。有曰"蘇黃押韻有家法,險重全用神力擔"。乃言詩訣,甚有妙詣。神力所致,險重自成家法,蘇黃啓牖後世詩學之功,莫過於此。滄趣海藏均得力乎此,七古獨有奇致。有曰"滄江病臥天所憐,故遣繁英娛野性"。吾儕須知人人皆具此天性野趣,幷非天有所憐否。要在摒絕俗緣,去取由己。有曰"世間何者算吾有,園地草木空菁英"。亦弢庵參佛之證。有曰"人天今昔剩一痛,矯首大廈寒予膚"。昂藏孤峭,不讓陳鄭。有曰"一場春夢供詩料,六月涼風老睡鄉"。類東坡。有曰"入峽海潮還出峽,和沙淘盡可憐生"。取譬絕工,蒼涼之極,蓋亦東坡遺意,弢庵加厲之。有曰"自斷我生元有命,不知今夕是何年"。屬對渾成。先生生平得力處,亦可想見。以耳順之年道知天命之語,宜矣。有曰"祇道王城堪大隱,那知春色是他鄉"。涵蓄悲涼,不易到也。有曰"三綱漢後看真絕,六籍秦餘恐卒焚"。詩讖也。十餘年後陳寅恪作<u>王觀堂先生挽詞序</u>亦道此意,靜庵一沈,其勢愈下。文劫一至,則頓化沙蟲矣。有曰"世風貴少倒侮老,漫擁爐雪聽宮鴉"。言陳、胡一流新貴也。有曰"詩來風雨繞心魂,知是泉喧是竹喧"。幽闃有似冥語,而氣非衰颯。有曰"懺盡綺情就灰稿,却陪索笑一沈吟"。亦深懇隱痛,弦外有音,為仲則、定庵遺緒。有曰"委蛻大難求淨土,傷心最是近高樓"。靜庵自沈前書扇句也。極委曲沈痛之至。陳寅恪有詩曰"看花愁近最高樓",又曰"槖街長是最高樓",實皆用滄趣詩意。有曰"世以神州為博局,天留我輩看桑田"。弢庵之時,博局方始,豈能看盡。逮我輩生,庶幾盡之。然亦難盡。新局又始矣。有曰"全輸此局無終局,痛哭當年故少年"。自悟其無終局,惟故少年亦成故事矣。沈慨。<u>挽曾剛甫</u>有曰"百罹前老至,一病與貧深"。老杜風味。有曰"帝京文物推排盡,人海雲萍會合難"。想今日推排蓋已極盡,吾知無以復加矣,天道當還。有曰"王城如海猶宜隱,人境無喧便可廬"。翻用陶詩甚可味。今之城居者奉為圭臬可也。有曰"夢上西山選佛場,春回寒日總無光"。暮氣也。選佛場豈堪在此暮氣句。須大丈夫方可。<u>燈錄</u>有云,昔李駙馬見石門,石門謂曰,此大丈夫事,非將相所能為。弢庵未能也。有曰"舉世笑迂惟信道,斯文留脉儻關天"。此愚奉為圭臬者,非真儒何能道也。有曰"真儒何必薄雕蟲,剛健藏稜婀娜中"。文道合一,真儒實多善雕蟲術,子雲所言,懲俗學耳,未可據為典要。有曰"驟暖料難留過夜,猛風恐又簸成塵"。晚年猶有此懷,時局使之然。柯鳳孫上元留王靜庵夜話詩稿爲王復廬題有曰"隔巷春回又元夜,更誰燈下說同光"。時在甲戌,距靜庵自沈已七年。同光詩派,民元之後,其勢猶盛。終結之日,或當以程千帆錢萼孫二先生鶴馭爲期。吾儕今日承同光餘緒者,續絕開闢,法乳古人,自不必爲同光所囿也。

陳弢菴感春詩

昔元微之有杏園詩云"浩浩長安車馬塵,狂風吹送每年春。門前本是虛空界,何事栽花誤世人"。杏園爲新科進士賜宴之地,宴後遂題名雁塔。元微之詠此繁盛之地,而出此門前本是虛空界二句,亦洞悉世情如幻使然。忽覺陳寶琛詩,但凡幽微之處,多類之也。清帝遜國前後數十年,詩篇最爲盛傳者,莫過於弢菴感春四律及次韻之作。石遺室詩話以時事作鄭箋開其先,花隨人聖盦摭憶因襲師說而承其後。陳寅恪詩集亦有十年詩用聽水齋韻,即次感春詩韻之作也。又有吳雨僧空軒詩話,爲感春詩及同韻同體之前後落花詩作箋注。其群怨感鳴之深,則可覘彼時士夫之共懷。吳雨僧云"王靜安自沈前數日,爲門人謝剛主書扇詩七律四首,二首即弢菴之前落花詩也。茲以落花明示王先生殉身之志,爲怂落花詩之所托興"。黃濬言前落花詩,大抵皆爲哀清亡之作,自憾身世之類。蓋諸詩之競相誦傳,以其皆詩史也。特以纏綿細密悲慨含蓄之筆寫之,一如義山之錦瑟、無題,寓言托事之外,極哀感頑豔之美。夢苕盦嘗言其學宋頗有力量,固其正格。汪辟疆言弢菴詩"深醇簡遠,不務奇險而絕非庸音,不事生造而決無淺語。至於撫時感事,比物達情,神理自超,趣味彌永。余嘗以和平中正質之,弢菴爲首肯者再,以爲伯嚴節菴所未道也"。所論大體平實。然滄趣樓名作,多哀頑有涉怨誹,於簡齋清骨中流義山之髓,獨出一頭,實與時之江西派有異調也。然黃涪翁何嘗不學樊南,宋人何嘗不學三唐耶。弢菴之詩,較之陳鄭沈梁之集,似多平淡,然反多有合于古人者,此又非近時諸賢專求奧衍幽澀者所能想見者。愚嘗覽舊刻之滄趣樓詩集於孤山館舍,自覺人淡如菊,故有是言爾。謹錄前落花詩一首。"流水前溪去不留,餘香駘蕩碧池頭。燕啣魚唼能相厚,泥污苔遮各有由。委蛻大難求淨土,傷心最是近高樓。庇根枝葉從來重,長夏陰成且小休"。此即觀堂所錄之作。委蛻大難求淨土,亦仿佛門前本是虛空界,傷心最是近高樓,則何事栽花誤世人也。

陳石遺

予謂詩才有清渾,猶太極生陰陽也。近世陳散原、范伯子為渾,鄭海藏、沈寐叟在清渾之間,而陳石遺則屬清格者。渾之長在大,其短在濁,清之長在鑒,其短在薄,渾清之間,則神而明之,存乎其人。石遺有鑒才,著石遺室詩話,為時人崇仰。其得失,可得共論矣。石遺詩清格為多,自異乎同代諸家之筆調。觀其佳篇,皆有水鑒映照之感。萬物畢現其間,清影如沐,如其紀遊、登臨、雅集之什尤然。嗜深好雄之人,則嫌其稍平,少神氣。水鑒焉能不平乎。使論者求石遺詩於其性之外,鮮有能饜足者。石遺清平之中寓峻峭,凉快之内寫古肆,實別具一格。汪辟疆不解其內美,而輕詆其作,予甚薄之。紅梅和蘇戲四首其一云"莫怪東君懶主張,此花骨相總清狂。何曾不入今人眼,到底終非時世妝。積李崇桃紛長養,青枝綠葉費端相。江城玉笛橫吹處,岭上白雲空斷腸"。即此清寓峭、凉寫肆之類。方之宋賢,更近宛陵,而非蘇黃。雄肆蒼拔,石遺不及陳、鄭,沈摯古勁,亦不及滄趣,然蘊藉為多,清味嚼雪,在同光體,自成一家。諸家詩讀久生厭,當彼之時,觀石遺室詩集,必多沁脾之感。故論此派詩,不可不語及陳衍者,非僅因詩話而及之耳。石語言"鄭蘇戡詩作高腔,然有頓挫故佳。而亦少變化"。石遺清遠,不欲用高腔,雜意氣,如文衡山畫山水,自然清遠,不必如周臣、唐寅,極意作北派高絶之峯也。石遺室詩話續編卷六嘗云"詩不能不言音節,二家音節,山谷偶有琴瑟,餘多柷敔,笙簫則未曾有。不得謂非八音之一,聽之未免使人不歡"。二家謂涪翁、後山也。柷敔,皆樂器木製者。尤可見石遺見地獨到處。石遺室文集卷九何心與詩叙言己之詩趣,"清而有味,寒而有神,瘦而有筋骨",故石遺七律氣味,往往與晚唐相類,仿佛杜牧之一流。詩卷七士可招集畿輔先哲祠云"未秋北地已先涼,入夏渾河欲混芒。端藉西風收宿雨,待將池月換山光。萬鴉沈郭悲元老,一笑橫江下建康。囬首題襟詩事盡,散原已散海藏藏"。即如牧之者。領聯尤為石遺清峭之本色。宋詩硬拗之風,化入此清平之趣。石遺以造辭遺句之新麗,圓活其藝,譬喻託象之生創,暢達其意。此石遺欲與衆人較勝負者。其既造晚唐之清而慨,深諳宛陵東坡之峭而蒼,寫鑒照之萬境,不欲雜以意氣,而任此虚靈之筆端,表江湖之磬音,故頗能曉永嘉四靈乃至鍾、譚之倫,與後山、簡齋為同派,而清蒼幽峭,亦政石遺心聲之所在。彼雖亦喜用僻詞奇字,非專求生澀險奥者比。才性清貴之士,所成或不逮雄渾高穆之境,而獨有鑒識,要亦足傲嘯山林,別有玄致。海藏、海日楼在渾清之間,而兼有其美,故俱有成於詩歌、書法,渾中有清響,清裏透渾張。陳弢庵亦然也。滄趣楼書法亦精妙,氣格極清,近世習歐第一流者。要其極詣所在,鄭之精悍於詩章書法,沈之精透於遊藝道問學,弢庵之渾清一體,固非石遺所能及。故知古來才兼渾清者,尤善悟者也。道咸間鄭子尹、曾湘郷亦此格者。然最罕覯者,終是渾格之士。此格以元氣為詩,餘事不甚措意,若有天命焉,故伯子散原自是超塵。開、天間李杜是渾,摩詰嘉州兼之,孟、儲一流近乎清。摩詰兼之,則最為通達才藝。中唐孟韓是渾,柳劉白元兼之,賈姚近乎清。惟唐人之清,後世觀之,猶多渾氣耳。至後世愈分明。石遺詩,雖入清格,亦偶有渾氣之作,不減陳、范、鄭、沈。如卷一七月初三後雜詩五首及前所引士可招集畿輔先哲祠一類即是。固不必拘泥以一說。然石遺終少一種天真氣,好思慮,其質偏於陰故。一日觀石遺室詩話,卷二二有云"詩有四要三弊。骨力堅蒼為一要,興味高妙為一要,才思橫溢,句法超逸,各為一要。然骨力堅蒼,其弊也窘。才思橫溢,其弊也濫。句法超逸,其弊也輕與纖。惟濟以興味高妙則無弊"。予頗怪之。骨力堅蒼,即堅蒼而玉潤之,如何便說其弊也窘。才思橫溢,即混然而奔放之,如何便說其弊也濫。句法超逸,即騰宕而驚異之,如何便說其弊也輕與纖。所謂窘、濫、輕纖,皆堅蒼、橫溢、超逸之相之表,窘即矜持自律,濫即奔放無顧忌,輕纖即技法之高者,蓋非窘、濫、輕纖,無以見其堅蒼、橫溢、超逸也。詩格真落入窘、濫、輕纖者,則又何足以語與堅蒼、橫溢、超逸。故予頗怪其言之不通也。予且蘄石遺詩能骨力堅蒼、才思橫溢、句法超逸,而不期其已先思慮三流弊,而欲以興味高妙濟之。此亦不免本末倒置。故曰其質偏於陰也。此四要中,石遺詩獨於興味高妙,特有佳趣,其他三要,自讓散原、蘇戡、伯子、乙庵、滄趣諸家高出羣流矣。

石遺晚年談藝

清季之耆儒名士,好詆成風,一代士風品操之壞,亦可由窺之。若李越縵、王湘綺、章枚叔諸儒已如此,其他勿論矣。蓋雍穆莊恭之教既衰,瘠殄噍殺之音盛行於世,士夫鮮有脫拔無薰其習氣者。故一時士夫之品目,德行方正,未見乎陳仲舉,雅量識鑒,未見乎嵇中散,容止棲逸,未見乎蘇門孫登之儔,惟任誕簡傲、排調輕詆,不讓于古賢，假譎忿狷，惑溺仇隙，則轉有勝於前人矣。陳石遺抑不免乎。亦為汪辟疆輩激起乎。觀錢氏默存所錄之石語一卷，其晚年胸懷，或可一覽而無餘。其詆魏晉體及桐城文皆無出息人所為，詆嚴幾道、林琴南、冒鶴亭之空疏，詆王湘綺著作惟湘軍志可觀，此外經學詞章，可取者鮮，詆鍾嶸詩品為湖外偽體之聖經等，皆未見其公允。此老生平弟子之最可稱者，為黃秋岳、梁鴻志，而皆以奸佞殞命，則其師之重權變而不重德本，似亦昭然也。是以石語之篇，亦不免謗書託大之嫌。雖然，亦不可廢。以石遺之尚經術，精品鑒，飽閱歷，出之以率性之年，發之以倜儻之見，才人本色，豈無足觀者。當世人多輕石遺，愚亦未見其之為公允。石語有云"余早歲學為駢體文，不能工也，然已足傷詩古文之格矣，遂拋去不為。凡擅駢拼文者，其詩古文皆不工"。駢體古文之異軌誠有若是者。石遺切膚之說，足備後人龜鑒。然其說終屬權說。如宋季劉後村兼擅四六、古文，清人汪容甫古文亦佳也。又云"清華教詩學者，聞為黃晦聞，此君才薄如紙，七言近體較可諷詠，終不免乾枯竭蹶"。蒹葭樓七律號稱突過陳彭城，多可諷誦，惟其語多淒婉，哀思繾綣，立異乎當時大家。石遺尖刻之論，自不可據為典要。吳雨僧詩風輕靡，予所不喜，其空軒詩話則極推重晦聞，以黃氏為合詩教、詩學、詩法於一人，並能創造，且動輒以白璧德之說相附比焉。然詩何來有教、學、法、創造之分，多見其學之不通。要之，骨格之清，情體之美，文從字順，哀感頑豔，蒹葭樓非無所長，而沈博正大之格，溫潤雄厚之氣，晦聞自有未逮。以石遺之自負高才，自難折服。晦聞治詩二書詩旨纂辭及變雅，用力甚勤，引證博廣，論亦條達，不可非也。然謂之為大著作，則弗足語。石語又曰"鄭蘇戡詩專作高腔，然有頓挫故佳。而亦少變化，更喜作宗社黨語，極可厭。近來行為益復喪心病狂，余與絕交久矣"。愚讀海藏樓詩，集未半，已感其重複少變化，甚有倦意。而所謂高腔者，初覽者多服其英挙頓挫,謂其襟度氣度,不讓唐賢,而深入之,或能識其負氣空豁,名實不稱。是亦汪辟疆之所謂惜哉此子巧言語者。石遺一語道破,入木三分,不可謂非詩門法眼。疇昔予嘗語人曰"朱子之幸,在門人極盛,護推得力,而其不幸,亦在茲焉。緣其平日訓徒之語俱為其徒纂入語類,泥沙俱下,其率議古今人物之語亦多存焉,遂令其書傷於雜蕪,一代大儒,亦憾殊少溫厚。語類編於朱子身後。元晦若存,必當大加夷刈矣"。歷代理學語錄非親訂者,多有是累。故徐愛編傳習錄,陽明亦嘗誡之。此理於近世詩學亦然。陳叔伊著石遺室詩話,評說清季民國詩壇流派掌故,識精聞廣,獨步天下,汪辟疆氏所謂說詩居然廣大教化主者。其出語洵深穩祥和,有長者之度,能存人之善,不以意氣,是故斯編之重,冠冕一世。此石遺自撰之書也。而微有累者,前有黃曾樾陳石遺先生談藝錄,後即錢默存石語,皆其及門後輩所錄之日常閑語也。黃書在陳身前,錢書在陳身後。愚謂二書出,未必石遺之幸。蓋詩話深厚寬大,談語廉悍深刻,二書出則長者風範幾墮,文人攻詰能事備,後世賞悅為樂,而輕其為人,豈幸事哉。陳石遺先生談藝錄有云,陳散原文勝於詩,姚叔節詩勝於文。意固新警,然誇大之辭,何以服人。散原古文固厚典順達,然於時輩中尚非魁傑,其詩筆則縱橫未易抗手,想光曜百代者,亦以其詩而非文,石遺此說,不亦標新太過乎。叔節詩平實縝端,未必能過其文也。其書彈譏散原精舍詩甚多,雖未盡為誣,而語多刻露。又譏陳滄趣作七律不免試帖詩餘毒,彼亦自知。時二陳尚在,皆傷太刻。錢氏非石遺門人,其錄石語,乃追憶曩時燕談之語。此書好為彈譏,愚書前已論之。陳石遺先生談藝錄有曰"畏廬有弟子某,刊其師論文,中有大謬誤處。是尊師反以暴其師之短也。吾貽書,使急挖改之"。不知身後錢氏尊之,適足以卑之,惜石遺無復能貽之書也。然二書立意甚高,有建瓴之勢,言論亦多有前人未發者。儻當日能夷刈浮言,廓清意氣,則盡善矣。曾樾、默存二氏存錄而已，要非其罪。歸其肇由，則石遺平日譚藝自視太甚，性情刻露使之。然使其自撰，亦必能韜斂之以中雅度，日常逞氣之語，真不可入於紙墨也。以此而言之，則又門人後輩之責也。石遺所謂尊師而反暴其短，良有以矣。然有甚可異者。錢氏談藝錄五十賀黃公以下論宛陵詩一篇，剖析此義，極爲愷切。其言雲門説法，不許弟子稗販，皆所謂溺愛以速其亡，爲弊有甚於入室操戈者，言極警策，觀之惕悚。如此文字，誠善學者不可交臂失之者。默存先生既明此義，又何必流佈石語于天下，未加削薙，而暴其師長之短處。豈亦深于鑒人而忽于察己者耶。錢氏晚年談藝錄補訂又云"弟子之青出者背其師，弟子之墨守者累其師"。亦隱以出藍而自許乎。

黃晦聞頗似韓偓

前賢嘗謂黃山谷亦闇參李義山，本諸宋人朱弁風月堂詩話言"山谷以崑體工夫，到老杜渾成地步"也。予於同光體黃晦聞詩，亦得一窺其機括。今人劉斯奮先生謂黃節詩"中原哀角，高閣寒簫。三山回響，壯淚還飄"，"鬱勃悱惻，清壯幽俊，剛柔并美"。三山謂義山、後山、翁山也。（見黃節詩選序。）洵非虛譽。古人論詩，往往喜執其人之一端而著論焉，以見特異，達之者以一臠見一鼎之味，違之者不免以偏而蔽全，遂失忠厚之意。斯奮氏之選黃節詩，即欲樹其全體之觀，而不流於一端者。言蒹葭樓詩融義山、後山及翁山之長，尤具眼目，可為定評矣。師義山在情味。趙元禮藏齋詩話卷下云"陳散原先生評黃晦聞詩云，格淡而奇，趣新而妙，造意鑄語，冥辟羣界，自成孤詣。莊生稱藐姑射之神，肌膚若凝雪，綽約若處子。詩境似之。推許備至。記其鄰鷄云，豈有惡聲來午夜，欲將一寐了吾生。中秋讌集寄人云，萬影接天惟自俯，一舟臨水不堪招。故人顏色凝秋夢,往事淒迷有落潮。題寒夜聽琴圖云,動壁哀弦支獨夜,罷機鄰婦泣殘絲。偶成云,小子不才寧足論,古人今日定何如。宿潭柘寺全首云,勞蹤不補平生事,博得緇塵汙六街。獨對西山尋晚約,要令今夕屬吾儕。曾知花徑因誰掃,未瘠茅菴此處佳。涼月疏星試回望,宣南燈火夜無涯。清而有味,所謂雋也"。此元禮之所見也。所引萬影接天惟自俯一詩,尤見晦聞本色,冷雋自成孤詣,句意俱能新奇。其於義山詩,非惟承其情味之幽深,亦參其句法之新妙者也。崇孝寺對牡丹作云"四年北客及花時,不負春明賴有詩。獨往也隨傾國後,正開寧嘆折枝遲。匆匆著意終可寄,恝恝為驪也自知。遺世未能吾似汝,蝶闌華晚更猶疑"。蘊藉幽婉,句法靈妙穎透,而合嚴整之律。非功力深湛,何能造此。汪國垣光宣以來詩壇旁記云"其詩由晉宋以出入唐宋諸賢,惟不落前人窠臼,沈厚悱惻,使人讀之,有惘惘不甘之情。梁節庵謂為三百年來無此作手"。惘惘不甘四字,實可狀其作之特錘乎情也。(汪氏又謂梁鼎芬、曾習經及黃晦聞三家"斂激昂於悱惻,寓濃鬱於老澹"。下語精到。曾習經崇效寺牡丹開後作一律與晦聞所作相輝映。"悵臥春歸十日陰,落花台殿更清深。被闌碧葉如相語,辭世青鸞不可尋。物外精藍誰舍宅,亂餘梗莽自成林。迷陽卻曲饒憂患,那得端居長道心"。又有同倦齋同年崇效寺看花即題倦齋集詩云"同是貞元花下人,香山老去更情親。馬行燈火看殊倦,蠻觸兵爭事更新。一日百年聊自遣,千詩萬戶擬非倫。耐閒筆劙渾成懶,偶向風前略欠伸"。皆佳篇也。崇效即崇孝。)學後山則在風骨。蒹葭樓詩學後山,自宋調本色所在。散原評黃節詩又云"卷中七律疑尤勝,效古而莫尋轍跡。必欲比類,於後山為近。然有過之,無不及也"。(亦見蒹葭樓自定詩稿原本卷首)晦聞瓊華島登高作云"登高惟覺此身孤,佳日悲秋老不殊。落木明霞雙闕下,黃花尊酒一時俱。驚心世變非前有,去亂遊方已絕無。群盜滿山催暝急,衰遲憂患共相驅"。此即純然為後山嗣法者。寒夜讀白石道人集題後云"布衣同有後山才,只汝高吟未至哀。謝朓詩傳清似水,樊南心與燭成灰。每從閑處深思得,詎向人前強學來。今日江西說宗派,嗟卑愁老恐非材"。此最見晦聞詩學後山而善乎自悟,亦每從閑雅之處深思而得,詎向人前強學而來耶。(石遺室詩話卷二一嘗錄晦聞七律二首,言"二詩意態均閑雅"。惟二詩僅兼葭樓中觀耳。)取翁山則在悲壯之懷,兼清圓之響。光宣以來詩壇旁記言"晦聞晚歲以世變亂亟,人心日壞,道德禮法盡為奸人所假竊,惟詩教可以振作,有轉移風教之効。窮老益力,雖心臟積疾,罔敢告勞。及所陷益深,瘖口曉音,難挽毫末,又嘆為無望。幽憂所感,悉發於詩"。此即其人性情之寫照。晦聞尚貞義,尊德性,凜然有霜雪氣。嘗致函蔡元培,言劉申叔為人,反復無恥,不當引為師儒,貽學校羞,以斥此籌安會首腦之薄行。是以其詩頗具粵東三大家中翁山、獨漉之雄直氣,非僅只以情深若樊南、氣骨類後山而已。予忽悟晦聞又頗似韓偓。蓋俱兼情語、氣骨、悲慨之體故也。時運亦相近之。韓致光道義堅篤,為情深長,壯句橫飛,無媿為李義山之甥輩。晦聞則弗慚為粵人近世之元音,可繼踵翁山、獨漉、二樵、芷灣,共美於千祀矣。(九月晦夜夢中得江上梅花影五字忽寤後續成一詩題師曾水墨蘭石畫云"江上梅花影,天邊明月身。相看不攀折,何邊徹宵晨。惻惻寒初透,遼遼氣又春。獨深蘭蕙嘆,長已爾時人"。何其與翁山詩略中作神似也。據兼霞樓自定詩稿原本改定稿。)梁節庵、曾剛甫、羅掞東亦皆清雅而擅情語,剛柔兼濟,粵東四家,亦與閩贛浙諸大老並驅同光者也。

卷庚　道釋心性脈之支裔

　　此脈釋道儒各有一大祖師，開百代風氣。釋為寒山子，道為呂洞賓，儒為邵康節。其影響後世尤深者，為禪宗詩偈及邵詩也。此脈詩文道合一，詩禪雙運，為不二法門。運之善者，令人忘文，亦復忘道。運之不善者，則文、道並損，詩人譏其道氣，道人笑其胼指。而後世緇流工文字者，性情修辭，往往與世間文士無甚別。方虛谷瀛奎律髓評僧道潛夏日龍井書事四首其四云"或問，朱文公語錄云，覺範詩如何及得參寥。此語還可分別其然以誨後學否。曰，此甚易見。參寥詩句句平雅有味，做成山林道人真面目。覺範詩虛驕之氣可掬，因讀山谷詩，欲變格以從之，而力量不及，業已晚矣。覺範佳句雖多，卻自是士人詩、官員詩，參寥乃真高僧禪客詩也"。非無識力，惟出語太過峭刻耳。覺範自具禪人本色，高致不俗。所著禪林僧寶傳、林間錄，尤可寶重。南宋詩僧如無文道璨，近覽其集，亦在覺範參寥之間。雖然，以予觀之，參寥詩格清奇，文字功力深厚，自宋僧第一等，猶不免為士人詩耳。故吾書釋道心性脈三僧俱未入焉，取擇甚嚴。憨山老人夢遊詩集自序云"或曰，佛戒綺語，若文言已甚，況詩又綺語之尤者。且詩本乎情，禪乃出情之法也。若然者，豈不墮於情想耶。予曰不然。佛說生死涅槃，猶如昨夢，故佛祖亦夢中人。一大藏經，千七百則，無非寱語。何獨於是"。其言亦辯矣。予甫從五台山北台而歸，昔憨山大師閉關處。憨山閉關乎玆山，亦夢遊乎此巔耶。予則夢遊其夢耳。日僧一休詩偈殊多奇氣，時當吾明之初，故列諸明僧之中。讀此卷者，可以增道性，長浩氣。明人如張三丰、紫柏、憨山、蒼雪等，皆骯髒為大丈夫，讀其詩卷，亦知天地元氣，寄托此輩真修實證人中。養一齋詩話嘗言"詩境全貴質實二字，蓋詩本是文采上事，若不以質實為貴，則文濟以文，文勝則靡矣"。此脈詩皆非以詩為詩者，所貴即在質實，多自性地實地流出。故此脈詩亦天然為他脈之藥方。非愈詩病，愈人之病也。

梧桐月向懷中照

因詩而見證量，固心性脈之本色。明季顧雲美居虎丘塔影園，中有照懷亭，取康節詩"梧桐月向懷中照，楊柳風來面上吹"之義也。歸玄恭作向懷亭記云"邵子嘗自作無名公傳，襟懷廓然，殆與天地同流，梧桐楊柳之句，彼所謂吟自在詩者也。伊川先生亦嘖嘖稱之，服其胸次"。（見歸莊集卷六。民權素詩話之經生撰秋爽齋詩話有云"邵康節夜吟絕句云，月到梧桐上，風來楊柳邊。夜深人復靜，此景誰共言。蓋謂天光晶瑩，天氣和涼，此時一種靜趣，止堪自領，俗子何可與言。又詩云，月到天心處，風來水面時。一般清氣味，料得少人知。月到天心，則萬境空明，風來水面，則點塵無著。清味自是一般，而知之者絕少，吾自得其趣耳"。此頗可與此二句互為印證。）歸氏與天地同流、自在詩云云，亦道其輪廓耳。是何等同流、何種自在，非實證深入者莫能道。碧巖錄四十舉陸亙大夫與南泉語話次。陸云，肇法師道天地與我同根，萬物與我一體，也甚奇怪。南泉指庭前召大夫云，時人見此一株花，如夢相似。圜悟云"如引人向萬丈懸崖上打，一推，令他命斷。爾若平地上推倒,彌勒佛下生,也只不解命斷。亦如人在夢,欲覺不覺,被人喚醒相似。南泉若是眼目不正,必定被他搽糊將去"。予於歸氏此語,亦作如是觀。康節詩意蘊玄微,要非常人所謂天地同流之陳語所可擬焉。時人見此一株花,如夢相似。生滅滅已,寂滅為樂。梧桐楊柳不可從生滅上觀,此只是夢,須夢中知夢,以方便為智慧,以幻化為道用。梧桐月向懷中照,此方便也,非如夢也,實可與藏密無上瑜伽之妥噶觀光法相暗契。此懷中者非是月光,乃本覺性光,攝於心輪。梧桐月向懷中照,表行法、實證,楊柳風來面上吹,表覺受、法喜。吹面不寒楊柳風,此風最具玄味,非炎非涼,而令人鬆軟坦夷。故知康節之詩,不可渾淪看過。康節有詩云"造化從來不負人,萬般紅紫見天真。滿城車馬空繚亂,未必逢春便是春"。後二句,即南泉禪師所謂時人看花與夢相似者也。前二句則蓋天蓋地,發明報化之身。"樂閒本屬閒人事,又與偷閒事更殊"。閒人樂閒,乃露地白牛,銀碗盛雪,偷閒還須還,尚隔一塵。故曰"百年未見一人閒"。"情如落絮無高下,心似遊絲自往還",空靈無著,無高下見,是平等心,化凡情,遊絲自往還,以不治為治,忘念無著,自消於無形。生滅滅已,寂滅為樂。"斷送落花安用雨,裝添舊物豈須春"。無待也。此妙契自然、心無所求之意,竟乃以斷送落花、裝添舊物而道出之,真天工也。令人眼目煥然一新。"酒涵花影滿巵紅,瀉入天和胸臆中。最愛一般情味好,半醺時與太初同"。奚啻為修行之心法耶。半醺即一般,中道幽玄。一般二字極有味。"忘了自家今已老,卻疑自是少年時",此即太初味也。"千紅萬翠中間裏,似我閒人更有麼"。此又仿佛米拉日巴尊者之自贊。康節詩多如是,潛修密證之士,可以攜伊川擊壤集驗己之淺深矣。

可學而至不學而能

邵雍詩固心性脈之幹樞,而為理學家詩之開山。程明道其次也。清人杭堇浦道古堂文集卷十邵屺雲然葉齋詩序有言"康節邵子之學,淺學所不能窺,彊學所不能企,觀物外篇幾於一字不解,吾非不學者也,蓋其難也。至其詩脫口而出,無深文,無棘句,若人人可以學而至,又若人人可以不學而能者。難與易之間,吾試一論焉。凡學有難有易,而究皇極之微則甚難。詩有難有易,而為擊壤之詩則甚易。姑以詩論,其出之也甚易,而其初必備歷諸艱。盡心養性,一難也。察物觀變,一難也。選聲作色,一難也。乾坤清氣,散入心脾,閱歷之深,夫而後妙手乃能偶得以為易,而不知其有甚難者立乎其先也"。真邵詩之知音也。若人人可以學而至,又若人人可以不學而能者一語,尤可翫味。不學而能,孟子所謂良知,曹溪所謂禪,寧瑪巴所謂大圓滿者是也。噶舉大手印,可以學而至,而其止乎至善者,即此不學而能之無修瑜伽也。道釋心性脈之詩亦然,可學而至,不學而能。要非邵康節詩,無以發此奧窔。故知邵詩之妙,自別于李杜蘇黃而外,東坡曾言智者創格,能者述焉,邵創格人也。堇浦言有甚難者立乎其先。此甚難者,即知行合一之實證境界也,此謂之盡心養性。惟所謂察物觀變、選聲作色者,莫非盡心養性之功夫耳。

天童正覺

曹洞宗宏智正覺,與大慧同時,為南宋之初一代巨擘。詩偈尤名振禪林。萬松行秀作評唱天童覺和尚頌古從容庵錄,乃與碧巖錄齊名者。萬松又有評唱天童覺和尚拈古請益錄。明弘治年間高僧天奇本瑞又有縈絕老人直註天童覺和尚頌古，故正覺頌古、詩偈，繼踵雪竇重顯、投子義青、丹霞子淳等，為此道之卓匠。今自宏智禪師廣錄，摘其詩偈菁華，以觀其文字般若，如花如雨。正覺擅六言。偶成示眾云“楊柳斜風力弱，芭蕉擊雨聲寒。莫把見聞作對，誰將聲色相瞞”。此不相瞞，謂之法性直呈，在見聞外。大陽道中云“耿人胸次佳處，借力床頭古藤。風樹葉頽淅淅，秋山骨瘦棱棱”。禮明安塔二偈有云“石床冷臥禪虎，階蕪秋跳草蟲。有念耿懷陳事，無言淒立西風”。甚見行人苦旅而安棲，滋味自別。即覺庵子中居士來訪妙峰之西既去作六言五首送之有云“越境能來訪我，扶筇頗肖游僧。得與坐間語味，諒其胸底懷冰”。“夢曉寒松挂月，心秋古井含津。至道百家合轍，同風千里成鄰”。“欲下前時雪磴，重開向日風翎。此去丁寧華鳥，莫來狼藉春庭”。至道、同風一首尤有韻。心秋古井含津以喻心境之老澹而潤，亦奇譬也。牧童云“水牯老行步穩，蓑郎癡歌笑繁。物外初無塵滓，胸中別有丘園”。忽悟明儒高攀龍六言，乃自此類禪門之作化出也。絕句如送傳道者歸省母氏云“夜來霜嚇橘臍黃，乞與歸人懷冷香。到日跨門須轉卻，白頭不是本生娘”。此最警醒，為宗門本色語。次韶谷書記勝果院絕句云“沙風漠漠卷煙湖，默默漁舟似有無。五老回看更癡絕，渠應怪我得工夫”。泐潭雲庵偶作云“曦色雲庵半堵紅，霜林初暖鳥啼風。不知人在蘿窗裏，瞑目爐薰百慮空”。與法上人南谷過黃氏居云“淡煙蒼樹水濺濺，黃氏初平已得仙。滿地癡羊不收拾，夕陽零亂繞籬眠”。此不收拾云者，方為無學道。偈頌身裡出門云“放曠還來荊棘林，倒騎牛自醉吟吟。誰嫌煙雨鬧簑笠，祇箇虛空不掛針”。末二句取喻尤妙。煙雨若虛空掛針若滿，而實無針可掛，空性耳，何笠用耶。五古如再和朱朝奉見寄云“朅來林下人，挂冠脫朝綠。身閒道愈尊，神靜碧照目。落落我就璞，碌碌誰如玉。欲學陶淵明，高情異浮俗。白雲無定心，青山有奇骨。肯從蓮社賓,共奏無絃曲。佛生等一念,日劫詎延促。傾蓋同故人,道存聊一矚"。此是禪林學陶詩,天然相合者。五律如禮大陽明安塔道中得句云"佳處輒游念,芒鞋筇杖俱。溪寒臥虹餓,路暗垂雲胅。岡樹鳩呼雨,田家雞告晡。此心亮誰語,三繞石浮屠"。自廬山折桂艣竿原下望彭蠡湖握杖過前山僧舍說偈云"木落山骨瘦,水退沙痕隆。漁舟弄江日,一葉浮軟紅。眼底事不俗,道人心若沖。艣竿頭進步,雲水展家風"。舉侍者求頌云"秋風濯煩骨,日日覺清省。相與事枯禪,所養飽正命。老蟾浴星河,魂魄明耿耿。真味入誰腸,但知百念冷"。此首尤高渾。相與事枯禪,所養飽正命。正命二字,真可謂深沈厚重。七律禪師所作甚多。如次韻真歇和尚圓覺經頌一十四首之圓覺菩薩章云"選場隨手取標毬,長短期中入社流。覺後繩繩機自脫,悟來密密類難收。十分飽足雪山草,一色渾成露地牛。風掃水天塵翳盡,蘆華相照月明秋"。覺後悟來二句乃真實地語。悟來謂悟後起修,密密自逌,保任為主,非可安排也。與諾侍者云"夢回茶碗手親扶,雅意溈山轉道樞。自喚主人酬一諾,誰違尊者應三呼。死生到日還能否,辜負當年是有無。妙得古人行履處,了無些事作工夫"。意蘊高超,句法屬對尤精妙。頸聯具山谷手段。與充維那云"機梭未動若為顏,一點虛靈入道環。明月光中窺自己,白雲影外到家山。金鼇轉側夜潮落,玉馬嘶鳴春信還。得手應心無不可,脫然時事豈相關"。送僧歸豫章省親云"賓繭風枝夢不寧,夜堂思對老人星。一心歸去事萱草,千里相求鳴鶺鴒。樹樹丹楓金墮葉,叢叢黃葦雪浮汀。西山秀骨濯秋雨,窗戶卷簾分遠青"。南麓新居云"山麓水濱竹木陰,我儂懶養靜居深。一生自足淡中味,三際那收閒底心。壑雲未成出岫意,松風能作下灘音。十分清興與誰共,想有沃洲支遁林"。送廣禪人云"溫風促客下雲嶺,觸處無心即道游。得坐會當明變豹,出門須解倒騎牛。衝煙筇入青蘿徑,載月船回白鳥洲。中外夷猶功跡絕,瀄然天水一成秋"。過般若庵云"重軒瘦立曲欄頭,島嶼青微冷枕流。望眼解隨沙水轉,賞心真與岸雲浮。平分野色連延屋,點破江光相趁舟。般若空宗深得義,森羅元不礙人休"。與孫宣教云"作別江頭五載餘,海邊相訪未嫌迂。山林意與世幾絕,丘壑姿逢秋更臞。約我道耕新活計,輟君詩戰老工夫。兒婚女嫁誰家事,居士有心從馬駒"。此亦釋家之江西派也。以何學士韻示像侍者云"茂養高標松抱苓,歲寒姿傲雪霜丁。蕭騷風度山林韻,偃蹇氣鍾丘壑形。霽月霽雲胸次淡,秋山秋水眼棱青。磨塼誰問馬師語,妙發枯龜一灼靈"。偈頌針線貫通云"峨峨青山著秋瘦,毛髮凋減風骨舊。白雲乃子久相依,清風借力扶出岫。人間雨足便歸來,澹泞寒明同去就。箇中消息妙不傳,白雲無心青山壽"。針線貫通,白雲出岫,雨足歸來,寒明同就,此即是明月藏鷺,銀碗盛雪,了却平生,至簡而已。是謂相應,別無可得。

無準師範

天童覺和尚詩戰老將,英風自快,所謂霽月霽雲胸次淡,秋山秋水眼棱青,即其勁拔之姿也。五老回看更癡絕,渠應怪我得工夫。真工夫往往不經意中得之也。而無準師範偈頌往往作平淡語,似不見工夫。予尤高之。佛鑑禪師語錄卷第五為偈頌,華光十梅之絕後再甦云"孤根脫落偃蒼苔,冷地無端笑眼開。莫怪雪霜欺不得,只因曾向死中來"。可謂事理無礙。冷地無端笑眼開,已極傳神語。只因曾向死中來,則掀天掀地,赤灑淨裸,透究竟處消息。淡中有味云"半開半合榮枯外,似有似無閑淡中。自是一般風味別,笑佗紅紫鬪芳叢"。誠所謂先觀其平淡,再察其聰明。平淡天真,真空妙有。愈平淡,有之妙愈不可測。紅紫爭艷,并無增損一分。一枝橫出云"莫謂南枝能放花,傍分北秀亦堪誇。黃梅不用爭高下,草本傳來共一家"。此真乃曹溪宗有平常心者,為古德所鮮道。昔日宗門尊惠能而抑神秀太過,予不甚以為然,今觀此偈,先得我心矣。高下隨宜云"樹有高低枝短長,花開隨處恰相當。都緣妙得毫端趣,豎抹橫拖總不妨"。寫意畫,妙在用筆,而意在筆先。意造精微,如胡兒騎馬,豎抹橫拖即其四蹄也。幻花滅盡云"花分枝北與枝南,向背橫斜有許般。何待支郎強描邈,開時便作謝時看"。開時便作謝時看,所謂應無所住而生其心,此句尤神妙。實相常圓云"黃底自黃青底青,枝頭一一見天真。如今酸澁都忘了,核子如何舉似人"。末二句禪機迥出,只可親證意會,不可言傳。此華光和尚真跡,其形無存已成幻滅,其神則賴無準偈頌而不朽焉。而無準之偈,又超乎華光梅,以詩句直指人心故。朝陽穿破衲云"橫片豎片胡亂搭,長針短針信意聯。但見日頭東畔出,不知塵世是何年"。對月了殘經云"入海算沙徒自疲,風前月下幾攢眉。即今休去便休去,欲覓了時無了時"。政可為世間學人之誡。欲覓了時無了時,故當以不了了之。次韻題大梅常禪師塔云"茫茫摘葉與尋枝,獨許山翁親見伊。點著直行三萬里,至今腳跡少人知"。"視死生如遊戲場,固知老子不曾亡。祇今何處問消息,風遞梅花撲鼻孔"。二首尤感親切。大梅禪師亦予素所仰慕之人。石田云"紛紛多是競膏腴,確實誰能下一鋤。幾見萌心還懍懼,只緣無處著工夫"。幾見萌心,已足羞愧,只緣石田本無處著工夫故。高原云"佛祖仰望不及處,暗通一線幾何深。冰嚴雪冷無人會,空瀉斷崖千萬尋"。暗通一線,空瀉千尋,傳佛心印,冰嚴雪冷。復古云"麥已登場稻滿田,簣桴土鼓樂平平。不知將謂羲皇世,元是天開寶慶年"。此所謂王登寶殿,野老謳歌。雲谷云"或卷或舒多變態,隨呼隨應發天真。誰知路轉峰回處,幽鳥啼芳別是春"。破重關往往如是,一關破,境界一新,不期又破一關,幽鳥啼芳別是春,新者又舊。常覺云"暫時不在還同死,徹底惺惺亦自瞞。長愛東村老婆子,逢僧也解道和南"。常覺常醒,妙在徹底惺惺亦自瞞。自瞞,密行也,渾沌也,無分別心,聖而愚,智而瘋。大芙蓉接待云"水雲何處覓行蹤,踏破天台鴈蕩峰。脚力盡時消息在,小芙蓉接大芙蓉"。鷄鳴接待云"水雲遇夜須投宿,飯飽何妨又進程。山主豈徒開接待,養鷄意在五更鳴"。末句在人意表之外。元道士云"黃衣捨去混緇衣,弃却甜桃摘醋梨。酸澁一時嘗過了,攢眉歸去許誰知"。從門入者,不是家珍。心性流露,莫如醋梨,親嘗酸澁,方是現量境界。相士云"鄰皴一塊爛枯柴,幾見春風長綠苔。豈謂先生也相許,驢年決定放花開"。此語甚軒渠,實有密義,枯木無時非春,非達道知幾者詎能言哉。漁婦觀音云"腥穢通身不自知,更來漁市討便宜。就中活底無多子,提向風前賣與誰"。活底無能買得,只可自悟,看誰契機。此頌可謂神妙。祖師圖云"等是清平世界人,多因閑事長無明。使佗箇箇能安分,圖上何緣有姓名"。釜底抽薪,與雲門一棒子打殺釋迦公案相似。豐干云"淨土不居居穢土,良馬不騎騎猛虎。回頭轉腦謾招呼,誰肯與伊為伴侶"。此亦詼諧,而深蘊大乘道之義諦。普度眾生,故居穢土,超格破迷,故騎猛虎,常人不識,只認穢土,凡夫畏懼,因有猛虎。讀無準偈頌,最令人思日僧良寬之墨跡。畫僧牧溪與無準同時而稍後,亦曾在徑山,畫史會要嘗言其"畫龍虎、猿鶴、蘆雁、山水、人物,皆隨筆點墨而成,意思簡當,不費妝飾,但粗惡無古法,誠非雅玩"。無準偈頌,亦意思簡當,不費妝飾,而神旨超玄,深味雋遠。古人謂牧溪畫粗惡無古法,誠非雅玩,乃屬文人偏頗之見,無足深怪。天童和尚詩雅切清整為多,無準之作對之,似近粗率,然詩味實無準為稍勝,逸筆草草,政此之謂也。(無準孟保相云"澄之不清,混之不雜。融融澹澹,辛辛辣辣。徑山橫讚豎讚,終是讚之不著。但以手加額,道箇南無大慈大悲救苦救難殺人不眨眼底觀世音菩薩"。甚妙哉。)

南宋禪詩擷英

禪偈唐五代第一，北宋次之，南宋又遜之。南宋禪僧文字習氣漸多，不免有時亦如世間詩人無病呻吟。未證曰證，修行之大戒。南宋僧猶多證量，然較之古德，多言數窮矣。今擷其菁華，猶可為澡雪精神也。臨濟宗大慧子孫，卓人尤眾。劍門安分雜詠有云"展鉢開單休解會，橫來直去任生疑。隔宵兒子逢親母，豈待旁人說是非"。此猶藏密大手印所謂子母光明會是也。又云"隨例拋鉤泛五湖，渠船魚滿笑予無。豈知予布鉤頭餌，獨在蒼龍不在魚"。真非凡夫。修行之大要訣，即隨時銷袪凡夫之思維耳。不識此義之人，鮮有不床上疊床、屋裏架屋者。肯堂彥充有"美如西子離金闕"之偈，已見內篇。其頌古有云"重疊峰巒俱鎖斷，知誰深入到桃源。行人只見一溪水，流出桃花片片鮮"。常人只能見桃花片片鮮紅，卻不識桃源本位，不免徒過一生。在識者觀之，片片鮮活，俱是血脈，不真則不鮮，故桃花片片，溪邊人豈容放過。從中或得悟入者。浙翁如琰筆曰"毫端演出言辭海，今古何曾少得渠。須是老盧先悟道，偈成也要倩人書"。真具妙機也。筆似貴重，終是心奴。演史又曰"紛紛平地起戈鋌，今古山河共一天。要論是誰勳業大，莫妨林下野人眠"。具解脫智，非俗士能道。勳業是誰，與汝何關涉。且史學家為真人者，必知道本渾涵，不肯驚動林下野人也。史遷庶幾近之，孟堅尚隔一塵。（誰可為吾語下註解乎。近世史事，則直不容林下野人安眠矣。）無際了派頌古曰"是是非非俱請出，巍巍萬仞如壁立。平生心膽向人傾，相識還如不相識"。此臨濟家風猶在者。笑翁妙堪頌古有曰"蕭蕭蘆葦映江流，獨棹古篷漾小舟。細雨斜風渾不顧，一心只在釣竿頭"。善狀修行人凝神聚氣，所謂如貓之俟鼠者。孟浩然云"眼上雙眉入鬢橫，有時獨跨蹇驢行。因吟一夜落花雨,直至如今字字香"。此最得浩然心意者。浩然詩之佳處,即是字字禪香,無求空寂而空寂自至。太白所以服膺浩然,實亦在此。此秘今被笑翁洩露,果合一笑。友雲宗鑒偈頌有云"山僧有分住煙蘿,無米無錢莫管他。水似瑠璃山似玉,眼前總有許來多"。真大開適語。昨夜夢一清溪,石底鐫金剛經一部,溪名彼瑠璃河。蓋彼岸之彼也。此河非此僧山中物事耶。復嚴克己重陽曰"重陽九日菊花新,茶力能難醉倒人。冷地坐來頻對客,舉頭嫌富不嫌貧"。此非鄭重九所能作者也。所以然者,以鄭詩雖高,著我人之相故。其是嫌貧,志乎謀國,冷地坐來,直是心熱耳。

　　虎丘紹隆之子孫亦多其人。松源崇嶽示官人曰"說禪說道說文章,林下相逢笑幾場。踏著吾家關梲子,白衣拜相也尋常"。白衣拜相以世俗諦說之,後世有劉秉忠、耶律楚材、姚廣孝諸人親驗斯語之弗虛。林下人實為天下士。天目文禮湖隱濟書記贊濟顛曰"隨聲逐色恣遨遊,祇要教人識便休。邏供得錢何處去,堂堂直上酒家樓"。尤有神采。祇要教人識未休,真為大菩薩本色。使不休,則成法縛,亦不韻矣。使文殊不閉口,維摩豈能饒他。無相範禪師辭世偈云"春來萬彙悉皆新,一段風光畫不成。無事妙高行一轉,不知誰是境中人"。此即人境俱不奪者。非真修實證,豈能發明末句。露地白牛,故曰不知。掩室善開頌古曰"作者提持迥不同,廣寒宮裏起清風。一朝踏到雖然活,已落他家陷阱中"。此最可為參禪者誡。少室光睦頌古曰"析骨還父肉還母,不知那個是那吒。夜深失腳千峰外,萬古長風片月斜"。夜深失腳,無意而得之如此。虛堂智愚聞蛙云"半池鼓吹幾黃昏,端的觀音入理門。聞久聲消心路絕,不知身醉杏花村"。此真道人實證語。予頗修此耳根圓通法門,既久,微有心悟。蓋持咒之道,即於咒音入空性也。禪師言聲消心絕,是真開示。杏花村,則是他,非我。我在無雲晴空。退耕德寧頌古曰"清淨法身花藥欄,分明一點不相瞞。有誰得意春風裏,時到階前子細看"。證道須親體,春風看牡丹。寶葉妙源頌古曰"邂逅何期語笑新,秋風松館客邊身。憑欄不語平生事,到老相逢是別人"。尤可玩味。人不能推心置腹,豈能知音相賞。此世諦上說。是別人,即不是自己,見自己,便能見別人,消融人我之別。此勝諦上說。東嚴淨日相士曰"人說先生相最靈,試將一問問先生。山僧未出母胎日,蓋膽毛還有幾莖"。術數大抵只能知後天,不能知先天。禪師與我意同。平居士小溪石橋云"打硬工夫做得成,度驢度馬任縱橫。不知那個腳跟下,踏斷一溪流水聲"。有韻。截斷衆流,驀地得機。南宋曹洞宗詩人有遜焉。大洪慶預臨終偈云"末後一句最難明,轉步回頭千萬程。除卻我家親的子,更誰敢向裏頭行"。亦證量語。直翁一舉聽松云"最喜清聞十八公,枝枝葉葉細吟風。行人只見搖林尾,聲入層雲天半中"。骨氣清矯,下筆雋快。唐賢之遺風也,於格甚高。今人朱剛、陳鈺二氏作宋代禪僧詩輯考,卷七至十,皆南宋之作。予取而觀之,可作可不作者有半。聊擷採其有道者,以為心性脈之光也。

白玉蟾

白玉蟾,南宗五祖,天仙才子,又號紫清真人。其詩格在心性脈、才子詩之間。予讀其謝張紫陽書有云"天地本未嘗乾坤,而萬物自乾坤耳。日月本未嘗坎離,而萬物自坎離耳"。擊節而壯之。本未嘗乾坤,此即真如法界,萬物自乾坤,報化身是也。畢其全集,知其人深達性命雙修之學及禪宗之證悟,三教之書,靡所不究,兼擅詩文書畫,亦道門之雄傑,僅次呂巖一格耳。南宗姚鹿卿廬山集序,即序玉蟾之集者,有云"龍虎鉛汞之說,鹿卿固未之學,然竊謂文章以氣為主,尤不可以皆氣出之。先生噫笑涕唾,皆為文章,下筆輒數千言,不假思索。如元氣渾淪,太虛中隨物賦春,無一點剪刻痕,而曲盡其妙,則所養者可知矣"。所言甚是。南宋懶翁蘇森跋修仙辨惑論言"從容扣之,始覺其方寸一點浩然,發為詞翰,已無煙火氣。一丈草書,龍蛇飛動,詩章立成,文不加點"。朱竹垞嘗言袁海叟"純以清空之腔行之",予言玉蟾之純以方寸一點浩氣而發行之,亦自成理。玉蟾之以氣主之,清空浩然,要以宋賢論之,更近堯夫、東坡一流,絕非山谷、後山一派。南宋潘牥海瓊玉蟾先生文集原序云"易風行水上渙,蘇氏曰天下之至文也,言其得之以無心,而成之於自然也。後欲觀瓊山之文,與其求之此集,不若往謁風與水而問焉,當思過半矣"。雖不無溢美,亦點明其精髓處,在成之於自然也。此誠為釋道心性脈之宗風所在。中晚唐、江西派可以雕琢苦吟,使禪匠道士亦苦吟其偈頌,則何性靈本來之有哉。菩提本無樹,明鏡亦非臺,何其輕靈快捷。真所謂不由學識而能,不假思索而得者。求玉蟾詩集,亦多有此等作,唯才子氣重,不似禪宗巨擘之作之簡達通神也。清人彭鏊重刻紫清真人詩文全集跋云"紫清古文雄偉排宕,縹緲離奇,純乎大手筆。詩則有唐音,有宋體。其愷摯和厚,味之無極者,唐音也。其清新穎異,出奇無窮者,宋體也。要皆不失為大著作手,讀者當自得之"。唐宋俱備,誠如其評。(諸序跋見今人蓋建民輯校之白玉蟾文集新編。)予觀其詩偏學古今之體,出以清新雅健之筆,道氣在才氣中,道氣才氣一體弗二,自又異乎呂、邵、王、邱諸人。呂之詩精且玄,與同時禪家諸宗匠爭勝,玉蟾無此神機。邵寓清真於樸素中,玉蟾則清綺縹緲。王、邱多以詩詞表道學,詞意甚明白,時若俗諺,多諧趣,而玉蟾文采風流又過之。故自異於諸家。紫清雄才,如西湖大醉走筆百韻,即彭鏊所謂清新穎異,出奇無窮者。且清綺之中,每寓一種哀感頑艷之味。此詩之末有云"決之西則西,可以仕則仕。荷鋤死便埋,歸園生為誅。愴神眺高遐,懷寶謹操履。我往蓬萊山,世人勞所企"。骨格泠然,具嚴冷之氣,而辭采峭健,又圓轉無滯,功力深厚。玉蟾七古才氣深長,學太白、樂天,又不拘之。雲遊歌有云"記得武林天大雪,衣衫破碎風刮骨。何況身中精氣全,猶自凍得皮迸血"。文字亦頗鮮活。快活歌、安分歌尤為其道人本色,而辭采粲然,雜以俗語,亦鮮活,不必以尋常尺度繩之。七言律頗類晚唐,多清新俊逸語。送黃心大師云"如今無用繡香囊,已入空王選佛場。生鐵脊梁三世衲,冷灰心緒一爐香。庭前竹長真如翠,檻外花開般若香。萬事到頭都是夢,天傾三峽洗高唐"。此其尤矯健者。黃心大師以官妓身而入空門。高唐之雲雨情識,必賴三峽之水以洗之,方可歸於本覺之性空。白玉蟾又有滿江紅贈此尼師也。末曰"想而今,心似白芙蕖,無人畫"。梅花詩頸聯云"直須何遜為知己,始信張良似婦人",亦雋妙。玉蟾五絕七絕多唐音,以自然勝。然出手太速,不若七律為工。春夕與西林老月下坐二首云"燕子呢喃君得知,深談實相妙難思。久參貝葉云何梵,一見桃花更不疑"。"一物言無也大奇,如何半夜卻傳衣。於知見處生知見,在是非中起是非"。覺此等若禪偈者,味道方長。他作雖清新,終覺淺露。有句云"若到酒酣眠熟後,滿船載寶過曹溪",頗可知其融通禪道,的為張伯端之嫡傳也。

中峯明本

　　中峯明本一代大匠,詩亦禪林之英,足追配雪竇大師。古木云"飽歷風霜不計年,森森涼蔭幾多人。看佗不涉榮枯處,只為根沾刼外春"。石榴云"久於林中觜廬都,幾被秋風著意吹。時節到來開口笑,滿懷都是夜明珠"。深達道本,而不費理義,於鬆快中辦道化人如是。辭住院云"千金難買一身閑,誰肯將身入閙籃。寄語滿城諸宰相,鐵枷自有愛人擔"。示頭陀苦行有云"鬖鬆短髮蓋眉毛,住處惟甘守寂寥。脫却陳年烏布衲,展開双手赤條條"。"閑忙動靜苦中苦,聞見覺知窮外窮。無地卓錐錐亦盡,逢人方好展家風"。"破鉢盂兮沒底船,頭陀活計自相宣。青茆屋住千岩底,雪滿柴床夜不眠"。氣象灑落。此其七絕之尤妙者。山舟十首有云"古云用拙存吾道,吾道何緣用拙存。三萬劫中唯扣己,二千年外不稱尊。雪埋古路誰親到,雷動玄關我獨昏。豈愛對人誇懵懂,惺惺多墮是非門"。"自慚分薄與緣卑,縛箇茅茨已強為。佛法混融無爛日,虛空消長有休時。喙長三尺徒多語,身脆一漚誰共知。盡把聰明交保社,肯思今日致扶危"。"自遠歸來欲罷參,道人留住景疎庵。眉毛罅裏堆青嶂,腳指頭邊擁翠嵐。六月有霜人未委,九旬無夢我全諳。空花影子何多事,撩捩勞生日夜貪"。"道力從來苦不全,塵埃滿面臥林泉。語無靈驗慵書字,見絕玄微懶說禪。爛碎破衣堆過頸,鬅鬆亂髮養齊肩。休將世務頻相伴,今日居山話始圓"。自亦別開生面。眉毛腳指一聯,尤為穎秀洞達。寄陸全之韻"自笑無端二十年,教人平地覓青天。了無人寄風前句,時有書催月下船。遣我去償操斧債,教誰來補買山錢。渾崙嚼破鐵餕餡,只憶山邊與水邊"。句法精妙,意蘊深長。道人亦有俗事,以鬆快自解如此。題雲海亭四首有云"雲接天兮海接天,縱眸舒望若為邊。規模更不容雕琢,氣象從來出自然。梅萼冷含千古雪,栢根清吐半爐烟。客來借問春消息,門外幽禽話最圓"。"際天雲海廓無垠,六戶虛容一箇身。松葉擁爐煨老芋,竹烟凝毳接陽春。夜庭立雪情方泯,古澗敲冰意獨新。盟此歲寒人有幾,多於忙處喪天真"。此其七律之尤勝者。天目四時有云"深居天目底,道者自忘機。念盡禪心密,情逃戒體肥。凍雲侵石磴,寒雪護苔衣。料想參玄者,殘冬不我歸"。虎溪夜話云"共客虎溪濱,交情似水深。話殘今夜月,驗盡古人心。禪話非干學,高詩不在吟。匡廬多白社,應是有知音"。宿天池寺云"吉祥千古寺,一塔聳巍峩。路自天邊上,人從雲外過。聖灯懸木末,雷瀑下岩阿。獨愛冰池月,無心出薜蘿"。秋登絕頂云"三千九百丈,路盡忽逢巔。板石籠珠箔,金颸老翠鈿。群龍橫大野,萬馬驟平川。四際閑舒目,高低總是天"。此其五律之粹,具中晚唐人法度。念盡禪心密,情逃戒體肥。此為實錄。禪話非干學,高詩不在吟,亦警策語。中峯七古亦恣肆可喜,文辭雅健清澈。送僧云"大哉八月錢塘潮,千堆怒雪摩青霄。七尺烏藤烏律律,信手拈來天遙遙。臥龍山前鏡湖水,冷浸天光清似洗。三江九堰共經過,太白玉几清嵯峨。二十里松蔽天月,萬工池上三重閣,重重閣影浮清波。潮音洞裏觀音體,瞬目白雲千萬里。石樑五百老聲聞,鵾胡啼在深花裏。萬八千丈花頂峯,綠蘿千尺懸蒼松。要識東州只這是,何必重穿草鞋耳。當機莫做境話看,也要一回行到底"。他如頭陀苦行歌、托鉢歌、行腳歌、自做得歌、水雲自在歌、松花糜歌,皆自道行人本色,直可與米拉日巴道歌相媲比者也。

張三丰雲水集

張三丰全集有雲水三集,前集傳為三丰親筆。今觀其辭氣,確乎不凡。汪錫齡雲水前集序云"雲水前集者,我三丰先生在元、明間所作者也。永樂時,胡廣等收入大典之內,世間少得其本。嘉靖中,詔求方書,仍從大典中繙出梓行,頒示國師等等。錫齡於康熙五十九年,得此本於揚州書肆,寶而藏之。即花谷藏書也。後有起者,將此板刊出,必能傳其人,讀其詩,知先生之清風高節為不可及也"。(此集本名雲水集,後汪錫齡編張集時改題今名。)今略摘其菁華,以見心性詩脈不能少斯人也。七絕渾健多古氣。如三十二歲北遊云"幽冀重來感慨忘,烏紗改作道人裝。明朝佩劍攜琴去,卻上西山望太行"。上曲云"疏柳蒼黃盡夕曛,悠悠淥水淨塵氛。芒鞋獨上堯峰頂,西望常山只白雲"。雷澤晚行云"水複山重路渺茫,此中應是白雲鄉。晚來獨自行雷澤,明月清風望首陽"。遼陽積翠村二首有云"手執長弓逐鳥飛,是誰知是老翁歸。白楊墓上留詩句,城郭人民半是非"。皆蒼莽拙重。太和山口占二絕有云"太和山上白雲窩,面壁功深似達摩。今日道成談道妙,說來不及做來多"。做來才是真說。陽明所謂知行合一是也。遇家伯雨外史云"看破浮生運市寰,歌聲踏踏上茅山。老兄贈汝無他物,惟有仙家一味閑"。此贈張雨之作。歸秦云"自蜀來秦不避秦,西秦久住似秦人。寶雞石上題詩句,誰識逍遙物外身"。石上題詩,人皆可見,道人物外身,人不可見。棲雲廬閑望二首有云"雲木蒼蒼滿翠微,道人閑眺立岩扉。猛禽鷙鳥無猜忌,門外衝煙踏葉歸"。其詩獨絕,其人深穩。蘇氏滄浪亭記"野老不至,魚鳥共樂",可於三四會之。成都留題姜氏家云"往往來來度有情,葫蘆遊戲錦江城。身藏大道無人識,只愛梅枝插土生"。只愛梅枝插土生,此絕尤可味者。三丰七律,則仿佛讀中州集中詩,與雷希顏、辛愿輩把臂同游。如家居無事忽有邱道人見訪臨別詩以贈之云"我見先生方外來,先生見我笑顏開。無官自合尋黃石,有客何妨共綠醅。出世心從天海落,入山興與嶽雲回。幾時佩劍攜長笛,棚訪高真到碧台"。遊中條山云"九天浮翠鬱岩嶢,綠笠青蓑映碧霄。款款心兒思上界,翩翩羽客到中條。腳頭不用黃河濯,肩背常將白日挑。兩片飛鳧輕似鶴,王官谷裡邊溪橋"。中州紀行云"中州南北遍尋真,到處高歌吊古文。滾滾涸飛卿相宅,茫茫日落帝王墳。身如斷埂隨流水,臂負瑤琴帶夕曛。來日又從河內去,袖中攜取太行雲"。赤壁懷古二首有云"石壁岣岣壓水隈,三分事業此間開。龍爭虎鬥今安在,月白風清我又來。滾滾長江淘日夜,茫茫戰壘激風雷。興酣欲拉坡仙嘯,吹笛乘舟共往回"。由思南過黔江題烏鴉觀云"萬里長江渺碧霞,彤雲飛映到烏鴉。崖寒木落仙寰別,水秀山奇景物華。遊子樓頭傾竹葉,牧童牛背落梅花。興來一覽乾坤闊,笑傲湖天歲月賒"。衡嶽云"今日完全五嶽遊,身騎黃鶴駐峰頭。曾於北鎮先尋訪,直到南衡始甘休。萬里漫雲燕楚隔,兩山剛被坎離收。天然道妙同行轍,又看湘披九面流"。諸詩皆稟天地浩然之氣,而骨相清逸。前歲予登衡嶽,亦嘆今日完全五嶽遊,又看湘披九面流也。瀟湘壯觀,誠學道之寶地。自初升岱宗之巔,至登衡嶽,全五嶽之遊,十餘年耳。此予之清福也。小廬題壁云"陳倉山下道人家,不種桑田不種麻。埋姓埋名藏僻地,自薪自汲老生涯。幾重石嶂撐如虎,一個茅廬小似蝸。氣健身強年已暮,乾坤何處問丹砂"。帶月過武功飛行至棧云"布衲椰瓢欠整齊,夜來飛過渭河西。白雲叫破梁山雁,涼月催回魯店雞。出世多游秦蜀路,摩崖自看往來題。身行險棧如夷坦,始識鸞車勝馬蹄"。元杭省左司員外郎家光弼昱廬陵人余游杭州相遇於湖自謂將有湖山之志書此壯之云"君我相逢姓又同,莫將高尚托虛空。而今氣象兼舒慘,自古賢豪謗始終。千載西湖多隱遁,六橋南渡老英雄。騎驢放艇留佳話,請與先生道此風"。閑吟二首有云"天地悠悠一片雲,何心重與結聲聞。迷離紅翠花三樹,叮嚀高低鹿一群。自是清空通沆瀣,不將搖落歎河汾。虛無枉把靈台鑿,混沌由來總不分"。諸詩意味尤深切。而今氣象兼舒慘,自古賢豪謗始終,此聯尤沈慨。出世多游秦蜀路,摩崖自看往來題,殊有餘音。自是清空通沆瀣,不將搖落歎河汾,可謂事理無礙,對仗亦精奇。可見道人詩功之深厚,詩品之超俗也。五律如讀元故提舉楊廉夫先生集云"鐵崖吹鐵笛,清韻滿崖中。末世聲名大,深山氣象空。為文超宇宙,守節老英雄。惟有華亭月,清高似此公"。鐵笛仙人為真仙所肯,使彼知之,必狂喜不已。世間文妖之謗,可以息乎。(雲水集末有答永樂皇帝並書云"皇帝陛下,福德無疆。臣本野夫,于時無益,荷蒙宸翰,屢下太和,車馬數馳,猿鶴相訝。伏願陛下,澄心治理,屏欲崇德,民福主福,民壽主壽。方士金石,勿信為佳。恭進一詩,乞賜一覽。外附口歌三章,皆系山人祛欲修身之道,毋視為異術,則臣幸甚"。亦平實忠厚之言也。)

陳白沙

　　近覽西樵文獻叢書,有湛甘泉著白沙子古詩教解一編,乃箋注其師之詩者,亦集部之異例。可知甘泉以詩教尊白沙之作,非同於文士之篇什也。其自序云"白沙先生無著作也,著作之意寓於詩也。是故道德之精必於詩焉發之,天下後世得之,因是以傳是為教"。故予編之於心性脈之支裔中,承邵堯夫之詩筆衣缽也。近世錢賓四理學六家詩鈔自序有云"康節詩最為創新,誠可謂理學詩。白沙有意追摹。然兩人一居城市,一隱海濱,康節於物理、史跡研窮廣泛,著述亦豐,數學尤其絕業。而白沙則一片空明,除刻意吟詩外,其他似少厝意。然明代理學家,每以白沙、陽明並稱,可見理學家重在人生日用。而人生日用之所重,則在其情懷境界。白沙乃以一詩人而高踞理學上座,可窺此中消息矣"。所言得之。白沙無意著述若陸象山,而以詩情見其實證,亦猶米拉日巴尊者無著作,以道歌見其見地竅訣也。惜賓四不擅詩,同時儒家有威聲者,亦多不能詩,唯馬湛翁超犖出群爾。而湛翁又不甘於邵、陳之格,而轉于古人之地與文豪爭勝也。白沙之詩,四庫提要言"其詩自擊壤集中來,另為一格。王世貞謂其詩不入法,文不入體,而妙處有超出法與體之外者。可謂兼盡其短長"。元美之評固佳,然不免作牆外語。使以白沙之心觀之,則元美所謂法與體者,又為羈勒之於野馬,駢拇之於真性,誠所謂道不同不相為謀也。黃梨洲論白沙之學云"以虛為基本,以靜為門戶,以四方上下、往古來今穿紐湊合為匡郭,以日用常行分殊為功用。以勿忘勿助之間為體認之則,以未嘗致力而應用不遺為實得。遠之則為曾點,近之則為堯夫,此可無疑者也"。此方是真詩評。雖評其學,真乃解其詩道者。如其詩的然未嘗致力於法體,而應用不遺。其五古尤善於穿紐湊合於上下古今,而不脫日用常行。湛甘泉所選之作,多是此類,弟子真不負其師授。白沙之詩髓,實存其五古。甘泉所選皆五古,而賓四所搜五言、七言、古、律皆備,似勝於湛氏,而實弗若其高明。白沙七言古近體,亦閒逸,然已染文士之風,已患清淺,弗若其五古渾成,能自顯其性地之浩氣奧蘊,不可句摘,令觀者忘所謂詩法文體者。故賓四又不如湛氏。

王陽明

陽明先生,近五百年中一人也。其詩文根柢甚深,今摘其屬此心性脈之篇什,稍窺其學奧窔之一二。次欒子仁韻送別四首有云"操持存養本非禪,矯枉寧知已過偏。此去好從根腳起,竿頭百尺未須前"。此心自性具足,矯枉強行,動念已乖。然亦須操持存養實地功夫,不可淪於玄虛。唯腳根立定,自性打開,則百尺竿頭,不前亦前矣。末句似破禪宗常語百尺竿頭再進身者,實言存養之道,重在從容,無須刻意向前,亦如矯枉易過偏也。又云"野夫非不愛吟詩,才欲吟詩即亂思。未會性情涵詠地,二南還合是淫辭"。此亦毒辣手段,誡文士以吟詩而動分別意識,難能致良知也。捨本逐末,習氣已增。予設釋道心性脈於十二大脈中,源乎詩道血脈之事理而外,亦有此意在。惟未會性情涵詠地,二南還合是淫辭,下語尤斬絕也。書汪進之太極巖二首有云"一竅誰將混沌開,千年樣子道州來。須知太極元無極,始信心非明鏡臺"。言周濂溪無極生太極之說,而太極無極本是一,濂溪不免一竅開混沌。(周子之說之奧義,可參拙著宋儒忘筌篇上。)良知四首有云"人人自有定盤針,萬化根源總在心。却笑從前顛倒見,枝枝葉葉外頭尋"。亦類禪偈。"無聲無臭獨知時,此是乾坤萬有基。拋却自家無盡藏,沿門持鉢效貧兒"。末二句則徑用佛典矣。白玉蟾云"天地本未嘗乾坤,萬物自乾坤",無聲無臭即此未嘗乾坤者,所以為萬有之基。示諸生三首有云"人人有路透長安,坦坦平平一直看。盡道聖賢須有秘,翻嫌易簡却求難。只從孝弟為堯舜,莫把辭章學柳韓。不信自家原具足,請君隨事反身觀"。領聯尤有味。常人以難為貴,不知簡易功夫為遠大也。別諸生陳義亦甚圓,詩云"綿綿聖學已千年,兩字良知是口傳。欲識渾淪無斧鑿,須從規矩出方圓。不離日用常行內,直造先天未畫前。握手臨歧更可語,殷勤莫愧別離筵"。領聯精切之至,上學下達之理俱圓矣。陽明之學,觀此詩篇數首,知其大體并無異於三教之往聖前賢,正所謂道無增減者是也。今歲率諸生拜陽明故居於會稽城中,後共飲於黃酒博物館。綿綿聖學,不離日用,此義宋明儒教發明深切,而陽明先生尤有功於近世也。

高景逸

錢賓四選理學六家詩鈔,作高景逸別傳言攀龍自六和塔猛醒發憤之後,半日靜坐,半日讀書,靜坐中不帖處,只將程朱所示法門參求,立坐食息,念念不舍。"偶見明道先生曰,百官萬務,兵革百萬之衆,飲水曲肱,樂在其中。萬變俱在人,其實無一事。猛省曰,原來如此,實無一事也。一念纏綿,斬然遂絕,忽如百斤擔子頓爾落地,又如電光一閃,透體通明。遂與大化融合無際,更無天人內外之隔","平日深鄙學者張皇說悟,此時只看平常,自知從此方好下工夫耳"。此即禪宗悟後起修之義。景逸之悟,亦與宗門何異哉。別傳又云景逸"所為詩不多,流傳亦尠,然其詩皆日常生活中之性情語,高淡近淵明,質樸類禪偈。較之邵、陳,又是一格"。幽居四樂讚管幼安、陶元亮、陳希夷、邵堯夫四人,其四曰"我愛邵堯夫,緬懷發清吟。當其在百源,危坐必正襟。會此丸中理,寧受外物侵。心空百營息,氣靜天根深。爰以風月談,聊見羲皇心"。此為康節之知己也。爰以風月談,聊見羲皇心,此尤可味。客途云"旭日照輿中,仲冬藹如春。焚香玩羲易,暝目怡心神。每入野店中,宛若家室馴。糲飯甘如飴,村醪白於銀。充然醉飯後,晏臥芻藁茵。但覺無事樂,不知客途辛。望望故園近,歲杪兒孫親"。此尤渾成具坦夷之風。韜光山中雜詩五首有云"開窗北山下,日出竹光朗。樓中人兀然,鳥雀時來往"。"日暮山寂靜,樹響棲烏下。獨行深澗邊,野花摘成把"。"時穿深林出,人境忽如失。落日照前山,松間一僧出"。詩境高簡古澹,仿佛出唐賢之手。恍然如見其人。白雲篇其二云"心隨白雲遠,亦隨白雲遲。欲隨白雲滅,白雲無盡時"。最見悠懷。水居漫興有云"水綠山青自在,日來月往如斯。有味津津誰會,無言默默自怡"。"楊花點點上下,燕子飛飛去來。春色行看盡矣,山茶還有未開"。"綠樹遮山有態,白雲遇水無心。一窗半開半掩,四月乍雨乍晴"。"桃花一叢為佳,柳樹幾行足矣。行樂不務其多,人心自不知止"。"一點兩點村火,三聲四聲漁歌。半生得趣不少,百年好景無多"。"山中別無妄念,三茶兩飯便足。種成百樹梅花,此是窮奢極欲"。"靠山一畝種竹,近水兩畦栽花。客至莫愁下箸,二十七種菜鮭"。"赤日墜於西隅,白日升於東牗。我趁於此開尊,佩得金印如斗"。此已有仙家富貴氣。次韻劉伯先閉關韻云"在在名山寂寂峯,淵泉深處有潛龍。非於太極先天覓,只在尋常日用逢。當默識時微有象,到名言處絕無蹤。洗心藏密吾曹事,長掩衡門獨撫松"。光潔精微。靜坐吟云"靜坐非玄非是禪,須知吾道本於天。直心來自降衷後,浩氣觀於未發前。但有平常為究竟,更無玄妙可窮研。一朝忽顯真頭面,方信誠明本自然"。此真禪師語也。詩趣尤佳者為至水居。"何事驅車緇洛塵,歸來煙水味逾真。寒塘古岸五衰柳,落日秋風一老人。兀坐冥然天地古,觀書怳爾性情新。未須蒿目憂時事,聞道明君信直臣"。此集中詩格最高之作也。七絕如水居題壁云"澗水泠泠聲不絕,溪流茫茫野花發。自去自來人不知,歸時常對青山月"。(此為唐華山老人月夜詩,不知何時入高景逸集中。)賞花云"春風無恙一登臺,猶見桃花滿徑開。無計可留花再住,明年花發約重來"。非有道之士,何能造此乎。亦惟此閒淡之士,方能於國家危難之際,殺身成仁於從容鎮定之中也。

明僧詩偈

宗泐、楚石,明初禪林之傑。天台宗泐聞名國初,國雅謂其詩"如乘蘆涉江,雪浪淩空,步步超脫塵埃"。觀其作,只為詩僧中龍虎,然非吾心性脈所喜選者。泐秀才好作詩,非是偈,已近世間文人之習,覺範一流是也。梵琦楚石,靜志居詩話謂其"僧中龍象,筆有慧刃,淨土詩累百,可以無譏。和寒山、拾得、豐干韻,亦屬遊戲。讀其北遊一集,風土物候,畢寫無遺。志在新奇,初無定則。假令唐代緇流見之,猶當瞠乎退舍,矧癩可、瘦權輩乎"。所評頗高。陶元藻全浙詩話卷三十八,錄明方外詩,又知雪嶠、明秀、道衡三人。圓信雪嶠,蠖齋詩話云其有天目山居詩"簾捲天風啼曉鴉,閒情無過是吾家。青山個個伸頭看,看我庵中吃苦茶"。此略有古風者。王陽明友僧明秀學江,臨終偈云"一夜小床前,燈花雨中結。我欲照浮生,一笑浮生滅"。素為詩僧,惟此偈最見宗門本色。道衡方平,托跡南屏山下,詩格清奇。力農云"衲子家風在,空山自有年。死心衣帶下,生意钁頭邊。火種鋤秋月,刀耕破曉煙。倦來何所事,高枕夕陽眠"。詩雖佳,終非唐宋古德之心傳也。

一休宗純

　　夫法演、圜悟師弟所創之艷詩偈,南宗禪林亦有傳其緒者,其後漸寢。而真能集其大成,非出中華,乃扶桑之一休宗純。即狂雲子是也。一休其人禪悟後焚印可狀,十字打開,放浪形骸,所行多震怖世俗之事,狂行肆恣,又勝過中華濟顛一流,尤難以常理凡情計。中華自漢以來,禮教為尚,而彼邦禁忌少之,遂有此狂雲子以淫艷之偈橫行本邦。使當日置諸中華,必目之邪魔,恐難流佈。今日觀之,不免莞爾。艷偈之外,其所作禪偈尤繁,多深湛妙悟之語,洵為宗門本色,非俗士俗僧所可想見。彼亦仿佛八大之流。考其生於吾華洪武二十七年,當明初人也。狂雲集題淫坊云"美人雲雨愛河深,樓子老禪樓上吟。我有抱持嚛吻興,竟無火聚捨身心"。樓子即唐樓子和尚,因聞妓樓有歌"你既無心我便休"即開悟者。樓子和尚是樓下拜,此僧則徑在樓上吟,抱持嚛吻,露骨直寫,較之法演小玉偈之蘊藉,截然不同。此尤見一休獷直之風。集中較此首愈露骨者猶眾。羅漢游淫坊圖二首云"羅漢出塵無識情,淫坊遊戲也多情。那邊非矣那邊是,衲子工夫魔佛情"。用三情字。魔佛在一念之間。又云"出塵羅漢遠佛地,一入淫坊發大智。深笑文殊唱楞嚴,失卻少年風流事"。此偈尤高絕,末二句可謂得法演之心傳。二詩意蘊彌深,不類前作露骨。集中如此三偈者甚多。又有示邪淫僧云"銀燭畫屏殘月曉,錦茵甲帳落花春。生身苦墜在火坑,花顏玉貌也何人"。則又厲誡邪淫之僧將墮火坑也。一正一反,一獷直一蘊藉,政見其人性情微妙處。此是禪門本分事,不可以凡情思量。艷偈今不枚舉。(一休此種艷偈,欲於漢地覓知音,幾無有。然使傳至藏地,則解人甚眾。近世如秋陽創巴仁波切、陳健民上師等,實可為一休禪師之知音也。一休可謂日本之秋陽創巴也。)一休漢詩,冠於彼邦。狂雲集中佳篇雅什甚夥,置諸中華,亦將上駟。尺八云"因憶宇治庵主曾,飢腸無酒冷於冰。明皇天上羽衣曲,偶落人間慰野僧"。最能狀尺八音曲之玄奧。此詩高格,使明初人高季迪輩觀之,亦當稱許。又有詠尺八者云"一聲尺八萬行淚,長睡枕頭愁夢驚"。予門人無為君從日人習尺八,常聞其適意吹之。有一休所作之紫野鈴慕曲。東坡像云"竺土釋迦文殊師,即今蘇軾更看誰。黃龍禪味舌頭上,萬象森羅文與詩"。故知狂雲集文字,所私淑艾者即蘇子瞻也。大慧宗杲亦頗崇東坡,嘗於徑山寺鑄其像而敬禮之。一休承其餘風,而變本加厲焉,不恤以魔身現。菊云"印開三要與三玄,領略汾陽黃菊禪。九月終無殘秋興,吟魂羈晦暮雲天"。末二句氣遒味蒼,真為高格。清季鄭海藏善作重九詩,其味頗有與之相類者。山居云"孤峯頂上出身途,十字街頭向背衢。空聞夜夜天涯雁,鄉信封書一字無"。此得唐調之正音,意味深長。亦詩亦偈,無詩無偈,悠然為懷,莫可擬議,置諸唐宋禪林中,亦是卓作無礙。半雲云"膚寸無根而點碧空,安身立命在其中。夢魂昨夜巫山雨,吟斷朝來一片蹤"。以半雲喻佛理參證之妙,亦自清空幽玄,不費心力。無根而點碧空,是為究竟,安身立命在其中。然此若非夢魂昨夜巫山雨,何能參證。一片雲蹤,寄其過來人之心聲也。故此集亦如寶山,惟無心者得之。要以禪偈文字境界論,明初漢僧文字尤高如楚石梵琦、季潭宗泐、來復、道衍和尚,其詩偈之靈能,愚意當皆甘拜下風。觀諸僧詩,實多已與文士無異,雖佳,本色漸失。唐宋古尊宿自性地流露,萬斛泉涌,至南宋始衰,至元明初則大衰。虞翻嘗言芝草無根,醴泉無源,所言是也。芝草醴泉,亦出異域。使無明季清葉諸宗匠遒發重振焉,此脈早絕。日僧文字之能頡頏漢僧不相下,即自此狂雲子始。(彼邦文化亦於此室町之時代,融鑄唐宋而漸脫落其格式,自闢新機。其後愈出自家面貌,蔚為風氣,其藝文器物風味之異乎中華,一辨即知。此為彼邦之大事,究其源委,即自此一休宗純始。一休亦善書,拙著書史亦嘗述其書學。其辭世偈墨跡今世猶存,尤可見其實證境界非虛妄也。)

紫柏尊者

紫柏老人集卷十八至二十為讚、頌古、偈之體,多為詩也,卷二十五至二十九,又設詩、歌之體,亦為詩也。紫柏真可為四高僧之一,詩偈所作甚富,氣體高華,筆力雄勁,足可繼軌中峯明本。竊謂其詩偈七律第一,七絕第二,五言、古體略遜之。今觀其文字駿奔雄快,略摘其精華,以見其高邁精微之處也。五言如潭柘元日聽泉云"一年今日始,寒谷煖初生。松下浮天色,雲邊領磬聲。翻然辭絕壑,此去向滄溟。吾道秋風冷,波光浴日明"。紙花偈云"人言此花假,我謂此花真。紅白香欲浮,作者之精神。於此觀天地,離心無纖塵。況居天地者,謾誇造物新。智者見之智,仁者見之仁。通塞本無窮,萬事存乎人"。題骨香菴隆公靜室畫梅云"萬木凍欲死,枯槎銜春色。禪房午夜寒,明月挂枝側。彷彿暗香浮,鼻根不可識。支郎定初回,瘦影橫癱肋。此意向誰言,冰魂自相得。鹽梅非所望,投老終佛國"。飫鳳林寺有感云"昔人依寒巖,虎豹常為伍。片心委寂寥,頽然混沌父。古木不知春,鳥不驚樵斧。一旦陽光回,白雲化丹圃。我老欲投杖,已生峨嵋羽"。氣息古而腴,造道之士,自多華澤凝遠之意。七言如偈云"搜剔春光不見根,雲來雲去石無痕。夢中行盡風波路,醒後漁舟泊故村"。"桃源仙子昔曾逢,別後重來訪舊蹤。滿院好花零落盡,却於樹底覓殘紅"。題金沙寺岳武穆王碑陰碑中有陪僧寮謁金仙之句云"將軍何事謁金仙,弘忍精忠本一源。不具殺人真手段,安能截斷世間纏"。過活埋菴十首有云"埋身何必在青山,但自無心萬境閒。怪底老禪太多事,白雲深處立重關"。"自古名高累不輕,飲牛終是上流清。吾師未死先埋却,又向巢由頂上行"。懷楊慈湖先生三首云"曾讀先生所著書,明星朗月照禪居。夜來頭面渾呈露,知我慈湖浪裏魚"。"那個男兒不丈夫,念頭纔起便模糊。試看白日青天上,雲翳從來一點無"。"慈湖今日尚長清,誰謂先生有死生。何處風來波浪起,依然不斷講經聲"。皆一團光明磊落氣象。(示申知離雄心偈并序云"夫雄心者,有不雄者為其母。今有人於此,不得其母,而欲強制其子,是謂子制子,子終不服。惟得母者,可以制子也。故曰銅山崩,雒鐘應,母囓指而子心痛。皆以母召子也。子孰不應。永嘉云,不離當處常湛然。子耶。母耶。知此者,是謂得母。偈云,雄心若可銷聲伎,片掌應須置岱嵩。欲海萬尋終莫測,愛源一滴竟何窮"。內多奧義,非深於修證之士,何能為解人。且喜大師已親制長序矣。此作尤可為此心性脈典範之作也。)七律如詠懷云"小小狂歌混狗屠,翻然一旦醉醍醐。胸中日月光無盡,身外風塵患已袪。虎豹由來山寺犬,王侯誰悟利名奴。閒朝何事堪消遣,飯罷看雲獨倚梧"。過楞伽州遺麟郎云"孤巖面面生雲烟,無限魚龍鬧水天。欲遣百非煩問答,那消一句蕩中邊。不須設險人難到,但若無求地自偏。大慧日長何所事,經殘抱膝看鷗眠"。登岳陽樓懷呂仙翁云"見說先生醉此樓,任教呼馬亦呼牛。無緣濁世誰青眼,得意滄波有白鷗。一劍寒光天闕冷,半瓢明月洞庭秋。君山笑我登臨晚,知爾還同旦暮遊"。過陽羨蜀山弔蘇長公云"來自黃州老此身,青山流水隔風塵。心同日月難逃謗,名滿乾坤不救貧。遷謫幾番生似夢,文章終古氣如春。清秋何處堪悲弔,蜀阜荒祠一愴神"。謝劉司丞云"但當淨意等虛空,何必頻來訪遠公。王事若將家事做,世心便與道心同。須知一死難高下,自古浮雲易始終。每笑閒身無所用,縱觀山水走西東"。詩體得唐人之正音,俱有雄駿之氣,對仗亦精奇,而甚見其修證之深,遣詞自異於士夫。如虎豹由來山寺犬,不須設險人難到,王事若將家事做,須知一死難高下數聯,豁顯其性地本色,而辭氣高邁,非理學家承襲邵詩者可比也。故知紫柏之詩,亦有明詩僧之魁傑也。(列朝詩集小傳牧齋問憨山大師紫柏何如人也。師曰"悲願利生,弘護三寶,是名應身大士。其見地直捷穩密,足可遠追臨濟,上接大慧"。"然則以紫柏繼臨濟一燈可乎",師曰"師固不忞為轉輪,真子以前無師派,未敢妄推也。臨濟一派,流佈環區,五十年來,獅絃絕響,正眼未明,邪魔亂法,妄自尊稱臨濟幾十幾代。如紫柏者,嗣法不嗣派可也"。嗣法不嗣派一語,予心有戚戚焉。)

蓮池大師

予常拜蓮池大師塔於五雲山下,兜雲亭邊。惜道場已無有。杭州志府言其"三十二歲,辭家祝髮,遍參諸方,皆有開發。過東昌有悟,作偈有魔佛空爭是與非之句"。此方無愧詩偈者。今檢雲棲法彙,山房雜錄卷二有蓮池之詩,多警悟世人之作。即事十首其末云"堂堂圓顱客,臨終兒女顏。嬝嬝蛾眉流,坐脫如入禪。古來僧化俗,今俗為僧先。嗟哉復嗟哉,主賓誠倒顛"。甚為醒目,可為今日沙門之誡。示孫居士無高云"人苦凡夫名,超之欲入聖。操此上人心,窮高不知病。我觀聖與凡,無欠亦無賸。廓然平等門,高下何足競。抑之又抑之,乃見真如性"。廓然平等門,乃治此窮高之病。答頭陀袁希賢亦極妙。"須知有念終無念,千丈綺羅無一線。誰識無情卻有情,庭前鐵樹發新英。無亦非,有亦非,偏南倚北莫相譏。無亦是,有亦是,東行西去隨我意。君不見虛空本自絕中邊,東南西北何曾異"。此真弗媿雪竇、大慧者。大師詩功甚深,佳篇甚多,為明季詩偈之英,非僅修證弘法為百世之範而已。

憨山老人

使以宋僧參寥、覺範之詩而觀明僧之作,明季蒼雪、憨山、紫柏自屬第一流。蒼雪詩格尤高渾。使以唐宋古尊宿之句偈而觀之，則憨山德清當為明清第一人，尚在紫柏尊者之上。憨山合此二種為一體，意味尤高也。自贊有云"非俗非僧，不真不假。肝膽冰霜，形骸土苴。一味癡憨，萬般瀟灑。若不是聖天子破格鉗鎚，如何得隨伴著將軍戰馬。看他別有一種精神，恰不屬之乎者也"。自贊又一則云"威威堂堂，澄澄湛湛。不設城府，全無崖岸。氣盡乾坤，目撐雲漢。流落今事門頭，不出威音那畔。無論為俗為僧，肩頭不離扁擔。若非佛祖奴郎，定是覺場小販。不入大冶紅爐，誰知他是鐵漢。只待彌勒下生，方了者重公案"。甚可見其格局才思。(憨山老人夢遊詩集自序嘗云"丙申春二月，初至戍所，癘飢三年，白骨蔽野。予即如坐屍陀林中，懼其死而無聞也，遂成楞伽筆記。執戟大將軍轅門，居壘壁間，思效大慧冠巾說法，搆丈室於穹廬，時與諸來弟子，作夢幻佛事。乃以金鈚為鐘磬，以旗幟為幡幢，以刁斗為缽盂，以長戈為錫杖，以三軍為法侶，以行伍為清規，以吶喊為潮音，以參謁為禮誦，以諸魔為眷屬，居然一大道場也"，"予知醒眼觀之，如寒空鳥跡，秋水魚蹤。若以文字語言求之，則瞖目空華，終不免為夢中說夢也"。其精善文字如是。若不是聖天子破格鉗鎚，如何得隨伴著將軍戰馬，即謂充軍遠戍雷州之事。此頗類乎奉旨填詞柳三變。)頌佛祖機緣三十則予尤喜之，文理精妙，不失宗門本色，弗遜乎宋僧之作。有云"地獄天堂有甚差，受恩深處便為家。人生適意即為樂，何用閒情檢點他"。"擎來平地起干戈，放下教伊沒奈何。直到水窮山盡處，縱無一物也嫌多"。"分明大地露堂堂，一片袈裟豈蓋藏。纔說密時原不密，舌頭遍地太郎當"。"斜陽芳草正萋萋，漫把王孫去路迷。多少迷中留宿客，五更夢破一聲雞"。"趙州一味澹生涯，但是相逢請喫茶。若問梅花探春色，一枝牆外過隣家"。"長江無際渺風波，一任輕帆帶雨過。到岸回頭看白浪，愁心轉比在船多"。"路到懸崖沒處行，轉身一步腳頭輕。要尋挂角羚羊跡，有眼饒君亦似盲"。"寒巖雪壓一枝梅，無限春光不放開。却被東風輕漏泄，暗香吹入夢中來"。皆道禪悟中事，非實證至深，又精文字詩律之學，何能道得。佛家自古網羅英才，而為世間所羨。觀憨山之詩可知之。卻被東風輕漏泄，暗香吹入夢中來，此偈尤妙，點出寒巖雪壓春光不放之際，恰恰為暗香入夢之時，行人豁然如桶脫底，正在不安排、不經意間。予當年猛然脫落，亦蒙此東風漏泄之大恩也。出圜中過長安市四首有云"長安風月古今同，紫陌紅塵路不窮。最是喚人親切處，一聲雞唱五更鐘"。"體若虛空自等閒，纖塵不隔萬重山。可憐白日青天客，兩眼睜睜歎路艱"。"飄風聚雨一時來，無限行人眼不開。忽爾雨收雲散盡，太虛原自絕塵埃"。示果弘福堂二侍者歸故山有云"瀰茫煙水望何孤，底事逢人問有無。回首萬山清徹骨，尚餘春色滿平蕪"。寄高常侍云"憶昔長安話別時，雪中把臂立臨歧。而今萬里炎荒外，一念清涼君獨知"。戊申夏日重過羊城偶成云"五臺千尺雪蒙頭，只道寒灰死便休。誰想一星星火種，焚燒大地更橫流"。諸詩氣度非凡，然非含辛茹苦歷煉至深，弗能為也。其五律學盛唐，法度儼然。腰沽道中云"荒途無遠近，曲折似兼程。地逐河流轉，人依鳥道行。雲間孤鶩沒，木末片帆輕。回首長安路，難聞塞雁聲"。化州道中云"岡巒盤廣漠，曲折不知層。夾路疑函谷，居人似武陵。林深藏虎豹，天遠擊鷳鷹。何事風塵道，驅馳一老僧"。化州云"孤征過萬里，道遠慨逾深。山色蚺蛇氣，人言鳩舌音。蘧廬今日事，冰雪一生心。縱有參天木，難同祇樹林"。放船云"秋水芙蓉滿，扁舟一葉輕。安流猶故宅，飄泊是歸程。踈雨炎蒸退，清風穀浪生。往來隨所適，不信鷳鴣鳴"。七律尤有高致。丙申二月抵廣州寓海珠寺云"天涯歷盡尚遐征，百粵風煙不計程。涉險始知塵海濶，道窮轉見死生輕。暫依水月光明住，偶向琉璃寶地行。到岸舟航今已棄，上方鐘鼓為誰鳴"。記公自廬山遠問曹溪云"遙向曹溪問鏡臺，入門一見笑顏開。身將廬嶽閒雲至，心帶燕山白雪來。生死歷窮天外路,寒暄寫盡嶺頭梅。故人但得如君思,此念令余早已灰"。登徑山凌霄峰云"獨上高峯倚杖藜,侵人空翠轉凄迷。西來二目如鵬翼,東去千山似馬蹄。絕壑久稱獅子窟,空林終許象王棲。只今欲說無生法,麈尾纔揮萬象低"。示衆云"平生蹤跡任前緣,慚愧形骸未脫然。一片閒心隨處見,無端白髮暗中遷。自知來日皆除日,誰信添年是減年。回首家山歸去後,萬峰高枕石頭眠"。釋教所謂龍象之才,德清其人若龍若象之處,觀此文字亦可想見矣。

蒼雪讀徹

明清鼎革之際,異僧雲興,一鷄足山卽出畫僧擔當、詩僧蒼雪。擔當冷逸出格,復開生面。蒼雪則精研華嚴宗,通曉經論,亦精禪悟,而尤神聚於詩,爲當時巨擘所推崇焉。有南來堂詩集傳世。予今得之矣。觀讀徹和尚詩,置諸士夫中亦是靈光獨曜,誠可謂有明之參寥子。亦依道潛、惠洪之例,本不必列此心性脈中,而當在盛唐一脈。蓋以吳駿公一語故耳。梅村詩話言蒼雪"以壬辰臘月過草堂,謂余曰,今世狐禪盛行,一大藏教,將墜於地矣。且無論義學,卽求一詩人不可復得,乃幸與子遇。我襆被來,不曾攜詩卷,當爲子誦之。是夜風雨大作,師語音偪重,撼動四壁,疾動,喉間咯咯有聲,已呼茶復話,不爲倦。漏下三鼓,得數十篇,視階下雨深二尺矣。當其得意,軒眉抵掌,慷慨擊案,自謂生平於此證入不二法門,禪機詩學,總一參悟。其詩之蒼深情老,沈著痛快,當爲詩中第一,不徒僧中第一也"。蒼雪嘗自道於詩證入不二法門,禪詩總一參悟之,此卽我釋道心性脈之心旨所在。禪機詩學,兼參互照,不著兩邊。如擔當作畫,亦自寫其心性,不恤世間畫苑之繩尺。而蒼雪既合世間詩人之法度矩矱,又能自寫心性之超然,爲禪境之印照,所以爲貴。梅村錄其佳句,如贈方密之云"山中久不見神駿,世上人多好畫龍",律對精妙,可謂渾成,而氣骨絕高。密之誠然一代之雄傑,弗愧斯言。梅村云"嘗自詠云,剪尺杖頭挑寶誌,山河掌上見圖澄。休將白帽街頭賣,道衍終爲未了僧。益見其志云"。此實蒼雪七律金陵懷古四首其三之末四句也。最能見此老豪氣沖霄。寶誌、佛圖澄,實證莫測,釋教之豪,正格也,姚廣孝爲異數,不免將白帽街頭賣矣。知蒼雪於釋教之學,持論正大,莫怪乎一見梅村,即浩歎狐禪盛行,藏教墜地。此亦釋家之英雄乎。予嘗雲蹤滇國,自大理,繞洱海,鼓枻雙廊,驅車雞足,得躋其巔,謁虛雲之舍利塔而還。其山氣象閎深,俯觀山下多紫氣,莫可測焉。讀徹以蒼雪自號,其意甚顯,卽洱海蒼山之雪也。南來堂詩集,予近得而覽之,甚可寶重,卓然如吳梅村所叙之篇句者,亦多矣。七古龍驤虎步,自李頎杜甫一路化出,雄快可喜,而奇特層出,不可臆測。筆意磊落,真氣盈滿,有披荊斬藜之勢。梅村言此老蒼深情老,沈著痛快,當爲詩中第一,不徒僧中第一。予觀其七古,即信斯言爲弗虛。五律豪宕渾古處,亦仿佛屈翁山,幽峭處亦能密煉苦吟,出入賈姚門徑,多奇致,意格甚高。七律又高過五律,體格渾完,事理綿密,出語精妙,而情韻獨深。亦入盛唐、中唐之奧而能出自家氣息者。五絕則古絕爲多,盡多高古蕭寥之作,冷語熱心,兼融一物。華樹林百八首,尤蒼峻清泠,深入理窟,出之淺顯,亦可謂性相不二。五絕至此,亦當冠絕於明人集中。七絕亦作手,暢達流利之中,饒有古硬之氣,而造語不肯蹈襲前人,清新迭出。禪意化入其內,不著痕跡,而以雄快之氣馭之,篇篇如秋水洗淨。故合諸體而觀之,南來堂詩實不在牧齋、梅村、亭林、獨漉、翁山之下。梅村之評,真篤論也。七古五絕尤矯然不羣,睥睨四顧,而不脫頭陀本色,予尤喜之。參寥子爲宋詩僧第一,終不能與蘇黃並轡齊驅,而蒼雪明詩僧第一,足能與錢吳軒輊焉,此又蒼雪高過道潛之處。且蒼雪爲當時華嚴宗之巨擘，大乘經論，如肉貫串，處處洞其義味，又戒行堅，腳跟實，牧齋塔銘所謂"修行正定，如旅還家，視世之顧頭沓舌問影空者，豈可同日道哉"是也。明清之際，高僧學問品節俱高者甚夥。卓人林立，藝事亦然，於畫有漸江、八大、石濤、髡殘、擔當，於書有黃檗三筆，雄立於日邦，於詩得人尤衆，而以此老為第一席。當為詩中第一，不徒僧中第一也。

丁酉立秋後，一日晝寢，夢中有夫婦、父母事，予潸然淚下。夢中亦自異之。蓋予夢多超然明朗之境，甚少此人倫情苦。夢之末忽現蒼雪之句，即醒。旋悟晝寢前曾點讀南來堂詩集，有送融公還楚省親之作，融公僧人也，其末曰"世上忘情惟我爾，最難忘處難於此。此生自誓報親恩，與爾同盟嚙斷指"，而吾夢即為此詩所感應而起者。予亦忘情之人，實則情本性天，亦何能忘，其體本如幻，亦何來忘。惟忘情人，最篤情也。情之起也，如雲出岫，由其舒慘，而悲智雙運，愈入微妙矣。於此愈知蒼雪詩句之神。敬錄其贈北禪寺熙達掩關詩一首云"一城猛火出心穴，水噴胥江難撲滅。城中有寺寺有關，誰識關中抱影子。苴灰不爆不開龕，肚皮緊縛三條箋。文字人間一嗅空，飽睡蒲團爛嚼雪。只愁有力無處施，坐地擠山氣早結。高峰庵子活埋人，百尺竿頭放身跌"。實修之士，觀此心性脈詩，亦可以文字人間一嗅空矣。

詩禪中道杲堂知

詩禪之間，文士持論鮮有能平恕通透者。各執兩邊，中道為難。明清之際，吾得一人焉。曰鄞人李杲堂也。其人也，詩文之正宗，遺民遯世，交遊多禪林耆舊及新進，見於文集中。其女兄亦剃度精進，為得道之梵淨大師。故杲堂論詩禪，不得不深入兩家之壁壘，而為肯綮之言也。其慰弘禪師集天竺語詩序有云"宋嚴羽卿論詩當從妙悟入,盛唐諸公為得上乘。詩家斥其說,謂不當以禪說詩。若後世宗門諸老,俚言俗偈,從衡而出,而於詩別置一冊,謂不得以詩說禪。余謂兩家持論俱非通議也。南朝高僧,率與諸名士共論大易、老、莊。余謂老莊誠所謂小乘以下耳。若大易,則於義無不通。惟詩亦然,儒者可舉一爻說易,亦可斷一章說詩,正測旁推,其理畢貫,所謂仁者見之謂之仁,智者見之謂之智,而奚獨不可以禪說詩。至釋氏自一祖而後,正法遞傳,凡一默一言,一呼一笑,俱可合宗門微旨,契教外之真機,舞笏吹毛,亦堪演唱,而奚獨不可以詩說禪"。又言"余故謂迦葉見華破顏,此即尊者妙解之文也,而不得尚謂之禪","試屈從上諸祖作有韻之文,定當為世外絕唱。即如唐人妙詩,若游明禪師西山蘭若詩,此亦孟襄陽之禪也,而不得尚謂之詩。白龍窟泛舟寄天台學道者詩,此亦常徵君之禪也,而不得尚謂之詩","且余讀諸釋老語錄,每引唐人詩,單章隻句,雜諸杖拂間,俱得參第一義,是則詩之於禪,誠有可投水乳於一盂,奏金石於一室也"。末語尤有味。惟老莊未必為小乘以下,杲堂辨之未深耳。道釋心性脈之詩,亦詩亦禪,誠所謂投水乳於一盂者也。杲堂文續鈔卷一寒泉子語錄序有云"自唐人論詩,謂須從妙悟而入,盛唐諸家斯稱大乘。彼但借此作喻,以為得解,豈有妙心正法親得其傳,翻不能作大乘一語。此中奇妙安在。余謂近日宗門諸老詩,惟語風老人與寒泉子獨有悟後語"。末三字尤精到。蓋道釋心性脈之詩,大抵皆修證人悟後語也。凡悟前之語,亦弗足以為心性脈。此又此脈之別異于世間詩學者。考杲堂交際禪林,尤可見於其送庭南禪師至淮上序。彼幼時見密雲,少時見山翁,中年見歡堂、寒泉子,及晚見明介、慰弘二僧,皆天童法脈也。予嘗拜謁天童古剎於四明之山中,猶見密祖所書匾額,懸諸殿宇雲天之間,圓勁蒼古有奇氣,固非士類所能為者。故知非僅詩章有此心性脈之別傳,書道亦然爾。惟世人論書尚平恕,高僧之書,亦入正宗,古如智永、懷素，近如弘一，論詩則往往不識有此心性脈之席位耳。

破山海明

　　明季天童密雲中興臨濟，為大宗師，破山明禪師即密雲法嗣，四百年中，蜀僧之最能振動天下禪林者，即斯人也。"根性猛利，天資高強，工夫急切，徹悟淵深。行腳扣擊，當鋒已少其人。出身作用，接物端如掣電。所以自東塔開法，至於西川十五名藍，驅耕奪食，皆是利害腳手。鍛生煉死，無非惡辣鉗錐"。為實錄不虛。（見其人二祖印巒所輯年譜。）其生平有奇異事，尤驗其有造於道奧，超透世情之外。李鷂子殺人如麻，勸師食肉，師曰，公不殺人，我便食肉。李笑而從命。然自此人目師為酒肉僧。師亦不忌。甲申至於甲辰二十年間亦食之。甲辰入渝，總制李公享師以牢醴，師閣箸曰，山野昔遇惡魔而開齋，今逢善友而止葷。從茲不御酒肉矣。藏密大師嘗謂高僧食肉，乃與眾生結緣。禪僧海明此種行止，最可為此義之註腳。其開齋為酒肉僧，即與眾生結緣故也。（海明示超之戒子云"破山本不戒，此戒戒何人。若識其中者，菩薩果自成"。此可見其知見。示仲遠楊居士云"老僧終日酒，一醉何所有。試問幾時醒，面南看北斗"。此見其任運、保任。示世美胡居士云"破山酒肉禪，說出令人嫌。但看世人輩，何如我發癲"。此濟癲之血脈，無意而有合焉。修行之密意，亦在其中，世人不識，詆之宜矣。）又有一事。海明禪師本色嚴厲，不問來機利鈍，器量淺深，皆施本分鉗錐，痛棒到底，直要逼得生蛇化龍。晚居雙桂堂，四方學者，至復如歸，師隨其一知半解，輒有囑咐焉，或疑其傳法太濫，而實自具深心。劉道開破山和尚塔銘云"蓋佛法下衰，狂禪滿地，倘一味峻拒，彼必折而趨邪。師以傳法為衛法之苦心，甚不得已者也"。此海明之二種不得已，正見其不可及處。夫明清鼎革之際，生靈塗炭，殺戮極慘，而高僧奇士亦最多，實證真修、道德文章之事，尤為隆盛，恐皆與眾生結緣使然。予今以破山和尚忽悟此理矣。蓋每逢亂世，激人正念，仁人義士，所為猛利於前，所造弘烈於昔，以眾生之大苦大難故。如方以智亦生此世也，終成其藥地大師之道業。海明語錄偈頌，存世亦多。其詩偈出筆爽快，粗豪為多，文字精工，不及憨山、紫柏、蒼雪諸大師，然縱橫恣肆，自見風流。笑宗請云"本是竹陽老僧，為人一味甘貧。杖頭有點子氣，終日只想打人。咦，也是路見不平"。此為本色語。示開之熊居士云"昔日破山奉齋蔬，今日破山吃酒肉。今昔雖然一破山，破山只此教人悟"。直道也。示王居士云"伎倆不將酒肉盡，何能奪得老僧安。南詢笑我成流俗，我笑南詢五十三"。與眾生結緣，為大乘道，老僧心始安哉。末句尤舌粲。示茂瞿向居士云"五龍溪詠有聯詩，沒個人來讀斷時。怒起老僧施一喝，與君決斷生死疑"。獅子吼哮。示拈笑法孫云"大道無門沒奈何，任人穿鑿定干戈。有時摸著乾坤眼，山不開花水不波"。圓活簡徹，不負先師。示光秀沙彌云"始知頑石尚點頭，豈可少年不早修。珍重頑童與麼去，不風流處也風流"。靈犀一點，閱之莞爾。春風化雨，正在此中見生機。此詩實可勸天下之少年。不風流處，下篤實工夫，乃真風流。示體心禪人云"安貧樂道足生涯，草不逢春木不花。若是上林黃鳥叫，應知個裏活龍蛇"，彌覺有滋味。示如岳禪人云"昔日相逢今日來，兩回有口也慵同。臨行書個住山偈，歲久年深成禍胎"。此偈超絕古人。出句平白而深，如唐人王梵志。歲久年深成禍胎，是亦所知障致之故，極是也。示引之禪者云"力耕與筆耕，此道可相親。只見田中福，誰知古佛心"。蘊藉深遠，亦類唐賢。示惺月禪者云"相待來雙桂，將期一載餘。鼻頭當薦取，花影問何如。枝葉森森地，馨香鬱鬱殊。適才風亂舞，狼藉滿江湖"。微妙可味。妙在馨香鬱鬱各殊，乃為眼橫鼻豎，立天立地。亂舞狼藉，則隨波逐浪，無智亦無得矣。此僧老年境界如何，自文字亦可窺之。七律矯健有力。僧兵自感云"削髮為僧三九年,將期此世得完全。誰知趨吉遭塗炭,始信隨緣受倒懸。濟衆日攜解虎錫,從軍時荷赶山鞭。老來不問賢愚節,半學兵書半學禪"。七律諸詩,多作於憂患之中如是。懷和石孫居士自道其生平,尤有情懷。"不枉同開選佛場,相隨八九野郎當。花開檇李承君力,果熟蠶叢在我揚。煙雨樓臺惺醉艇,峨眉山月照禪房。此情此景人難盡,付與曹源流派長"。(密雲,破山之師,其禪偈多宗門故語,弗若破山於文字能衝破網羅。此誠所謂資不過師,不堪傳授也。金粟寺史料之四為密雲禪師語錄。游廬山東林寺次壁間韻云"萬物本吾元一體,誰云塵合亦塵開。男兒到此心空處,踏破乾坤孰去來"。答朱居士有云"翻身直踏上頭關,入佛入魔只一貫"。甚喜此一首此一句也。)

清初浙僧詩偈

清人陶元藻全浙詩話卷五十三錄方外之詩,頗多高致,不負此心性脈者。釋正嵓,字豁堂。杭州府志言其"七齡絕葷,十歲喪父,依靈隱薙染,禮彌陀。作偈有善才參後無童子,更二千年我一人之句"。此偈出於童子,而絕有偉力。其後住淨慈寺,為詩清麗,不落凡近,蓋以道力深入故。"御教場中月直時,下山全不道歸遲。三松影落平湖月,一路沿鐘到淨慈"。此雖不言禪,而天機自現。予嘗冬夜飲於天竺山白樂橋,裸衣獨返,過九里松,沿途松影月色,直到岳王廟。今觀其詩,似歷歷在目者。又有僧曰寂然靜遠者,居青芝嶋由庵。有句云"不樂時人望此間,種松密密自遮掩。獨看萬象無古今,娛老何須分外緣"。頗可與唐宋古尊宿同一鼻孔出氣。然既已遮掩,便見緣起。十年前青芝嶋尚多古意,今已繁華,由庵無由庵矣。巢枸集言寂然著述"類皆別開蹊徑,以不襲舊為主。故其一歌一詠,往往皆有邁古之氣,出人意表。平時存問故舊,不預籌慮,意至即行。雖盲風怪雨,酷日凝寒,不憚也。降茲則不妄曳踵,獨鳥啼殘雪,則樵中漁服,鶴步湖堤焉"。頗為傳神。蓋亦王子遒一流。無名和尚,台州人,住吳中消夏灣破庵。"不持經卷,絕粒半月不死,食可盡三斗米"。有詠糞溷云"悟得眼前乾矢橛,始知佛在糞坑邊"。詠足腫云"直待臨終啓予足,始知全受與全歸"。有偷兒過,或命賦,即云"勸汝回頭服王化,歌衢便作帝堯民"。三台詩錄謂此"皆佛心儒理兼而有之"者也。三台詩錄又謂"然文士不盡交言,強問之,即故亂其辭曰,驢兒屋,鴨兒屋。不解作何語也。雍正癸丑冬十月化去,事見沈某文集。又口號云,電光三癸丑,住世可無住。青山萬壑雲,是我來時路。此將明神宗時矣"。其生年吾不必計,其人則真道人決矣。其辭世偈,無愧本色,猶存唐宋宗門巨匠之神采。對文人不盡交言,以文人知障重故。天童寺寒泉禪師,以念佛是誰得悟。後營繕越地平陽市,贈襄助者有詩云"喜怒常看未發前,個中儒釋本同源。功名會見探囊得,預作吾宗禪狀元"。此真可為龐居士作兒孫者。空門及第歸,自有空門狀元郎也。(今草此篇,非以浙人而自重,緣手邊有全浙詩話,故及之耳。法無關是浙非浙,詩文則浙僧獨擅,自宋元以降,由來久矣。)吾友臥霞散人近得一扇示予,乃清初徑山元志自書詩,為君甫大護法作也。詩云"月色寒江照短衣,言鋒徐展起重圍。兩龍躍水光齊合,一鶚搏空鳥不飛。信有詞人身借坐,可堪布衲箭為機。莫嫌此夜無知己,我自依然君入徽"。詩格甚英偉。清稗類鈔有元志圓機慧辨一文云"元志為鹽城孫氏子,字碩揆,號借巢。其父升,任俠,為惡少所害。手利劍數年,卒刃其仇。既祭告父墓,遂出家。依具德禮,參究禪理,有省,圓機慧辨,孤行側出,歷主禪智、寶輪、三峰、徑山、靈隱祖庭。聖祖駕幸靈隱,賜雲林寺額,既歿,賜諡淨慧"。王士禎居易錄亦嘗言"靈隱碩揆禪師昔與予別于揚州禪智寺,今住常熟之三峰,即漢月和尚祖庭也。丙予冬十月,寺中桃花盛開,明年四月梅花又開,花葉相間,碩揆與老友錢汀靈書來徵詩。予賦六絕名寄之,至則師已化去矣"。今舍利塔猶在靈隱寺。他日當攜臥霞散人訪之叢莽中也。

徹悟大師

淨宗十二祖際醒徹悟大師,即夢東禪師也,為乾嘉時融通禪淨之大德,法乳滋溉後世,甚為深長。夢東禪師遺集為佛門心寶,詩偈流乎自性,亦有清禪林第一等文字。徹悟大弘蓮宗,猶承宗門之遺風,善作偈頌,以顯性道之幽微。本然安老宿像贊有云"觸目明宗猶是鈍,入門辨主尚嫌遲。如何覿面堂堂處,念佛依然問是誰"。明宗、辨主、問念佛是誰,尚有細微分別意識,落在意根,堂堂覿面親證現量,無智亦無得。觸目明宗,已知本來事,卻不知無佛可做,無道可修,故曰猶是鈍,非是大利根。入門辨主,已滯先機,故曰尚嫌遲,本無須辨故。詩偈文字之爽潔痛快,無逾乎此。此作圓通無礙,弗讓大唐之禪師。句勢亦殊可喜。講圓覺經畢示眾偈有云"相逢不用作麼生,此事頭頭總現成。鶴膝自長鳧脛短,更嫌何處不分明"。善用莊生語,以彰自性現成,至簡至易,相逢即用,不費安排。頌楞嚴經有云"劈破虛空露一機,未開口處示全題。可憐眼底無珠者,誤認經前廿字題"。押二題字,此偈破文字相,殊為嶄絕。又云"道力何堪不自量,等慈妄擬墮淫房。定門縱使重重啟,也是閑刲好肉瘡"。乃究竟義,古來說楞嚴者,鮮有若此直揭性源者也。以墮淫房為妄擬虛設,定門重重啟亦只刲好肉瘡,徹悟大師此偈,實為讀此經之津梁所在。惟末法愈深,大德應世,亦必先從戒定上立義陳說耳。不免認墮淫房為實事,必以戒定門須重重啟也。如此說楞嚴,實已乖大乘之妙諦。頌察秋毫之末不自見其睫云"洞燭秋毫不見睫,由來專向境邊涉。而今驀地回光照,始覺從前被眼遮"。此理趣詩,如轉丸盤中,圓活通達。始覺從前被眼遮,猶子瞻所謂原來身在此山中也。靈巧猶勝宋人。小徑蒔花云"繞徑植花叢,殷勤奪化工。源頭汲活水,葉底露春風。既委真猶幻,何妨色是空。西來無限意,漏洩此園中"。此頗可與法眼禪師牡丹偈相應契也。山居三十首有云"寄跡空山為學呆,更教何事可干懷。經書高向虛空掛,佛祖深於實際埋。雲淨月圓當夜戶,雨餘花落覆春階。客來懶共閒饒舌,門額題懸止止齋"。經書、佛祖一聯尤奇警,非深諳大道,何能寫此。山居詩不讓永明延壽。又有句云"放曠不尋新事業,忘機潑撒舊生涯","且無隙地栽瓜豆,那得閒情打葛藤","灰寒古鼎猶重撥,草滿空階亦懶芟","但向眉間懸寶劍,誰於肚裏著寒灰","咄哉縱火婆休去,久矣銜花鳥不來","白牡自回九曲澗,黃猿不戀六花村",皆挾雅健清新之筆,深具機趣,含春挾霜,風味自別。"放曠不尋新事業,忘機潑撒舊生涯",尤可喜也。自題肖像其六云"真身原有相,幻質卻無形。覿面相逢着,不須話姓名"。姓名亦無。清僧承此心性詩脈者,徹悟大師誠一巨擘也。(夢東禪師遺集卷中有云"昔有人問雲棲大師云,參禪、念佛,如何得融通去。大師答云,若然是兩物,用得融通着。噫,旨哉言乎。夫禪,淨土之禪,淨土者,禪之淨土。本非兩物,用融通作麼。然則般若、淨土兩門,既唯一本源心性,不唯分無可分,亦且合無可合。分合尚著不得,況可更論其相成相礙也哉"。此論最為圓通,乃性地上語。自印光大師訶禪罵祖,使淨宗捨禪而行,習淨者往往不知永明、雲棲、徹悟諸祖之心法,事遠恐泥,可不慎乎。此在印光大師,自具正位,所謂善學柳下惠,為不學之魯男子是也。印光殊為崇仰徹悟,然不取其禪淨不二法門,亦自成一代宗匠。然學印光者,若不悟此,則恐轉為言論所遮矣。善學印光者,不死于印光,古德禪淨不二之心法,自可擇善而從焉。當自審根性器識之為何種,亦待乎明眼大德之指授。法無定法,念佛亦然。)

曲肱齋短笛集

湘人近世有攸縣陳健民居士,為密宗大德。閉關苦修數十年,粹然得藏地宗派之密傳,為學立論,則膽極大而心極小,且敢儗臨濟喝拶之惡辣者。曲肱齋全集為大寶藏,新義瀾翻,可傳千祀矣。短笛集詩機快捷,亦心性脈之遺響,古風自存。其論詩嘗謂唐賢之詩禪合一,弗足以盡釋教之詩之蘊奧,必兼悲、禪、詩三者而為一,方可至也。漢地佛家之詩,惟寒山、拾得達此合三致一之體。藏地則有米拉祖師歌集及諸大德金剛歌,皆能熔液三者而成妙文也。(據陳相攸曲肱齋短笛集前言。)故健民自為詩,頗能從悲心上大燦心光。此義甚新,為曲肱齋先所闡發,乃以藏密金剛歌啟牖之故。實則漢地淨宗諸師之作,已先能納悲禪入於詩矣。短笛集詩禪四首有云"八叉七步已嫌多,何用撚須苦琢磨。機未熟時渾不管,禪聲脫口便成歌"。"偶觸禪機情得句,翻來韻譜句生情。此心不肯為詩役,且役吾詩寫至誠"。此夫子自道,頗有與清人宋芷灣輩暗契處。破伏案作詩云"伏案成詩是俗人,何曾定裏養精神。禪機觸處呈詩意,不用尋思信口陳"。其作詩大抵不用尋思,信口陳放,故短笛集中庸作濫詩甚夥。今徧覽其集,略為選擷其精華,此近世大德之奇氣自見矣。朝靈鷲山云"多年景仰止靈山,一到靈山便欲還。記得傍花隨柳路,風光不異此山間"。此言拜印度靈鷲山之事。可破釋子凡夫朝靈山聖跡之執著心。凡世與靈山無異,故一到便欲還。字句極淺顯,而寓意殊深。星士吟云"算盡窮通都是俗,超凡幾個屬奇局。人間料得極難看,且喜生來已喪目"。古來詠星相卜術之流之作亦眾,未見有若斯之奇者。末句尤可一粲。蔣苕生對之,當有慚德耶。蓉城安逸云"四座風生三寸舌,百年浪擲一杯茶。明朝未死且相約,不醉無歸小酒家"。此曲肱老人頗如唐調之作。未死相約,亦顯行人之本色。偶感云"春到年年花事濃,人情幾見及時通。何當更倚花前立,反覺人無百日紅"。最見無常之義。詩味頗與邵堯夫、程明道一流相近。出關云"從來賊不到貧家,況是渾淪大木瓜。收檢不來偷不去,天無法蓋地無遮"。以大木瓜喻現證空性境界,禪偈又添一奇譬矣。爐霍閉關云"煙霞倦看憩茅齋,豈是從天乞活埋。一點蒲團平淡味,天公也沒法安排"。殊有密意。天公亦無法安排者,只在此一點蒲團平淡味中,須汝參證親自勘驗耳。北天竺雲水茅蓬即景有云"遠望高樓幾處紅,青山綠畎自調融。豪門費盡經營力,只在茅蓬一笑中"。偶感云"身世平生半笑啼,貧中有樂醉如泥。不愁家破百千次,卻喜花巖獨自栖"。二首亦頗似洛陽安樂窩中人詩味。不愁家破百千次,因無家可破故。非真無家,無執故也。憶母十一首末云"十載參禪夢一場,升天說法豈尋常。何年得滿地藏願,怕憶眾生都是娘"。尤深沉可諷。怕憶眾生都是娘一句,覽之心驚魄動。此具大慈悲,何恤其句之雅俚工拙乎。無題云"世間安樂在登龍,妙契真空是大雄。只用睛中添一點,便能破壁御春風"。此點睛筆,為極簡易,實極艱辛,超悟即至,則自化繁為簡,轉艱為易。所為者何。即妙契真空也。輕安體云"如嶺巍然如影輕,渾無疆界莫能名。冥融不落昏沉裏,景色明空一體成"。自道其內證境界,言語亦圓活,如嶺如影,空明不二,修證之士,可自取焉以鑑己之深淺也。丹方云"窮人到處有丹方,蛛網取來可治傷。記得吾師親示訣,隨拈百草可療瘡"。此殊為親切語。(窮人到處有丹方一句,予頗憶法人野性之思維一書所言者。)即事云"世事當如蜻點水,工夫必似蝶搜紅。金迷紙醉難成就,換骨脫胎始奏功"。悟道之事,前行、加行及見道,在此四句中。窮到云"窮到無愁詩有神,樂來自覺道非貧。生財未必歸仁者,得句還疑屬古人"。此真可為郊、島之知音者。郊、島之詩,窮愁自屬樂道。曲肱老人閉關窮居數十年,宜有悟與古人神魂闇通如是哉。(再論推敲有云"賈島千年留史話,招魂滿擬共商量"。)屈文六居士讀大手印抉微一稿囑勿批評古人三首有云"分而不二合不全,文殊劍逼佛陀前。憐翁老大難聞喝,放爾猶豫八十年"。此最見曲肱老人實證之自信,性情之剛猛,蓋以文殊逼佛喻己著作之批評古人,自有密意,不屈於議如是。詩禪有云"悠然吐出是南山,饒有境隨心意閑。莫向陶潛求妙句,當從白菊透三關"。作詩自是心性之脈,詩禪不二,勸人學道於陶潛,莫僅求妙句雋語耳。曲肱老人之佛學,窮竭藏密之幽微,以喜究雙運之道玄故,不容於禮俗,今世訛諆其人者亦多有之。短笛集中有無題云"工夫要向魔邊討,妙訣無人看得破。記否明星未睹前,紛紛魔攝金剛座"。其修證之道,實亦具此工夫要向魔邊討者,訛之者使其不識藏密之內奧,則其徑斥健民為魔孫,亦自然耳。馬湛翁有詩言"有心爭似無心好,魔語還兼佛語收",頗可與此"工夫要向魔邊討"相參證也。竊謂曲肱齋全集乃老人為後世所著者,今人有不識,亦時代限之,非其人之所知障而已。

卷辛　漢魏六朝脈之支裔

　　南渡以來，詩人所宗或唐或宋，或兼而熔之，難出此範圍。學詩騷，學魏晉，以道其志，煉其氣，終歸於唐宋之體。不意清季湖湘忽出此漢魏六朝之脈，越此範圍之外。可謂復古之極。予以為乃明季王船山論詩激宕有以導之也。錢萼孫夢苕庵詩話有云"晚清詩人不宗宋者，當推鄧彌之、高陶堂為二傑。二家能嚌咀八代之菁腴，神貌俱合。其戛然自闢町畦處，又不背於古。其病在終編只是此副面目，無多大變化，故成就不大"。實應添王湘綺，為三傑也。陶堂實略遜之。萼孫能識此派之美，嚌咀八代戛然自闢町畦，又不背於古，而以無多大變化而短之。實則古人之詩，以氣韻立，並不推重變化規模，自李杜諸公以來，方啟此風氣。萼孫之語實非圓融。使以三傑之心觀之，在求氣韻情味之純粹，並不欲求大變化大格局。若欲大變化，必又不出唐宋之籠罩矣。此派若求其祖師，莫若明人楊升庵。特立獨行，斯人為先驅。此派自三傑沒，傳承即絕。如陳伯弢、程頌萬，旋皆跳脫此派之外，歸於唐宋之法度。予言王湘綺其人甚類唐吉訶德，則此湖湘漢魏六朝之詩派，亦等乎唐吉訶德之持槍馳騁，与大風車相伐戮耳。雖然，予甚敬唐吉訶德也。

楊升庵

予弱冠浪跡燕京四年，後入蜀山。嘗於蓉城冷攤，得今人所作楊慎學譜，乃初與升庵之學作緣。蜀學之特立獨行，溯其源流，自廣漢三星堆已然。吾友徐達斯，博綜華梵中西之說，謂彼乃印度古文明北上之遺存也。李太白以蜀人崛突於開元，今人亦疑其先為胡人。近世鄧公撥亂開闢，與歐美通商，創二猫之說以行其法，使重義輕利之古國，一轉而為奉行貨殖交易之新邦，亦蜀人霹靂手段。當世藏傳密宗，遍弘環宇，漢地之中，又以成都最為重鎮樞紐。故知蜀學之好新尚變，與異域之風，易相混融，自古一貫，有非可安排者。以學人而言，宋三蘇，明楊升庵，清季廖季平，皆如此。升庵之學，批駁程朱，痛言"宋世儒者失之專，今世學者失之陋"，"宋以後則學者知有朱子，而漢唐諸儒皆廢"，"盡掃百家而歸之宋人，又盡掃宋人而歸之朱子"，語雖激，非誣也。盡掃宋人而歸之朱子一語，尤鞭辟入裏。然升庵又不以王陽明之學為然。言"陳白沙詩曰，六經皆在虛無裏。是欲率古今天下而入禪教也，豈儒者之學哉"。升庵則自闢一路，"凡宇宙名物之廣，經史百家之奧，下至稗官小說之微，醫卜技能，草木蟲魚之細，糜不究心多識，闡其理，博其趣，而訂其訛謬焉"。啟清儒之先機。楊慎學譜下升庵評論錄載阮葵生茶餘客話云"近世以博洽名者，如陳晦伯、李於田、胡元瑞之流，皆不免疥駝書籠之誚。弇州牧齋，好醜相半。上下三百年間，免於疑論者，止宋景濂、唐荊川二人，其次則楊升庵、黃石齋，森森武庫，霜寒耀日，誠間世之學者"。允論哉。天地為一大環，息息相聯，升庵之學，為後世之學啟其樞機，可謂但開風氣不為師。予於學不與升庵同路，亦不盡以為然。平心而觀之，明代之誕斯人也，實為瑞相，而非妖妄，何必齦齦細較其論學偏頗訛謬之處也。升庵之詩,亦迥不猶人。四庫提要云"慎以博洽冠一時。其詩含吐六朝,於明代獨立門戶"。王漁洋帶經堂詩話卷九曰"明詩至楊升庵另闢一境,真以六朝之才而兼有六朝之學者"。此語尤契予心。兼六朝之學,殊為不易。沈氏明詩別裁集云"升庵以高明亢爽之才,宏博絕麗之學,隨題賦形,一空依傍,於李、何諸子外,拔戟自成一隊。五言非其所長,以過於穠麗,失穆如清風之旨也"。其以穆如清風為尺繩,峻嚴有過,則升庵亦復何言。陳田明詩紀事云"升庵詩,早歲醉心六朝,艷情麗曲,可謂絕世才華。晚乃漸入老蒼,有少陵謫仙格調,亦間入東坡涪翁一派"。最為得體。雖然,予猶列升庵為六朝脈,蓋其精魄之瑰奇,非此不能見之故。不思後世有章太炎,兼六朝之學之才,遙繼其蹤乎。升庵評論錄錄嘉靖間南中集王廷刻升庵詩序云"今觀先生之詩,氣格雄渾,聲調沈著。其敷敘土風,闡揚情景,廣博美麗,瓌奇高雅,文質彬彬,才情兼至。蓋取材於漢魏,而憲章乎盛唐,可謂卓爾不羣者也"。同書薛蕙升庵詩序云"其窮極詞章之綺靡,可以見其卓絕之才。其牢籠載籍之菁華,可以見其弘博之學。此其意將欲追軼古人,而不屑與近代相上下。唐之四傑,不能過也"。同書張含南中集序云"楊子髫之年也,其修辭崛礧險隱,駸駸乎入李賀。楊子冠之年也,其修辭蕩放流動,渢渢乎入李白。楊子樹大議謫窮荒也,辭之修也,圓融而勁,溫厚而邃,駸駸乎入風雅。楊子嘗謂含曰,詩吾媿風雅,獨夷鮑、謝辭。楊子所變而雅也。鮑、謝,楊子所謙而自謂也"。此三則明人之評,不無鼓吹,卻較清人之論為親切。明人最常貶升庵詩者,為王弇州。明詩評卷一云升庵"凡所取材,六朝為冠,固一代之雄匠哉。特其搜擷大饒,格調時左,繁飾人工,或累天悟。又其微趣,多在長吉。振奇之士,卑其刻羽雕葉,陋中之徒,駭其牛鬼蛇神。班郢之思獨苦,膏肓之病難醫。良可嘆也"。所言亦可資取鑒,謂之異代之諍友可也。今摘升庵合作數首,以略發其菁華於百一。題柳云"垂楊垂柳挽芳年，飛絮飛花媚遠天。金距鬭雞寒食後，玉娥翻雪煖風前。別離江上還河上，拋擲橋邊與路邊。遊子魂銷青塞月，美人腸斷翠樓煙"。（此特為胡元瑞所激賞。見詩藪續編卷一。）題唐僖宗行宮柱礎云"唐帝行宮有露臺，礎蓮幾度換春薹。軍容再向蠶叢狩，王氣遙從駱谷來。萬里山川神駿老，五更風雨杜鵑哀。始知蜀道蒙塵駕，不及胡僧渡海杯"。入唐賢之室。楊柳枝詞云"臨水臨風漾碧漪，含煙含霧一枝枝。戰塵收後無離別，又見長條到地時"。此最雋永可味。梅花落云"古梅飄古香，新梅綴新妝。那枝傳妾恨，何樹近君鄉"。此得六朝之神也。

王湘綺自嘆修道無成

夫近世詩學以專倡選體而聞名者，莫若王湘綺闓運。非奇人奇膽，詎能欲出唐、宋之外，自闢蹊徑如此耶。予觀其人甚類唐吉訶德，在清明與濁昧之間，似英雄亦似草莽，似正角亦如醜角。彼亦心慕東方曼倩，好世說中諸人行止，傚之而猶未達者乎。湘綺性情奇詭，恐亦戴東原、袁子才一流有以導之。湘綺樓詩文集說詩卷八有云"情自是血氣中生發，無血氣自無情。無情何處見性。宋人意以為性善情惡，彼不知善惡皆是情，道亦是情，血氣乃是性，食色是情"，"說來說去，乃知荀子性惡，賢於孟子性善，孟子只說得習"。此亦承東原之說而變本加厲者，竟謂荀子性惡之說賢於孟子。以此道說性情，難免認賊作子。釋教每誡行者，慎勿未悟曰悟，未證曰證，慎勿認情識為性本，不然則難出五蘊魔相之籠罩。觀湘綺之說性情，則其神智無以超袁枚、戴震，而口吻則較之愈惡辣矣。有膽如斯，自可踢倒唐宋，睥睨近體。說詩卷七論作詩之法有云"但有一戒，必不可學，元遺山及湘綺樓。遺山初無功力而成大家，取古人之詞意而雜糅之，不古，不唐，不宋，不元，學之必亂。

余則盡法古人之美，一一而仿之，熔鑄而出之，功成未至而謬擬之，必弱必雜，則不成章矣"。以此論遺山，徒以異說駭人耳目，難可推敲。彼何嘗初無功力，雜糅云者，豈可窺入遺山作詩之法度。而湘綺以遺山自比類，何其腆顏乎。使其以譽己之辭轉而美遺山之詩，庶無愧乎修辭之道。此其類唐吉訶德一也。故知湘綺具此奇膽，肆才獨騁，亦類乎曼倩之戲，蓋不計物議，欲以畸人自全耳。有清一代，自袁、戴，以精微之說，混淆性情，以迄王湘綺一流，可謂不絕如縷。辛亥後俗學以西學附會而彌熾焉。予至此愈歎其所謂荀子之賢於孟子者也。蓋性惡人易感應其說，性善則因難行道而自棄之矣。聖賢之道，人實畏其難，轉而立新異之說以詆之辱之。自王湘綺至於今世百餘年間，辱聖之風窮極而變，終將寢矣。湘綺恣談性情，已乖聖道，譚藝亦然。說詩卷六有云"觀余少時所作及今年諸詩，少時專力致工，今不及也。凡謂文章老成者，格局或老，才思定減。杜子美則不然。子美本無才思故也"。如此輕薄老杜詩才，亦知湘綺畸於人，而未必合於天。說詩卷三言韓愈苦無才思，不足運動，元白歌行全是彈詞。於唐人七古，卑之甚。使以小説家語視湘綺之論，則頗警醒。晚清民國之亂世，出此王湘綺，以應其氣運之詭譎莫測，亦猶明清之際，亦有詭譎之士，難可以常理計。汪國垣氏光宣以來詩壇旁記至謂"湘綺平生，以詼詭見稱，晚年尤恣肆玩世。要之出言風趣，令人解頤。此亦舊日文人通習，非性情乖僻也"。湘綺自不恤人議其乖僻，奈何汪氏小其格局乎。觀闓運論詩文字，知其實以乖僻自喜，汪氏非解人哉。又湘綺每嘆修道不成，此亦類唐吉訶德者也。說詩卷一枝江舟中紀夢一節，頗若聊齋，"女乃斂容曰，君自著世緣，夙修惰矣，妾来與君調坎兑、正情性耳，非有他也。聞語悚然淒感，頓寤来因不昧，修道無成"。湘綺老人能悚然淒感，亦自知其情性已不正，修道無成，以世緣太深故。其人在清明與濁昧之間如是。說詩卷二言"蓋余學道而好作綺語,故以此相警也"。(唐吉訶德亦暗戀一虛構之貴婦。此又王湘綺與之相類之處。奇哉。)卷七亦嘗云"生今之世,習今之俗,自非學道有得,超然塵埃,焉能發而中、感而神哉"。惟其所學為何道,未之見也。(湘綺樓日記光緒八年八月五日言"與易郎談華才非成道之器,東坡六十而猶弄聰明,故終無一成"。易郎即易順鼎。湘綺自憾修道不成,其語易順鼎以此理,實亦發自肺腑。惜易氏自負,亦無此智慧之資,何能虛心以聆之。惟所謂東坡六十猶弄聰明,終無一成,則承王船山之餘唾而已。夫實證若佛印了元者,若說東坡猶弄聰明,人亦可解,一如贊元禪師之訓荊公也。如船山、湘綺,實無此資質性地。船山六十猶弄聰明,觀其著述,偏激之說亦多矣。湘綺境界又遠在船山之下。船山修道,晚年尚有真消息。而湘綺則似全未得法,恐亦自暴自棄矣。)湘綺早懷學道之心,而滯於世緣,一朝便以乖僻自喜,以戲謔為能,其傾才力於選體之詩學,欲樹漢魏以來之正音古義,此亦早年學道之心猶未死灰使然乎。卷七亦云"以三四十年之工力治經學,道必有成,因道通詩,詩至工矣"。湘綺之治經學,亦其夙學修道之心使然乎。故觀老人之行藏談笑,可噱也,亦可哀也。民國三年應袁世凱國史館館長之招入都,乃此唐吉訶德生平最可豔稱之事。老人攜寵姬周媽入都,人謂其玩項城於股掌。老人亦為文自記其嘗致袁項城、楊皙子書,末云"偶過新華門,誤認為新莽門。時人目余為東方曼倩一流云"。洪憲改元,非此老娛之如此,天地便少一種性情。故知湘綺以乖僻自喜,而終也欲正性情者,故八十三歲翁,神智亦不亂,頗可追比楊鐵崖之以老婦謠辭明太祖也。王湘綺唐吉訶德其人如是,而其絕學亦已煉成,即不唐,不宋,不明,不清,創闢此專宗選體、六朝之詩脈,五丁開山,為古所無。同創茲派者,又有邵陽鄧彌之。湘綺老人論詩册子云"鄧彌之,吾所師也。自知才力不逮,恒以為歉"。鄧、王并轡齊驅,使五言之詩,頓添生趣矣。(十六年前,初樓西泠,過超市之書肆,猶可得錢賓四近三百年學術史,可見彼時讀書之風氣。數年後設塾於青年路,所鄰積善坊巷,即馬湛翁舊隱之地之一處。湘綺樓詩文集、日記即得於巷口一書屋中。塵封鼠跡十餘年,今論湘綺詩,遂展而觀之。而十餘年來杭州讀書風氣,亦已大衰,非僅彼書屋蕩然而已。蓋一國皆如是,亦非僅杭州而已。)

湘綺樓集摘詩

近世湘學多承王船山之沾溉,奇人奇膽,實自船山之學始。其學極弘博深切,而偏頗激宕之說亦獨多。如薑齋詩話、古詩評選一類,於詩亦獨張古幟,鋒穎畢露,唐賢亦往往在其鞭撻之下,矧宋人乎。今閱湘綺樓詩文集文卷第九論作詩之法云"詩既分和、勁兩派,作者隨其所近,自臻極詣。當其下筆,先在選詞,斐然成章,然後可裁。詩者,持也,持其志無暴其氣,掩其情無露其詞。直書己意,始於唐人,宋賢繼之,遂成傾瀉。歌行猶可粗率,五言豈容屠沽。無如往而復之情,豈動天地鬼神之聽"。予忽悟此種持論,即自王薑齋承傳而來者。湘綺講學衡山船山書院,先後二十餘年,其受船山之學潛化,尤可見諸論詩、作詩也。(予評船山詩話之語,可參內篇卷子明於樂可以論詩一。)湘綺以唐宋人直書為勁派,而以己尚魏晉選體為和派,持其志無暴其氣,蓋尊和派為詩道獨一之正宗也。湘綺本高才,注其偉力於五言,神氣自迥,非惟辭采古麗而已。(究其人稟賦之正偏,尤可擅長之處,莫若講學與詩文,而非政事。曾湘鄉在祁門時,湘綺曾訪之,托李榕求任其事,湘鄉以"若人言語不實,軍事一有挫失,渠必橫生議論。與其後日失歡,不若此時失歡"相拒之。參見馬積高氏湘綺詩文集序。故汪國垣光宣以來詩壇旁記言湘綺"數十年耆宿名儒,少年為諸侯上客,晚歲乃奔走道途,終身抑塞磊落,亦晚清之怪傑",究其所以然,曾湘鄉一語先已道破矣。亦惟此言語不實,所以可玩袁項城于股掌,弗然,則為袁氏所玩矣。此所謂以毒攻毒。)湘綺樓集中古意純粹之作弗寡,略擷其精華,以發其潛德,豈石遺所謂墨守古法者所能盡乎。卷六夏夜云

"心煩怨日長,日沒情已暮。列星久懷光,磊磊照始睹。圓景絡四隅,澄素若可附。思欲托天闕,臨望心所慕。微風關山下,湛然生涼露。佳人在閒庭,何以慰獨步。清湘尚無梁,況彼河漢渡。勞想非精誠,睠言終良夜"。耿耿獨明,心光可鑒,列星久懷光,耿耿照始睹,尤警神醒目,若直透窗櫺。關山涼露,閒庭獨步,亦知勞想非精誠,以此淒壯之語自慰其心耳。秋興十九首其末云"陶潛雖隱居,其氣常縱橫。閒庭視草木,萬感來崢嶸。晉代已陵替,卑官念無成。歲月坐憔悴,豈不傷其生。遠松托孤懷,濁酒徒自傾。饑寒與醉飽,寧識達士情"。此愈見湘綺壯年懷抱,豈甘於隱淪哉。藉陶靖節之酒杯,澆己之塊壘也。往衡陽出城帆湘夕過朱亭作云"汀州多烈風,白日皎秋光。坐令孤游曠,安論川路長。方舟壯暮濤,上興賓雁翔。掛帆山門峽,遂泛昭灘航。竹樹皆舊林,猗靡識連岡。津途固不疲,豈復嘆無梁。但恨昔時樂,增懷今感傷。願攜青雲客,顧我復違行。徒深故鄉情,曖曖指嚨黃"。故知湘綺詩佳處多在此落寞中。此善用選體,出自家樣,豈墨守而已。其情慨殊能真切,而出語和雅,自有一種古味薰感人心。枝江守雪作云"風濤寂清聽,船重知宵雪。寒雁既朝棲,扁舟亦晨繼。江山美昭曠,洲渚悲飄撇。積素皓已盈,曾瀾映逾冽。疏森明遠樹,晻藹開雲缺。村扉晝猶閉,川路長安設。宴賞懷湘衡,羈游倦河浙。明鐙更水宿,高枕忘霜冽。劉郎宅儻存,凌寒訪坻垤"。(冽字韻重。)此恍惚若柳州之學康樂者。覽之情景歷歷,何能不動於心。高枕忘霜冽,此即士氣所在。如大謝者甚多。春日下峽重詠巫山云"和風吹靈波,復泛神山舟。青華媚紫煙,識我今來游。峽情自空泠,霞想宕夷猶。欣然忘天地,坐與春江流。巖虛石莘莘,霄峻松修修。思心雖往來,未若對蕭寥。翕忽仙氣還,雲明谷暘幽"。清空幽古,純有飄然之致,此非模擬所可得者。湘綺雖羈於世緣,修道之心未泯。幽憤而外,其詩多物外之音,可謂融謝陶為一。始春閒居人事殆絕雲陰晝長獨坐無心題七韻云"群動有息時,獨靜自然飛。含生皆待春,觀化識其微。物外返無始,寥寥送晨暉。端坐誰與賓,餘寒入人衣。川流何早波,稊柳雨初霏。人情樂歲首,閒劇各有依。因暇得永日,非勤非息機"。冥符造化之機,可謂動靜一體,文字幽微,從容不迫。而非勤非息機一句,實彼一生行藏之寫照。蓋勤也不得,息機也不得,勤既不得則息機,息機不得且復勤。學道未成,詩道則成矣。有此矜潔幽苦,故湘綺五律之作,往往似永嘉四靈之學賈島。雨上拂耳巖明日過九盤山遇雪云"歲晚征途險,危巖遠更深。客游無物役,雨雪盡清吟。古有勞人怨,山空啼鳥音。吳鉤今夜響,猶未損雄心"。石鼓舟雨卻寄儻丞云"初伏驚秋早,歸舟臥晚風。所嗟人易倦,不共水流東。江海無窮事,曾胡百戰功。與君閒話盡,今夜聽鳴蟲"。筆調略能開張,而不掩幽蟲之寒鳴。三日送寄公上南嶽云"茗話良辰永,洲居過客稀。寒雲五峰秀,花雨一僧歸。煮石敲新火,搴蘿補壞衣。上方鐘磬寂,應憶掩柴扉"。此純然為四靈矣。予每過長沙,恆游開福寺,此地即湘綺、寄禪組碧湖詩社之處。如詩卷十五江上、鴻雁、疲馬、枯桐、鸜鵒、絡繹、螢火諸題,晚唐人、四靈學賈島一流多此格也。此最可知湘綺未展其才,其心素多幽苦,自賞其冷韻清響,不失為失意人之得意事。大凡湘綺之詩,五古嗣魏晉以來之正體,叶辭和雅,意慨清切,能於模擬之外,自出潔光,迥異於同光體之風氣,令人思近世劉少椿氏之鼓樵歌也。五古自其第一,七古自其次,五律第三。七律絕句似非所長。湘綺七古,有名篇圓明園詞,弗愧詩史。集中七古長篇佳什甚夥,多為唐音,不落宋後一句。尤喜其暮云篇追傷郭兵左嵩燾,其末曰"即今空洲臥寒月,兩賢電火餘光絕。九州耕織江海清,野梅官荻花如雪。自古豪雄全盛時,也知功德百年衰。意氣寧甘鄧禹笑,琴歌不為雍門悲。身逐驃姚肯馳騖,看人勝負還相誤。行向西州痛哭囘,坐吟南郭灰心句。雲散風流不復論,游談猶羨李膺門。龐公不愛入州府,五噫寥寥非隱人"。承李頎、高適一路,氣骨自蒼。當宋句恣肆之際,觀此遒音古色,亦自生壯氣。陶在銘樊山續集序有云"昔南皮師嘗曰,洞庭南北得二詩人,壬秋歌行,雲門近體,皆絕作也"。其為張廣雅所推如是。雲門即樊山也。湘綺樓詩第十七卷夜雪集、周甲七夕詞皆七絕,亦風流蘊藉,以風調為尚。夜雪集序自謂七絕別為一體,"然其調哀急,唯宜箏笛,大雅弗尚也。而工之至難,一字未安,全章皆頓。余初學為詩即憚之,故集中無一篇"云云。今觀所作,亦自不俗。卷首齊河道中雪行有云"六月炎州火作山,冬來河朔雪盈鞍。冰天熱海開經過,未覺人間萬事難"。最可慰世間憂懷。予觀王闓運之詩心,真為王船山之傳燈,以大雅古義為尚,不屑局隅於唐宋之風。湘綺樓詩,踐蹈船山之言而為之者。故自葦齋之詩學,以迄湘綺之詩,亦正湘學獨異之處。夫迥不猶人者,惟楚有才乎。

鄧彌之

鄧輔綸資質在湘綺之上。湘綺老人論詩冊子有云"鄧彌之,吾所師也。自知才力不逮,恒以為歉。及登泰山,得一篇,喜曰壓倒彌之矣。即石上寫稿寄之,以為必蒙獎賞,其回信乃漠然若未見也"。說詩卷二有云"鄧彌之幼有神慧,而思力沉苦,每吟一句必繞室百轉。詩學杜甫,體則謝顏。至其東道難、鴻雁篇,古人無此製也"。詩學杜甫,體則謝顏,非湘綺弗能道,尤可知彌之魏晉六朝派詩,自異乎唐之軌轍,詩心則以唐人為津梁。湘綺亦無外乎是。觀其五律、七古可知也。說詩卷二亦引時人曹學使觀風論詩絕句詠鄧白香云"太阿青湛比芙蓉,銷盡鋒芒百煉中。顏謝風華少陵骨,始知韓愈是村翁"。白香亭集,即鄧彌之集名也。此可為湘綺語之注腳。韓愈未必為村翁,而彌之吐辭古雅,自屬師法乎上者,此無可疑。湘人善用鋒銳,鄧、王一派為詩則斂鋒藏芒,而實愈斂彌銳矣,為尤可奇異之處。(說詩卷六又云"武岡鄧彌之舍之,生於綦江官舍。五歲能詩,從官南昌,與弟繹齊名。十三入州學,十五補學廩生。出語高華,詩廑百首,卓然為大家,出手成名,一人而已。有白香亭詩集行世"。後引其建福寺黃菊之會七古及七律,以見其詩功之深也。)湘綺文卷九論作詩之法有云"退之專尚詰詘,則近乎戲矣。宋人披昌,其流弊也"。使以此而論,以昌黎為村翁必矣。此文又云"詩法既窮,無可生新,物極必返,始興明派。專事摹擬,但能近體,若作五言,不能自運。不失古格而出新意,其魏源、鄧輔綸乎。兩君并出邵陽,殆地靈也。零陵作者,三百年來,前有船山,後有魏、鄧,鄙人資之,殆兼其長,比之何、李、李、王,譬如楚人學齊語,能為莊嶽土談耳"。以彌之與薑齋、默深并舉,而己附焉。白香亭詩不失古格而出新意,誠然弗繆。湘綺以摹擬之道,為詩窮則物極必返,亦可為明七子之詩略為正名。以湘綺自負之高,而推挹白香如是,彌見鄧氏之卓犖矣。(鄙人資之,殆兼其長,亦見其自負。湘綺兼學人詩人,亦自具底氣。)說詩卷六云"自齊梁新體興而五律自為一種,要以超逸取致,杜少陵乃有沈著頓挫、前後照應之法。余五律不拘一家,自謂變化,而鄧彌之乃云不過平穩。鄧五律專學杜,而看去實勝我專博之異也"。此亦論鄧詩五律,非己所逮。以此愈可知"詩學杜甫體則顏謝"之論之確也。予近歲常客長沙,棲遲嶽麓,躋天心閣,得白香亭詩集於肆中,湖湘文庫也。由雲龍定庵詩話卷下引近代詩家評語,不知何人所作,有云"李越縵詩如漢廷老吏,不媿虞伯生。樊樊山詩如百戰健兒,不減薩都剌。王湘綺詩如人間五嶽,氣象光昌。鄧彌之詩如天上七星,芒寒色正"云云。五嶽七星,此評者頗能賞王、鄧之擬古生新也。彌之詩芒寒色正,所論殊允。其詩質而潔,故湘綺恒嘆以為不及也。

醉後草此篇,是夜奇夢,一武士為三傑自後插刃貫胸,直立不僕，一傑憫之，徑抱其胸，亦為三劍所貫焉，痛快之至。寤即知乃予心意所化，亦湖湘之氣鄧彌之詩有以感之也。遂藉彌之危柱篇送龍白皋汝霖遠觀京師也踟躕河梁蒼茫歧路就題其集於贈言詩，以志此夢之烈。"危柱激孤調，亮節多苦心。輶此冰雪質，瑟彼金玉音。淒淒釋服篇，惻惻哀時吟。折腰非懷祿，局脊泫沾襟。沾襟亦何思，衰白在庭闈。如何捧檄意，長懷瞻岵悲。倚閭歲行暮，遠遊復安之。持裾良難別，攬轡方在茲。攬轡重徘徊，折坂何崔巍。送子涉洞庭，裊裊秋風來。膻腥逼黃屋，黍離令人哀。上相已星隕，臨流其濟哉。臨流長太息，滄波渺無極。子補束皙詩，我贈繞朝策。皋魚豈不念，孔雉將焉集。請辭兒女仁，出處各努力"。

白香亭詩集評

夫彌之詩有四長。其一曰質樸而光潔，具精猛之氣，峭硬高古之處類孟東野。卷一述哀詩、雜詩紀行、擬淵明詠貧士、擬古詩、北上別弟繹詩、鴻雁篇等俱可見之，不勝枚舉。其二曰蒼雅而幽邃，吐醇胎息文選之體，幽森健奔之處又類韓昌黎。卷一朱陵洞觀瀑、早發新市入支江二十里作、書事、東道難、哭故通山令陳君希唐景雍、贈江州高伯敦心虁，卷二辛未三月廿七晝晦無光自辰歷巳、遊慶林觀、述德抒情一百韻、龍子蟠叟囑題其堅白齋詩集等皆此格，集中殊多也。其三曰高華而和雅，逸氣遄舉，有洞燭世情，超然息機之致，自趨入大謝之玄奧。卷二如癸酉七月十六夜飲易笏山佩紳宅玩月涵樓、仲冬廿八日偕彭學博焯南游雙清亭、經黃鶴樓故址同寄師及卷二擬魏晉六朝詩甚眾，皆此類也。其四曰由肆入淳，祛古藻而歸平澹，此其學陶而造妙者。卷三即其和陶之作，卷一亦已有此類之作。其弟鄧繹白香亭和陶詩序云"吾兄少年豪酒，其詩磊砢雄桀，得陶之肆。中歲以後，閉關弦誦，不問當世事，杯斝罕御，其詩斧落華藻,得陶之和。醇者,人知之,其醇之出於肆,而以肆為醇者,人不知也"。以肆為醇一語,尤為精到。王右軍龍臥虎跳,亦歸此以肆為醇之格。陶靖節亦然。鄧彌之心慕此格,知見高邁,筆力亦自雅潔密栗,然求能得陶詩之髓者,罕可覯也。蓋彌之性情類大謝、東野、退之者甚多,得年亦僅中壽而已。湘綺作墓志謂其"生長膏粱,終身貧賤,老游楊、豫,糊口終年",卒於江寧講舍,亦未能如靖節先生悠遊卒歲,從容於岩壑林泉之下。雖然,彌之和陶之作,自多真氣,汩汩然流出,未必得陶之髓,適成其鄧之體。自古和陶者,前有子瞻,徧和其詩,殿有彌之,足可繼美前脩。白香亭詩,具此四長,宜為湘綺所歎服也。湘綺刻意擬古,用力殊深,遵船山之遺義,恒不以唐人為然。彌之取徑則異焉。在其醇處,則好用漢魏六朝,以煉其氣,究其詩心,則受老杜、韓、孟諸家之沾溉殊深,五古森峭處,亦近柳州。故摹擬選體,往往與孟、柳相仿佛。是以其詩雅健有骨,往往在湘綺之上。鄧、王既開此湖湘詩派,自為後人留一種真氣,不可以其摹古而一概抹殺之。使詩人本具六朝之學,復為六朝之詩,格度自合,明人楊升庵已篳路藍縷,啟人神智。湘綺之學,優乎輔綸,以學問濟其所短,自亦有味。此詩脈別有理則,不可輕議者也。惟湘綺多刻意處,既為六朝之詩,復欲為六朝之人。世說新語中物事,豈可效顰乎。

高陶堂

高心夔詩風沉雄峭拔,詼詭不測,遣詞重新創,可謂此六朝派與中唐派之合體。其學識甚淵博,精研小學,工書及篆印。湘綺樓說詩云"高伯足詩少擬陸謝,長句在王、杜之間。中乃思樹幟,自異湘吟"。此言陶堂不純然為六朝派也。越縵堂筆記言陶堂"詩文皆模擬漢魏六朝,取境頗高,而炫奇曝采,罕所真得。自謂最喜淵明詩，故號陶堂，然其詩絕不相似。大抵詩文皆取法於近人劉申甫、魏默深、龔定庵諸家，而學問才力皆遠遜，然思苦詞艱，務絕恒蹊，文采亦足相濟，固近日之卓然者矣"。思苦詞艱，務絕恒蹊，文采亦足相濟，李越縵下語殊精當也。由雲龍定庵詩話續編云"湖口高心夔，高才續學，顯名於咸同間。而數奇，屢以違式被斥，所謂平生雙四等，該死十三元也。館肅順府中最久，晚乃成進士。令吳中，頗有惠政。著陶堂志微錄四卷，記諸體詩三百四十四首。傅懷祖序稱，本風雅之比興，就晉宋之聲度。其思深，其旨遠，淵冥靡涯。武進南亭亭長李伯元南亭四話，錄其近體七律三首，五古一首。其寄懷許仙坪湖口幕府一首，為集中所不載，詩云，三月蘆溝萬柳齊，故人遠使大江西。寧知客舍傷春日，目送河梁去馬蹄。歸路逢迎遲玉帳，宦遊名籍薄金閨。多才潦倒看同調，尊酒秋原半解攜。又城西系四首，集中只載二首，豈瀕刊時芟之耶。茲從葉緣督日記中補錄於此。二聖如天義斷恩，虛聞請室劍加盆。未湛七族刑非濫，頻折三階運已屯。白馬猶朝胥母岸，黃熊不化羽山魂。首和將相艱難日，心在安劉莫與論。又云，迎輦芳風一路花，金屏翠襆五雲遮。昭陽似檢長秋籍，春色仍裔曲宴家。舊賜畫圖丹良正，新聯宮巷墨封斜。太行陰絕君知否。殷鑒前途有覆車。語多為肅順別白，故諱之。又莊諧請話所載登五老峰五古一首，亦較原稿改易十之七八，幾不存本來面目矣"。此甚見陶堂七律之神采。首和將相艱難日，心在安劉莫與論。肅順之功誠然不可沒也。陶堂所精，終屬五古。六朝古麗超遠之體，而得中唐之奇崛奧澀，故其才思獨運，甚為高健，又自異於鄧、王。鄧賢地貞粹，氣骨純然，勝於諸人。王辭氣嫻雅，以從容見長。而高則才思獨運，以奇崛新造出羣。高自與鄧相近，而不及鄧之澹定耳。陶堂四十九歲即卒。其命亦無容其轉移氣質也。送王舉人闓運客山東帥府三首有云"鵲華沛上出，憑軾鄜生郊。衰顏大風後，我願其蓬蒿。國無三千履,遺策未蕭條。丘園有匿秀,紱冕虛列曹。語君淄非澠,翟翬無鳳苞。奉常珍俗學,蓋公見清標。垂暉映六合,感氣興崇朝"。"雞鳴樹有霜,端然愁萬物。披衣視周道,寒日東隱鬱。時變切心臆,夢過情不歇。劬劬京華友,黯黯離居節。達觀憺後緣,勞塵徇前跡。磐折從時俊,偃蹇固予拙。不見沮洳場,珠玉蒙市悅。由來貴隨握,何適無荊刖。善處天下寶,今對九賓發"。匡廬山詩七首有序其天池一首有云"晚飯池上寺,罷磬柏下堂。籬門眾象漫,原封天四牆。塹冰其氣溟,盛霧夏猶霜。黔突洞無底,倏忽升輪光。初綴露蜓飛,稍隨榕蓋張。翻傾百冶液,煽射星榆鄉。嗡礁燃海火,縈河恢景陽。山精歲出納,寶此神明倉。佛徒詫聖燈,欹岑作壇場。熒台自淵曜,蕭邱寒不焫。須臾掃怪變,素壁摩虛梁"。五老峰有云"超世服命卑,力征限虞麓。遺彼鳥獸門,仙仙失羈束。舒袖括東匯,楚越裙銜幅。枝山垂瓜蔓,有暑雲共綠。晡時臨高秋,上下清若沫。鴻飛半湖盡,海月吐其腹。三垣濕蒸嵐,冷結珠采縮。化城進無泊,塊蘇誰再目。鸎虎靳吾驂,還家饌香玉"。經郡西南望廬山有云"半歲再經郡,驅篷邁窮征。伊維蹤跡浮,去住整復情。我昨親匡阜,崖澤邈含清。焉知托寓高,納納寡所驚。雙鐘督遊子,故業修蘯耕。神皋擱為別,霜霰皓已盈。何辭霞上棲,遽振塵中纓。江光落寒秀,囟幔影縱橫。翠遝天壁半,西展諸峰平。日車側升降,充谷冰葩生。元肩葆冬燠,自然殊世榮"。亦可知前人所評弗謬矣。

卷壬　不問源流之詩派

英雄不問出身。何人無有出身也。此派不問源流。何人無有源流也。此派詩人，多有英雄氣、草莽氣。英雄、草莽，恐亦一線之隔，成王敗寇。青藤似寇，而今為王，水墨花卉，為萬世宗，書法亦自一席，戲曲亦尊為宗匠，詩文自具矯拔爛漫之勝，惟今人讀之者少耳。公安、竟陵，亦此英雄氣、草莽氣。昔觀傅青主詩，甚壯之，學竟陵派，有何不可。字畫，須於字畫外求。詩歌，自然亦當在字句之外求也。在字句之內求，竟陵也，在字句之外求，亦天地之元氣也。談藝錄二九云"以作詩論，竟陵不如公安，公安取法乎中，尚得其下，竟陵取法乎上，並下不得，失之毫釐，而繆以千里。然以說詩論，則鍾譚識趣幽絕，非若中郎之叫囂淺鹵。蓋鍾譚於詩，乃所謂有志未遂，並非望道未見，故未可一概抹殺言之"。此最中肯之說。鍾譚三袁不問源流，實有源流。竟陵取法乎上，有志未遂，是以為詩亦只合不問源流耳。然近世詩界革命體，則又異於竟陵。英雄氣、草莽氣，猶知王道為尊，詩體革命，則王道亦將辱之，終也流于新文學，欲斬絕革盡中華古文辭詩歌之文脈而新闢一境地也。嗚呼。霸術而已。黃遵憲死今已愈百年，詩界革命體問津者亦已甚寡。雖然，此不問源流之詩派，或當長久而存焉，蓋今人之習愈不喜問源流故也。

徐青藤

　　夫三絕之道，比年以來，予興味愈濃，嘗各撰一編，以暢達遊藝之趣。三書俱羅之士，宋東坡，元子昂，明青藤，清冬心是也。黃南雷青藤行有云"豈知文章有定價，未及百年見真偽。光芒夜半驚鬼神，既無中郎豈肯墜"。嘗見吳缶翁晚年最為神飛之作，即其仿青藤墨葡萄掛軸也。缶翁此軸已驚鬼神，亦愈知缶翁所驚於青藤者。吾儕自弗能以中正平和、冲澹雅潔論徐渭，天地之間，當有與驚雷飄風哀鶴清猿為一隊者。徐渭之詩，後人喜言其近鬼語，為李長吉之流。會稽之地，元有楊鐵崖倣長吉，開張一派，與吾婺鹿皮子相呼應。青藤之學長吉，又自異於鐵崖。青藤之學長吉，凡其人一切皆長吉也，鐵笛道人則惟詩耳。明季會稽奇士王思任，亦承此遺氣者，作徐文長先生佚稿序，極為傳神，真為青藤之桓譚也。其言徐文長"見激韻險目，走筆千言，氣如風雨之集。雖有時榮不擇茅，金常夾礫，而百琲之珠，連貫沓來，無畏之石，針堅立破。英雄氣大，未有敢當文長之橫者也。文長意空一世，寧使作我，莫可人知，絕不欲有枕中之授，亦不樂有名山之封。故所著作隨付隨佚。袁中郎從陶周望架上得其闕篇等集，一夜狂走，驚呼拜跪，業已梓播人間"，"讀其文似厭薄五侯之鯖，獨存蔬笋之味。又如著短後衣，縋險一路，殺訖而罷。讀其詩，點法、倒法、託法、藏法，漉趣纖神，每在人意中攘脆争可，巧進口頭，必不能出者，而文長一語喝下，題事了然。讀其四六，在黛眉淡骨之間，讀其隱字對偶諸技，以天成者佳，以人勝者遜，通方言者佳，以越語者遜。總之靈異立成，爪牙皆蠹。予斷以龍鬼精怪之文，起文長而署之，應以牘受，為我楚舞，飲八斗而醉二参也"。故非卓異如思任，不能讀徐渭，於精誠非如一夜狂走之行,不足知其詩文之至性,於古書非戰國策、諸子百家,不便測其精魄之淺深。明人俞汝成盛明百家詩徐文學集序竟謂渭乃"以文自戕者也"。俞氏此亦鬼語之流歟。雖然,其詩豈無雅健清新之美耶。王元章倒枝梅畫云"皓態孤芳壓俗姿,不堪復寫拂雲枝。從來萬事嫌高格,莫怪梅花著地垂"。此作弗輸其題墨葡萄詩。"筆底明珠無處賣,閑拋閑擲野藤中",似不如此垂地梅為蘊藉。然閑拋閑擲,本以愜情為貴,痛快之與蘊藉,輝映最佳。胡市云"千金赤兔匿宛城,一只黃羊奉老營。自古學棋嫌盡殺,大家和局免輸贏"。言明朝與韃靼和策。(此與近世鄧公擱置釣魚島主權議之智識同也。)龕山凱歌有云"短劍隨槍暮合圍,寒風吹血著人飛。朝來道上看歸騎,一片紅冰冷鐵衣"。此誠老聃所謂殺人衆多,以悲哀泣之,戰勝,則以喪禮處之者。(三詩參杜貴晨氏明詩選。)四庫提要以其詩為魔趣,彼說之理亦可想見,然彼亦謂"及乎時移事易,佗儻窮愁,自知決不見用於時,益憤激無聊,放言高論,不復問古人法度為何物,故其詩遂為公安一派之先鞭"。予不列之於中唐之脈如鐵崖一流,而置此不問法度之法系,亦以此故。所謂魔趣之作,其卓犖者,集中甚夥。醉後歌與道堅云"銀鉤蠆尾譨人說,何曾得見前人法。王子獨把一寸鐵,魚蟲翎鬣纔能活。有時擲刀向壁哦,鴟鵑引鷟呼駕鵞。門前同學三十輩,何人敢捉詩天魔。從此公卿盡傾蓋,日輪未高馬先存。老夫去邊只二載,急走問之顏色改。向來傳訣解不能,透網金鱗穿大海"。便窺其手段之活。七古長篇奇語尤多。五律杜鵑花云"煙雨豔陽天,山花發杜鵑。魂愁數葉暗,血漬一叢鮮。正色爭炎日,重臺沓絳箋。春風幾開落,遺恨自年年"。今春東渡海瀛,京都嵐山古寺中,有杜鵑盛放,前樹一牌曰玄海躑躅,一時頗生悵觸。觀青藤此詩,忽憶此花,亦不以魂愁血漬之語為怪。哭王丈道中其一云"不醉亦罵坐,忍寒曾却袍。一生餘骯髒,半李咽螬蠐。對語俱貧病,相思獨鬱陶。

匣中留破劍,往往夜深號"。浙東若此耿直硬氣人,今猶多乎。露筋祠云"烏鳥既能傷義士,蚊虻何苦碎貞肌。由來天道本無定,誰知昆蟲必有知。畫壁幾殘春社雨,靈風時滿夜歸旗。煙波一望三千里,長在湘江洛水湄"。此寫神靈幽玄之趣,亦不問法度,而筆力廉悍,造思奇詭,末聯尤有遠韻。去歲予過洛水,比年常在湘江,故於此煙波三千之意,心有戚戚焉。實則昆蟲亦必有知,惟不在人情之內耳。七絕古意二首云"只堪話舊作生涯,若論風情鬢有華。記得金釵墮雙鳳,十年前夜舞誰家"。"愧無李白之才華,也繫潯陽幾落花。儻使夜郎吹笛去,不知何處會琵琶"。此豈遜乎李、何一流。贈孫山人云"龍津先生高角巾,多能不特是詩人。昨宵與客溪橋上,語到風平水不鱗"。末二句尤見高風。風平不鱗,造乎有道之境,非意氣語可知。四庫館臣謂文長為魔趣,亦不見渭有此等詩耶。題畫四首其一云"白頭翁亦戀花枝,飛上桃花影自窺。若使逢花不能賞,也應花鳥笑人癡"。天然清音。又有句云"莫把丹青等閒看,無聲詩裏頌千秋"。讀之殊為動容。畫學造乎天地之秘,青藤從容而語出之,真可謂淵默而雷聲。忽思明季大德密雲禪師有偈句云"翻身直踏上頭關,入佛入魔只一貫"。前人或斥青藤為魔趣,不知入佛入魔本只一貫。使人一旦將破佛魔之執,自可平情觀徐文長文字矣。(丁酉秋觀青藤白陽真跡於金陵。見清初周亮工跋青藤飲馬長城窟諸詩行書長卷有云"予嘗憾山人生七子時,王、李當日樹幟招當時文字客。士肯能操觚者無不奔馳太原歷下。今觀七子集中無一字及青藤,而青藤集中亦無一語襲七子。此老崛強,視茂秦依七子以成名,卒以眇君子見擯者為何如"。抑茂秦而揚青藤,於理尚可,於事則非。茂秦與王、李結社時,七子尚未成大名。當時乃王、李依茂秦,而非茂秦依七子。非謝榛先驅,亦無有七子之派。且茂秦眇一目,自幼已然,如祝之枝生,夷何足怪。所謂君子見擯,或以茂秦一布衣故爾。恐亦王、李之隘有以使然。)

三袁脫胎於心性脈

公安三袁,實脫胎於釋道心性脈。昔之治詩史者,非唐非宋,不知合置公安於何派。今以血脈觀之,其亦心性派之變化也。心性派以詩見道,三袁之心不在見道,故又與心性派不同。三袁之詩,猶文人之詩也。然究其樞機,乃自禪門心性之作化出者。牧齋言袁中郎"以通明之資質,學禪于李龍湖,讀書論詩,橫說豎說,心眼明而膽力放,於是昌言擊排,大放厥辭"。明眼人一見即可悟其詩學導源自禪學也。惟禪人膽力既放,訶佛罵祖,以文證道,以指見月,而中郎則返乎文戰,借刀殺人,亦可謂一種方便,而為心性脈之暗證。中郎曰"不效顰于漢魏,不學步于盛唐,任性而發",又曰"獨抒性靈,不拘格套",揚宗門之餘波。曹溪禪至臨、溈、洞、雲、眼五宗,橫說豎說,簡勁明爽,翻至北宋,文字禪出,擬古頌古,愈說愈入深澀,此猶竟陵派繼公安而起,乃以淒清幽獨矯之,幽情單緒,而為方家所嘲。獨抒性靈之至於幽情單緒,亦勢之必然,蓋人心須得天地三才之養方渾厚雅健,使其以獨抒自異為尊,鮮有不落於魔障者。如宗門至法眼宗,即已倡宗、教之合一,乃有永明延壽作宗鏡錄。使宗門無經論諸教輔翼之,必落於孤微矣。故明季詩坫乃生錢牧齋,痛矯公安竟陵之病,乃欲作詩壇之永明延壽者也。雖然,竟陵別出手眼,豈無功德。其法亦合識者自取之。素愛傅青主霜紅龕集及清季同光諸家,似皆有取於竟陵者也。幽澀固是天地間一種真味。勿論日本茶道之侘寂矣。近見錢氏談藝錄二九引鍾伯敬云"兄怪我文字大有機鋒。我輩文字至極無煙火處,便是機鋒"。譚友夏亦有"以詩作佛"之論。錢氏評之言"詩禪心法,分明道破。其評選詩歸,每不深而強視為深,可解而故說為不可解,皆以詩句作禪家接引話頭參也"。甚愜我懷。惜其未拈出釋道心性脈耳。

評竟陵

明清之際，多事之秋，竟陵派之是非尤劇。當時論之者多執一詞，鮮覯通恕之說。余懷與姜如須云"足下丙戌以前詩未免鍾譚習氣，然學鍾譚者有習氣，罵鍾譚者亦有習氣，是以僕不學亦不罵也"。（見福建新刊之甲申集、余懷文錄。）庶幾近之。學之者之習氣，在欲速成，不諳古法，不知性靈乃是方便道，非是即為究竟實相。要在善用之，乃能如密宗大日經所曰以方便為究竟也。不善用之，則亦如金剛乘所言乃速下金剛地獄也。罵之者之習氣，在自贊毀他，嗔恚我慢，不能設身處地，洞悉其自有天運生機，詩妖之辱，豈是達論。明季忠臣義士，多竟陵之詩人，如倪鴻寶、傅青主。而詩體之正宗如錢、吳、朱，其詩之粹美雅正，亦無濟其晚節之不墮，不亦可歎哉。竟陵雖陋，其氣則可嘉尚。牧齋竹垞雖雅，其品則可議。譚元春一落魄而死之應舉書生耳，雖淺而能簡。錢謙益官至一品而為降臣，雖隆而已濁。逮至乾隆朝，譚氏以詭僻纖仄之故乃淪為禁書，而錢集亦以貳臣遭毀板之厄，可謂兩敗俱傷。故知學之者固有習氣，罵之者亦然也。四庫館臣雖承聖意，助其專制之鉗虐，而所為所識並非皆無正大之道理者。竟陵遇此詆詰，亦猶清廷報復語。牧齋為清廷之主所忌，亦然爾。雖然，皆往矣。今日鍾譚可平情論之。錢集亦復大燦于書林，啟予尤多也。今人亦不必蹈陷於二派之舊習氣也明矣。通恕之論，近世已由錢默存氏發之。小引已言之矣。談藝錄二九云"以作詩論，竟陵不如公安，公安取法乎中，尚得其下，竟陵取法乎上，並下不得，失之毫釐，而繆以千里。然以說詩論，則鍾譚識趣幽絕，非若中郎之叫囂淺鹵。蓋鍾譚於詩，乃所謂有志未遂，並非望道未見，故未可一概抹殺言之"。

洵妙觀也。釋家謂鵝王擇乳，譚藝家實應有此鵝王之手段。不然，公安、竟陵、牧齋攪成一團，水乳混雜，常人焉得擇取耶。默存又評鈍吟雜錄"鄙夫鄙婦"一語，或可譏公安派所言性靈，於竟陵殊不切當。亦是擇乳手段也。

譚友夏論孤清永

夫幽澀固是天地間真味一種。瞿曇家動輒以八萬四千以狀法門之無盡，何詩家必以雅正二字以自隘之耶。司空表聖以二十四品詩，差有寬博之風。竟陵增之以幽澀，仿佛茶道千利休之言侘寂也。譚友夏詹卓爾詩序亦言"幽思侘傺，特詩之一種，又自屈左徒以來楚人之一種"。吾固知日本譚藝所主張之幽玄、侘寂，有導源于楚騷者，非僅禪宗而已。譚氏徐元歎詩序云"嘗言詩文之道，不孤不可與托想，不清不可與寄徑，不永不可與當機"。專從孤清永三字入手，何其類乎日人也。故知日人氣調尤近乎楚人，恐亦與古昔楚浙之移民相關也。東瀛之藝文音調，孤清雋永，肇自紫式部、枕草子，轉而深粹渾勁于能樂、茶道。譚氏又云"已孤矣，已清矣，已永矣，曰如斯而已乎。伯敬以為當入之以厚，僕以為當出之以闊，使深敏勤壹之士，先自處於闊之地，日游於闊之鄉，而後不覺入於厚中。一不覺入於厚中，而其孤與清與永日出焉。乃知孤與清與永，非我能使之然也"。觀世阿彌、金春禪竹、村田珠光、千利休諸人，真有此處闊入厚之意者。其所以處闊入厚之道，禪也。而鍾譚亦學禪，其處闊入厚之道亦無別焉。不然，何能竟陵之名遍天下，開宗立派頡頏七子派耶。當機二字尤可味。函夏之文，政乃日邦處闊入厚之道之所在，一不覺入於厚中，孤清永日出焉。故知友夏言孤清永，非我能使之然也，的然非妄。近世日邦捨此處闊入厚之道，而轉師泰西之剽疾霸悍，速強亦速敗，反招無窮之損厄，迷途久矣。吾憂其國將不復能出如世阿彌、千利休者矣。

公安竟陵之學禪

二派作詩,不欲為成法所縛,標舉性靈,與禪門者宿直指心意,不拘詩格甚似。然終非是心性脈,蓋其心猶在文事也。故二派騎牆于修證、詩文之間,猶伊索之所譬為蝙蝠者,難得從容。譚元春答鍾伯敬書有云"但往往見文人談禪,皆是前生帶來種子,一生汩沒聰明中不得出,後來欲以生死大事、性命妙理了其聰明之案,供其聰明之用,悟雖若近于禪師,修或不及乎凡夫"。乃真有自知之明者。又言文人薰修,"但恐聰明與福慧雜居,不用聰明之意,又與聰明雜居,有時福慧來,而不免有一習見習聞之物,亦如琉璃光與之相參映,相為無窮。則其寫經也,最便於文人之手,其誦之也,便於文人之口,而其薰修苦行,身土相參也,便於文人之志氣才力。聰明之用日新而不已,聰明之局欲結而未能,而生於聰明而死于聰明而已矣"。此洞悉習氣難銷、法執難化甚深,即所知障是也。要非真修行人,不能省察峻切細微至此。如默存氏辨詩譚藝,時有鵝王擇乳之能,而于修證事,不免生於聰明而死于聰明矣。予觀談藝錄、管錐篇好談詩禪之理,知其於禪亦有前世帶來種子,非全然無意也。然以文士而論,近世之有默存氏,固見地高超,不世出,然尚不能如晚明狂禪之文士之能立志真修實證也。彼只紙上談兵耳。近世譚藝論禪又能真修實證者,有顧隨氏,惜無著作可與談藝錄相媲比者。袁中郎於佛亦真修實證,其西方合論為後世大德所肯。雖然,禪、詩之分別,終難消泯。夫禪損其詩之體氣渾完,以聰明相故。詩損其禪修之精進玄奧,以心弗能專精至誠故。故予不得不另置一不欲為法度所拘之衍派,以網羅諸人也。

黃公度

予十七歲始作新詩，至二十四歲輟而弗為，專研經史之學及古近體詩，時在蜀也。此七年所讀之書，四部而外，異域各時代書之譯本，亦幾徧取而觀之，尤好古希臘以迄歐美近世之詩歌，如里爾克、布羅茨基諸家，啟予神智殊深。故予觀黃公度晚年致邱煒萲有云"詩雖小道，然歐洲詩人出其鼓吹文明之筆，竟有左右世界之力"，心有戚戚焉。予二十三歲研馬湛翁、錢賓四之書，而有志於性理之學，其後蠲棄西學而凝志於儒道，於詩則先效法同光體，繼學盛唐，十餘年後始重讀泰西之書。故予讀黃公度人境廬詩草自序有云"嘗於胸中設一詩境，一曰，復古人比興之體。一曰，以單行之神，運排偶之體。一曰，取離騷、樂府之神理而不襲其貌。一曰，用古文家伸縮離合之法以入詩"，亦殊覺青眼也。復古人比興之體，吾國詩教之基石也。自劉誠意、高青丘，以迄近世大家，皆稟此懷而莫有異焉。以單行之神，運排偶之體，此本駢儷文章鉅手為文之奧訣密機，有清得汪容甫輩而大之。而以單行之神，運於七律，本宋芷灣之所長而公度師法之。公度既悟此單偶不二之理，宜其詩歌能爐冶文筆而為大觀也。取離騷、樂府之神理而不襲其貌，此公度超挈於明七子之處。然如劉誠意、陳臥子，雖亦襲其貌，亦能出其格，公度不襲其貌，時亦不免標新太過，在公度乃以一真氣運之，縱橫開闔，不恤其過，而時賢傚之，其病亦自不淺。用古文家伸縮離合之法以入詩，則自蘇子瞻以文入詩入詞以來，即已如此，實亦詩道求變之密法也。公度古文之功力，予於其日本國志亦已窺之矣。其欲化古文法煉詩，非無本源。故觀其自序，知其胸中詩境，欲汲聚吾夏詩教之精華，匯於一體，乃真有血脈相貫穿焉，不可以詩界革命體時流之陋，而累及公度也。陳散原評之云"馳域外之觀,寫心上之語,才思橫軼,風格渾轉,出其餘技,乃近大家。此之謂天下健者"。允論也。故論公度法,當兼觀此所謂歐洲詩道左右世界之力、胸中設一詩境之兩端而求其中道,庶乎無偏頗矣。近世錢萼孫論公度詩,已甚詳盡。其箋註人境廬詩草,所輯詩語,搜羅時賢後學論公度詩者,亦自可觀。夢苕盫詩話謂"公度詩濡染於黃仲則、龔定盫及其鄉人宋芷灣頗深",確有識力。諸祖耿天放樓詩續集序言"間嘗讀清季諸賢之詩,內籀者莫工於漸西,外籀者莫侈於人境。人境不免乎粗放,而漸西微嫌其細碎,然二子沒而嗣音又絕"。漸西即袁爽秋,人境即黃公度。所評是也。胡先驌評胡適五十年來中國之文學云"黃之舊學根柢深,才氣亦大,故其新體詩之價值,遠在譚嗣同、梁啟超諸人之上,然彼晚年,亦頗自悔,嘗語陳三立,天假以年,必當斂才就範,更有進益也"。斂才就範,以公度之智度涵養,恐弗能為。明儒呂新吾言聰明才辯,為第三等資質,磊落豪雄,為第二等資質,深沉厚重,為第一等資質。公度誠磊落豪雄,然欲轉移氣質,誠非易事。予於此又有湛思焉。人境廬詩草卷三有西鄉星歌,序云"西鄉隆盛既滅,適有彗星見於日本西南境,國人遂名之為西鄉星",詩乃悼西鄉隆盛而作。彼為倒幕三傑之一,維新之大功勳臣,後因忤議,歸鄉後復起兵事,終滅焉。公度長詩之末云"將軍之頭走千里,將軍之身分五體,聚骨成山血作川,噫氣為風淚如雨。此外暗嗚叱咤之聲勢,化作妖雲為沴氣。騎箕一星復歸來,狼角光芒耀天際。吁嗟乎,丈夫不能留芳千百世,尚能貽臭億萬載。生非柱國死非閻羅王,猶欲齰血書經化作魔王擾世界。英雄萬事期一快,不復區區計成敗。長星勸汝酒一杯,一世之雄曠世才"。予忽悟此即公度心意之流露,境由心造,所寫者為西鄉,實寫己心也。公度磊落豪雄人,亦自生粗豪之病。粗豪之病為何,紛擾反覆也,不惜天下多事也。故黃公度心中,亦復有一西鄉隆盛也。佛魔一念,豈在一快而已。以詩而論,錢默存談藝錄言公度"五古議論縱橫,近隨園甌北,歌行鋪比翻騰處似舒鐵雲,七絕則龔定盦,取徑實不甚高。語工而格卑,儉氣尚存,每成俗豔,尹師魯論王勝之文曰,贍而不流。公度其不免於流者乎"。默存性刻峭,本天蝎氣稟無足怪,此論似少忠厚,然非虛發也。前引西鄉星歌之結尾,予頗覺又類王曇之奇譎俗豔,非僅舒、龔而已。默存言公度"其詩有新事物,而無新理致",幾於釜底抽薪矣。刻峭人一旦妙悟契理,所語自是驚座。宋元以來大家,如蘇黃陸元,俱有新理致,降自鄭珍、陳三立猶然。公度尚未逮乎。雖無新理致,蕚孫言其"天骨開張,大氣包舉,亦能於古人外獨闢町畦",則無可疑焉。此固公度第二等資質磊落豪雄之所有者。默存法眼灼灼,然觀其行藏言語,亦僅聰明才辯為第三等資質而已。而不及默存者,滔滔皆是。潘飛聲在山泉詩話言公度謂"後人學藝,事事皆駕前人上,惟文字不然。以胸中筆下均有古人在,步步追摹,遂不能自成一家面目。是以宋不如唐,唐不如六朝,六朝不如漢魏也"。其意在欲去此胸中筆下之古人而得駕前人上也。公度亦嘗語嚴復當造新字,變革文體,而嚴氏非之。在予固曰,黃遵憲心中有一西鄉隆盛也。

公度身後滄海橫流

近人陳盤潤莊文錄篇五二黃公度評傳敘有云"余讀章太炎文錄,其言有曰,昨聞上海有人定近世文人筆語為五十家,以僕紆廁其列。定文者以僕與譚復生、黃公度耦。二子志行,顧亦有可觀者。然學術既疏,其文辭又少檢格。公度憙言經世,其體則同甫、貴與之儕。上距敬輿,下摧水心,猶不相逮。僕雖樸陋,未敢與二子比肩也。太炎此處,于公度文辭,頗有少之之意。蓋太炎篤意嗜古,而公度則志在大眾,期于普及文化。道不同,故不相為謀耳"。

此亦似是而非之說。太炎嗜古弗謬,然太炎亦志在大眾,與公度無有異。公度倡文界維新,為文務取暢達,不苟為誇飾,以為惟此方足普及文化,變法維新,而不知其流弊之長,竟致自毀華夏學術及文辭,變而為專倡白話而滅棄古文。太炎具遠識,知國家不可不革命,而文字則當慎守古義,不然新學既成,則夏學亦隳。故不可不戰戰兢兢,如履薄冰也。澗莊之說,究非篤論。其文又云"人境廬一集,胎息騷、選、樂府神理,冥搜孤往,我手我口,直抒胸臆。時代作者,斷為巨擘"。此確評也。故知公度為詩、為文固是不同。為文主暢達普及,不為太炎所喜。為詩則內蓄古詩之神理,發為清新之語,可謂今古交妍,融冶一爐。元遺山云"一語天然萬古新,豪華落盡見真淳。南窗白日羲皇上,未害淵明是晉人"。公度以天然、真淳為詩,是其初心也。遺山又云"奇外無奇更出奇,一波才動萬波隨。只知詩到蘇黃盡,滄海橫流卻是誰"。詩界革命,公度一流,已是奇外出奇,亦真一波才動萬波隨矣。不意公度之後,又是滄海橫流,變本加厲,白話詩興,破裂古道,雖一時諸新文學大盛,今百年觀之,成就亦僅中駟。今愈蕭然。而古道之乖裂摒棄已極,百年後悔之者多矣。故曰滄海橫流卻是誰,此詩又合論公度也。公度為文、為詩固有不同,而身後滄海橫流則一。以此而彌覺遺山論詩之有識也。

詩界革命體

梁任公輩倡詩界革命體,本亦模棱兩可。近人鈍劍願無盡廬詩話言"世界日新,文界詩界當造出一新天地,此一定公例也。黃公度詩獨闢異境,不愧中國詩界之哥侖布矣,近世洵無第二人。然新意境、新理想、新感情的詞,終不若守國粹的、用陳舊語句為愈有味也"。並援其友林少泉語謂,持文界革命、詩界革命之說者,"此亦季世一種妖孽,關于世道人心靡淺也"。(見民權素詩話。)此鈍劍似在通達、尊古之間,亦自矛盾之人。其詩話又云"小敘曰,發乎情,止乎禮義。記曰,溫柔敦厚,詩教也。蓋詩之為道,不特自矜風雅而已。然所謂發乎情者,非如昔時之個人私情而已。所謂止乎禮義者,亦指其大者、遠者而言。如有人作為歌詩,鼓吹人權,排斥專制,喚起人民獨立思想,增進人民種族觀念,其所謂止乎禮義而未嘗過也。若此者,正合溫柔敦厚之旨。或曰,如子之論,叫囂極矣,豈有合于孔聖之詩旨耶。不知巷伯之詩,譏刺奸佞,惡之至甚,乃欲投畀有北。牆有茨、相鼠諸詩,其措辭亦不尚含蓄。可知孔子所以不刪者,正以為有合詩教耳。夫溫柔敦厚四字,豈可專於其詞而決之乎,決之於詩人之心而已。苟其人以溫柔敦厚之心出之者,詞雖激,又奚傷于大雅乎。不然,無其心而專以和平柔順之言以取悅於世,又曷貴哉"。此又似為詩界革命體而鼓吹者。固知鈍劍於器識為通達時務,論詩能寬,於情味則猶循函夏詩教之舊傳,辭鋒便銳。民國以降,若此人者亦夥矣。(此詩話又云凡一切有韻之文、傳奇腳本之類,皆包括在詩之內。"今人但知曹子建、杜少陵、李太白、陸放翁之為中國大詩人,抑知屈原、司馬相如、湯若士、高東嘉、王實甫、孔云亭、辛稼軒、姜白石等之亦為大詩人乎。明乎此理,而詩之變化盡焉矣"。此即其論詩能寬之處。此即所謂願無盡乎。)今世論詩界革命體者,甚難脫鈍劍之蹊徑之外。遵之者學此新文學,擴充眼界,乃以世界文學為師,當愈深入時,轉失吾國之本色,一切文字俱見翻譯之痕跡。鄙之者以此新文學為妖孽,關涉世道人心,而民國主張舊詩之英傑,如鄭孝胥、黃濬、梁鴻志等,却多淪為漢奸,足見其名實不副,穢德累及詩教。遵之者未足為高明,鄙之者未足為清貴,遂令中國近世之詩學,為一曖昧支離之領域矣。予意遵之亦非,鄙之亦非,吾自有道,復觀芸芸可也。吾道為何。曰,寬銳何妨雙運。以世界眼光觀之,以世界破世界,則中華之本色復自露,又無害其世界眼光。

以風雅純味自期,則以實修養護性情,毋淪於根塵而為偽,毋誘於情欲而為虛,則詩格自正,真氣自出,自能感化人心而無盡。故曰寬銳何妨變運,神而明之,存乎其人。如錢默存一流,庶乎至此境界矣,而猶有未甚圓融通透處。吾儕亦願無盡也,承其遺躅者是也。(夢苕庵詩話云"今日淺學妄人,無不知稱黃公度詩,無不喜談詩體革命。不知公度詩全從萬卷中醞釀而來,無公度之才學,決不許妄談詩體革命"。語甚嚴毅。以今之概念言之,胸蓄萬卷之黃公度,為詩體革命,自本體而來,而蹈習者則以方法論視之。其悖論也。詩道之裂,本乎人心之不明,源乎性情之不和,釋教謂末法眾生福薄,有以致之。欲渾合此裂滅之患,必自正知見、篤實修始,可無疑矣。)

卷末總論

予學佛主無門戶見,即旺波大師以來所謂利美運動者。予擴而為顯密,為上座部,為三教一致,為古梵之教,為歐羅巴,皆無門戶見。經曰歸元無二路,方便有多門。此猶南開諾布仁波切所謂大圓滿本超越佛法之外,非佛法所專有。佛法之門戶亦自破之,是為佛法。惟此開悟後之事耳。於理則可先行之。詩道亦然。詩之門戶見亦可破矣。泰西之詩亦詩,中華之詩亦詩。道並行而不悖。吾儕生為華夏之裔,自以中華之詩為主位,以世界之詩為偏位。以偏奪主,鮮克其終。以主攝偏,則愈臻通達。百尺竿頭再進身,遂得用偏為主,主偏俱忘,如是神而明之,存乎其人。今人木心作新詩,又作四言之詩經演,有心人哉。中華未來一千年之詩,亦俟此輩人存續開拓矣。數十年來,予睹歐美詩文亦已愈衰,亦不知其前途將在何地。使其能汲東亞詩文之優長,亦當生新機矣。

方略先成於心

歷來論藝之輩,多喜逐時好,或隨順其風,或逆標其異,其論相違,迥乎不侔,而心逐時流則一也。葉水心文集卷二十九書常希古長洲政事錄後言常氏"可謂方略先成於心,非復隨世寬猛之偏術也"。論詩之理亦然。如隨順者即所謂寬者,逆標者即所謂猛者,斯皆偏術,非論詩之正宗。其正宗者,當方略先成於心。此方略謂何。仁者見仁,智者見智,非可以一概論之。清人論詩如葉燮、趙翼一流,乃真具此方略者。甌北推舉查初白詩云"梅村後,欲舉一家列唐宋諸公之後者,實難其人。惟查初白才氣開展,工力純熟,鄙意欲以繼諸賢之後,而聞者已掩口胡盧。不知詩有真本領,未可以榮古虐今之見,輕為訾議也"。此即是方略先成於心者。隨順之流,則必笑趙氏之不識漁洋、竹垞、愚山、荔裳也。甌北言"詩之工拙,全在才氣、心思、工夫上見"。此三者即甌北之詩家方略所在。近觀馮班鈍吟雜錄卷五之嚴氏糾謬,必齦齦駁斥嚴羽行文之破綻,窮竭其力,固非妄詆,然不免落入逆標一路,非是能詩家方略者。(此聰明相,非大方家。其自號鈍吟老人,恐亦刻意逆行之,蓋利吟則俗,鈍吟方合其心耳。賈長江之苦吟,陳後山之閉門覓句,此恐為鈍吟之所本乎。然如嚴氏糾謬未免太利,終失鈍吟之意。雖然,鈍吟雜錄誠為筆記之佳著。前數卷及誡子帖等,彌有真味,予甚喜之,不必以微瑕而掩其美也。)又趙執信之排神韻說,亦未見其詩家方略,知趙氏亦逆標其異,只可獨立,未為圓善。漁洋眼力終不凡。觀張宗柟纂集漁洋論詩之帶經堂詩話,則王貽上自有其詩家方略者。其神韻說當非隨世寬猛之偏術,乃吾國論藝之精魄之一。此精魄歷代皆有寄乎其人,時為發揚焉。唐司空表聖、宋嚴儀卿及清王貽上即是。清世治莊子者極夥,其往往與神韻說同一鼻孔出氣。漁洋古夫于亭雜錄卷二"莊周云,送君者皆自厓而返,君自此遠矣。令人蕭寥有遺世意。愚謂秦風蒹葭詩亦然,姜白石所云,言盡意不盡也"。此種方略,與謝赫六法之氣韻生動相似,言若縹緲,而實具法度。神韻說之骨法用筆,即宗盛唐王孟一流之法度也。故曰漁洋乃具詩家方略於心者,非趙執信輩可比。

先詩而後史

　　李杲堂文鈔卷二萬季野新樂府序有云"季野則獨取三百年間朝事,及士大夫品目,片言隻句,可撮為題,俱系樂府一章,意存諷刺,以合于變風雅之義。雖其詞未即方駕工部,而以前視元白,後當楊李,則幾過之矣。或謂以季野史學蓋世之才,不使纂成一朝之史,而徒取單文里句,造為韻語,以寄諷當世,似近於識小,殊為季野惜。余獨謂不然。詩以述事,其詩即其史也。詩亡而史作,義本相貫,但有簡繁之分耳。季野即未及纂成一朝之史,而且以新樂府先之,是亦史之前驅也。先詩而後史,與祭先河而後海同。詩其源也,史則其委也。誦其詩者即可知季野之史學矣"。可知章實齋六經皆史之說,淵流有自。(可補錢默存所舉之例。)後季野果成史學。近世陳寅恪先生則反之。先史而後詩,其史學諸立說或可議,其晚年詩及柳如是別傳則無可議,傳之萬古必矣。別傳體例殊異,蓋介乎詩箋、史學之間。季野先詩而後史,詩其源也,而後史乃成。史遷作太史公書,其史即其詩也。寅恪先史而後詩,乃以其史學之初,本導源于泰西故,尚有隔于函夏學術之心髓,其終也亦不得不轉諸詩也。蓋非詩無以為史。寅恪之先史而後詩,乃成真史也。

史玄二諦

　　爾雅臺答問補編答虞逸夫論詩道有曰"大抵境則為史,智必詣玄。史以陳風俗,玄則極情性。原乎莊騷,極於李杜。建安史骨,陶謝玄宗。杜則史而未玄,李則玄而未聖。挈八代之長,盡三唐之變,咸不出此,兼之者上也"。可謂簡而能遂,識見精妙。興觀群怨之詩,為天地博觀之道。而博觀之道,莫甚於史志。史之合于詩,本冥符天道。實齋言六經皆史。史者豈惟史籍之謂,實為華裔渾然中處之真諦也。西銘有言"天地之塞吾其體,天地之帥吾其性"。性本無聲臭,人體亦無常,而必以史為用也。詩教亦史教,非史無以為詩教也。吾國詩道之濫觴,有在茲者。故史境為詩道風骨所在,如建安、杜陵之史,皆三百篇之遺軌。而玄者,本窮測幽微,動感鬼神,其獨重情性,開詩教百世法門。三國以降,老釋大盛,國風玄風,胎骨一體,遂成詩道淵流。屈、莊能兼史玄之精,迺為吾華文學之極則,是所謂兼之者上也。建安七子孔文舉氣體高妙,徐偉長道術甚正,王仲宣精於辭賦,陳孔璋阮元瑜則以章表書檄雋聞於時,劉公幹應德璉學識宏富,兩漢儒風猶在,其所為詩,多汝墳、匏葉之音,庭燎、板蕩之氣,遒逸沈著,切乎時事,是所謂建安史骨。陶元亮洞達物外,謝康樂逍遙山林,非玄學則何以至焉。陶謝之關鍵玄學,白蘇之入名燈錄,相類也。是所謂陶謝玄宗。杜陵有史境正統,而其磊落奇節,兀傲雄實,自撐天地,直視仙佛為贅餘,是所謂史而未玄者。太白則反之,龍性猛志,耽於仙風,玄道精魄,粲然河流,然謫仙骨相,有類寒畯,尚不若司馬承禎、吳筠諸道流,能應乎廟堂之聲氣,是所謂玄而未聖者。以詩道之精邃廣大,史玄二字,庶幾能盡之,信乎蠋戲老人之神識也。唐人能兼之者有樂天義山,然其格皆未徹,史境非能沈著,玄思亦未渾化,故不及李杜之各極其純。王摩詰有玄,韓昌黎有史,庶幾能純者也。湛翁又曰"自有義學禪學,而玄風彌暢,文采雖沒,而理極幽深。主文譎諫,比興之道益廣,固詩之旨也。唐宋諸賢,猶未能盡其致。後有作者,必將有取於斯"。愚意明季公安竟陵幽深之體,迺玄禪之蘗變也。清季奧衍幽澀之詩,亦略取於斯。虞山錢蒙叟崛立詩流,迺兼有二者。其史境之嚴,玄智之靈,要非梅村、孝升諸家所能及。同光詩坫,公度散原為史,湘綺、瓠庵為玄,蒙叟庶幾能兼之者。湛翁之詩,實亦兼有二者,史幾得杜髓,玄亦不遜蘇仙,惟風氣既轉,其詩今亦闇然弗彰矣。

遺山學詩自警箋

　　周壽昌思益堂日札卷六引元遺山為楊叔能小亨集引云"予學詩，以數十條自警云。無怨懟，無譴浪，無鷲狠，無崖異，無狡訐，(思益堂日札作狡計。據元遺山集四庫本改。)無婞阿，無傅會，無籠絡，無銜鬻，無矯飾，無為堅白辨，無為聖賢癲，無為妾婦妒，無為仇敵謗傷，無為聾俗閧傳，無為瞽師皮相，無為顛卒醉橫，無為黠兒白捻，無為田舍翁木強，無為法家醜詆，無為牙郎轉販，無為市倡怨恩，無為琵琶娘人魂韻詞，無為村夫子兔園策，無為算沙僧困義學，無為稠梗治禁詞，無為天地一我古今一我，無為薄惡所移，無為正人端士所不道"。周氏云，自來詩人犯此弊者不少，且有以此稱佳者，墮入魔道而不知。誠然。此數十條自警，極為深切，遺山論詩，教化可謂廣大。(遺山答聰上人書嘗云"見之之多，積之之久，揮毫落筆，自鑄偉詞以驚動海內則未能，至於量體裁，審音節，權利病，證真贗，考古今詩人之變，有戇直而無姑息，雖古人復生，未敢多讓"。學詩自警即此之謂也。遺山東平府新學記有"學政之壞久矣。人情苦於羈檢而樂於縱恣，中道而廢，從惡若崩。時則為揣摩，為捭闔，為鉤距，為牙角，為城府，為穿窬，為溪壑，為龍斷，為捷徑，為貪墨，為蓋藏，為較固，為乾沒，為面謾，為力詆，為貶駁，為譏彈，為姍笑，為陵轢，為瘢癥，為睚眥，為構作，為操縱，為麾斥，為劫制，為把持，為絞訐，為妾婦妒，為形聲吠，為崖岸，為階級，為高亢，為湛靜，為張互，為結納，為勢交，為死黨，為囊橐，為淵藪，為陽擠，為陰害，為竊發，為公行，為毒螫，為蠱惑，為狐媚，為狙詐，為鬼幽，為怪魅，為心失位"云云，則非僅文法與學詩自警相類而已。宋濂芝園後集徐教授文集序云"後之立言者，必期無背於經始可以言文。不然，不足以與此也。是故揚沙走石，飄忽奔放者，非文也。牛鬼蛇神，佹誕不經，而弗能宣通者，非文也。桑間濮上，危弦促管，徒使五音繁會而淫靡過度者，非文也。情緣憤怒，辭專譏訕，怨尤勃興，和順不足者，非文也。縱橫捭闔，飾非助邪，而務以欺人者，非文也。枯瘠苦澀，棘喉滯吻，讀之不復可句者，非文也。廋辭隱語，雜以詼諧者，非文也。事類失倫，序例弗謹，黃鐘與瓦釜並陳，春穠與秋枯並出，雜亂無章，刺眯人目者，非文也。臭腐蹋茸，厭厭不振，如下里衣裳不中程度者，非文也。如斯之類，不能遍舉也"。亦可與學詩自警前後相呼應也。）

夫詩之病，即人之病。遺山學詩自警，奚啻學爲人而自警乎。今略以己意疏箋之，以爲吾儕之自誡可也。於詩，遺山之說固太嚴。冰霜之氣，過於春和。於人，則其說足備以自鑒。詩人焉能盡恪守其說，天下生機莫測，亦不容此條例如鐵。遺山之說，藥石俗情，針砭詩病耳。以詩風見人心之變化，亦是詩教遺義所在也。

無怨懟。怨本人情，使歸於中和，則怨亦自有味。古意在焉。此猶袁子才諷沈歸愚，不必處處皆言溫柔敦厚也。怨情而失中和，則為怨懟。文人多怨懟，自唐季始多有之，後代但凡遭逢季世，此物便多。遺山亦生於金代之末世，見之多矣。故起首便言無怨懟。元季、明季、清季，亦甚可驗之焉。清季民國，怨懟之風愈烈，終也致白話文一派登場，斥桐城為妖孽，文選為謬種，欲斷古詩之血脈傳承。其為禍亦大矣。

無譃浪。怨懟之反，則為譃浪。袁子才諷沈歸愚不必處處皆言溫柔敦厚，己則不免譃浪太過。子才以譃浪為天機，為佳趣，自放於欲樂之中，而又以聖則自辯。固非鄉愿偽飾輩所能及，然亦悖乎中道。過猶不及，聖人洞燭素明。在古人畸士頹然自放亦可，而子才竟欲以此轉移人心。此子才之鶩狠也。

無鶩狠。譃浪之乖于中道，往往入於鶩狠。近人之詩，金亞匏輩，不能逃此譏。梁任公謂其詩求諸有清一代未睹其偶，蓋康梁輩本欲挾此風雷暴氣有所為焉，而以權譎之道用之耳。近人譃浪而鶩狠者極多。錢玄同輩叫嚷至欲廢文字。鶩狠之極，只見其自立崖異。久之，人皆識其無理矣。

無崖異。以奇譎矜怪勝人，自古有之。宋賢變唐人法，乃立崖異者，然大抵非刻意而為之。江西詩派亦然。元季楊鐵崖開鐵雅派，便刻意為多。自此崖異之病愈甚。公安竟陵，俱染此風。黃公度詩震撼世人，實已涉入驚狠崖異，然根底經訓，有甚自然者。後之仿效者無此根底，認崖異為法訣，遂入迷途而不返。

無狡訐。崖異既已滯迷，必不得不轉入狡訐。狡訐之辭，多逃遁遊離，而正邪難辨。如章學誠逕斥袁枚為邪，固非中道。然袁枚之說，正所謂佛魔在一念之間。此種正是狡訐。近世狡訐之士極多。胡蘭成氏，其人善立說，亦佛魔一念，常人自難測其心量。此人狡訐，亦盜亦有道乎。逃遁遊離，即其所長乎。

無婥阿。狡訐者必婥阿。錢振鍠謫星說詩云袁子才"論詩攢語不能脫淨一膚字，是皆急於應酬之病。所撰詩話，固是千古通論，然習俗可厭，見詩句出於高位，必十倍贊揚。統觀其文字言語，固是一爛漫適俗之人，而非清高拔俗之人"。胡蘭成則婥阿女子，則成情種。婥阿權貴，則為漢奸。婥阿湯川秀樹一流，則為新思想家。

無傅會。婥阿之習，必生傅會。袁子才之立說，於當時世俗而言，確乎有出格之機。然其學說似有根據，又不能圓滿。振振有詞，卻不免有傅會之處。黃公度之詩之言，亦多此傅會之習。

無籠絡。老曹賦詩，古籠絡之術。隨園詩話，尤善於籠絡。籠絡與婥阿傅會，蓋如膠漆一體。

無衒鬻。炫世待沽，人所通病，韓文公尚未脫俗，其他毋論。衒鬻有過，則心術必乖。崖異狡訐，婥阿籠絡，必亦衒鬻之心使然。唐人之衒鬻，尚在人情之內，人可以忠恕之道論之。後世之衒鬻，一念已分道魔正邪，為禍世人，亦所不惜。

無矯飾。矯飾與狡訐甚相近。

無為堅白辨。矯飾於心術，必能為若公孫龍子堅白論之詭辭者以自託也。

　　無為聖賢癲。詭辭之不足久遠,則必自託于聖賢。是為聖賢癲。久之,人亦知其顛倒耳。明清制藝之八股,滿篇聖賢語,似不免為聖賢癲。此尚為科考逼之故。且制藝亦自造就人才。如呂晚村精於此道,亦大有鑒識。後人萃集其言,尚編成四書講義,為一著作。故此非真為聖賢癲。必高才而銜鬻狡詐者,方能為此聖賢癲也。袁隨園、胡蘭成輩,似具此慧材。遺山東平府學記言"心失位不已,合謾疾而為聖癲,敢為大言,居之不疑。始則天地一我,既而古今一我"。(據今人胡傳志讀元好問詩文札記。) 心失位不已,一也。謾疾,二也。世間確有此疾。無為聖賢癲,言詩人有此狂病,不可學之耳。胡蘭成氏心失位不已,而自以為得位,敢為大言,居之不疑。天地一我,自負極高,亦全不以己昔年漢奸之行為罪惡也。(其著述凡論乎禮樂文明之處,甚有獨到之見。其才學識自是拔俗。然晚年著禪是一枝花,便露馬腳。學人讀其書者,易為其英才所惑。) 袁隨園雖不至於此聖賢癲,亦潛藏此種子,時見其發力矣。學詩自警自怨懟謔浪,至此聖賢癲,亦已極矣。以下散論諸病。

　　無為妾婦妒。懷促氣短,詩便見小人難養之相。但凡狂病,既躁且鬱,抑鬱時便易見此妾婦妒。

　　無為仇敵謗傷。誣辭謗書,古已有之,邪曲之行,非君子所尚。詩人坦蕩自處,慎于獨也。山谷讚濂溪光風霽月,誠亦為詩人之正則,非徒道學而已。聖賢癲而至於妾婦妒,又至於仇敵謗傷。予於毛西河亦有見之。

　　無為聾俗閧傳。須自具見識,巷閭耳食之譚,不必效也。

　　無為瞽師皮相。言其洞燭幽微,非浮游根境而已。詩作議論,尤須矜慎,光影之譚,良非正知所在。

　　無為顛卒醉橫。嵇叔夜其醉也,傀俄若玉山之將崩。可也。使若顛卒醉橫,亂矣。詩筆放縱亦須有道,不可粗野恣行。

無為點兒白捻。小慧智巧,以剽竊為能,非正大之途。邢子才常在沈約集中作賊,尚是魏收過詆之辭。使點兒白捻,手段極高,亦曷能逃過錢默存輩眼曰。

無為田舍翁木強。蓬戶桑樞,甕牖二室,固可有原、曾二賢,歌商頌,振徹天地。然亦可使田舍翁木強迂直,以氣節爭,于大道則未達矣。清初遺民詩多有此者,以吳野人、方盫山、傅青主為宗,吾素敬焉。惟顧亭林不欲為之囿,詩具唐音鐘呂之響,超絕同輩,其行跡亦非田舍翁自守隴畝而已。

無為法家醜詆。詩有類訟師深文者,不可為訓。

無為牙郎轉販。牙人駔儈,其非自得,豈詩人法。

無為市倡怨恩。薄幸情緒,有涉輕佻。唐人作市倡怨恩詩,尚多深婉,後人無其風人深致。可謂有風情,無深致。明世風俗艷冶,此等文詞尤多。風塵之慧者,亦知其體之不莊而自鄙之,若柳是輩,亦可重也。

無為琵琶娘人魂韻詞。魂韻詞媚人有餘,深警不足,遑論風骨。淺者事之,自亦娛人,然非大家所為。其才能如梅村者,方堪一試。朱竹垞自言吾寧不食兩廡豚,不刪風懷二百韻。以予視之,此語即琵琶娘人魂韻詞一類耳。

無為村夫子兔園策。饾飣獺祭,非為本色。然李義山嘗自制金钥、杂纂諸書,以備詩文之取。聞近世散原老人亦有此法,以裨其為詩。兔園策子,豈非有益于詩功。神之蠹之,待乎其人而已。

無為算沙僧困義學。語本永嘉玄覺證道歌,言執著詩訣,而無真修,是為大忌。今世算沙僧困義學者極夥,富於詩學,而不能操翰作一篇什。此非風雅之幸。如義學僧,閱藏亦深微,理致亦縝密,而不知靈覺本心為何物,徒耗心力,不事修證,釋教焉得不衰。詩亦然。此輩所專研之詩學,實多有功於文獻學、社會學之研究,然非詩教正髓所在。

無為稠梗治禁詞。張道陵宣教設二十四治，中八治有稠梗治。稠梗地名也。稠梗治禁詞即謂道士青詞、咒語一類。不為此怪力亂神、蠱惑人心之詩也。（據今人胡傳志讀元好問詩文札記。）

　　無為天地一我，古今一我。此與無為聖賢癲意甚同。遺山不惜重道之者，言詩人雖未必為聖賢癲，亦莫輕傚莊生李白豪放語也。蓋此等玄理壯言，已為莊李一流道破，使襲蹈之，鮮有不爲哂者。然如黃仲則、宋芷灣之長歌，豈讓古人。

　　無為薄惡所移。不為私情所轉，心須公正，氣始無駁雜之患。此古之大家亦有難免者。章實齋倡文德之說，然其斥罵袁簡齋，亦傷微過，或有為薄惡所移者。全謝山之罵毛西河，恐亦有之。（錢默存乃笑實齋、簡齋論學說詩無甚差異，章之攻袁，亦門戶之見使然也。）

　　無為正人端士所不道。詩人之心，當以思無邪為尚。使其詩不為正人端士所道，必流於詭譎陰晦。鐵雅派有流於詭譎者，然鐵崖尚不失為正人端士。大抵以忠恕之道觀之，自可知得失矣。

跋一

　　時惟季秋之初,菊有黃花之次。余於北牖之下,閱惟齋師詩門血脈論外篇一過。砌下桂落如雪,其香雖馥,然中和之味,久而彌淨。外篇餘韻,氤氳於心,恍覺一種平懷,泯然欲盡。猶記大暑之月,訪先生於婺之故里,論及龍樹菩薩之中論至無著世親菩薩所造唯識之大事因緣,先生歎於"一切唯識所現"之簡能,又及五智之易知,乃笑曰予斯編亦具此五種智也。旨哉斯言。

　　詩門血脈論內篇由詩經之時代迄宋,十二脈成而詩道備,外篇由南宋迄民國,於十二脈極詣外,見其派衍生息,又得九支脈。詩人自屈子以迄近人如馬湛翁、陳健民,不下三百餘人,所涉詩不下千首,再加以歷代詩論,真乃源泉混混,煙霞萬端。先生於內外篇判源流,體性情,觀世運,知得失,顯幽微,洞妙諦,如示諸掌中。此非大圓鏡智者孰能為之乎。

　　文士相輕,友朋生隙,此世間誠可歎之事。先生於虞道園、揭曼碩之三日新婦公案,明後七子之失和事,不避肯綮,弗恤傷鋒犯手,以平情解之,使各得其情,各平其心。設若初有先生在,當不至有南泉斬貓之事矣。憶昔先生曾述於夢中得息諍尊者一號。息諍者,非平等性智不可得也。"愚血脈論倡以平等性智譚藝品文,即欲兼此高明、中庸之論"。此外篇李獻吉章之夫子自道也。此平等性智實貫於全書,不勝枚舉。

世運隆替,岸谷深陵,昔時之英物,或無籍籍名。此前修之悲,亦後生小子之憾也。先生爬羅剔抉,刮垢磨光,使潛德之幽光,趯曜於中。小子不敏,外篇中前所未聞之詩家,在在多有,如金元之周德卿、黃晉卿,有明之楊孟載。此非先生之大悲心,何以得親諸先賢。此大悲心非生於平等性智乎。

先生於外編李杲堂篇自云"霖雨十日之情予嘗體之矣,世尊悲世之情予亦有之矣,而周孔忠義孝道之情予固難忘也"。先生誠至情至性之人也,悲心深重。此等性情,發之於梅花堂,即是師友一堂風誼,即是同醉同歌,同歡同泣,即是領衆參腳於江西禪宗祖庭,訪唐風宋韻於京都、奈良也。切磨規箴,棒喝提撕,欣欣生意,所在皆自性風光,皆成詩也。

外篇匆讀一過,然種種卓見妙識,若粲然星辰,熠熠全書。論高青丘之模擬古人,以藏地蔣楊欽哲旺波大師效善財童子五十三參而未自立宗門解之,恍悟青丘之欲歸古人全體也。錢牧齋其人其詩,於明清鼎革之際,至爲難論,先生僅以方密之東西均一段發而論之,若爲天合。論袁子才"詩具俗骨,只因認情識爲性靈。一念之間,凡聖已殊"。非惟子才當泠泠汗下,吾儕亦當凜凜然也。論劉誠意五古乃言"頓覺書道有帶燥方潤、將濃遂枯之訣,即伯溫五古凡幽格便佳之所由也"。論龔定庵云"予謂定庵爲文多側鋒,爲詩則能從中鋒悟入,即己亥雜詩三百十五首是也"。論道釋心性脈則云"蓋道釋心性脈之詩,大抵皆修證人悟後語也。凡悟前之語,亦弗足以爲心性脈,此又此脈之別異於世間詩學者也"。如此之論,皆發前人所未論,撥雲見月,令人拍案叫絕。是皆妙觀察智也。

先生自言,作斯編之時,常清晨伏案即書,復抬頭,不覺紅日西沉,略無疲態,時覺暢然。又於篇中言,作是書,多與古人神交於夢寐,此或為白日所涉詩之感應,亦心意之所化。其精誠入神亦如此,乃於半截中成此體大精深、煌煌富麗之著,若不費力者。此成所作智也。

　　余讀斯編,最快然於心者,乃道釋心性脈之支裔一卷。此卷詩歌,多悟後語。先生標指示月,暗香入夢,豁人心胸。此非"未會性情涵泳地"者所能言也。非此心性脈,亦不能見先生性地之造。外篇黃晉卿章先生自道"夫能不二於古今,而有不以天地之心為本者乎一語,極契愚心,可以奉之為予血脈論龍睛所在"。此龍睛所點,乃見乎謝茂秦一悟得純,李獻吉輕靈鬆逸,宋芷灣飛行絕跡等。此篇目所見也。至於文中論袁子才"以好味好色自許,以人欲當處,即是天理","其言弗謬大道,要在善用則極難","使悟道者斷除貪念而妙用貪道,則轉煩惱而成菩提。使愚夫愚婦自然任運無甚分別意識,亦合天地之大機,故曰愚夫愚婦之知,雖聖人亦弗知。袁子非悟道者,亦非愚夫愚婦,故吾知其非能善用之者必矣"。此予尤深為嘆服者也。此等微妙文字,篇中處處皆有。外篇黃仲則章有云"修證之人當如化學家,時時將異物混融調配,乃有新生,修法各異,而以本心主宰而混融之,乃忽生偉力焉","古之善為詩者,亦若此也"。余是以知斯編實自先生心性間流出也。此所謂法界體性智也。

　　小子未達,妄作解人,辭無詮次,惟當以五柳先生"但恨多謬誤,君當恕醉人"自解也,蓋愚猶深醉於先生斯編而未醒耳。時丁酉霜降門下士雲杜魏賓峰敬識。

跋二

　　甲午年，季惟齋先生先有詩門血脈論內篇之作成，借醫家十二正經，分喻詩家為十二脈。內篇為古今詩學判教之作，十二脈止於江西，蓋詩至於北宋其變窮也。宋迄於今，詩家輩出，或分承一脈，或陶冶諸家，或不問源流，至於詩經通樂，天而非人，兩漢渾樸，模擬難繼，如此共得九支脈，此為詩門血脈論外篇。
　　詩學素為吾函夏文化之大宗，儒門涵養之正脈。性理之學若無詩之涵泳反復，則不免心光孤明而性情偏枯。士君子若無詩之應和酬唱，何由見此心默會而吾道不孤。詩之範式，為古今士君子共遵之範式，詩之語言，為古今士君子共通之語言。性理之學號為孔孟心傳，然倘使明儒語於漢儒，或不免瞠目結舌。惟詩歌之唱酬，千載之上下，入耳則會心，當擊節浮白而無滯礙也。
　　先生此書之作，蓋深會於詩道之大。斯道與內聖外王之學不即不離。心光之瑩晦，性情之偏正，世運風會之感應，有來漸入深，不期然而然者。且詩學屢摧折於近世，漸漸滅於當今。方今踞高臺而談詩學者亦不乏其人，或懾人以高聲浮氣，或惑人以游思浮慮，偶有談論，非出於意見之私，即依違阿附於古人。先生之書則非是。血脈論引述之廣，古人詩話中亦罕覯，外篇尤富麗。吾輩稍熟知之詩人止於唐宋，略及近代。而外篇指示窺見金元明清諸家詩人門庭，令吾輩得見其堂廡之深，樹石之美，得與主人須臾晤對。約略言之，見其源流，見其性情，見其心地，見其世運矣。

見源流者，外篇九脈如何從內篇十二脈源委流滋，宋元以下數百家詩人何以分流九支脈，一一縷述明辨之。判教古來非大手眼不能為，詩之源流派別，無外在之證據可徵，惟衡以寸心，言之固甚難，聆之亦頗不易。外篇論及詩脈源委，掘前人未發之覆甚多，如遺山適怨清和導源於義山，論元遺山氣貌肌髓脫胎於李義山，寫情深婉哀感亦脫胎於玉谿生也。

見性情者，如袁子才出格之機論袁子才具慧根，尚獨行，慕性情之中道，其學雖非從躬行中證出，然特具活機。又如陳散原奇格出莊生，言散原老人之詩情，多從南華老仙悟出，讀之眼明心開。再如論鄭海藏熱衷世務之中含一種幽冷奇雋之懷抱，亦令人耳目一新。

見心地者，如論錢牧齋不顧操行，一往任之，非僅趨避於利害，恐先以靈心悟解，道心無礙，自為開解矣。至於道釋心性脈諸賢，皆從直呈心地而品評鑒賞之。最精彩者，莫過梧桐月向懷中照，鑒賞康節先生"梧桐月向懷中照，楊柳風來面上吹"兩語。先生於宋明諸儒，極心儀康節先生，於此一章細繹內證之微妙。先言尋常所說"與天地同流、自在詩云云，亦道其輪廓耳。是何等同流、何等自在，非實證深入者莫能道"，繼而坦陳究竟為何等自在，"吹面不寒楊柳風，此風最具玄味，非炎非涼，而令人鬆軟坦夷"。進而云"潛修密證之士，可以攜伊川擊壤集驗己之淺深矣"。先生近年於內證造境日新，於此鱗爪透露。

詩與世運之關聯，於吾函夏詩教傳統，最悠遠又最隱約。元遺山金源最嫩最旺，論元遺山稟中州之灝氣和氣，元氣灌注自然結穴，於此可觀金源文化崛起之面目。又如鄭子尹一章，"近游粵西,浮北海,攬南珠,眺邕江之九折,吊柳州於幽邃,多遇近世其鄉賢哲之摩崖故跡,而頓悟文脈之旺,多在其山水發露之時",掩卷細思禹貢九州數千年來迭興迭衰,頗足啟人神智。滄趣樓詩摘句於陳弢庵詩摘錄甚多,實有深意存焉,如"世以神州為博局,天留我輩看桑田","帝京文物推排盡,人海雲萍會合難","舉世笑迂惟信道,斯文留脈儻關天",觀書至此,能不令人廢卷歎息焉。

余自乙未年拜入梅花堂季先生門下,聆教甚多,於詩學雖素不敏,然於前賢詩心詩情嘗傾心沉吟也。方今貞下起元之世,詩伯作手,亦一脈未絕,漸有興起。此小跋贅於宏篇驥尾,喋喋不中肯綮。惟願有志君子,能入寶山而覽林木之秀郁,藉泉石而消憂,復能以詩門血脈論為筏,得見古人宮室之美,百官之富,則余與有榮焉。丁酉重陽門下士合江符雲龍敬撰。

圖書在版編目(CIP)數據

詩門血脈論外篇 / 季惟齋著.
--上海:華東師範大學出版社,2018.8
ISBN 978-7-5675-7881-4

I. ①詩… II. ①季… III. ①古典詩歌-詩歌研究-中國 IV. ①I207.22

中國版本圖書館 CIP 數據核字(2018)第 137688 號

華東師範大學出版社六點分社

企劃人　倪爲國

本書著作權、版式和裝幀設計受世界版權公約和中華人民共和國著作權法保護

詩門血脈論外篇

著　　者　季惟齋
責任編輯　古　岡
封面設計　何　暘

出版發行　華東師範大學出版社
社　　址　上海市中山北路 3663 號　　郵編　200062
網　　址　www.ecnupress.com.cn
電　　話　021-60821666　　　行政傳真　021-62572105
客服電話　021-62865537　　　門市(郵購)電話　021-62869887
地　　址　上海市中山北路 3663 號華東師範大學校內先鋒路口
網　　店　http://hdsdcbs.tmall.com
印 刷 者　上海盛隆印务有限公司
開　　本　890×1240　1/32
插　　頁　1
印　　張　11.25
字　　數　263 千字
版　　次　2018 年 8 月第 1 版
印　　次　2018 年 8 月第 1 次
書　　號　ISBN 978-7-5675-7881-4/I.1907
定　　價　68.00 元

出 版 人　王　焰

(如發現本版圖書有印訂質量問題,請寄回本社客服中心調換或電話 021-62865537 聯繫)